KİTABIN ORİJİNAL ADI

THE BOOK WITH NO NAME

YAYIN HAKLARI

© AKCALI TELİF HAKLARI AJANSI
ALTIN KİTAPLAR YAYINEVİ
VE TİCARET AŞ

BASKI

1. BASIM / MAYIS 2012
AKDENİZ YAYINCILIK TİC. AŞ
Göztepe Mah. Kazım Karabekir Cad.
No: 32 Mahmutbey – Bağcılar / İstanbul
Matbaa Sertifika No: 10765

ISBN 978 - 975 - 21 - 1446 - 3

ALTIN KİTAPLAR YAYINEVİ
Göztepe Mah. Kazım Karabekir Cad.
No: 32 Mahmutbey - Bağcılar / İstanbul
Yayınevi Sertifika No: 10766
Tel.: 0.212.446 38 88 pbx
Faks: 0.212.446 38 90

http://www.altinkitaplar.com.tr
info@altinkitaplar.com.tr

Anonim

Adı Olmayan Kitap

TÜRKÇESİ
ZEYNEP HEYZEN ATEŞ

ALTIN
KİTAPLAR

Bu kitabın sayfalarını yalnızca kalbi saf olan okuyucular karıştırabilir.

Çevirdiğiniz her sayfa, okuduğunuz her bölüm sizi sona bir adım yaklaştıracak.

Herkes başaramayacak. Birbirinden farklı öykülere ve yazı biçimlerine takılıp kalacaklar. Kafaları karışacak.

Tüm bunlar olup biter ve sen gerçeği ararken, gerçek aslında hep burnunun dibinde olacak.

Karanlık gelecek, hem de peşinde büyük bir kötülükle.

Ve bu kitabı okuyanlardan bazıları, bir daha gün ışığını hiç göremeyecek.

Yazarın diğer eserleri:

Aynı yazarın çağlar boyunca *Anonim* adı altında pek çok eseri yayımlanmıştır ve hepsini buraya almak haliyle imkânsız ve anlamsızdır.

Bir

Sanchez, barına gelen yabancılardan nefret ederdi. Doğrusunu söylemek gerekirse müdavimlerden de nefret ederdi ama hepsinden korktuğu için onlara karşı nazik davranmayı tercih ediyordu. Bir müdavimi geri çevirmek kendi ölüm fermanını imzalamaktan farksızdı. Tapioca'nın düzenli müşterisi olan suçlular, yeraltı dünyasındaki herkesin olan bitenden haberdar olacağını bildiklerinden her zaman o dört duvar arasında ne kadar "erkek" olduklarını göstermenin fırsatını kollarlardı.

Tapioca karakterli bir bardı. Duvarlar sarıydı, hoş olmayan, daha çok sinmiş sigara dumanı lekeleriyle karışmış dalgalı bir tonu vardı. Gerçi buna şaşmamak gerekirdi, çünkü Tapioca'nın kurallarından biri de bara gelenlerin öyle ya da böyle bir şeyler tüttürmek zorunda olmasıydı. Sigara, pipo, sigar, puro, esrar hepsi makbuldü. İçki içmemek de günahtan sayılırdı ama en büyük suç yabancı olmaktı. Bu mekânda kimse yabancıları sevmez, onlara güvenmezdi.

Uzun siyah cüppesinin başlığını yüzünü saklayacak şekilde öne indirmiş bir adam, içeri girip barın sonundaki tabureye oturduğunda Sanchez, adamın tek parça halinde dışarı çıkamayacağından emindi.

İçerideki yirmi kadar müdavim konuşmayı kesip bir saniyelerini yeni giren adamın kaderini belirlemeye ayırdı. Sanchez müşterilerin içmeyi de bıraktıklarını fark etti. Bu iyiye işaret değildi. Müzik çalıyor olsaydı, yabancı, bardan içeri girdiğinde kesilmiş olurdu. Artık tek duyulan, tavandaki vantilatörün uğultusuydu.

Sanchez içgüdüsel olarak, yeni müşteriyi görmezden gelmenin en doğru hareket olduğuna karar verdi. Elbette adam konuştuğu anda, bu faslın sona ermesi gerekecekti.

"Barmen. Bana bir burbon."

Adam başını kaldırıp bakmamıştı bile. Sanchez'e şöyle bir selam vermeye dahi gerek duymaksızın siparişini vermişti ve cüppesinin başlığını da açmadığı için, yüzünün de sesi kadar haşin olup olmadığını bilmeye imkân yoktu. Sesi öyle hırıltılıydı ki yıllardır sigara içtiğini sanırdınız. (Oralarda bir yabancının haşinliği, sesinin hırıltısıyla ölçülürdü.) Bunu iyi bilen Sanchez, temiz sayılabilecek bir bardak alıp adamın oturduğu tarafa gitti. Bardağı doğrudan yapış yapış bara, adamın hemen önüne bıraktı ve siyah cüppenin başlığının gizlediği yüzü görebilmek umuduyla biraz oyalandı. Ama başlığın içi o kadar karanlıktı ki adamın yüz hatlarını seçmek imkânsızdı ve Sanchez uzun süre orada durup başına bela alma riskine girmeyecekti.

"Buzlu," diye mırıldandı adam neredeyse fısıldarcasına. Hırıltılı bir fısıltıydı aslında.

Sanchez barın altına uzandı ve "Burbon" etiketli yarı dolu şişeyi çıkardı. Tezgâhtan iki parça buz aldı. Buzları kadehe atarken içkiyi doldurmaya başladı. Kadehi yarı yarıya doldurdu, belki yarıdan biraz fazla ve şişeyi barın altındaki yerine koydu.

"Üç dolar."

"Üç dolar mı?"

"Aynen öyle."

"Kadehi doldur."

Adam girdiğinden beri barda çıt çıkmıyordu ama şimdi artık içeriye neredeyse ölüm sessizliği hâkimdi. Tek istisna, gürültüsü gittikçe artan vantilatördü. Sanchez, şişeyi tekrar yerinden aldı ve kadehi ağzına kadar doldurdu. Yabancı ona beş dolar uzattı.

"Üstü kalsın."

Sanchez arkasını dönüp kasanın düğmesine bastı ve kasanın gözü çınlayarak açıldı. Ardından birinin konuştuğu duyuldu. Sanchez, başını çevirip bakmaya gerek duymadı. En belalı müşterilerinden Ringo'nun sesini tanımıştı. O da oldukça hırıltılı bir sesti.

"Barımızda ne işin var yabancı? Neden buradasın?"

Ringo ve iki arkadaşı yabancının birkaç metre gerisindeki bir masada oturuyordu. Bardaki serserilerin çoğu gibi o da iriyarı, yağlı saçlı, tıraşsız bir pislikti. Ayrıca o da ötekiler gibi silahlıydı ve tabancasını çekmek için fırsat kolluyordu. Hâlâ barın arkasındaki kasanın başında olan Sanchez, derin bir nefes alıp tedirgin bir şekilde, çıkması kaçınılmaz olan kavganın kendisi için olası sonuçlarını hesaplıyordu.

Ringo aranan bir suçluydu, akla gelebilecek her suçu işlemişti. Tecavüz, cinayet, kundakçılık, hırsızlık, polis öldürmek, aklınıza ne gelirse Ringo'nun sicilinde vardı. Kendisini hapse düşürebilecek yasadışı işlerle uğraşmadığı tek bir gün bile yoktu. Bugün de farklı değildi. Şimdiden iki kişiyi soymuştu ve kötü yoldan kazandığı üç kuruşun çoğunu biraya harcadığı için kavga çıkarmaya niyetliydi.

Yabancı ne yerinden kıpırdamış ne de içkisine dokunmuştu. Üstelik saniyeler geçmiş ve Ringo'nun sorusunu yanıtlamamıştı. Sanchez bir keresinde yeterince hızlı yanıt vermediği için Ringo'nun bir adamı dizinden vurduğunu görmüştü. Bu yüzden Ringo sorusunu ikinci kez sorduğunda adam yanıt verince, o da rahat bir nefes aldı.

"Bela aramıyorum."

Ringo'nun suratında pis bir sırıtış belirdi. "Şansın yokmuş, ben belanın ta kendisiyim ve anlaşılan beni buldun," dedi dişlerinin arasından.

Yüzü görünmeyen adam herhangi bir tepki vermedi. Taburesinde kımıldamadan oturuyordu. Ringo iskemlesinden kalktı ve bara doğru yürüdü. Yabancının yanına geldiğinde bara yaslandı ve uzanıp adamın cüppesinin başlığını indirdi. Otuzlu yaşlarda, sarışın, tıraşsız bir adamdı bu gizemli yabancı. Kan çanağına dönmüş gözlerine bakan biri onun akşamdan kalma olduğunu veya sarhoş olup sızdıktan sonra uykusunu alamadan uyandığını düşünebilirdi.

"Burada ne aradığını bilmek istiyorum," dedi Ringo. "Sabah kasabaya gelen bir yabancıyla ilgili hikâyeler duyduk. Sert biri olduğunu zannediyormuş. Sence, sen sert biri misin?"

"Değilim."

"O zaman üstünü giy ve defol git." Aslında gerçekleşmesi oldukça güç bir emirdi bu, çünkü yabancı zaten üstünü çıkarmamıştı.

Sarışın adam Ringo'nun önerisini şöyle bir düşünüp başını iki yana salladı. "Bahsettiğin yabancıyı tanıyorum," dedi hırıltılı sesiyle. "Neden burada olduğunu biliyorum. Beni rahat bırakırsan, sana onun hakkında bildiğim her şeyi anlatırım."

Ringo'nun pis kara bıyıklarının altında bir sırıtış belirdi. Seyircilerine döndü. Masalarda oturan yirmi kadar müdavim, gözlerini dikmiş pür dikkat onları izliyordu. Ringo'nun sırıttığını görmek gerilimi biraz olsun azaltmıştı ama bardaki herkes, havanın yakında yeniden kararacağını biliyordu. Orası Tapioca'ydı ne de olsa.

"Ne dersiniz çocuklar? Bu tatlı oğlanın bize hikâye anlatmasına izin verelim mi?"

Birdenbire barın içi, müdavimlerin teklifi onayladıklarını gösteren uğultusu ve tokuşturulan kadehlerin çınlamalarıyla kaplandı. Ringo kolunu sarışın yabancının omzuna atıp onu taburesinde çevirdi. Artık yabancının yüzü müşterilere dönüktü.

"Hadi sarışın, bize şu sert adamdan bahset. Kasabamda ne işi var?"

Ringo'nun ses tonundaki alaycılık, soruyu ikiletmeden yanıtlayışına bakılırsa sarışını rahatsız etmemişti.

"Günün erken saatlerinde, yolun birkaç kilometre gerisindeki bir bardaydım. Sert görünüşlü iriyarı bir herif içeri girip bara oturdu ve kendine bir içki ısmarladı."

"Neye benziyordu?"

"Başlangıçta, başlığı yüzünü gizlediği için göremiyordunuz. Ama sonra serserinin teki yanına gidip başlığı geri çekti."

Ringo artık gülümsemiyordu. Sarışının kendisiyle dalga geçtiğinden şüphelendiği için ona doğru eğildi ve adamın omzunu bütün gücüyle sıktı.

"Söylesene ufaklık, sonra ne oldu?" diye sordu tehditkâr bir sesle.

11

"Yakışıklı diyebileceğimiz yabancı, bir yudumda içkisini içti, silahını çekti ve bardaki herkesi öldürdü... Ben ve barmen hariç."

"Bir dakika," diyen Ringo, pis burun deliklerinden derin bir nefes aldı. "Barmeni neden sağ bıraktığını anlayabiliyorum ama seni öldürmemesi için hiçbir neden göremiyorum."

"Beni neden öldürmediğini bilmek ister misin?"

Ringo siyah deri kemerindeki silahı çekip adamın suratına doğrulttu. Silahın namlusu neredeyse yabancının yanağına değecekti.

"Evet, bahsettiğin piç kurusunun seni neden öldürmediğini bilmek istiyorum."

Yabancı kafasına doğrultulan altıpatları görmezden gelip Ringo'nun gözlerinin içine baktı. "Beni öldürmedi, çünkü bu pislik yuvasına gelip Ringo adıyla tanınan şişko pisliği bulmamı istiyordu."

Yabancının özellikle şişko ve pislik kelimelerini vurgulama şekli Ringo'nun sinirlerini bozsa da, yine de bu sözlerin ardından gelen şaşkınlığın yarattığı sessizlikte, büyük ölçüde serinkanlılığını korumaya çalıştı. En azından kendi standartlarına göre.

"Ringo benim. Peki, sen kimsin sarışın?"

"Bunun bir önemi yok."

Ringo'nun masasında oturan iki yağlı sürüngen ayağa kalktı. Her ikisi de arkadaşlarının arkasını kollamaya hazır olduklarını göstermek istercesine bara doğru birer adım attı.

"Önemli," dedi Ringo aynı tehditkâr tonla. "Çünkü sokakta dolaşan dedikodulara göre bu adam, sürekli bahsini duyduğumuz bu yabancı, kendine Burbon Kid diyormuş. Sen de burbon içmiyor musun?"

Sarışın adam başını çevirip Ringo'nun iki yandaşına ve ardından Ringo'nun silahının namlusuna baktı.

"Ona neden Burbon Kid dendiğini biliyor musun?" diye sordu.

"Ben biliyorum," diye seslendi Ringo'nun arkadaşlarından biri, arka taraftan. "Kid'in, burbon içtiğinde bir deve, bir psikopata dönüştüğünü söylüyorlar. Delirip herkesi öldürüyormuş. Yenilmez olduğunu ve onu ancak şeytanın öldürebileceğini anlatıyorlar."

"Doğru," dedi sarışın. "Burbon Kid herkesi öldürür. Tek gereken, bir kadeh içki. Ve sonra kafayı sıyırır. Onu bu kadar güçlü yapanın burbon olduğunu söylerler. Bir yudum aldıktan sonra bardaki bütün serserileri öldürür. Ve bunu en iyi benim bilmem gerekir, ne de olsa hepsine şahit oldum."

Ringo, tabancasının namlusunu adamın şakağına dayadı. "Burbonunu iç."

Yabancı, bardağına uzanmak için yavaşça taburesinde döndü. Onun hareketlerini takip eden Ringo, tabancasının namlusunu kararlı bir şekilde hiç kıpırdatmadan adamın şakağında tutuyordu.

Barın diğer tarafındaki Sanchez, üstüne kan ve beyin parçaları sıçrar korkusuyla birkaç adım geri çekildi. Bir de serseri kurşun meselesi vardı. Sarışının bardağı eline alışını izledi. Normal biri olsa eli öylesine titriyor olurdu ki içkinin yarısı yere dökülürdü, ama bu adam farklıydı. Yabancı, içkisindeki buzlar kadar soğuktu. Yiğidi öldür hakkını yeme, serinkanlılığı övgüye layıktı.

Artık Tapioca'daki herkes neler olduğunu görmek için ayağa fırlamıştı. Tüm müdavimler silahlarına davranmışlar, yabancının, kadehi yüzüne yaklaştırıp içindeki içkiyi inceleyişini seyrediyorlardı. Kadehin dış tarafında, aşağı akan bir damla ter vardı. Gerçek ter. Sanchez'in elinden veya bardağı son kullanan kişiden bulaşmış olmalıydı. Adam ter damlasını dikkatle izleyerek kadehin kenarından aşağı süzülmesini bekledi. Sonunda, damlanın dudaklarına değmeyecek kadar aşağı süzüldüğünden emin olduktan sonra derin bir nefes aldı ve içkiyi bir dikişte midesine indirdi.

Kadeh üç saniyede boşaldı. Bütün bar nefesini tutmuş bekliyordu. Hiçbir şey olmadı.

Bu yüzden, biraz daha nefeslerini tuttular.

Ve yine hiçbir şey olmadı.

Böylece bardaki herkes yeniden nefes almaya başladı. Gürültücü vantilatör de dahil.

Hiç.

Ringo silahını sarışının şakağından çekip bardaki herkesin aklından geçen soruyu sordu: "Söylesene sarışın, sen Burbon Kid değil misin?"

"Bu zıkkımı içmem tek bir şeyi ispatlıyor," dedi elinin tersiyle ağzını silen sarışın.

"Öyle mi? Neymiş?"

"Kusmadan sidik içebildiğimi."

Ringo, Sanchez'i süzdü. Barmen onlardan iyice uzaklaşmış, sırtını barın arkasındaki duvara yaslamıştı. Sarsılmış görünüyordu.

"Ona sidikli şişeden mi içki verdin?" diye sordu Ringo.

Sanchez huzursuz bir tavırla başını salladı. "Tipinden hoşlanmamıştım," dedi.

Ringo silahını kılıfına koyup bir adım geri çekildi. Ardından başını geriye devirip ulumayı andıran kahkahalar attı ve birkaç kere sarışının omzuna vurdu.

"Bir kadeh sidik içtin! Ha ha ha! Bir kadeh sidik! Sidik içti!"

Bardaki herkes kahkahalara boğuldu. Herkes derken, sarışın yabancı dışında herkesi kastediyorum. Yabancı, bakışlarını Sanchez'e dikmişti.

"Bana adam gibi bir burbon ver." Sesi artık gerçekten çatırdıyordu.

Barmen diğer tarafa döndü, barın arka tarafından başka bir burbon şişesi çıkardı ve yabancının kadehini doldurdu. Bu sefer, kendisine söylenmeden kadehi ağzına kadar doldurdu.

"Üç dolar."

Sarışının Sanchez'in yeniden üç dolar istemesinden hoşlanmadığı belliydi ve bu hoşnutsuzluğu açıkça göstermekte gecikmedi. Gözün takip edebileceğinden yüksek bir hızla sağ eli siyah cüppesinin altına kaydı ve o el tekrar ortaya çıktığında siyah bir tabancayı kavrıyordu. Silah koyu griydi ama siyah görünüyordu, insanda dolu olduğu izlenimi uyandıran ağır bir havası vardı. Bir zamanlar belli ki parlak gümüş rengiydi ama Tapioca'daki herkes çok iyi bilirdi ki ancak silahını hiç kullanmamış olanların tabancaları parlak gümüş rengi kalırdı. Adamın tabancasının rengi, yeterince kullanıldığının göstergesiydi.

Yabancının tabancasının namlusu Sanchez'in alnına doğrultulmuştu. Bunu yirmi kadar tabanca horozunun mekanik sesi takip etti, çünkü bardakiler de olup biteni seyretmeyi bırakıp tabancalarını çekmiş ve sarışına doğrultmuşlardı.

"Sakin ol sarışın," dedi tabancasının namlusunu yeniden adamın şakağına dayayan Ringo.

Sanchez kafasına dönük duran koyu gri namluya bakıp özür dilercesine gülümsedi. Gergin bir gülümseme.

"Bu seferki bizden olsun," dedi.

"Bak, istediğinde ne kadar nazik olabiliyorsun," karşılığını aldı.

Ardından gelen sessizlikte sarışın tabancasını bara, yeni burbonunun yanına bıraktı ve sessizce iç çekti. Artık gerçekten öfkelenmişti, belli ki bir içkiye ihtiyacı vardı. Gerçek bir içkiye. Ağzındaki iğrenç sidik tadından kurtulmasının zamanı gelmişti.

Kadehi alıp dudaklarına götürdü. Bütün bar gözlerini dikmiş onu izliyor, kadehi kafasına dikmesini beklerken gerilim gittikçe artıyordu. Yabancı onlara işkence etmek istercesine ağır hareket ediyordu. Bir şey söyleyecekmiş gibi bir an duraksadı. Herkes nefes almayı bırakmış, onun harekete geçmesini bekliyordu. Bir şey mi söyleyecekti? Yoksa burbonu kafaya mı dikecekti?

Kısa sürede yanıtlarına kavuştular. Adam bir haftadır içtiği ilk içki buymuş gibi viskisini bir dikişte bitirip büyük bir gürültüyle boş kadehi bara bıraktı.

İşte bu, kesinlikle gerçek bir burbondu.

İki

Peder Taos ağlamak istiyordu. Hayatında bunun gibi pek çok hüzünlü an yaşamıştı. Kötü günler, zaman zaman kötü haftalar ve hatta aralarda bir yerlerde çok kötü bir ay geçirmişti. Ama bu seferki en kötüsüydü. O güne dek kendini hiç bu kadar mutsuz hissetmemişti.

Her zamanki yerinde, Herere Tapınağı'nın sunağının önünde durmuş, aşağıdaki sıralara bakıyordu. Ama bugün farklıydı. Aşağıdaki manzara görmeye alışkın olduğu cinsten değildi. Normalde sıraların en az yarısı Hubal Kardeşliği'nin keşişlerinin asık suratlarıyla dolu olurdu. Sıraların boş olduğu ender zamanlarda da peder, büyük bir zevk alarak ne kadar düzgün durduklarına bakar veya üzerlerini kaplayan leylak rengi minderlerin keyfini çıkarırdı. Ama bugün değil. Sıralar dağınıktı, leylak rengi minderler de yoktu. Ama asıl önemli olan, asık suratlı Hubal keşişlerinin tuhaf ifadeleriydi.

Havayı kaplayan kokunun yabancısı sayılmazdı Peder Taos. Benzer bir kokuyla daha önce de karşılaşmıştı – doğrusunu söylemek gerekirse beş yıl önce. Kötü anıları beraberinde getiren bir kokuydu bu, çünkü ölümün, yıkımın ve ihanetin kokusu, nefretin barut dumanına bürünmüş haliydi. Sıralar artık leylak rengi minderlerle değil, kanla kaplıydılar. Düzgün olarak tanımlayabileceği bir şey kalmamıştı, çünkü bütün sıralar birbirine girmişti. Daha da kötüsüyse sıraların yarısını dolduran Hubal Kardeşler'in suratlarının asık olmamasıydı. Suratları asık değildi, çünkü hepsi ölmüştü. Her biri.

Kafasını kaldırıp on beş metre yüksekliğindeki tavana bakan Taos, oradan bile kan damladığını görebiliyordu. Mükemmel kemerlerle desteklenen mermer kubbeye, yüzlerce yıl önce kutsal meleklerin gülümseyen mutlu çocuklarla dans edişlerini resmeden güzeller güzeli bir fresk çizilmişti. Şimdi meleklerin ve hatta çocukların tamamına Hubal keşişlerinin kanı bulaşmıştı. Sanki bu yüzden, meleklerin yüz ifadeleri bile değişmişti. Artık mutlu ve tasasız görünmüyorlardı. Kan içindeki yüzleri, aynı Peder Taos'unki gibi, üzgün, pişman ve galiba şaşkındı.

Sıralara yığılmış yaklaşık otuz ceset vardı. Belki bir otuzu da sıraların arasında veya görülmeyecek yerlerdeydi. Katliamdan tek bir kişi sağ kurtulmuştu o da Taos'un kendisiydi. Çift namlulu tüfek kullanan bir adam tarafından karnından vurulmuştu. Çok kötü canı yanıyordu ve yarası hâlâ kanıyordu ama iyileşecekti. Yaraları her zaman iyileşirdi, gerçi kurşun yaralarının geride iz bıraktığı gerçeğini zamanla kabullenmek zorunda kalmıştı. Önceki yıllarda iki kere daha vurulmuştu, ikisi de beş yıl önce, ikisi de aynı hafta gerçekleşmişti, sadece birkaç gün arayla.

Hâlâ hayatta olan Hubal keşişlerinin sayısı, bu pisliği temizlemeye yeterdi. Onlar için çok zor olacağını biliyordu. Özellikle de beş yıl önce, barut tozunun mide bulandırıcı kokusu tapınağı son doldurduğunda da orada olanlar için.

Bu yüzden en sevdiği genç keşişlerden ikisinin, Kyle ve Peto'nun bir zamanlar kemerli meşe kapıların bulunduğu yerdeki delikten tapınağa girdiklerini görmek, Taos için rahatlatıcıydı.

Kyle otuzlarındaydı, Peto yirmisine geliyordu. İlk bakışta onları ikiz zannedebilirdiniz. Sadece görünüşleri birbirine benzediğinden değil, tavırları da benziyordu. Bunun sebebi kısmen aynı şekilde giyinmiş olmaları, kısmen de Kyle'ın on yıldır Peto'nun akıl hocalığını yapması ve genç keşişin farkında olmadan arkadaşının aşırı temkinli tavırlarını taklit etmesiydi. İkisi de esmer tenliydi ve kafaları kazınmıştı. Tapınağı dolduran ölü keşişler gibi onlar da birbirinin aynısı kahverengi cüppe giyiyorlardı.

Peder Taos'la konuşmak için sunağın yanına giderken, kardeşlerinin cesetlerinin üzerinden atlamak gibi bir çileye katlanmaları gerekiyordu. Onları bu durumda görmek Taos'u huzursuz etse de hayatta olduklarını bilmek içini rahatlatmıştı. Kalp atışları biraz olsun hızlanmıştı pederin. Geçen bir saat boyunca kalbi dakikada en fazla on kez attığından, hızlanmaya başlayıp eski ritmine kavuştuğunu hissetmek içini oldukça rahatlatmıştı.

Peto, Peder Taos'a ufak kahverengi bir kapta su getirmeyi akıl etmişti. Sunağa giderken suyun bir damlasını bile dökmemeye özen gösterdi, ama tapınakta yaşananların korkunçluğunu kavradıkça elleri daha da çok titriyordu. Suyu almak Taos'u ne kadar memnun ettiyse, ellerinin boşalması da genç adamı o kadar memnun etmişti. Yaşlı keşiş kabı iki eliyle kavradı ve gücünün kalanını onu dudaklarına götürmek için harcadı. Soğuk suyun boğazından akıp gidişini duyumsamak, kendini daha da canlı hissetmesini sağlamıştı.

"Teşekkürler Peto. Sakın endişelenme. Gün bitmeden eski halime döneceğim," dedi peder, eğilip boş kabı taş zemine bırakırken.

"Elbette döneceksiniz peder." Ama sesinin titremesinden, buna pek inanmadığı belliydi. Yine de umudunu kaybetmemişti.

Taos o gün ilk defa gülümsedi. Peto o kadar masum, o kadar şefkatliydi ki tapınağın kanlı sütunlarının arasında onu görüp biraz olsun toparlanmamak imkânsızdı. Bir uyuşturucu çetesi ailesini öldürdüğünde on yaşlarında olan çocuk, bu adaya getirilmişti. Keşişlerle yaşamak iç huzurunu bulmasını sağlamış, yasıyla ve kırılganlığıyla yüzleşmesine yardımcı olmuştu. Taos, Peto'nun, karşısındaki özverili, düşünceli insana dönüşmesinde oynadıkları rolden ötürü, kardeşleri ve kendisiyle gurur duyuyordu. Ne yazık ki şimdi bu genç keşişi, ondan ailesini çalan dünyaya geri yollamak zorunda kalacaktı.

"Kyle, Peto, neden burada olduğunuzu biliyorsunuz, değil mi?" diye sordu.

"Evet peder," dedi ikisi yerine yanıt veren Kyle.

"Bu görevi üstlenmeye hazır mısınız?"

"Kesinlikle peder. Olmasaydık bizi çağırtmazdınız."

"Haklısın Kyle. Sen akıllı bir adamsın. Bazen senin ne kadar bilge biri olduğunu unutuyorum. Bunu hep hatırlamalısın Peto. Kyle'dan öğreneceğin daha çok şey var."

"Evet peder," dedi Peto bütün alçakgönüllülüğüyle.

"Şimdi beni dikkatle dinleyin, çünkü çok az zamanımız var," diye devam etti Taos. "Bundan sonra, her saniye hayati önem taşıyor. Özgür dünyanın sorumluluğu sizin omuzlarınızda."

"Sizi hayal kırıklığına uğratmayacağız peder," diye karşılık verdi Kyle.

"Beni hayal kırıklığına uğratmayacaksınız Kyle. Başaramazsanız, hayal kırıklığına uğrattığınız tüm insanlık olacak." Devam etmeden önce duraksadı. "Taşı bulun. Buraya geri getirin. Karanlık geldiğinde kötülerin elinde olmasına izin vermeyin."

"Neden?" diye sordu Peto. "Başaramazsak ne olur peder?"

Taos uzanıp elini Peto'nun omzuna koydu ve kendi durumundaki birinden beklenmeyecek bir kuvvetle sıktı. Katliam, herkesin karşı karşıya olduğu tehlike ve daha da önemlisi bu iki genç keşişi tehlikenin kollarına atmaktan başka bir çaresinin olmadığı gerçeği, pederi üzüyordu.

"Dinleyin evlatlarım, taş yanlış zamanda yanlış ellere düşecek olursa bedelini hepimiz öderiz. Okyanuslar kabarır ve insanoğlu, yağmurdaki gözyaşları gibi kaybolup gider."

"Yağmurdaki gözyaşları gibi mi?" diye tekrarladı Peto.

"Evet Peto," diye karşılık verdi Taos nazikçe. "Yağmurdaki gözyaşları gibi. Şimdi acele etmelisiniz, ne yazık ki size her şeyi açıklayacak kadar vaktim yok. Araştırmanıza hemen başlamalısınız. Geçen her saniyeyle, akıp giden her dakikayla, bildiğimiz ve sevdiğimiz dünyanın sonuna bir adım daha yaklaşıyoruz."

Kyle uzanıp ustasının yanağını okşadı, oraya bulaşan bir damla kanı sildi.

"Endişelenmeyin peder, hiç zaman kaybetmeyeceğiz." Yine de harekete geçmeden önce bir an tereddüt etti. "Araştırmamıza nereden başlamalıyız?"

"Her zamanki yerden evlat. Santa Mondega'dan. Ay'ın Gözü en çok orada arzulanır. Orada, taşı isteyen birileri her zaman vardır."

"İyi de bahsettiğiniz 'birileri' kim? Taş kimde? Bu katliamı kim yaptı? Kimi –veya neyi– arıyoruz?"

Taos yanıt vermeden önce duraksadı. Kendisini çevreleyen vahşeti yeniden seyrederken saldırganın gözlerinin içine baktığı anı düşündü. Vuruluşundan bir saniye öncesini.

"Tek bir adam Kyle. Aradığınız, tek bir kişi. Adını bilmiyorum ama Santa Mondega'ya vardığınızda etrafa sorun. Öldürülemeyen adamı sorun. Kendisi çizik bile almadan, otuz kırk kişiyi tek başına öldürebilen adamı sorun."

"İyi de peder, öyle bir adam varsa bile, insanlar bize onun kim olduğunu söylemeye korkmaz mı?"

Genç adamın sorusu, Taos'un bir an için irkilmesine neden oldu. Aslında Kyle haklıydı. Şöyle bir düşündü. Kyle'ın güçlü taraflarından biri de her şeyi sorgulamasıydı, en azından bunu zekice yapıyordu. Ama bu sefer, Kyle'ın sorusuna verecek bir yanıtı vardı.

"Evet, korkacaklar ama Santa Mondega, insanların bir avuç dolar uğruna ruhlarını karanlık tarafa sattığı yerlerdendir."

"Anlamadım peder, ne uğruna?"

"Para uğruna Kyle. Para uğruna. Bu dünyada yaşayan bazı pislikler, onun uğruna her şeyi yapar."

"İyi de bizim paramız yok ki peder? Para kullanmak, Hubal'ın kutsal emirlerine aykırıdır."

"Teknik olarak evet," dedi Taos. "Ama paramız var. Sadece onu harcamıyoruz. Samuel Kardeş sizinle limanda buluşacak. Size bir çuval para verecek. Herhangi bir insana gerekenden çok daha fazlası. İhtiyaç duyduğunuz bilgileri elde etmek için bu parayı dikkatli kullanmalısınız." Acı ve hüzünle karışık bir yorgunluk dalgası pederi sardı. Devam etmeden önce eliyle yüzünü ovaladı. "Paranız olmazsa Santa Mondega'da yarım gün bile dayanamazsınız. Bu yüzden, ne yaparsanız yapın, sakın parayı kaybetmeyin. Kurnaz davranın. Eğer paranızın olduğu duyulursa, insanlar peşinize düşer. Kötü insanlar."

"Evet peder."

Kyle belirsiz bir heyecanın içini sardığını hissetti. Küçük bir çocuk olarak tapınağa geldiğinden beri, adadan ilk kez ayrılacaktı. Hubal'daki keşişlerin hepsi, adaya çocukken gelmiş kişilerdi. Ya öksüz ve yetimdiler ya da aileleri onları istemediği için adaya bırakılmışlardı. Ve dış dünyaya dönme fırsatı insanın karşısına hayatta bir kere çıkardı. Ne yazık ki keşiş olmanın gereklerinden biri de bütün heyecanları, heyecan yüzünden hissedilen suçluluk duygusunun takip etmesiydi. Ve Kyle da kendini adadan ayrılacağı için heyecanlanmanın verdiği suçlulukla boğuşurken buldu. Şimdi iyi şeyler hissetmenin yeri ve zamanı değildi.

"Başka bir şey var mıydı?" diye sordu.

Taos başını iki yana salladı.

"Hayır evladım. Şimdi git. Ay'ın Gözü'nü geri alıp dünyayı mahvolmaktan kurtarmak için üç gününüz var. Kum saati boşalmaya başladı bile."

Kyle ve Peto başlarını eğip Peder Taos'u selamladıktan sonra, dönüp tapınaktan ayrılmaya hazırlandılar. Temiz havaya çıkmak için sabırsızlanıyorlardı. İçerideki ölüm kokusu, ikisinin de midesini bulandırıyordu.

Bilmedikleriyse adanın kutsal topraklarından ayrıldıklarında o kokuyla ne kadar sık karşılaşacaklarıydı. Ama Peder Taos bunu biliyordu. İki keşişin tapınaktan ayrılmalarını izlerken, keşke onları dış dünyada neyin beklediği gerçeğini söyleyecek cesareti kendimde bulabilseydim diye düşünüyordu. Beş yıl önce iki genç keşişi Santa Mondega'ya yollamıştı. Keşişler bir daha geri dönmemişlerdi ve bunun nedenini sadece kendisi biliyordu.

Üç

Cüppeli sarışın adamın Tapioca Bar'a geldiği gecenin üzerinden beş yıl geçmişti. Mekân eskisinden farksızdı. Belki sigara dumanlarının duvarlarda bıraktığı lekeler biraz daha büyümüş ve serseri kurşunların açtığı deliklerin sayısı artmıştı. Ama bunlar dışında mekân hiç değişmemişti. Yabancılar hâlâ hoş karşılanmıyordu ve müdavimleri hâlâ serserilerdi. (Şimdikiler, öncekilerden farklı müdavimlerdi.) Geçen beş yıl içerisinde Sanchez biraz göbeklenmişti ama bunun dışında pek de değişmemişti. Bu yüzden, garip görünüşlü iki yabancı sessiz sedasız bara girdiklerinde, onlara sidik şişesinden içki koymaya hazırlandı.

Bu iki adam ikiz bile olabilirlerdi. İkisinin de saçları kazınmıştı, esmer tenliydiler ve kıyafetleri aynıydı: Karatecilerinki gibi belden bağlanan kolsuz önlükler, bol siyah pantolonlar ve kadınsı denebilecek sivri uçlu çizmeler. Çizmeler siyahtı. Tapioca'da kıyafet kuralı falan yoktu ama olsaydı, bu ikisinin asla içeri giremeyeceği kesindi.

Bara ulaştıklarında, Sanchez'e bakıp aptal aptal gülümsediler. Sanchez ise bütün yabancılara yaptığı gibi onları görmezden geldi. Ne yazık ki yine tatsız müşterilerinden bazıları –gerçekten hiç tadı tuzu olmayan müşteriler– yeni gelenleri fark etmişti ve barın sessizleşmesi uzun sürmedi.

Öğleden sonranın erken saatleri olduğu için, Tapioca henüz kalabalık değildi. Sadece iki masa doluydu, bara yakın olanda üç adam oturuyordu ve uzak köşedekinde, ellerinde bira şişeleri olan iki karanlık tip vardı. Şimdi her iki masadaki gözler de iki yabancıya dönmüştü. Din adamları sık sık oralarda görülmedikleri için, müdavimler de Hubal keşişlerini tanımıyordu. Ayrıca, garip giysiler giymiş bu iki adamın, yıllardır Hubal Adası'ndan ayrılan ilk keşişler olduklarını barın müşterilerinin bilmesine imkân yoktu. İçlerinden uzun boylu olan Kyle'dı. Diğer keşişten daha kıdemliydi. Arkadaşı Peto daha çömez sayılırdı. Ama Sanchez bunu da bilemezdi. Bilse de umurunda olmazdı zaten.

Keşişler Tapioca'ya çok özel bir nedenle gelmişti: Adadan çalınan taşı bulmak. Santa Mondega'da adını duydukları tek yer orasıydı. Peder Taos'un talimatlarına uymuş ve kasabalılara, öldürülemeyen bir adamı nerede bulabileceklerini sormuşlardı. Herkes yanıtta anlaşmışçasına, "Tapioca'da şansınızı deneyin," demişti. Birkaç kişi, aradıkları adamın adını bile söyleyecek kadar nazik davranmıştı. "Burbon Kid" lakabı, pek çok kez dile getirilmişti. Verilen ikinci bir isimse kasabaya yeni gelen bir adama aitti, kendini Jefe adıyla tanıtıyordu. İki keşiş, araştırmalarına iyi başlamışlardı. En azından öyle zannediyorlardı.

"Özür dilerim beyefendi," dedi Kyle, Sanchez'e nazikçe gülümsemeyi sürdürerek. "Birer bardak su alabilir miyiz lütfen?"

Sanchez iki boş bardak alıp barın altındaki şişeyi çıkardı ve bardakları sidikle doldurup adamların önüne koydu.

"Altı dolar."

Yabancılar fiyattaki meydan okumayı önemsemediler ama barmenin ses tonundaki düşmanlık, fark edilmeyecek gibi değildi.

Kyle, Peto'yu dürttü ve zoraki bir şekilde de olsa Sanchez'e gülümsemeyi sürdürerek arkadaşına doğru eğildi.

"Peto, ona para ver," diye fısıldadı.

Peto surat astı. "İyi de Kyle, iki bardak su için altı dolar fazla değil mi?" diye fısıldayarak karşılık verdi genç keşiş.

"Adama parayı ver," diye ısrar etti Kyle. "Aptal durumuna düşmeyelim."

Peto, Kyle'ın omzunun üstünden Sanchez'e bakıp sabırsızlanan barmene gülümsedi.

"Bence bu adam bizi soyuyor."

"Ona parayı ver... Hemen."

"Tamam, tamam, ama bize verdiği suyu görmüyor musun? Bence biraz şey, sarımsı." Derin bir nefes alıp ekledi. "Sidiğe benziyor."

"Peto, adama parasını öde."

Peto kemerindeki ufak siyah çantadan bir avuç banknot çıkarıp altı tane bir dolar saydı ve Kyle'a verdi. Kyle da parayı alıp Sanchez'e uzattı. Barmen banknotları alıp onaylamadığını belli etmek için başını iki yana salladı. Birilerinin bu iki hilkat garibesinin işini bitirmesi an meselesiydi ve o kadar garip görünüp davrandıkları için hepsi kendilerinin suçuydu. Parayı kasaya koymak için arkasını döndü ama her zamanki gibi daha kasanın gözü çınlamadan, iki yabancıya ilk soru sorulmuştu.

"Hey, siz iki zibidi, burada ne arıyorsunuz?" diye seslendi köşedeki masada oturan karanlık tiplerden biri.

Kyle, konuşan adamın kendilerinden yana baktığını görebiliyordu, bu yüzden eğilip Peto'nun kulağına, "Galiba bizimle konuşuyor," diye fısıldadı.

"Gerçekten mi?" dedi şaşırmış görünen Peto. "Zibidi ne demek?"

"Bilmiyorum ama kulağa hakaretmiş gibi geliyor."

Kyle dönüp baktığında, köşedeki masada oturan adamların yerlerinden kalktığını gördü. İki karanlık, pis görünüşlü serseri keşişlere doğru gelirken ayaklarının altındaki tahtalardan gıcırtılar yükseliyordu. Serserilerin son derece huzursuz edici bir havası vardı. İki keşiş, belanın yaklaştığını görebiliyorlardı. Kyle ve Peto gibi kasabadan olmayan iki naif yabancı bile o kadarını anlayabilirdi.

"Ne yaparsan yap ama sakın onları kızdırma," diye fısıldadı Kyle, Peto'ya. "Kötülük dolu bir havaları var. Konuşmayı bana bırak."

İki baş belası, artık Kyle ve Peto'nun karşılarındaydı, aralarında olsa olsa bir adım mesafe vardı. Her ikisi de aylardır yıkanmamış gibi görünüyordu ve bunu doğrulayacak derecede pis kokuyorlardı. İkilinin iriyarı olanı Jericho adlı adam tütün çiğnediği için, ağzının kenarından kahverengi salyalar akıyordu. Tıraş olmamış ve oralarda zorunlu tutuluyormuş gibi o da palabıyık bırakmıştı. Görünüşüne bakılırsa günlerdir eve gitmeden barda içtiği düşünülebilirdi. Jericho'dan daha kısa olan Rusty en az arkadaşı kadar kötü kokuyordu. Peto'ya sırıttığında çürük siyah dişleri ortaya çıktı, gözlerini dikip bakabileceği kadar kısa birini bulduğuna sevinmişti. Nasıl ki Peto, Kyle'ın çömeziyse, Rusty de kendi çevrelerinde daha başarılı bir suçlu kabul edilen Jericho'nun çırağıydı. İplerin kimin elinde olduğunu göstermek istercesine, ilk saldırgan hareket Jericho'dan geldi. Parmağıyla Kyle'ın göğsünü dürttü.

"Sana bir soru sordum. Burada ne arıyorsunuz?" Her iki keşiş de adamın hırıltılı sesinden rahatsız olmuştu.

"Şey, benim adım Kyle, bu da çömezim Peto. Pasifik'teki Hubal Adası'ndan gelen keşişleriz ve birini arıyoruz. Belki onu bulmamıza yardım edebilirsiniz?"

"Kimi aradığınıza bağlı."

"Şey, sanırım aradığımız adam, Burbon Kid olarak tanınıyor."

Tapioca'ya tam bir sessizlik çöktü. Vantilatör bile suskunlaştı. Derken, Sanchez'in elindeki boş bardağı düşürmesiyle beraber, kırılan camların gürültüsü ortalığı çınlattı. Uzun zamandır, barındaki hiç kimse o ismi ağzına almamıştı. Çok uzun zamandır. İsim, korkunç anıları da beraberinde getiriyordu. Adamın adının anılması bile barmenin kanının donması için yeterliydi.

Jericho ve yardımcısı da bu ismi biliyorlardı. Burbon Kid'in uğradığı gece barda değillerdi. Onu hiç görmemişlerdi. Ama Burbon Kid'le ve Tapioca'da burbon içtiği geceyle ilgili hikâyeleri duymuşlardı. Jericho, ciddi olup olmadığını anlamak için gözlerini kısarak Kyle'a dikkatlice baktı. Ciddiydi.

"Burbon Kid öldü," diye homurdandı. "Başka ne bilmek istiyorsunuz?"

Jericho ve Rusty'yi iyi tanıyan Sanchez, Kyle ve Peto'nun yirmi saniyelik ömürleri kaldığını tahmin ediyordu. Ama Peto bardağını ağzına götürüp koca bir yudum aldığında, bu tahminin oldukça cömert bir tahmin olduğu gün gibi aşikâr olmuştu. Sıvı diline değer değmez içtiğinin kutsallıktan uzak bir şey olduğunu anlamış ve refleks olarak onu ağzından püskürtmüştü. Hem de Rusty'nin suratına. Sanchez az kalsın kahkaha atacaktı ama bunu yapmanın akıllıca olmayacağını bilecek kadar uzun yaşamıştı. Şimdi Rusty'nin saçları, yüzü, bıyığı ve kaşları sidik içindeydi. Peto adamın her tarafını sidiğe bulamıştı. Göğsüne doğru akan altın rengi damlalara bakan Rusty'nin gözbebekleri öfkeden büyüdü. Bu çok küçük düşürücü bir şeydi. O kadar küçük düşürücüydü ki bir saniye bile düşünmeden tabancasını çekti. Kankası Jericho da bir hamlede silahını kılıfından çıkardı.

Hubal keşişleri, barışı ve huzuru geri kalan her şeyin üzerinde tutar ama çocukluklarından itibaren savaş sanatlarında eğitilirler. Bu yüzden Kyle ve Peto için, silahlı bile olsalar bir çift sarhoş serseriyi alt etmek çocuk oyunuydu (keşişlerin yetiştirilişi düşünüldüğünde, kelimenin tam anlamıyla öyleydi). İki keşiş aynı anda yürek hoplatan bir hızla harekete geçti. Tek bir ses bile çıkarmadan eğilip sağ bacaklarını karşılarındaki adamların bacaklarının arasına soktular. Ardından bacaklarını bir kanca gibi düşmanlarının dizinin arkasına dolayıp hızla döndüler. Hazırlıksız yakalanan ve saldırının aniliği karşısında ellerinden hiçbir şey gelmeyen Jericho ve Rusty, keşişler tabancalarını ellerinden alırken inleyerek yere kapaklanmaktan fazlasını yapamadı. Adamlar yere düşer düşmez, parkelerden takırtılar yükseldi. Bir saniye önce kavgayı kazanacağına kesin gözüyle bakılan iki adam artık, sırtüstü uzanmış tavanı seyrediyordu. Daha kötüsü, durdukları yerden iki keşişin tabancalarını kendilerine doğrulttuğunu görebiliyorlardı. Kyle öne çıkıp yerden kalkmasını engellemek için, sivri uçlu çizmesini Jericho'nun göğsüne bastırdı. Peto aynı şeyi yapmaya zahmet etmedi, çünkü Rusty kafasını yere o kadar sert vurmuştu ki ayıldığında kim olduğunu hatırlayacağı bile şüpheliydi.

"Burbon Kid'in nerede olduğunu biliyor musun bilmiyor musun?" diye sordu Kyle, ayağıyla Jericho'nun göğsüne yüklenerek.

"Defol git."

Bam!

Kyle'ın yüzü bir anda kanla kaplandı. Sol tarafa baktığında, Peto'nun silahının namlusundan dumanlar tüttüğünü gördü. Genç keşiş, Rusty'nin suratını dağıtmıştı. Yerler ve iki keşişin üstü başı pislik içinde kalmıştı.

"Peto! Şimdi bunu neden yaptın?"

"Ben... Özür dilerim Kyle ama daha önce hiç silah kullanmamıştım. Tetiği çektiğimde böyle oldu."

"Biliyorsun ki tetiği çektiğinde silahlar ateş alır," dedi Kyle, nezaketi elden bırakmamaya çalışarak.

Zangır zangır titreyen Peto silahı elinde tutmakta güçlük çekiyordu, yaşadığı çok büyük bir şoktu. Asla yapmayacağına inandığı bir şey yapmış, birini öldürmüştü. Yine de Kyle'ı yarı yolda bırakmamak için, cinayeti zihninin derinliklerine ittirmeye çalıştı. Her yerin kan içinde olduğu düşünülürse, bunu başarmanın kolay olması beklenemezdi, her şey ona adamı öldürdüğünü hatırlatıyordu.

Kyle ise insanlarda kötü bir izlenim bırakmaktan çekiniyordu ve barın dolu olmamasına minnettardı.

"Gerçekten, seni hiçbir yere götüremeyecek miyim?" dedi azarlarcasına.

"Özür dilerim."

"Peto, bana bir iyilik yapar mısın?"

"Elbette, nedir?"

"O şeyi bana doğrultmayı bırak."

Peto silahı indirdi. Rahatlayan Kyle, Jericho'yu sorgulamaya döndü. Orta masadaki üç adam, olup biten her şey son derece normalmiş gibi onlara sırtlarını dönmüş içkilerini içmeye devam ediyordu. Kyle çizmesini yerdeki serserinin göğsüne biraz daha bastırarak, "Dinle ahbap," dedi sakince. "Sadece Burbon Kid'i nerede bulacağımızı bilmek istiyoruz. Bize yardım edecek misin etmeyecek misin?"

"Hayır lanet olası!"

Bam!

Jericho, bir çığlık atıp sağ bacağını tuttu. Dizinin hemen altındaki kurşun yarasından kanlar akıyordu. Peto'nun silahının namlusundan yine duman tütüyordu.

"Ö... özür dilerim Kyle," diye kekeledi çömez. "Silah ateş aldı. Yemin ederim isteyerek olmadı..."

Kyle çaresizce başını iki yana salladı. Şimdi bir adamı öldürmüş ve bir diğerini yaralamışlardı. İnsanların Ay'ın Gözü dedikleri kıymetli mavi taşı geri alma maceralarının sessiz sakin başladığı söylenemezdi. Gerçi dürüst olmak gerekirse, kendisi de Hubal'dan ayrılmış olmanın gerginliği içindeydi ve aralarındaki yaş farkı düşünüldüğünde, Peto'nun en az iki kat gergin olması doğaldı.

"Önemli değil. Bir daha olmasın."

Kyle'ın çizmesi hâlâ göğsünde olduğundan, yerinden kalkamayan Jericho'nun küfürleri barda yankılandı. Acı içinde inliyordu.

"Yemin ederim Burbon Kid'in nerede olduğunu bilmiyorum," diye bağırdı iki keşişe.

"Arkadaşıma seni tekrar vurmasını söylemmi mi istiyorsun?"

"Hayır, hayır! Lütfen, yemin ederim nerede olduğunu bilmiyorum. Onu hiç görmedim. Lütfen, bana inanmalısınız!"

"Tamam. Ay'ın Gözü adlı kıymetli mavi taşın çalınmasıyla ilgili herhangi bir şey biliyor musun?"

Jericho'nun inlemeleri bir saniyeliğine de olsa kesilince ikili, serserinin bir şeyler bildiğini anladı.

"Evet, evet biliyorum," diye inledi serseri. "El Santino adında biri taşın peşinde. Onu kendisine getirecek kişiye büyük paralar vaat ediyor. Ama bütün bildiğim bu kadar. Yemin ederim."

Kyle, ayağını Jericho'nun göğsünden çekip barın yanına döndü. O ana kadar dokunmadığı bardağından bir yudum aldı ve Peto'yla aynı tepkiyi verdi. İğrenip ağzındaki sıvıyı dışarı tükürdü. Tek fark, bu sefer hedefin Sanchez olmasıydı.

"Sularınızı yenilemelisiniz, sanırım bu bozulmuş," dedi Kyle, halinden hiç memnun olmayan, sidik içindeki barmene. "Hadi Peto. Gidelim."

"Bekle," dedi Peto. "Onlara diğer adamı sormadın. Jefe' yi. Onu nerede bulabileceğimizi biliyorlar mı?"

Kyle uzun zaman önce beyaz olduğu anlaşılan pis bir bezle yüzündeki sidiği silmekte olan Sanchez'e döndü.

"Barmen, buralarda yaşayan Jefe adında birinden bahsedildiğini duydun mu?"

Sanchez başını iki yana salladı. Jefe'den bahsedildiğini duymuştu ama kimseyi ispiyonlayacak değildi, hele de yabancılara. Zaten Jefe'nin kim olduğunu bilse bile, onunla hiç karşılaşmamıştı. Adam, dünyayı dolaşan ünlü bir kelle avcısıydı. Doğru, şu sıralar Santa Mondega'da olduğu söyleniyordu ama henüz Tapioca'ya adımını atmamıştı. (Ve bu da Sanchez'e göre başlı başına bir lütuf sayılırdı.) "Kimseyi tanımıyorum. Şimdi defolun barımdan."

İki keşiş, tek kelime etmeden bardan ayrıldı. Gittiler de kurtuldum, diye düşündü Sanchez. Tapioca'nın parkelerindeki kanları temizlemek, en sevmediği işlerden biriydi. Şimdiyse geldiklerinde hemen kovması gereken iki yabancı yüzünden tam da bunu yapmak zorunda kalacaktı.

Bir kova su ve paspas almak için arka taraftaki mutfağa gitti. Ama geri döndüğünde Tapioca'nın kapısından içeri yeni bir yabancının girdiğini görmek huzurunu iyice kaçırmıştı. Bir yabancı daha. Uzun. Yapılı. Garip giyimli. Son iki ucube de öyleydi. Gerçekten boktan bir gün oluyordu. Daha akşam olmadan Sanchez'in canına tak etmişti. Yerde, beyni etrafa saçılmış ölü bir adam vardı ve bir diğeri de bacağında kurşun yarasıyla inliyordu. Hemen şimdi olmasa da er ya da geç polisi çağırmak gerekecekti.

Jericho'nun bacağındaki kurşun yarasını eski bir bezle sıkıca sarıp serserinin ayağa kalkmasına yardım eden Sanchez, yeni müşterisiyle ilgilenmek üzere bara döndü. Jericho da barın önündeki taburelerden birine yerleşti. Tapioca'ya giren son yabancıyla dalaşma hatasına düşmeyecekti.

Sanchez (nispeten) temiz bir bez alıp ellerindeki kanı sildi ve yeni müşterisini süzdü.

"Ne içersin yabancı?"

Adam, Jericho'nun yanındaki taburedeydi. Üzerinde düğmeleri açık kolsuz bir deri ceket ve dövmeli göğsünün üzerinde de büyük gümüş bir haç vardı. Ceketine uyan siyah deri bir pantolon ve aynı renkte deri botlar giymişti. Siyah saçları gürdü ve bunca siyahın üstüne bir de Sanchez'in o güne dek gördüğü en kara gözler ekleniyordu. Ne kadar kara olduğunu anlayın işte.

Adam, Sanchez'i görmezden gelip bar tezgâhının üzerine koyduğu paketten bir sigara çıkardı. Sigarayı havaya fırlattı ve yerinden kıpırdamadan dudaklarıyla yakaladı. Bir saniye sonra yoktan bir kibrit var etti ve çakıp sigarasını yaktıktan sonra onu Sanchez'e fırlattı.

"Birini arıyorum," dedi.

"Ben içki satarım," diye karşılık verdi Sanchez. "Şimdi, sipariş verecek misin?"

"Bir viski ver." Ardından ekledi. "Bana sidik doldurursan seni öldürürüm."

Sanchez, adamın sesinin hırıltısından ne kadar ciddi olduğunu anlamıştı. Bir kadehe viski doldurup adamın önüne koydu.

"İki dolar."

Adam içkiyi kafasına dikip boş kadehi bara çarptı.

"El Santino adında bir adamı arıyorum. Burada mı?"

"İki dolar."

İnsana "ödeyecek mi ödemeyecek mi" diye düşündüren bir gerilim anının hemen ardından, adam ceketinin üst cebinden beş dolarlık bir banknot çıkardı. Parayı bara koydu ama elini üzerinden çekmedi. Sanchez, paranın boşta olan ucundan tuttu. Adam da öbür ucundan tutuyordu.

"Bu barda El Santino adında biriyle buluşmam gerekiyor. Onu tanıyor musun?"

Kahretsin, diye düşündü Sanchez. Bugün herkes birilerini veya bir şeyleri arıyor. İlk iki ucube katil Burbon Kid'i –ismi hatırladığı anda baştan aşağı ürperdi– ve kahrolası mavi taşı, bir de Jefe denilen kelle avcısını sormuştu. Şimdi de başka bir lanet olası yabancı gelmiş, pislik surat Santino'yu soruyor. Ama düşüncelerini kendine sakladı. "Evet, onu tanıyorum," demekle yetindi.

Adam beş doların ucunu bıraktı. Sanchez parayı kapıp da kasanın çınlamasıyla birlikte müdavimlerden birinin âdet olduğu üzere yeni geleni sorgulamaya başlaması bir oldu.

"El Santino'dan ne istiyorsun?" diye seslendi bar tarafındaki masada oturan üç adamdan biri. Deri giysili yabancı hemen karşılık vermedi. Bunun kötüye alamet olduğunu bilen Jericho, dinlendiği bar taburesinden kalkıp topallayarak dışarı çıktı. Bir gün için yeterince heyecan yaşamıştı ve hırsız keşişler tabancasını çalmışken, yeniden silahlı bir çatışmaya niyeti yoktu. Dışarı çıkarken, zıplayarak arkadaşı Rusty'nin cesedinin üstünden atladı ve bir süre Tapioca'ya uğramamaya karar verdi.

Jericho gittiğinde, kara gözlü yabancı sonunda soruyu yanıtlamaya karar verdi.

"Bende El Santino'nun istediği bir şey var," dedi, dönüp kiminle konuştuğuna bakmaksızın.

"Bana verebilirsin. Senin adına ona iletirim," dedi masadakilerden biri. Bu söz arkadaşlarını güldürdü.

"Korkarım ki bunu yapamam."

"Yapabileceğine eminim." Ses tonu artık tehditkârdı.

Çekilen bir tabanca horozunun sesi duyuldu. Bar taburesindeki yabancı, iç çekip sigarasından bir nefes aldı. Masadaki üç serserinin üçü birden ayağa kalkıp bara doğru ilerledi. Tam arkasında durmalarına karşın, adam hâlâ dönüp bakmaya zahmet etmiyordu.

"Senin adın ne?" diye sordu ortadaki serseri. Sanchez bu adamı tanıyordu. Çalı gibi kaşları olan sinsi bir tipti. Gözlerinin rengi birbirini tutmuyordu. Sol gözü koyu kahverengiydi ama sağ gözünün kendine özgü bir rengi vardı. (Birinin, bir keresinde 'yılanlarınki gibi' diyerek tarif ettiği bir renk.) İki ahbabı Örümcek ve Aygır, adamdan bir iki parmak daha uzundu. Gerçi bunun nedeni, kafalarındaki eski püskü kovboy şapkaları da olabilirdi. Ama sorun, o iki adam değildi. Onlar taşaklardı. Asıl sorun, ortadaki garip gözlü çüktü. Sansar Marcus, ufak hırsızlıkların adamıydı, yankesici ve tecavüzcüydü. Şimdi de tabancasını yabancının sırtına doğrultmuştu. "Sana bir soru sordum," dedi. "Adın nedir ahbap?"

"Jefe. Adım Jefe." Hay lanet, dedi içinden bu ismi duyan Sanchez.

"Jefe mi?"

"Evet. Jefe."

"Hey, Sanchez," diye seslendi Marcus, barmene. "O iki keşiş, Jefe diye birini aramıyor muydu?"

"Ya." Barmen tek heceli kelimelerle güne devam etmeye karar vermişti.

Jefe sigarasından derin bir nefes alıp, kendisini sorgulayan Marcus'a döndü ve sigarasının dumanını adamın suratına üfledi.

"Keşiş mi dedin?"

"Evet," dedi öksürmemeye çalışan Marcus. "İki keşiş. Sen gelmeden hemen önce çıktılar. Herhalde yanlarından geçmişsindir."

"Keşiş falan görmedim."

"Elbette. Eminim öyledir."

"Dinle evlat, kendine bir iyilik yap ve bana El Santino'yu nerede bulacağımı söyle."

Sansar Marcus tabancasını kaldırıp bir süre havaya doğrulttu. Ardından, silahın namlusunu Jefe'nin burnuna çevirdi. "Dediğim gibi, neden elindekini bana vermiyorsun? Ben de senin adına onu El Santino'ya iletirim. Ne dersin şef?"

Jefe sigarasını yere atıp Marcus'a teslim oluyormuş gibi ellerini yavaşça havaya kaldırdı ama bunu yaparken sadece kendisinin anladığı bir espri yapılmış gibi sırıtıyordu. Ellerini önce başının arkasına götürdü, sonra yavaşça ensesine doğru indirdi.

"Pekâlâ," dedi Marcus. "Bana El Santino'ya getirdiğin şeyi göstermen için üç saniyen var. Bir... İki..."

Islığı andıran bir ses duyuldu. Garip gözlü arkadaşlarının iki yanında durmakta olan Örümcek ve Aygır aynı anda yere yığıldı. Marcus yere baktığında donakalmıştı. İkisi de boylu boyunca uzanmıştı. Boğazlarına saplanan keskin bıçaklar, ikisini de hemen o anda öldürmüştü. Marcus başını kaldırdığında silahının elinde olmadığını fark etti. Artık Jefe'nin elindeydi ve kendisine doğrultulmuştu. Marcus yutkundu. Bu adam hızlı ve ölümcül.

"Dinlesene," dedi hayatta kalma içgüdülerini dinleyen Sansar. "Neden seni El Santino'ya götürmüyorum?"

"Elbette. Harika olur," diyerek sırıttı Jefe. "Ama öncelikle, neden ikimize birer viski ısmarlamıyorsun?"

"Seve seve."

Rusty, Örümcek ve Aygır'ın cesetlerini arka kapıdan dışarı sürükleyip kimsenin onları kolay kolay göremeyeceği bir yere fırlatan iki adam, oturup birkaç saat viski içti. Çoğunlukla Marcus konuşuyordu. Tam tur rehberi havasındaydı, Jefe'ye iyi zaman geçirmek istiyorsa nerelere gitmesi gerektiğini anlattı. Yeni arkadaşını, insanların onu soymaya hevesli olacakları yerler konusunda uyarmayı ihmal etmedi. Jefe, söyledikleriyle ilgileniyormuş gibi davranarak Marcus'un gönlünü hoş tuttu. Oysa tek istediği, yalnız içmemek ve viskilerin parasını başkasının ödemesiydi. Neyse ki Marcus, cesetleri arka kapıdan dışarı taşırlarken, Aygır'ın cebindeki para tomarını ve Örümcek'in cebindeki üç doları almayı akıl etmişti. Şimdi üzerinde birkaç gün kafayı çekmelerine yetecek kadar para vardı.

Akşamın erken saatlerinde Jefe sarhoş oldu. Ne o ne de Marcus, Tapioca'nın dolduğunu fark ettiler. Hâlâ kullanılmayan bir sürü masa ve sandalye vardı ama barın karanlık köşeleri müşterilerle –müdavimlerle– dolmuştu. Her nasılsa, Jefe'nin üzerinde çok para edecek bir şey taşıdığı haberi ortalığa yayılmıştı. Adam tüm dünyaya korkulacak biri olarak nam salmış olsa da o taraflarda şahsen tanınmazdı ve sarhoş olunca, Tapioca'ya takılan hırsızlarla yankesicilerin bir numaralı hedefine dönüşmüştü.

Gerçekten de o gece Jefe'nin başına gelenler, kontrol edilemez bir olaylar zincirini başlatacaktı. Zincirin halkalarıysa genel olarak cinayetlerden oluşuyordu.

Dört

Dedektif Miles Jensen, Santa Mondega'ya gelirken namını da beraberinde getirdi. Diğer polisler bir bakışta ondan nefret etmişti. Onlara göre, adam yeni moda dedektiflerdendi. Sokaklardaki hayatı bilmediğine inanıyorlardı. Yanılıyorlardı elbette ama adamın Santa Mondega denilen çöplükteki polislere kendini ispatlamaya çalışmaktan daha önemli işleri vardı.

Sahtekârın teki olduğunu zannetmelerinin nedeni adamın unvanıydı: Doğaüstü Soruşturmalar Dedektifi. Çoğuna göre bu, vergi ödeyenlerin parasını israf etmekten başka bir şey değildi. Adam, başkasının çöplüğündeyken bunu sorun etmemişlerdi ama artık onların çöplüğündeydi ve büyük ihtimalle, hepsinden çok daha fazla para kazanıyordu. Yine de yapabilecekleri hiçbir şey olmadığını biliyorlardı. Jensen, Santa Mondega'ya ABD hükümeti tarafından atanmıştı. Normalde hükümet, Santa Mondega'da olup bitenleri zerre kadar önemsemezdi ama yakın zamanda yaşananlar, onların bile dikkatini çekmişti.

"Yaşananlar" diye ifade edilen, aslında beş korkunç cinayetti. Oralarda üç beş cinayet aslında kimsenin umurunda olmazdı ama bu zavallıların öldürülüş şekli herkesin dikkatini çekmişti. Beşi de aynı şekilde kurban edilmişti. Böyle cinayetler, en son beş yıl önceki efsanevi Burbon Kid katliamından bir hafta önce görülmüştü. Santa Mondega'daki çoğu cinayet kurbanı, silahşorlar ya da bıçaklı manyaklar tarafından öldürülürdü. Ama bu beşi farklıydı, onları başka bir şey öldürmüştü ve o, her neyse, tam olarak insan değildi. Bu detay, cinayetlerin, tek başına çalışan ve kimseden yardım almayan Miles Jensen'ın atanmasını gerektirecek kadar ciddiye alınmasını sağlamıştı.

Şehir merkezindeki pek çok bina gibi Santa Mondega Karakolu da çürüyen bir pislik yuvasıydı. Erken dönem yirminci yüzyıl binalarından biriydi ve büyük ihtimalle bir zamanlar şehrin gurur duyulası yapılarındandı. Ama Jensen'ın gördüğü diğer karakollarla kıyaslanacak olursa, ihtişam bakımından oldukça alt sıralarda kalıyordu.

En azından içi, bir ölçüde modernleştirilmişti. Dışı gibi yirminci yüzyılın ilk yarısının değil, 80'lerin havasını taşıyordu. İçerinin düzeni, eski televizyon polisiyelerindeki karakollarınki gibiydi. İdeal bir çalışma ortamı değildi ama dürüst olmak gerekirse, Jensen çok daha kötülerini görmüştü.

Yeni karakolda gelişiyle ilgili işlemleri tamamlaması – deneyimlerine göre, çoğunlukla acı verici ölçüde yavaş işleyen bir süreçti– çok kolay oldu. Danışmadaki genç kadın, adamın rozetine ve yanında getirdiği yazıya bakıp Şef Rockwell'in ofisine çıkmasını söyledi. Adamın boş boş baktığını görünce de gideceği yeri tarif etti. Demek onu bekliyorlardı. Güzel.

Jensen, şefin ofisine çıkarken diğer polislerin bakışlarını üzerinde hissetti, her biri gözlerini dikmiş ona bakıyordu. Ne zaman bir yere atansa aynı şeyler yaşanırdı, hep aynı hikâye.

Diğer polisler ondan nefret ederdi ve hepsi buydu. Yapabileceği hiçbir şey yoktu, en azından atanışının ilk günlerinde. Santa Mondega'da işler, diğer şehirlerdekinden daha da zor olacaktı, çünkü polis kuvvetlerindeki tek siyahın kendisi olduğunu görebiliyordu. Kasaba her tür insanla doluydu, her milletten ve ırktan birilerini bulabilirdiniz ama neredeyse hiç siyah yoktu. Belki siyahlar bu pislik yuvasına yerleşmeyecek kadar akıllı olduklarından, belki de istenmediklerinden. Zaman gösterecek, diye geçirdi içinden Jensen.

Şef Rockwell'in ofisi üçüncü kattaydı. Jensen üzerine dikilen yüzlerce göze aldırmamaya çalışarak polis şefinin cam duvarlı ofisine doğru yürüdü. Asansörle ofisin arası altmış metre ya var ya yoktu. Masalar ve sonradan yerleştirilen panellerle birbirinden ayrılmış bölmeler bütün katı kaplıyordu. Her masanın başında bir dedektif vardı. Günümüz polisleri düşünüldüğünde tipik bir manzara. Kimse dışarıda suçla savaşmıyordu. Herkes masasının başında şikâyet dilekçesi dolduruyor veya rapor yazıyordu. Çağdaş polislik anlayışı, dedi Jensen kendi kendine. Ne ilham verici.

Bilgisayar ekranlarına veya bölmeleri ayıran panellere bantlanmış resimler vardı: Kurbanların, kayıp kişilerin veya şüphelilerin fotoğrafları. Dışarısıyla kıyaslandığında, Şef Rockwell'in ofisi pırıl pırıldı. Üçüncü katın en ücra köşesindeki ofis, şehre tepeden bakıyordu. Jensen cam kapıyı iki kere tıklattı. Rockwell –görünüşe göre Santa Mondega polis kuvvetlerindeki tek siyah– masasının başında oturmuş bir şeyler çiğneyerek gazete okuyordu. Gür gri saçları ve göbeğine bakılırsa, altmışına merdiven dayamış olabilirdi. Kapısının çaldığını duyduğunda başını kaldırıp bakmaya zahmet etmeden, ziyaretçisine içeri girmesini söyledi. Jensen kapı tokmağını çevirip kapıyı ittirdi. Kapı açılmadı. Jensen biraz zorlayınca da ofisin cam duvarları zangır zangır titredi. Sonunda alt tarafına bir tekme indirerek kapıyı açmayı başardı ve içeri girdi.

"Dedektif Miles Jensen göreve hazırdır amirim."

"Otur dedektif," diye homurdandı kare bulmaca çözmekte olan Rockwell.

"Yardım ister misiniz?" diye sordu Jensen, şefin karşısındaki koltuğa otururken.

"Evet, bakalım bunu biliyor musun?" dedi bir saniyeliğine gözlerini bulmacadan ayıran Şef Rockwell. "Dört harfli bir kelime. Bir daha asla tekmelememen gereken nesne."

"Kapı mı?"

"Aynen öyle. Demek seninle sorun yaşamayacağız. Tanıştığımıza sevindim Jansen," dedi gazetesini katlayıp yeni dedektifini süzen şef.

"Jensen efendim ve ben de sizinle tanıştığıma sevindim," dedi Jensen, tokalaşmak için sağ elini uzatarak. Rockwell kendisine uzatılan eli görmezden gelip konuşmayı sürdürdü.

"Neden burada olduğunu biliyor musun dedektif?"

"Yukarıdakiler, durumu bana açıkladı. Büyük ihtimalle sizin bildiğinizden fazlasını biliyorumdur efendim," diye karşılık verdi Jensen, elini çekip yeniden koltuğuna otururken.

"Bundan şüpheliyim." Polis şefi, sol taraftaki evrakların üstünden aldığı fincandaki kahveyi yudumladı. Beğenmemiş olacak ki sıvıyı fincana geri tükürüp suratını buruşturdu. "Bildiklerimizi birbirimizle paylaşacak mıyız, yoksa İçişleri'nden gelen bir pislik gibi mi davranacaksın?"

"Pislik gibi davranmaya niyetim yok amirim. Kesinlikle size ahkâm kesmek gibi bir niyetim yoktu."

"Sana bir öğüt vereyim Jansen, buralarda kimse ukalaları sevmez, anlıyor musun?"

"Jansen değil, Jensen efendim."

"Her neyse. Sana kahvenin nerede durduğunu gösteren oldu mu?"

"Hayır efendim. Daha yeni geldim."

"Gösterdiklerinde aklında olsun, ben sütsüz ve iki şekerli içerim."

"Ben kahve içmem efendim."

"Sana içer misin diye sormadım. Tanıştığında, Somers'tan sana kahvenin yerini göstermesini iste."

"Somers hangisi?" diye sordu Jensen, sorusunun yanıtlanmayabileceğinin farkında olarak. Şef Jessie Rockwell garip bir tipti. Hızlı konuşuyordu ve belli ki sabırsızdı. Kafeine ihtiyacı varmış gibi görünmüyordu. Arada bir konuşurken ufak bir inme geçiriyormuş gibi suratı kasılıyordu. Belli ki stresliydi. Ayrıca Miles Jensen'ın karakoluna atanmasından hoşlanmamıştı.

"Somers senin ortağın – daha doğrusu sen onun ortağısın. O durumu böyle görmeyi tercih ediyor," dedi. Jensen'ın tüyleri diken diken olmuştu.

"Sanırım bir yanlış anlaşılma oldu efendim. Bana bir ortak verileceğini bilmiyordum."

"Ama verildi. Buraya gönderilmeni biz istemedik. Ama senden kurtulmamız imkânsız. Ve ücretini ödememiz gerektiği söylendi. Yani ikimiz de hoşlanmadığımız şeylere katlanmak zorundayız."

Bunları duymak, Jensen'ı hiç mutlu etmedi. Diğer polisler onun yaptığı işi ciddiye almazlardı. Şef de ciddiye alıyormuş gibi görünmüyordu ve Somers denilen tip her kimse, Jensen onun da farklı olmayacağından emindi.

"Saygısızlık etmek istemem efendim ama..."

"Saygısızlık etmeyi iste ya da isteme Johnson, ne diyorsam onu yapacaksın."

"Jensen efendim."

"Her neyse. Şimdi iyi dinle, çünkü söylediklerimi tekrarlamayacağım. Ortağın Somers tam bir pisliktir. Gerçek bir pislik. Kimse onunla çalışmak istemiyor."

"Ne? İyi de o zaman..."

"Söyleyeceklerimi duymak istiyor musun istemiyor musun?"

Jensen, Şef Rockwell'le tartışmanın anlamsız olduğunu çabucak kavradı. Yaşadığı sorunları kendisinin çözmesi gerekecekti. Şef kimseye kendini açıklamakla veya çevreyi göstermekle vakit kaybedecek biri değildi. Kendini bu tür nazik hareketler için fazla önemli bulduğu ve meşgul biri olarak gördüğü açıktı. Arkasına yaslanıp kendisine söylenenleri dinlemenin en doğru iş olacağına karar verdi.

"Özür dilerim efendim, lütfen devam edin."

"Teşekkürler. Konuşmak için iznine ihtiyacım olduğunu mu sanıyorsun? Senin iyiliğin için bunları anlatıyorum, kendim için değil," dedi Rockwell. Garip dedektiften itiraz gelip gelmeyeceğini görmek için Jensen'ı gözucuyla süzdü. Adamın itiraz etmeyeceğine emin olunca devam etti. "Dedektif Archibald Somers, ortağın olarak bu vakaya atandı. Onu belediye başkanı atadı. Eğer sözümü geçirebilseydim Somers bu binaya adım bile atamazdı ama belediye başkanı, önümüzdeki seçimleri kazanmak istiyor, bu yüzden kendi planları var."

"Evet efendim." Jensen yapılan açıklamaların konuyla ilgisini anlayamasa da en akıllıcasının arada bir başını sallayıp evet efendim diyerek dinlediğini göstermek olacağına karar vermişti.

"Somers üç yıl önce kendi isteğiyle emekli oldu," diye devam etti Rockwell. "Biz de onun için bir veda partisi bile düzenledik."

"Çok iyi yapmışsınız efendim."

"Pek sayılmaz. Sefil herifi partiye davet etmemiştik."

"Neden?" diye sordu Jensen şaşkınlık içinde. Rockwell kaşlarını çattı.

"Çünkü herif pisliğin teki. Tanrı aşkına! Söylediklerimin tek kelimesini bile dinlemiyor musun? Dikkatini topla Johnson."

"Evet efendim."

"Neyse boş ver. Buraya Burbon Kid için geldin, değil mi?"

"Şey, pek sayılmaz."

"Bir önemi yok. Somers kafayı Burbon Kid vakasına taktı. Bu yüzden onu erken emekli olmaya zorladılar. Santa Mondega'da işlenen bütün cinayetleri Burbon Kid'in üstüne yıkmaya çalıştı. İşi o kadar ileri götürdü ki insanlar polis kuvvetlerinin tembellik ettiğinden ve Kid'i günah keçisi olarak kullandığımızdan şüphelenmeye başladı. Bütün faili meçhul cinayetler onun üstüne yıkılıyordu."

"Bunun doğru olamayacağı gün gibi aşikâr," dedi Jensen. Ama bu lafı eder etmez pişman oldu, çünkü niyeti öyle olmasa da bu cümle kulağa alaycı geliyordu. Şef Rockwell onu şöyle bir süzdü. Sonunda Jensen'ın içten olduğuna kanaat getirince konuşmasına devam etti.

46

"Tamam," dedi Rockwell, burun deliklerinin normal büyüklüklerinin neredeyse iki katı genişlemelerine yol açan derin bir nefes alarak. "Eh işte, Somers, tüm suçları Burbon Kid'in üstüne yıkmak amacıyla delillerle oynamaya başladı. Sorun şu ki kasabada Kid'i gören ve hayatta kalan sadece iki kişi var. Üstelik beş yıl önce kasabanın neredeyse yarısını katlettiği geceden beri, onu gören olmadı. Çoğumuz, çoktan öldüğüne inanıyoruz. Büyük ihtimalle o gece ölmüştür ve o hafta gömdüğümüz kimliği belirsiz cesetlerden biridir. Bazıları, kasabadan çıkarken keşişler tarafından öldürüldüğünü söylüyor. Sanırım senin ilgini çeken bu hikâye, yanılıyor muyum? Keşişler ve keşişlerle ilgili zırvalıklar?"

"Eğer Hubal keşişlerini ve Ay'ın Gözü'nü kastediyorsanız efendim, o zaman evet."

"Hımm. Ben bu zırvalıkların hiçbirine inanmıyorum ve bizimkilerden de bunlara inanan çıkmaz. Ama sana bilmiyor olabileceğin bir şeyi söyleyeyim Dedektif Johnson. Dün Tapioca'da iki keşiş, bir adamı öldürdü. Soğukkanlılıkla onu vurdular. Bir diğerini yaraladılar. Adamların silahlarını çaldılar. Senin ve Somers'ın ilk görevi, barın işletmecisi Sanchez'i sorguya çekmek olacak."

Jensen, şaşkınlıkla Rockwell'e baktı. Gerçekten de bu olaydan haberi yoktu. Hubal keşişlerinin kasabaya gelmesi son derece sıra dışı bir durumdu. Kahrolası ölçüde sıra dışı bir durum. Şimdiye kadar keşişlerin herhangi bir nedenle adadan ayrıldıklarını duymamıştı. Daha doğrusu tek bir kez kasabaya gelmişlerdi: Beş yıl önce, iki keşiş Burbon Kid katliamından önceki gece Santa Mondega'ya ayak basmıştı.

"Keşişleri tutukladınız mı?"

"Henüz değil. Ve Somers'a kalırsa tutuklanmayacaklar da. Seni de adamı Burbon Kid'in öldürdüğüne ve olay mahallini cinayeti iki keşiş işlemiş gibi görünecek şekilde düzenlediğine ikna etmeyi deneyecektir."

"Tamam. Söyler misiniz şef, eğer Somers emekli olduysa, Tanrı aşkına neden bu vakaya o bakıyor?"

"Sana bunları zaten açıkladım. Belediye başkanı bu vakaya onun bakmasını istiyor. Herkes Somers'ın Burbon Kid'i saplantı haline getirdiğini biliyor ve soruşturmayı onun yürütmesi, kasabalıları mutlu edecektir. Kasabalılar, tahmin edebileceğin üzere, onun pisliğin teki olduğunu bilmiyor. Tek bildikleri, aralarından pek çok kişinin, Burbon Kid kasabaya son geldiğinde akrabalarını ve sevdiklerini kaybetmiş olduğu."

"Son geldiğinde mi? Öyle bir söylediniz ki duyan da Burbon Kid kasabaya geri geldi sanır."

Şef Jessie Rockwell arkasına yaslanıp kahvesinden bir yudum aldı ve yine ağzına gelen tattan iğrenerek kahveyi fincana tükürdü.

"Dürüst olmak gerekirse ne dediğimi ben de bilmiyorum ama elimizdekiler şunlar: İki keşiş, yaklaşık yirmi dört gün önce kasabaya geldi. Beş yıldır ilk kez kasabada keşiş gördük. Hepsi bu da değil. Seni buraya yolladılar, çünkü anlaşılan hükümettekiler de olağandışı bir şeyler döndüğüne inanıyor. Haksız mıyım?"

"Elbette olağandışı bir şeyler dönüyor. Beş günde vahşice işlenmiş beş cinayet. Üstelik bu cinayetlere keşişlerin öldürdüğü iddia edilen adamınki dahil değil. Yani elinizde bir sürü cinayet var. Dürüst olmak gerekirse, boğazınıza kadar cinayete batmışsınız. Ve beni buraya yolladılar, çünkü anladığım kadarıyla cinayetlerin hiçbiri sıradan değildi. Doğru anlamış mıyım?"

"Evet. Bu kasabada korkunç şeyler gördük dedektif. Ama son beş cinayet... Nasıl desem, Burbon Kid'in kasabaya geldiği zaman dışında, onlar gibisini görmedim. Belki yeniden beş yıl önceki gibi bir katliama doğru gidiyoruzdur. Tarih tekerrür ediyordur. Belediye başkanı, Somers'ı görevinin başında istiyor. Herif pisliğin teki olabilir ama Burbon Kid'i herkesten iyi tanıyor. Bir de sen varsın, anlaşılan dış dünyadakiler Santa Mondega'da neler olduğuna bir kez olsun aldırmaya karar verip seni buraya yollamış. Tanrı biliyor ya normalde adımızı bile ağızlarına almazlar. Anlaşılan, bu sefer birileri telaşlanmış."

"Anlaşılan öyle efendim."

"Evet, evet..." Masaya yaslanıp koltuğundan kalktı. "Şimdi, Somers'la tanışmak istiyor musun?"

Beş

Jefe irkilerek uyandı. Kalbi deliler gibi çarpıyor, içgüdüleri ona bir terslik olduğunu söylüyordu. Bir şeyler, kesinlikle olması gerektiği gibi değildi. İyi de ne? Aniden, korku içinde uyanmasına ne neden olmuştu? Yanıtı bulmasının yegâne yolu, önceki gece yaşananları hatırlamaktı. Parçaları bir araya getirmeliydi. Çok zor olmasa gerek. Düşündü. İlk aklına gelen, Sansar Marcus'un bütün gece içki ısmarladığıydı. Olağan bir durum. Marcus ondan korkmuş ve yaptığı hatayı içki ısmarlayarak telafi etmişti. Pislik herif korkmakta haklıydı da. Jefe, miadı dolduğunda Marcus'u öldürmeyi planlamıştı. Marcus'un miadının ne zaman dolacağı belliydi: Jefe'ye bütün gece içki ısmarlayacak ve sonra onu El Santino'yla tanıştırmaya götürecekti. Santino'yla tanıştıktan sonra artık Jefe'nin Marcus'a ihtiyacı kalmayacaktı. Basit bir denklem. Ama Jefe henüz El Santino'yla tanışmamıştı ve Sansar Marcus ortalıkta yoktu.

Jefe ucuz bir otelin kasvetli odalarından birinde, eski püskü yatakta sırtüstü yatıyordu. Susuzluk çekiyordu, hiç şüphesiz Marcus'la önceki gece devirdikleri içkiler yüzünden. Kötü zaman geçirmemişlerdi. Jefe'nin hatırladığı kadarıyla Marcus, viskinin ve tekilanın altından kalkabilen iyi bir içki arkadaşıydı. Alkollüyken de pislikti ama karşısındakine ayak uydurabilen bir pislik. Jefe artık önceki gece yaşananları yavaş yavaş hatırlamaya başlamıştı. Marcus içkiyi akıl almayacak ölçüde iyi kaldırırken, Jefe sarhoş olmuştu, her şeyi çift görüyordu. Aslında bu sıra dışı bir durumdu, çünkü normalde kendisi de iyi içerdi. Bazen günlerce içki içer yine de kafayı bulmazdı. Öyleyse neden bu kadar kolayca zilzurna sarhoş olmuştu?

Ah hayır.

Soğuk bir ürperti bütün vücudunu sardı. Bu da yetmezmiş gibi bir anda akşamdan kalma olmanın bütün etkileri üzerine çöktü. En korkuncu da beynine saplanan ağrıydı. Bilinen en eski numaralardan birine mi kurban gitmişti? Jefe içkileri birbiri ardına yuvarlarken, yeni arkadaşı tekila içermiş gibi yapıp aslında su mu içiyordu? Bu numarayı takip edebilecek iki son vardı – ya öldürülürdünüz ya da soyulurdunuz. Jefe hâlâ hayatta olduğuna göre demek ki soyulmuştu. Lanet olsun.

Birkaç gündür boynunda taşıdığı kıymetli mavi taşın hâlâ yerinde olduğunu keşfetmeyi umarak elini göğsüne götürdü. Eli boşluğu kucakladı, taşın yerinde yeller esiyordu. Havaya fırladı.

"Lanet olası pislik!"

Sesi köhne binanın koridorlarında yankılandı. Her açıdan korkunç bir şeydi bu. Jefe fena tuzağa düşürülmüştü ve daha da kötüsü onu tuzağa düşürenin, herkesin işe yaramaz ve rezil herifin teki olduğunu bildiği Sansar olmasıydı. Nasıl bu kadar aptal, bu kadar saf olabilmişti? Ne salaklık! O kahrolası Sansar Marcus yok mu! Artık ölü sayılırdı.

Jefe'nin kafası soru işaretleriyle doluydu. Marcus taşın gücünden haberdar mıydı? Onun evrendeki en kıymetli ve en güçlü taş, yani Ay'ın Gözü olduğunu biliyor muydu? Ve Jefe'nin, kendisini öldürüp taşı geri almayı hayatının amacı haline getireceğini tahmin etmiş miydi?

Ama ödül avcısını her şeyden çok endişelendiren, o gün kaçırmaması gereken bir randevusunun olduğuydu. Randevu, şeytandan bile korkutucu olmasıyla tanınan bir adamlaydı. O görüşmeden sağ çıkmak istiyorsa, Jefe'nin Ay'ın Gözü'ne ihtiyacı vardı. El Santino, taşın gece yarısından önce kendisine teslim edilmesini bekliyordu. Jefe taşı adama getireceğine söz vermişti. El Santino, hiç karşılaşmamış olsalar da Jefe'nin kesinlikle hayal kırıklığına uğratmak istemediği bir adamdı. Ama Jefe'nin sorunları bununla da bitmiyordu. Eğer Sansar Marcus taşın gücünü keşfetmişse, Ay'ın Gözü'nü ondan almak imkânsız olacaktı. Gerçi Jefe'nin de taşı kaybetmesinin imkânsız olması gerekirdi ya...

Derken başka bir şeyin farkına vardı: Ötekilerin Marcus'u yakalamaları tehlikesi. Ay'ın Gözü'nü isteyen pek çok kişi vardı ne de olsa. Bu insanların çoğu en az Jefe kadar, bazıları daha da zalimdi. Onlardan biri taşı ele geçirecek olursa, gün sona ermeden onu geri alamazdı. Hiçbir zaman taşa kavuşamaması da mümkündü. Bir an seçeneklerini değerlendirdi. Bir daha dönmemek üzere kasabadan ayrılabilirdi ama taşı ele geçirebilmek için büyük zahmetlere girmişti. Bu kadar uzun süre hayatta kalması bile mucize sayılırdı. Taşı bulmak ve çalmak için yüzden fazla insanı öldürmüştü. Bazıları onu öldürmeye çok yaklaşmış olsalar da sonunda hayatta kalan kendisi olmuştu. Tek bir çizik dahi almadan tüm kavgaları atlatmış ama dalgaya düşüp son noktayı koymadan gardını indirmişti. Taşı Marcus'tan geri almak kolay olmayacaktı. Canı sıkılmıştı. Taşın ne kadar değerli olduğunu biliyordu. Üstelik hayatı, onu geri alabilmesine bağlıydı.

Boş ver. Kahvaltı edecek ve sonra, bu hikâyeye son noktayı koyacaktı.

Sansar'ın işi bitmişti.

Altı

Jessica o kadar uzun süredir bu sık ormandaydı ki zaman kavramını tamamen yitirmişti. Etrafını saran ağaçların dalları yüzünden, gökyüzü zaten güçlükle görülüyordu. Ayaklarının altındaysa ağaç köklerinden bir halı vardı ve düzgün yürümek oldukça zordu. Her adımında, kısa ve dikkatli adımlar attığında bile, bileğini burkma tehlikesiyle karşı karşıyaydı. Ama kısa adımların sırası değildi zaten.

Omuzlarında ve ayaklarında soğuğun etkilerini hissediyordu. Ağaçların arasından geçtiği sırada birinin kendisini gözetlediğini hissetmişti. O yaratık her neyse, artık sadece izlemekle yetinmiyor, kadına gittikçe yaklaşıyordu. Ağaçlar o kadar sık, gökyüzünü kaplayan dallar o kadar sıkıydı ki orman neredeyse göz gözü görmeyecek kadar karanlıktı. Jessica dönüp arkasına baksa bile o karanlıkta hiçbir şey göremezdi ama dönüp bakamayacak kadar korktuğu için bunun bir önemi yoktu. Takipçisinin soluklarını duyabiliyordu, nefes nefeseydi. Genç kadın, peşindekinin bir tür canavar olduğundan emindi. Her ne ise, insan olamazdı. Aslında bu genç kadına mantıklı gelmiyordu, çünkü içinden bir his, peşindekinin hayvan olmadığını söylüyordu. Başka bir şeydi ve kadını istiyordu.

Çaresizce adımlarını hızlandırmaya çalışırken, ağaçların dallarının daha da sıkılaştığı hissine kapıldı. Sanki dallar ona uzanıyor, kadını yavaşlatmaya çalışıyordu. Köklerden birine takılıp düşmesinin an meselesi olduğunu bilerek ilerlemeyi sürdürdü. Canavara gelince, aradaki mesafeyi gittikçe kapıyor, genç kadın yaratığın soluklarını ensesinde hissediyordu. Sanki hiçbir şey yaratığı yavaşlatamıyordu. Hızı kesilmezse yakında kadına ulaşacaktı.

Jessica aniden soluksuz kaldığını hissetti. Gözleri kocaman açıldı. Parlak bir ışık. Acıyan gözlerini kapadı. Sonra yeniden açtı. Kapadı. Yeniden açtı. Acı azalana dek dakikalarca gözlerini kırptı. Hâlâ gördüğü rüyanın etkisindeydi ve dehşet duygusu zihnini pençelerinde tutuyordu. O kadar gerçekti ki sanki rüya değil de kadına acı çektirmek için kendini hatırlatan eski bir anıydı.

Etrafa bakınmıştı. Oda boştu. Tek mobilya, kadının içine gömüldüğü yataktı. Duvarlar ağarmış krem rengi duvar kâğıtlarıyla kaplıydı. Açık renkler kullanılmasının nedeni büyük ihtimalle pencerelerin eksikliğini gizleme arzusuydu. Elbette işe yaramıyordu, içerideki kişinin, odanın verdiği klostrofobik histen kaçması imkânsızdı. Duvar kâğıtlarının rengi penceresizliğin etkilerini azaltmıyordu. Jessica çok üşüdüğünü fark etmiş ama umursamamıştı. Zamanında bundan daha soğuk yerlerde kalmıştı. Asıl umursadığı, nerede olduğunu veya oraya nasıl geldiğini bilmemekti. Neler olmuştu?

"Merhaba?" diye seslenmişti. "Merhaba? Kimse yok mu?"

Birilerinin uzakta bir şeyler mırıldandığını duydu. Aşağıdan gelen bir erkek sesi – galiba adam bir alt kattaydı. Bu sayede nerede olduğuna dair bir fikir edindi, alt katta biri varsa demek ki kendisi üst kattaki yatak odalarından birindeydi. Odanın karşı duvarındaki kapıya uzanan merdivenlerden gelen ayak sesleri, genç kadının kalp atışlarının hızlanmasına yol açtı. Neler olduğunu çözmeden dışarıya seslenmekle aptallık ettiğini fark etti. Keşke daha temkinli davransaydı. Adımlar sertti, gürültülere bakılırsa, gelen iriyarı bir adamdı. Adamın merdivenin tepesine ulaşmasıyla beraber, ayak sesleri kesildi. Gelen her kimse, odanın uzak tarafındaki kapının önünde duraksadı. Derken kadın, kapı tokmağının çevrildiğini duydu. Kapı yavaş yavaş gıcırdayarak açıldı.

"Aman Tanrım, uyanmışsın!" diye bağırdı kapıyı açan adam. Şaşırmış görünüyordu. İriyarı, kaba saba bir tipti. Çiftçileri andırıyor, diye düşündü Jessica. Yakışıklı genç bir çiftçi. Gür siyah saçlar, güçlü, ölçülü yüz hatları. Kalın oduncu gömleklerden giymişti. Altında kahverengi işçi pantolonu ve bileğine kadar gelen parlak siyah botlar vardı. Jessica düşünmeden konuştu.

"Sen de kimsin be adam?" diye sordu.

"Uyanmışsın. Gerçekten uyanmışsın. Aman Tanrım... Demek istediğim... Hay lanet," gibisinden bir şeyler kekeledi adam. Mantıken, kadının durumuyla ilgili onun bildiğinden fazlasını biliyor olmalıydı ama olup bitenlere Jessica'dan bile çok şaşırmış görünüyordu.

"Bu lanet olasıca yer de neresi? Ve lanet olasıca, sen de kimsin?" diye sordu kadın yeniden.

"Ben Thomas. Thomas Garcia," dedi yüzünde insanın içini ısıtan bir gülümseme beliren iriyarı adam. Ardından yatağa yaklaştı. "Sana ben bakıyordum. Daha doğrusu ben ve eşim Audrey... Sana bakıyorduk. Eşim pazara gitti. Ama birazdan döner."

Jessica'nın içgüdüleri ona adamın nazik biri olduğunu söylüyordu ama hâlâ kafası karışıktı ve adam yatağa iyice yaklaştığında, Jessica birdenbire, örtülerin altına gömülmüş olan vücudunun çıplak olduğunun farkına vardı.

"Dinle Thomas, elbette bu gerçek adınsa... Örtülerin altında çırılçıplağım, bu yüzden bana giysilerimi getirmeden yatağa daha fazla yaklaşmamanı tercih ederim."

Thomas bir adım geri çekildi ve ellerini özür dilercesine havaya kaldırdı.

"Saygısızlık etmek istemem Bayan Jessica," dedi temkinli bir sesle. "Ama son beş yıldır seni ben yıkıyorum, yani zaten seni pek çok kez çıplak gördüm."

"Ne?"

"Dedim ki..."

"Ne dediğini duydum. Beni yıkadığını söyledin. Sen benimle dalga mı geçiyorsun ahbap?"

"Özür dilerim ama ben..."

Adamın söyledikleri, aniden Jessica'nın kafasına dank etmişti. "Bir dakika... Beş yıl mı? Beş yıl mı dedin?"

"Evet, seni beş yıl önce bize getirdiler. Ölmek üzereydin. O zamandan beri, bir gün uyanacağını umarak sana biz bakıyoruz."

"Beş yıl mı? Kafayı mı üşüttünüz?!"

Thomas'ın söyledikleri kadını hem şaşırtmış hem korkutmuştu. Bırakın son beş yıldır düzenli olarak onun tarafından yıkanmayı, Thomas'ı önceden görmüşlüğü bile yoktu.

"Özür dilerim Jessica. Sana Jessica diyebilir miyim?"

"Ne dersen de."

"Özür dilerim ama uyanman beni hazırlıksız yakaladı. Tam bir sürpriz oldu."

"Senin için mi sürpriz oldu? Ne ayıp bana, çooook özür dilerim. Şimdi öfkemi senden çıkarmadan önce bana giyecek bir şeyler bul."

Thomas bu sözlere alınmış görünüyordu. Kırgın bir ses tonuyla karşılık verdi kadına. "Evet, elbette, gidip giysilerini getireyim. Sonra konuşabiliriz. Sanırım, birbirimize anlatacak çok şeyimiz var."

Thomas geri geri giderek odadan çıktı, arkasından kapıyı kapadı ve hantal adımlarla merdivenlerden inip Jessica'yı düşünceleriyle baş başa bıraktı. Adamın söyledikleri doğru olabilir miydi? Biri ona kötü bir şaka mı yapıyordu? Derken bir gerçeğin farkına vardı; çok az şey hatırlıyordu. Adının Jessica olduğunu biliyordu ama Thomas kendisine Jessica diye hitap ettiği için mi yoksa hatırladığı için mi? Kafa karışıklığı, akşamdan kalıp da yeni uyandığında, önceki gece nerede olduğunu da ne yaptığını da hatırlamadığı zamanlarda hissettiklerine benziyordu. Aradaki fark, akşamdan kalma olmanın nasıl bir şey olduğunu hatırlasa da kendi hayatıyla ilgili hiçbir detayı hatırlayamamasıydı, üstelik uyanalı dakikalar geçmiş olmasına karşın, anıları hâlâ zihnine doluşmamışlardı.

Thomas birkaç dakika sonra geri döndü. Yarım ağızla özür diledikten sonra giysileri kadına fırlatıp kahvaltı hazırlayacağını söyleyerek alt katın yolunu tuttu.

Jessica çabucak adamın kendisine getirdiği kıyafetleri giydi. Hepsi üzerine mükemmel oturdu, yani kendi kıyafetleri olması mümkündü. Hiçbir yerde kendini görebileceği bir ayna olmasa da fena görünmediğini hissediyordu. (Üzerindekilerin ne kadar demode olduğunu o an için kestirmesi imkânsızdı.) Kapkara bir kıyafetti: Bileğe gelen siyah botlar, beli lastikli, pijama modeli parlak kumaştan siyah bol pantolon ve inanılmaz ölçüde rahat dar bir siyah bluz. Aslında bluz o kadar rahattı ki vücudunun ısısını bile mükemmel bir dereceye getirmişti.

Kendini alt kata inip Thomas'la derin bir sohbete dalmaya hazır hissettiğinde, birinin eve geldiğini fark etti. Alt kattan gelen sesleri duymuştu. Sesler birkaç saniyeliğine yükseliyor, sonra yerlerini mırıltılar alıyordu. Gerçi hangi ses tonuyla konuştukları bir şeyi değiştirmezdi, çünkü üst kattaki Jessica, kapı kapalı olduğu için, söylenenlerin tek kelimesini bile anlamıyordu.

Sonunda sinirlerini sakinleştirmek için birkaç derin nefes aldıktan sonra kapıyı açıp dışarıyı gözden geçirdi. Tam karşısında tuğla bir duvar vardı ve sağ tarafta da yine tuğladan bir duvar uzanıyordu. Tuğlaların üzerinde ne sıva, ne duvar kâğıdı, ne de başka bir kaplama vardı. Alt kata inen merdivenler soldaydı. Loş ışıkta basamaklar güçlükle görülüyordu. Alttaki basamaklara doğru duvardaki nişlere yerleştirilmiş mumlar vardı ama alevleri, her an titreşip sönecekleri izlenimi yaratacak kadar güçsüzdü. Jessica inmekte tereddüt etti, ama oraya kadar gelmişti ve artık geri dönüp odasına sığınmasının bir anlamı yoktu. Ayağını öne uzatıp tedirgin bir adım attı. Tabanı birinci basamağın düzgün yüzeyine değdi. Nerede olduğunu ve buraya nasıl geldiğini öğrenme sürecine ilk adımını atmıştı.

Alt kattan gelen gürültüler kesilmişti. Odasındayken onları daha rahat duyuyordu, artık nemli, karanlık, soğuk, yabani merdivende olduğu için, sesler, onları gerçekten duyup duymadığından şüpheye düşmesine yol açacak kadar belirsizdi. Duyduğu, sadece rüzgârın sesiydi belki de. Gürültü yapmamak için dikkatli adımlarla basamakları indi. İçgüdüsel olarak, merdivenlerin dibine varmadan önce, geldiğini haber vermenin hata olacağına kanaat getirmişti. Alt katla arasında, her biri en ufak bir baskıda gıcırdayacakmış gibi görünen on beş kadar basamak vardı. Ama Jessica'nın adımları hafif olduğu için, en ufak bir ses çıkarmadan alt kata ulaşmayı başardı.

O zaman, yüzyıllar sürmüş gibi gelen temkinli adımların ardından sonunda alt kata vardığında, karşısında ve solunda üst kattakine benzeyen tuğla duvarlarla karşılaştı. Sağa uzun siyah bir perde çekilmişti. Jessica, hiç şüphesiz Thomas'ı ve kim bilir ne kadar zamandır hararetli bir sohbete dalmış olduğu kişi her kimse onu, bu perdenin arkasında bulacaktı.

Elbette öyle olmadı. Jessica perdeyi çektiğinde yine tuğla duvarla karşılaştı. Basamaklar hiçbir yere çıkmıyordu. İyi ama Thomas nasıl yukarı gelmişti? Ve duvar neden perdeyle örtülmüştü? Perdenin herhangi bir şeyi sakladığı yoktu, arkasında diğerleri gibi tuğla bir duvar vardı. Jessica tuzağa düştüğü hissine kapıldı, korkunç bir his. Belki de Thomas, başlangıçta düşündüğü gibi iyi niyetli bir çiftçi değildi.

Can sıkıcı bir durum. Üstelik sadece can sıkıcı olmakla kalmıyor, olup bitenler Jessica'yı öfkelendirmeye de başlıyordu. Jessica, kim olduğunu ve nerede olduğunu bilmeksizin kapana kısılmıştı. En kötüsüyse klostrofobiydi. Derin derin nefes al, dedi kendi kendine. Gözleri kapalıyken nefes almak daha kolaydı ama gözlerini kapadığı anda kendini sık ağaçlı ormanda, canavardan kaçarken buluyordu. Gözlerini açtı. Canavar yeniden ortadan kayboldu.

Derken önündeki tuğla duvarın diğer tarafından Thomas'ın sesi geldi. Öfkeliydi.

"Sarı bir Cadillac bizim ne işimize yarar?" diye soruyordu birine.

Merdivende köşeye sıkışan Jessica'nın başı dönmeye başladı. Düşmemek için uzanıp duvara tutunmaya çalıştı. Bunu yaparken düşünmeden gözlerini kapadı. Başı dönüyordu ve bayılmak üzere olduğunun bilincindeydi. Beş yılını yatakta geçirdikten sonra o kadarcık yürümek bile kadını yormaya ve bütün enerjisini tüketmeye yetmişti. Bacakları pes edip vücudu öne doğru devrildiğinde iki şey duydu. İlki bir kadın sesiydi, bir şey için yalvarıyordu. Jessica kelimeleri çözemedi ama kadının sesinden, canı kadar önem verdiği bir şey için yalvardığı sonucu çıkıyordu.

Jessica'nın kulaklarına çarpan ikinci ses ise güçlü bir kükremeydi. Canavarın kükremesi.

Yedi

Sanchez, kardeşi Thomas'ı ve yengesi Audrey'i pek sık ziyaret etmezdi ama önceki gün yaşananların ardından, kendilerini bekleyen tehlikeler konusunda onları uyarmanın gerekli olduğunu düşünmüştü.

Sokakta meleğe rastlayışının üstünden neredeyse beş yıl geçmişti. Tarihi iyi hatırlıyordu, çünkü Burbon Kid'in geldiği geceydi ve Sanchez o gece sıradan bir levazımatçının bir yılda gördüğünden fazla ceset görmüştü. (Elbette sıradan bir levazımatçı derken, kesinlikle beş yıl önce, katliam olduğunda Santa Mondega'da çalışan levazımatçıyı kastetmiyoruz.) Bahsi geçen melek, Jessica adlı genç ve güzel bir kadındı. Kadın Tapioca'ya geldiğinde yolları şöyle bir kesişmişti; onun bara girdiği an, bir yabancının barda hoş karşılandığı ender anlardan biriydi. Ama bir sonraki karşılaşmalarında kadın, baygın bir şekilde kanlar içinde sokakta yatıyordu, vücudu kurşun delikleriyle doluydu. Kendine Burbon Kid diyen pisliğin kurbanlarından biri daha.

Kid'in diğer kurbanlarının aksine, Jessica hayatta kalmayı başarmıştı. Sanchez, o gün kasabanın her tarafı cesetlerle dolu olduğu için, kadını muayene ettirecek bir doktor bulmanın imkânsız olacağı sonucuna varmıştı. Kasaba hastanesi, Kid kasabaya geldiğinden beri yaralılarla dolup taşıyordu. Hayır, genç kadının hayatta kalıp kalmaması, tamamen Thomas'ın eşi Audrey'in ellerindeydi. Eskiden hemşire olan Audrey, mucizevi ilaçlar hazırlamasıyla tanınırdı. Bu yüzden Sanchez, Jessica'yı ona götürmeye karar vermişti. Zaten fazla bir seçeneği yoktu. Audrey daha önce de yaralılarla ilgilenmişti ve tedavilerinin başarı oranı yüzde elliydi. Yüzde elli demek, Jessica'nın hayatta kalmak ve belki iyileşmek için bir şansının olması demekti. Audrey'in bakımında geçen haftaların ardından, Jessica'nın en az otuz altı kurşun yemiş olmasına karşın ölmeyeceği açıklık kazanınca, Sanchez, Thomas'a ve Audrey'e genç kadının evlerinde kaldığını kimseye söylemeyeceklerine dair yemin ettirdi. Jessica, sıradan bir kadın değildi, özeldi. Sanchez, Tapioca'nın barmeni olarak geçirdiği yıllar içerisinde pek çok garip şey görmüştü ama *Cehennem Silahı*'ndaki Mel Gibson dışında otuz altı kurşun yiyip de sağ kalan kimseyi görmemişti.

O gün bugündür, içten içe Burbon Kid'in geri dönüp kadını öldürmeye çalışacağı günün gelmesinden korkuyordu ve şimdi o günün her zamankinden yakın olduğu hissine kapılmıştı.

Jessica beş yıl önce, keşişlerin Tapioca'ya gelişlerinin hemen ardından kasabaya gelmişti. Sanchez, keşişlerin bir şeyi aradıklarını hatırlıyordu – Ringo adlı kelle avcısının kendilerinden çaldığı değerli mavi taş. Belli ki bahsi geçen taş, belayı da beraberinde getiriyordu. Ringo onu El Santino için çalmış ama son anda fikrini değiştirip taşı kendine saklamaya karar vermişti. En azından dedikodular bu yöndeydi.

Sonra garip keşişler gelmişti. Taşı geri istiyorlardı ve uysal görünüşlerinin ardında çelik gibi bir kararlılık saklıydı.

ANONİM

Taşı geri almalarına hiçbir şey engel olamazdı. Onların Santa Mondega'ya gelişini hoş ve gizemli Jessica'nın kasabada belirmesi takip etmişti. Genç kadın ortaya çıkmış ve kasabada kaldığı birkaç günlük sürede Tapioca'nın müdavimlerinin kalplerini kazanmıştı. Elbette kimsenin kadını yakından tanımaya fırsatı olamadan Burbon Kid devreye girmişti. Tapioca'nın rakiplerinden Nightjar'ın müşterilerini temizleyen Kid, Ringo'yu bulmak umuduyla Sanchez'in barına uğramış, gece sona ererken de Sanchez hariç bardaki herkesi vurmuştu. En çok kurşunu yiyen Ringo olmuştu. Vücudu delik deşikti. Neredeyse yüz kurşun. Sanchez, Kid uzanıp boynundaki mavi taşı koparana dek zavallı Ringo'nun ölmediğini hatırlıyordu. (Adam sefil bir suçlu olabilirdi ama yüz kurşun yemeyi hak etmiyordu.) Anlaşılan taşın bir özelliği vardı – kendisini taşıyan kişiye bir tür yenilmezlik kazandırıyordu. Sanchez neler olduğunu tam kavrayamasa bile bütün kavga gürültünün temelinde taşın yattığını biliyordu. Zavallı Jessica'nın tek suçu, o sırada sokaktan geçmekti. Burbon Kid, Tapioca'dan çıkarken hiç acımadan onu da vurmuştu.

Fısıltı gazetesine göre Hubal keşişleri sonradan Burbon Kid'i yakalayıp öldürmüş ve kendilerine ait olan mavi taşı geri almışlardı. Böylece beş yıl sonra, Sanchez, iki keşişin daha Jefe adlı zalim kelle avcısının peşi sıra kasabaya geldiklerini gördüğünde kendini en kötüsüne hazırlamıştı. Birileri nalları dikecekti. Thomas ve Audrey'in kasabanın dışındaki çiftliklerine ulaştığında kendisi henüz bilmese de korktuğu çoktan başına gelmişti.

Külüstür arabasını verandanın önüne yanaştırdı. Çiftlik evinin kapısı düşmek üzereydi, tek bir menteşeyle yerinde duruyordu. Belki kapının durumu tek başına kötü bir şeyler olduğunun delili sayılamayabilirdi ama Thomas'ın ve Audrey'in onu karşılamak için evden çıkmamaları, kötü şeyler döndüğünün ispatıydı. Ev asla boş olmazdı ve yaklaşan bir araba sesi duyduklarında, ikisinden biri mutlaka gelenin kim olduğunu görmek için verandaya çıkardı. Oysa bugün kimse dışarı çıkmamıştı.

İkisinin de cesedini mutfakta buldu. Aynı zamanda yemek odası olarak da kullanılan büyükçe bir odaydı. Zemin, siyah beyaz parkelerle döşenmişti ve odanın ortasında meşe ağacından, büyük bir yemek masası vardı. Normalde oda tertemiz olurdu, çünkü Audrey dağınıklığa katlanamazdı; ama bugün her yer kan içindeydi. Masanın iki tarafında Thomas'ın ve Audrey'in hâlâ sıcak olan cesetleri duruyordu. Kanlar içindeki vücutlarından dumanlar yükseliyordu. Havadaki koku korkunçtu. Sanchez, o güne dek beş yıl önce barında öldürülen yirmi yedi adamın cesetlerinden yükselen koku da dahil olmak üzere, sayısız kötü kokuyla karşılaşmıştı. Burbon Kid tarafından öldürülenlerin cesetleri gözlerinin önüne geldi. Ama o bile, bu mide bulandırıcı kokuyla kıyaslandığında hiçti. Bambaşka bir şeyin kokusuydu bu. Şeytani bir kokuydu. Kurşun yarası görülmese de hem Thomas'ın hem Audrey'in cesetleri tanınamayacak haldeydi. Aslında iki cesette de kesik bile yoktu, sadece kana bulanmışlardı. Sanki kan terleyerek ölmüşlerdi. Kelimenin tam anlamıyla, kendi kanlarını terleyerek...

Kardeşini ve eşini ölü görmek Sanchez'i çok şaşırtmadı. Jessica'yı onlara getirdiği günden beri bir gün içeri girdiğinde cesetleriyle karşılaşacağından emindi. Demek birileri Jessica'yı kaçırmıştı. Mutfaktan kadının odasına uzanan merdivenleri gizleyen kapı açıktı. Kırılmamış veya hasar

ANONİM

görmemiş olması kaba kuvvete başvurulmadan açıldığını gösteriyordu. Sanchez, kadının üst katta olmasına ihtimal vermediği halde yukarıyı kontrol etme ihtiyacı duydu. En azından kadının son beş yılını geçirdiği yatağı bir kere daha görmek istedi. Yavaş adımlarla üst kata çıktı. O merdiveni sevmezdi. Çocukken, burasının babalarının evi olduğu yıllarda bile o merdivenden çıkmaya korkardı. Ürperticiydi, o kadar dardı ki insan duvarın üstüne üstüne geldiği hissine kapılırdı. Sanchez, bunun zihninin bir oyunu olduğunu bilse de üst kata çıkıldığında havanın nefes alınamayacak kadar ağırlaştığına ikna olmuştu.

Temkinli adımlarla basamakları tırmandığı sırada evde çıt çıkmıyordu. Sanchez kulaklarını dört açmıştı, çünkü duyacağı en ufak bir sesin, komada bile olsa Jessica'nın hâlâ orada olduğunun, hâlâ hayatta olduğunun göstergesi olabileceğine inanıyordu. Gerçi sesler, kardeşinin katilinin orada olduğu anlamına da gelebilirdi. Ancak yatak odasının kapısına vardığında, merdivenin tepesinin ne kadar karanlık olduğunu fark etti. Duvar boyunca yerleştirilmiş birkaç mum olması gerekirdi ama ya sönmüşler ya da bitmişlerdi. Üst basamakları aydınlatan yegâne ışık kapının aralığından sızan ışıktı ama o da yeterli değildi.

İçi tedirginlik ve korkuyla dolan Sanchez, kapıyı ittirip elini odanın içine soktu ve duvardaki elektrik düğmesini aradı. Işık yandığında, bir saniyeliğine de olsa gözleri kamaştı. Bekledi. Işığa alışmaları için gözlerini kırpıştırdı ve derin bir nefes alıp Jessica'nın odasına adım attı.

Tam karşılaşmayı beklediği gibi, yerdeki devasa örümcek dışında oda bomboştu. Sanchez korkudan neredeyse altına yapacaktı. Örümceklerden ölesiye nefret ederdi. Bu yüzden yaratık yarı yolda durup geldiği yöne geri döndüğünde ve Jessica'nın son beş yılını geçirdiği yatağın altına saklandığında derin bir nefes aldı. İçeride (örümcek dışında) hiçbir katil olmadığını bilmek rahatlatıcıydı ama Jessica da yoktu. Yatak dağınıktı ama mücadele izi yoktu. Şaşırtıcı değildi. Komada olan birini kaçırmak ne kadar zor olabilirdi ki?

Evin dışından bir araba sesi duyuldu. Birden yerinden sıçradı. Geldiğinde evin yakınlarına park edilmiş herhangi bir araba görmemişti ama doğru düzgün etrafa bakındığı söylenemezdi. Önceden orada olsun olmasın, şimdi dışarıda bir araba olduğu kesindi ve motorundan gelen gürültüler, Sanchez'in külüstürünün seslerine benzemiyordu. Büyük ve güçlü bir motorun sesiydi bu. Saniyeler sonra tekerleklerin cayırtısı duyuldu – arabayı her kim kullanıyorsa acelesi vardı. Yatak odasında pencere olmadığından, çiftlik evinden son sürat uzaklaşan kişinin kim olduğunu görmek isteyen Sanchez, merdivenden aşağı koştu. Jessica o arabada olabilirdi. İnsanları sevmezdi, başkalarının işlerine burnunu sokmamaya özen gösterirdi ve yabancılara da içecek olarak sidik sunardı ama yine de iyi özellikleri vardı. Kadın için endişelenmek de bunlardan biriydi. Çeviklik ise değildi. Nazik bir dille ifade etmek gerekirse, mahallenin en hızlısı sayılmazdı. Alt kata ulaşıp kardeşinin cesedinin yanından geçti. Ama başını uzatıp ön kapıdan dışarı baktığında, tek görebildiği, son hızla Santa Mondega'ya giden sarı Cadillac'ın arka farlarıydı.

Sanchez saldırgan biri değildi. Ama saldırganlıklarıyla tanınan pek çok ahbabı vardı. Sarı Cadillac'ın sahibinden intikam almak için, kimden yardım isteyeceğini iyi biliyordu. Aslında doğru kişileri tanıdığından, Thomas ve Audrey'i kimin öldürdüğünü bulmanın ve Jessica'ya neler olduğunu öğrenmenin zaman almayacağından emindi. Ortada hiç şahit olmaması önemli değildi, bu işler Santa Mondega'da böyle yürürdü. Cinayetlerden ve Jessica'nın kaçırılışından kim sorumluysa, bedelini ödeyecekti. Sanchez kararını verdi – bu konuda bir şeyler yapabilecek insanlar tanıyordu. Kendisi adına intikam alabilecek kişiler... Elbette onlara ödeme yapması gerekecekti ama o da mesele değildi. Neredeyse herkes onun barından hoşlanırdı. Kendisinden hoşlanmayabilirlerdi ama bir tek atmayı seven herkes, içkisini diğer barlardansa Tapioca'da içmeyi tercih ederdi. Bir yıllık bedava içki teklifi, Santa Mondega'daki herhangi birinin Sanchez'e yardım etmesini sağlamaya yeterdi.

Ne var ki Sanchez herhangi birinin yardımını istemiyordu. Kral'ı istiyordu. Kasabadaki en iyi katili. Elvis dedikleri adamı.

Sekiz

Archibald Somers tam da Jensen'ın beklediği gibi görünüyordu. Kırklarının sonlarında veya ellilerinin başlarında yarışma programı sunucularını andıran bir adam. Geriye yatırılmış kır saçlar, ütülü pantolon ve ince, kahverengi çizgili beyaz gömlek. Tabancasını omuz askısında, solda taşıyordu ve onun yaşlarında bir adama göre oldukça formundaydı. Ne bira göbeği vardı ne de pantolon askısı takıyordu. Jensen o yaşa geldiğinde onun kadar formda olabilmeyi diledi içinden. Gerçi kendisi de otuzlu yaşlardaki biri için pek de fena sayılmazdı.

Paylaştıkları ofis, karakolun üçüncü katındaki karanlık bir koridorun sonunda, gözden uzak bir odaydı. Koridordaki bütün odalar eşit büyüklükteydi. Biri süpürge dolabı diğeri ilkyardım odasıydı. Bir de tuvaletler vardı. Jensen odanın önceden ne amaçla kullanıldığını bilmiyor ve öğrenmek de istemiyordu. İyi bir amaçla kullanılmadığı kesindi. İçerinin havası da bir garipti ama kötü denemezdi. Koyu renk, cilalı ahşap kapı ve eski ahşap masalar içeriye bir hoşluk kazandırmıştı; plastik kokan normal ofislerden daha karakterliydi. Ama odayı korkunç kılan bir detay vardı: Hapishane yeşili duvarlar.

Somers öğlene doğru ofise geldi. Jensen kısa süre önce ofise dönüştürülen odanın ortasındaki masanın Somers'a ait olduğunu çoktan keşfetmiş ve kötü ışıklandırılmış uzak köşedeki küçük masanın başına geçip az sayıdaki şahsi eşyasını yerleştirmeye başlamıştı.

"Dedektif Somers olmalısınız. Tanıştığımıza sevindim," dedi, adam içeri girdiğinde ayağa kalkıp elini ona doğru uzatarak.

"Miles Jensen?" dedi kendisine uzatılan eli güçlü bir şekilde sıkan Somers. "Demek yeni ortağım sensin?"

"Doğru," diyerek gülümsedi Jensen. Somers kötü birine benzemiyordu. Adamın "sen" diye hitap etmesi Jensen'ın dikkatinden kaçmamıştı. Kendisi de resmiyeti bir tarafa bırakmaya karar verdi.

"Eminim herkes sana tam bir pislik olduğumu söylemiştir," dedi dönüp masasının başına oturan Somers.

"Evet, bahsi geçti."

"Geçtiğine şüphem yok. Buralarda kimse beni sevmez. Karakolun eskilerindenim. Bu heriflerin tek derdi kariyerleri ve terfiler. Dolandırıcıların soyduğu yaşlı kadınlar umurlarında bile değil. Sadece çabucak çözülüp kapatılabilecek vakalarla ilgileniyorlar. Kayıp kişilerin nüfusa oranı düşünüldüğünde, kasabamızın modern şehirler arasında bir numara olduğunu biliyor muydun?"

Jensen, Somers'ın soru üstüne soru sormayacağını umarak adama gülümsedi.

"Evet ama Santa Mondega'nın modern sayılabileceğini bilmiyordum."

"Hah! Bu yorumunda haksız sayılmazsın ahbap."

Jensen yeniden masasının önündeki döner iskemleye oturdu. İlk izlenimlerine göre, Somers'la iyi anlaşacaklardı. Elbette ilk izlenimlerin yanıltıcı olması mümkündü.

"Söylesene, bana Burbon Kid'i bulmayı saplantı haline getirdiğini söylediler. Neden bu yüzden senden nefret ediyorlar?"

Somers gülümsedi. "Benden bu yüzden nefret etmiyorlar. Benden nefret ediyorlar, çünkü nefret etmelerini istiyorum. Onları kızdırmak için hiçbir fırsatı kaçırmıyorum. Hiçbiri bir haftadan uzun sürecek bir vaka söz konusu olduğunda, gelip yardım etmeyi teklif etmedi. Onlara kalsa, Burbon Kid dosyasını alelacele kapatırlardı. Dosyayı açık tutan bendim. Ama Kid'in ölmüş olması ihtimali varken vakayı soruşturmaya devam etmemize olanak tanımayan bütçe kısıntıları sayesinde benden kurtulmayı başardılar. Şimdi eminim buna pişmandırlar. Belediye başkanına Kid'in geri geleceğini söylemiştim ama o diğer budalalara kulak vermeyi tercih etti."

"Yani hepsi belediye başkanının suçu mu?"

"Hayır," dedi Somers başını iki yana sallayarak. "Belediye başkanı aslında iyi bir adam. Ama etrafı Burbon Kid hikâyesini tarihe gömmek isteyen danışmanlarla doluydu. O piç kurusunun dul bıraktığı kadınları hemencecik unuttular. Kid hiçbir zaman çok uzaklaşmadı. Son beş yıldır her gün birilerini öldürüp duruyor, ama ancak şimdi, cesetleri bulmamıza izin verdi. Yeni bir katliama hazırlanıyor. Sen ve ben, bunun olmasını engelleyebilecek yegâne kişileriz."

"Benim sadece Burbon Kid için burada olmadığımı biliyorsundur umarım?" dedi Jensen, tutkulu bir adam olduğu açıkça görülen Somers'ı kırmamış olmayı umarak.

ANONİM

"Neden burada olduğunu biliyorum," dedi gülümseyen Somers. "Doğaüstü bir şeyler bulacağına inanıyorsun ve yeni cinayetleri bir tür satanist tarikatın işlediğini düşünüyorsun. Sana yalan söylemeyeceğim, bence bunlar zırvadan ibaret ama benim tarafımda olduğun ve soruşturman da cinayetleri Jar Jar Binks'in değil Burbon Kid'in işlediğini ispatlamama yardım ettiği sürece gerisi umurumda değil. Seninle sorun yaşayacağımızı sanmıyorum."

Somers dar kafalının teki de olsa, bütün suçları Burbon Kid'in işlediği teorisine kafayı takmış da olsa kesinlikle Jensen'a anlattıkları gibi adi bir herif değildi. Biraz diplomasinin de yardımıyla bu dar kafalı yaşlı polisin kalbi kazanılabilir ve ondan yararlanılabilirdi. En önemlisi, katili bulmak konusunda motivasyon eksikliği çekmemesiydi.

"Jar Jar ha? Bilimkurgu sever misin?"

"Arada bir izlerim."

"Nedense seni *Yıldız Savaşları* hayranı olarak hayal edemiyorum."

Somers uzun parmaklarıyla gümüş rengi saçlarını sıvazlayıp derin bir nefes aldı.

"Aslında değilim. Gözlerimi olduğu kadar zihnimi de tatmin eden şeyleri tercih ederim ve yeri geldiğinde iyi oyunculuğu takdir etmesini bilirim. Ama günümüzde oyuncular yeteneklerine değil görünüşlerine göre seçiliyor. Bu yüzden de çoğu, otuz beşlerine gelmeden kaybolup gidiyor."

"Tamam... Demek Pacino ve DeNiro hayranısın?"

Somers başını iki yana sallayıp iç çekti. "Hayır, ikisi de 70'lerdeki ve 80'lerdeki gangster filmlerinin başarısını sömüren tek boyutlu karakterler. Hayatları boyunca aynı rolleri oynayıp durdular."

"Benimle dalga geçiyorsun değil mi?"

"Hayır, Jack Nicholson'ı en kötü işinde bile onlara tercih ederim. İşte o, her filmde her rolü oynayabilecek biri. Madem sinema bilginle beni etkilemek istiyorsun Jensen, şu soruyu yanıtla," dedi bir kaşını Jack Nicholson gibi havaya kaldırarak. "Scott kardeşlerden hangisi daha iyi yönetmen – Ridley mi Tony mi?"

"Düşünmeye gerek bile yok. Her zaman Tony." Jensen yanıt verirken tereddüt etmemişti. "Elbette Ridley, *Bıçak Sırtı* ve *Yaratık*'ta iyi iş çıkardı ama Tony'nin çektiği *Devlet Düşmanı* ve *Kızıl Dalga*'yı görmezden gelemeyiz. İyi çekilmiş, insanın aklını zorlayan filmler."

"İkisinin de kahramanları zenci değil miydi?" Somers, Jensen'ın hassas bir noktasına dokunmayı planlamıştı ama karşısındakini iyi tanımadığı için ıskaladı.

"Doğru ama onları beğenme nedenim bu değil. Tony, *Gerçek Aşk*'ı da yönetti ve kahramanı siyah olmasa da, o da iyi bir filmdi."

"Öyle olsun," dedi Somers iç çekerek. "Ben yine de Ridley'i seçeceğim, çünkü Tony'nin *Açlık* denen saçmalığı çektiğini unutmama imkân yok. Herhalde gelmiş geçmiş en kötü korku filmidir."

"Tamam, bir *Kayıp Çocuklar* olmadığı kesin."

"Tam üstüne bastın," diyen Somers, sohbetten sıkılmış olacak ki konuyu değiştirdi, "Bak, üzerinde anlaştığımız bir şey bulalım ki gidip herkese ne kadar iyi anlaştığımızı söyleyebilesin. İşte sana kolay bir seçim. Robert Redford mu, Freddie Prinze Junior mı?"

"Redford."

"Teşekkürler. Şimdi ortak bir nokta bulduğumuza göre, anlaştığımızı söyleyebilir miyiz ortak?"

"Anlaşmak derken neyi kastediyorsun?"

"Şunu: Ben doğaüstü olaylar teorini benimseyip elimden geldiğince sana yardım edeceğim. Ama sen de benim için aynısını yapmalısın. Burbon Kid teorimi sahiplenmelisin. Birbirimizi ciddiye almalıyız. Tanrı biliyor ya bu karakolda başka hiç kimse bizi ciddiye almayacaktır."

"Öyleyse anlaştık Dedektif Somers."

"Güzel. Kid'in son beş kurbanına neler yaptığını görmek ister misin?"

Miles başını salladı. "Lütfen."

Somers masanın sol tarafındaki çekmecelerden birinden şeffaf kapaklı bir dosya çıkardı. Açıp, içindeki fotoğrafları masaya yaydı. Jensen koltuğundan kalkıp ilk fotoğrafı eline aldı ve uzun uzun inceledi. Gözlerine inanamıyordu, dahası gördükleri midesini bulandırmıştı. Ardından masadaki diğer fotoğraflara baktı. Birkaç saniye onları da gözden geçirdikten sonra başını sallayarak bakışlarını Somers'a çevirdi. Fotoğraflardakiler, o güne kadar gördüğü her şeyden iğrençti ve inanın, Miles Jensen o güne kadar çok iğrenç şeyler görmüştü.

"Bunlar gerçek mi?" diye sordu Jensen, sakin kalmak için elinden geleni yaparak.

"Seni anlıyorum," dedi Somers. "İnsan gözlerine inanamıyor. Herif hasta pisliğin teki. Bir insan, başka birine nasıl böyle şeyler yapabilir?"

Dokuz

Elvis dedikleri adam kasıla kasıla Tapioca'ya girdiğinde, sabahın ilerleyen saatleriydi. Suspicious Minds'ın ritmine ayak uydurarak sahnede dolaşıyormuş gibi yürüyordu. Sadece bugüne özgü bir durum değildi, hep böyle yürürdü. Sanki kulaklarında görünmez kulaklıklar vardı ve aynı melodi kafasında yankılanıp duruyordu. Sanchez bu herifi severdi ve belli etmemeye özen gösterse de onu barında görmek kendisini heyecanlandırmıştı; Elvis gibilere ondan hoşlandığınızı belli edemezdiniz, Elvis havalı bir tipti ve bilirsiniz işte, Sanchez, onu bir tür idole dönüştürdüğünü gösterse, kendini aptal durumuna düşürmüş olurdu.

Elvis'in sadece karakteri değil, görünüşü de havalıydı. (Her zaman Elvis Presley gibi giyinen biri ne kadar havalı olabilirse.) Pek çok kişi Elvis taklitçilerinin komik göründüğünü düşünür – bu aslında Elvis'i tanımadıklarındandır. Kimse bu adamın komik göründüğünü düşünmezdi. O, insanlara Kral'ın zirvede olduğu günlerde ne kadar havalı olduğunu hatırlatan bir tipti.

Bahsi geçen sabah Elvis, leylak rengi bir takım elbise giymişti. Ceketinin yakası siyahtı ve parlak renkli pantolonunun iki tarafında da aynı renkte çizgiler vardı. Takımı, düğmeleri

ANONİM

yarıya kadar açık siyah bir gömlek tamamlıyordu. Elvis'in kıllı göğsünü altın zincire takılmış İHA (İşleri Halleden Adam) harfleri süslüyordu. Bazıları bunun züppelik olduğunu düşünse de Sanchez madalyonun onu daha da havalı kıldığına inananlardandı. Elvis'in aynı gerçek Elvis gibi uzun siyah favorileri vardı. Gür saçlar. Dahası, her zaman altın çerçeveli güneş gözlüğü takardı. Sanchez'le iş konuşmak üzere bara geçtiğinde bile gözlüğünü çıkarmaya zahmet etmemişti.

Tapioca'nın müşteri dolu hali Elvis'in umurunda olmadı ve Sanchez de bu durumu önemsemiyordu. Eğer Elvis, Sanchez'le yarım saat sohbet etmek istiyorsa, o süre boyunca diğer müşteriler içki alamayacak demekti. Kimse de gıkını çıkaramazdı. Ona saygı duyuyor, korkuyor ve kulağa garip gelse de onu seviyorlardı. Tüm kasabada, hakkında kötü konuşacak birini bulamazdınız.

"Duyduğuma göre haberler kötüymüş," dedi Kral, bilmiş bilmiş başını sallayarak.

Sanchez şişeyi eline alıp söylenmesini beklemeksizin adama bir kadeh viski doldurdu. "Kötü haber buralarda çabuk yayılıyor," dedi, kadehi barın üzerinden Elvis'e kaydırarak.

"Seninki gibi kötü haberler, beraberinde pis kokular da getiriyor," diye devam etti öteki. Sesi hırıltılı mı hırıltılıydı.

Sanchez, o sabah ilk kez gülümsedi. Bu kadar ihtişamlı birinin karşısında olmak, onu kardeşinin ölümünün ardından içine sürüklendiği acılar denizinden kurtarmıştı. Tanrı, Kral'dan razı olsun.

"Söylesene Elvis dostum, olanların ne kadarını biliyorsun?"

"Sarı Cadillac'ı kullanan kişiyi arıyorsun, doğru mu?"

"Doğru. Kim olduğunu biliyor musun?"

"Biliyorum. Senin için onu haklamamı ister misin?"

"Evet. Öldür onu," dedi Sanchez. Soruyu soranın Elvis olmasına sevinmişti, çünkü kendisi konuyu nasıl açacağını bilemiyordu. Birinin öldürülmesi arzusunu kelimelere dökmek öyle kolay değildir. "Önce acı çektir, hatta ölene kadar işkence et. Öldür, yetmezse bir daha öldür."

"Onu birkaç kere mi öldürmemi istiyorsun? Normalde bunun için ekstra alırım ama seni severim Sanchez, bu yüzden ikinci sefer sana bedava."

Bu sözler Sanchez'in kulağına bir melodi gibi geldi. Sanki birdenbire onun da beyninde gümbür gümbür Suspicious Minds çalmaya başlamıştı.

"İş için ne kadar istiyorsun?" diye sordu.

"Avans olarak bir binlik. Adam öldüğünde de arabanın elden geçirilme masraflarını üstlenmeni istiyorum. Boyanması gerekecek. Hep pembe bir Cadillac istemişimdir. Sence de gerçek bir rock and roll arabası olmayacak mı?"

"Tabii," diye onayladı Sanchez. Viski şişesini alıp Elvis'in kadehini ağzına kadar doldurdu. "Gidip avansını getireyim. Benim için bir dakikalığına bara göz kulak olur musun?"

"Nasıl istersen patron."

Sanchez parayı getirmek için barın arkasındaki odaya geçtiğinde, Elvis bir dakika kadar kadehine bakıp, yüzeyindeki yansımasını inceledi. Elvis sadece paranın ve arabanın peşinde değildi. Dedikodulara göre, sarı Cadillac'ın şoförünün elinde paha biçilemez mavi bir taş vardı. Öyle bir mücevher servet ederdi. Elvis mücevherden anlamazdı ama kadınların öyle şeylerden hoşlandığını ve bu hediyelerle hepsinin gönlünün fethedilebileceğini bilirdi. Ve Elvis kadınlara bayılırdı.

Sanchez, elinde içi para dolu kahverengi bir zarfla geri döndü. Elvis zarfı alıp içine baktı. Ardından banknotları gözden geçirdi, onları saymıyor, gerçek olup olmadıklarını kontrol ediyordu. Sanchez'e güvenirdi ama hiç kimseye güvenmeyen biri için bunun fazla bir anlamı yoktur. Hepsinin gerçek olduğundan emin olunca zarfı ikiye katlayıp ceketinin cebine koydu, içkisini tek yudumda fondipledi, hızlıca dönerek taburesinden kalktı ve kapıya yöneldi.

"Hey Elvis, bekle," diye seslendi Sanchez. Kral durduysa da başını çevirip bakmadı.

"Ne var?"

"Adını söylemedin."

"Kimin adını?"

"Adamın adını. Benim için haklayacağın herifin adı ne? Onu tanıyor muyum?"

"Kasabadan değil ama tanıyor olabilirsin. Kelle avcısı."

"Eee, adını söylesene? Neden kardeşimi ve karısını öldürmüş?"

Sanchez başlangıçta Elvis'e bu soruları sormayı planlamamıştı ama kiralık katil işi üstlendiğine ve adamın işini bitirmek üzere harekete geçtiğine göre, artık kaybedeceği bir şey yoktu. Sarı Cadillac'ın gizemli şoförünün kim olduğunu öğrenmek istiyordu.

Elvis yavaşça dönüp güneş gözlüğünün üstünden Sanchez'e baktı.

"Bilmek istediğine emin misin? Kim olduğunu iş bittikten sonra öğrenmeyi tercih etmez misin? Bilirsin, belki fikrini değiştirirsin diye söylüyorum."

"Hayır, söyle gitsin – kahrolası herif kim?"

"Jefe adıyla bilinen acımasız bir katil. Ama gözün korkmasın. Yarın bu saatlerde lakabı Ölü Jefe olacak."

Sanchez, Jefe'nin ne kadar tehlikeli biri olduğunu söyleyip onu uyaramadan Elvis bardan çıktı. Zaten bir önemi de olmazdı. Elvis, Jefe'nin işini bitirirdi. Pislik herif kısa süre sonra eşek cennetini boylayacaktı, onu Kral'ın gazabından kimse kurtaramazdı.

On

Dedektif Miles Jensen ve Archibald Somers bir bakışta cinayetlerin kimin işi olduğunu anladılar. Jensen başını çevirip Somers'a baktığında, onun da aynı şeyleri düşündüğünü fark etti. İki ceset daha. İkisi de Somers'ın Jensen'a gösterdiği fotoğraflardaki beş kişi gibi acımasızca öldürülmüştü. Bu seferki iki zavallının adları Thomas ve Audrey Garcia'ydı. (Diş kayıtlarının ileride bu bilgiyi doğrulayacağına şüphe olmasa da o zamana kadar, kimlikleri sağlam bir varsayımdan ibaretti.)

Kurbanların akrabalarından birinin telefonu üzerine devriyeler, kasabanın dışındaki çiftlik evini kontrole gitmişti. Onları Jensen ve Somers'ın gelişi takip etti. Toprak yoldan gelen dedektifler Jensen'ın külüstür BMW'siyle güçbela eve ulaştılar. Aslında çiftlik evi uzun zamandır vardı ama yolun da evin de bakımı yapılmamıştı. Karşılarındaki yapının dökülmekte olduğunu çözmek için usta bir dedektif olmak gerekmiyordu.

Jensen, evin ön tarafındaki mutfağa adım attığı anda, burnunu ve ağzını mendiliyle örtmeyi akıl eden Somers'a hafif bir kıskançlıkla baktı. Cesetlerden yükselen koku her yanı kaplamıştı ve Jensen dışındaki herkes, öyle ya da böyle burunlarını örtecek bir şeylere sahipti.

Beş polis mutfağa dağılmıştı, ikisi mezürle cesetlerle mutfaktaki eşyaların arasındaki mesafeyi ölçmekle meşguldü. Bir diğeri, elindeki polaroit fotoğraf makinesiyle olay yerinin fotoğraflarını çekiyordu. Düzensiz aralıklarla, polaroitten gırlamayı andıran bir ses yükseliyor ve makine, önceki beş cinayetin fotoğraflarını andıran bir fotoğraf kusuyordu. Memurlardan biri parmak izi alıyordu, odanın her santiminin kanla kaplı olduğu düşünülürse bütün görevler arasında en çilelisiydi. Beşinci ve son polis, Teğmen Paolo Scraggs'tı. Yetkili polisin o olduğu belliydi, çünkü tek yaptığı diğerlerini seyretmek ve işlerini düzgün yapıp yapmadıklarını kontrol etmekti.

Scraggs lacivert kaliteli bir takım giymişti. Üniforma olmasa da, üniformayı andırdığı için seçilmişti belli ki. Gömleği temiz ve ütülüydü. Lacivert kravat takmıştı. Bütün dedektifler, görünüşlerine dikkat ettikleri izlenimi uyandırmaya çalışırlar, çünkü detaylara dikkat, işlerinin önemli bir parçasıdır. Hele onun ekibi için böylesi, olmazsa olmaz bir özellikti. Onun ekibi derken, olay yeri ekibini kastediyoruz. Scraggs'ın Santa Mondega polis kuvvetlerinin medarı iftiharı olduğu söylenemezdi ama adam öyle olabilmek için elinden geleni yapıyordu.

İşlenen korkunç cinayetler düşünüldüğünde Scraggs ve ekibi için zor bir haftaydı, bugün de istisna sayılmazdı. Mutfak berbat durumdaydı. Bahçe hortumuyla etrafa püskürtülmüş gibi görünen kanın yanı sıra, etrafa saçılan eşyalar da ekibin işini zora sokuyordu. Bu da yetmezmiş gibi yerlerde olay yeri ekibinin işini iyice güçleştiren çatal bıçak yığınları vardı. Ya Thomas ve Audrey Garcia sıkı mücadele etmişti ya da onları öldüren kişi, delilleri ortadan kaldırmak amacıyla içeriyi fena dağıtmıştı.

Adli tabip çoktan gelip gitmişti. Olay yeri ekibine yardımcı olabilecek sadece ambulans görevlileri kalmıştı; verandanın önünde durmuş, cesetlerin üzerlerini örtüp götürebilmek için birilerinin kendilerine emir vermesini bekliyorlardı. Somers başını sallayıp bekledikleri emri verdiğinde hemen harekete geçtiler.

"Olay yerine ilk kim geldi?" diye sordu Somers yüksek sesle, ambulans görevlileri koşa koşa yanından geçerken.

"Ben geldim," diye karşılık verdi Somers'ın yanına gidip tokalaşmak için elini uzatan Scraggs. "Burada yetkili benim."

"Artık değil," diye kestirip attı Somers. "Dedektif Jensen ve ben olay yerini devralıyoruz."

Scraggs tahmin edilebileceği gibi bundan oldukça rahatsız oldu ve Somers'ın kendisiyle tokalaşmayacağını anlayarak elini geri çekti. Somers'ın kim olduğunu iyi biliyordu, elini uzatması bile aptallıktı. Ne olacağını bilmesi gerekirdi. İçinden ona pislik olduğunu söylemek geçti ama bunu dile getirmedi. "Pekâlâ Dedektif Somers. Nasıl isterseniz."

"Herhangi bir ipucu var mı?"

"Evet efendim. Adamlarımdan biri, öldürülen adamın ağabeyinin ifadesini aldı."

"Ağabeyi demek. Tanıdığımız biri mi?"

"Tanıyor olabilirsiniz efendim. Tapioca adlı barın işletmecisi olan Sanchez Garcia. Ölen adam, Thomas Garcia onun kardeşiymiş."

Somers, pardösüsünün cebinden ufak bir not defteri çıkarıp kapağını açtı. İç taraftaki bölmede, hoş bir kalem duruyordu. Onu çıkarıp yazmaya hazırlandı.

"Cinayetleri kimin işlemiş olabileceğine dair bir fikri var mıydı?" diye sordu.

Jensen az kalsın gülümseyecekti. Somers şimdi tam Komiser Kolombo'ya benzemişti. Onun gibi görünüyor, onun gibi konuşuyordu. Ama şu an gülümsemek için uygun bir zaman değildi. Hele de Scraggs gözlerini dikmiş Jensen'a bakarken.

"Kimin onları öldürmek isteyebileceğini bilmediğini söyledi," diye yanıtladı teğmen. "Ama size şu kadarını söyleyebilirim, işin içinde uzaylıların parmağı olduğunu düşünmüyordu," diye devam etti.

Bu iğneleyici sözün hedefi Jensen'dı. Dedektif, önceden de defalarca benzer yorumlar duymuştu. Her yeni kasabada aynı ucuz espriler. Hep aynı hikâye. İnsanı canından bezdiren şeyler.

"Hey!" diye bağırdı Somers. "Sen sadece kahrolası soruya yanıt ver ve çocukça yorumlarını kendine sakla. Elimizde iki ceset var. Büyük ihtimalle hiçbir suç işlememiş masum insanlar. Alaycılığın, onları öldüren kişiyi bulmamızı kolaylaştırmayacak."

"Özür dilerim efendim."

"Elbette özür dileyeceksin." Somers, belli ki başkalarının kendisine saygı göstermelerini sağlamakta ustaydı. Jensen hâlâ diğer polislerin ondan neden bu kadar nefret ettiklerini çözememişti. Yaşlı dedektif konuşmayı sürdürdü: "Şimdi konuya dönelim, cesetleri kim bulmuş? Sanchez mi?"

"Evet efendim," dedi Scraggs. "Sabah sekiz gibi geldiğini söylüyor. Tam 09.11'de polisi aramış."

"Demek sekizde buradaymış. Şimdi nerede?"

"İşinin başına dönmek zorundaydı, barı açması gerekiyormuş."

Jensen, varlığını belli etmenin zamanının geldiğine karar verdi. Yeni bir görev bölgesine atandığında ilk soruşturmada bırakacağı izlenimlerin ne kadar önemli olduğunu bilirdi. Kayda değer bir soruyla konuşmaya katıldı: "Kurbanlar öldürüleli uzun zaman olmuşa benzemiyor. Sanchez geldiğinde birilerini görmüş mü? Bence ikisi bu sabah öldürülmüşler."

"Hiçbir şey görmediğini söyledi."

Jensen'ın sorusunu yanıtlayan Scraggs'ın, cümlenin sonuna "efendim" kelimesini eklemediğini gözden kaçırmaya imkân yoktu. Jensen bunu kafasına takmadı. Er ya da geç bu teğmenin ve diğer polislerin saygısını kazanacaktı. Hep öyle olurdu. Scraggs'ın bilmiş ses tonunu görmezden gelerek yeni bir soru sordu: "Burası oldukça sapa bir yer. Çiftlik evine gelmek ve buradan ayrılmak için kullanılabilecek tek bir yol var. Sanchez'e, kendisi çiftlik evine gelirken aksi istikamete giden bir araç görüp görmediğini sordunuz mu?"

"Elbette sorduk. Dediğim gibi, hiçbir şey görmediğini söyledi."

"Tamam."

Belki aptalca bir soruydu ama Jensen, Santa Mondega polislerinin insanları sorgularken iyi bir iş çıkarıp çıkarmadıklarını bilemezdi. Kimsenin, işini düzgün yapacağına güvenmek gibi bir niyeti yoktu. Bakışlarını Somers'a çevirdiğinde yaşlı dedektif, "Sanchez'i kendin sorgulamak ister misin?" diye sordu.

Belli ki yeni dedektifin, Sanchez'in ifadesini gözden geçirmek istediğini anlamıştı ve büyük ihtimalle kendisi de aynı şeyi düşünüyordu. Jensen yavaş yavaş yeni ortağının saygısını kazanmaya başladığını hissetti. Galiba Somers, onun işiyle gurur duyan ve hayatını davaları çözmeye adamış bir polis olduğunun farkına varmıştı.

"Benimle gelmek ister misin?" diye sordu Jensen.

"Hayır, sen git. Ben olay yeri ekibiyle kalıp neler bulduklarına bakacağım. Bilirsin, bir şeyleri gözden kaçırmalarını istemiyorum." Yakınlardaki olay yeri görevlileri bu yorumdan hoşlanmamış olacaklar ki başlarını çevirip Somers'a kötü bakışlar fırlattılar. Elbette bu bakışlar adamı zerre kadar rahatsız etmedi. Onları kızdırmaktan hoşlanıyordu.

"Unutmadan Jensen, büyük ihtimalle bunu sen de anlayacaksın ama ben önceden söylemiş olayım, Sanchez'in dudaklarından yalandan başka bir şey dökülmez. Polisle işbirliği yapacak bir tip değildir. Onu tanıyorsam, ki iyi tanırım, işi bitirmesi için çoktan bir kiralık katil tutmuştur. Kardeşinin ölümünün hesabını sorma işini polise bırakmayacaktır. Sana söyleyeceği hiçbir şeye inanma. Yüzde ellisinden fazlasının doğru olmayacağını garanti ederim."

Somers'ı kızgın olay yeri ekibiyle baş başa bırakan Jensen, evden çıktı. Mutfaktaki kokudan kurtulup temiz havaya ulaştığında, ne kadar rahatladığını tarif etmeye kelimeler yetmez. Bir dakika kadar verandada durup derin derin nefes aldı. İki görevli, sedyeyi verandanın girişine yanaştırdıkları ambulansa yüklemekle meşguldü. İki ceset torbasından büyükçe olanı, çoktan ambulansa yüklenmişti. Şimdi yükledikleriyse tahminen içinde Audrey'in cesedinin olduğu torbaydı. Adamlardan biri geri geri gitti, başını çevirip arkayı kontrol etti ve ambulansa çıktı. Diğeri sedyeyi dengede tutmaya çalışıyor ama bunu yaparken Jensen'ın yolunu kesiyordu. Dedektif, sedyenin araca yüklenmesini bekledikten sonra görevlinin omzuna dokundu.

"Tapioca'da çalışan Sanchez Garcia diye birini sorgulamaya gitmem gerekiyor. Barın yerini biliyor musunuz?" diye sordu.

"Elbette biliyoruz. Morga giderken önünden geçeceğiz," diye yanıtladı adam dişlerinin arasından ve sedyeyi yana kaydırmaya çalıştı. "İstersen peşimize takılabilirsin."

"Sağ olun, dediğinizi yapacağım." Jensen cebinden bir yirmilik çıkarıp adamın suratının önünde salladı. "Bir soru daha. Eğer Sanchez adaleti kendi eliyle sağlamaya karar vermişse, pis işini yapması için kimi tutmuştur?"

Ambulans görevlisi kararsızlık içinde bir saniye kadar banknota baktı. Almalı mı almamalı mı? Karar vermesi uzun sürmedi. Parayı Jensen'ın elinden kapıp gömlek cebine soktu.

"Sanchez sadece Kral'a güvenir," dedi.

"Kral mı?"

"Evet. Elvis yaşıyor, bilmiyor muydun?"

"Şimdi öğrenmiş oldum."

On Bir

Sansar Marcus hâlâ akşamdan kalmaydı. Her zaman en kötü zamanlarını içerek atlatmıştı. Önceki gece dört ayak üstüne düştüğünü hatırlıyordu. Jefe'yi soymak tahmin ettiğinden de kolay olmuştu. Marcus onu soyup soğana çevirirken, kelle avcısı da bebekler gibi uyumuştu. Elbette bunda Marcus'un Jefe'nin içkisine tecavüz uyuşturucusu da denilen sıvıdan birkaç damla damlatmış olmasının da etkisi vardı. Normalde kıymetli Rohypnol'ünü yatmak istemediği biri için ziyan etmezdi ama Jefe'nin boynundaki zincirin ucunda çok güzel bir mavi mücevher olduğunu görmüştü. Başlangıçta mücevher görülecek bir yerde değildi ama kelle avcısı sarhoş oldukça dikkatsizleşmiş, bu tür şeyleri gözden kaçırmayan tiplerden olan Marcus da mücevheri fark etmişti. Ayrıca Jefe'nin cebinde birkaç bin dolar taşıdığı ortaya çıkmıştı. Yani Marcus, sonraki iki üç ayı kafayı çekerek geçirebilecekti ve bütün içkiler Jefe'dendi.

Kendine Santa Mondega International'da iyi bir oda tutmuştu. Pahalı olduğu için, orada uzun süre kalmayı planlamıyordu. Ama lüks içinde geçen birkaç gün ona iyi gelecekti. Marcus kendine bu kadarını olsun borçluydu. Lanet olsun, kesinlikle bir süreliğine şımartılmayı hak ediyordu.

Saat neredeyse iki olduğu halde hâlâ perdeleri açmamıştı. Önceki gece giydiği siyah deri pantolon ve griye dönmüş beyaz ceket de hâlâ üzerindeydi. Tembel tembel otel odasındaki çift kişilik yatakta oturmuş, parayla neler yapacağını hayal ediyordu. Televizyon tam karşısındaki duvardaydı, viski şişesi ise yatağın başucundaki masada, hemen elinin altında. Yani keyfine diyecek yoktu. Lüks hayat dediğin böyle olurdu. Marcus için cennet dediğin böyle bir şeydi, bir gün krallar gibi bir hayat sürme şansı olsa, o kadarı yeterdi.

Kablolu televizyondaki kanallardan birinde *BJ ve Ayı* dizisinin ikinci bölümünü izlediği sırada biri kapıyı tıklattı.

"Oda servisi," diye seslendi kapının diğer tarafındaki kadın.

"Bir şey ısmarlamadım."

Kısa bir duraksama. "Şeyy, ben aslında hizmetçiyim. Yatağı ve odayı toplamaya geldim."

Marcus yastığın altına sakladığı silahı eline aldı. Silahını her zaman yastığının veya o gece yastık olarak neyi kullanıyorsa onun altına saklardı. Ayrıca önceki geceden beri kesinlikle paranoyak bir ruh hali içindeydi. Jefe'nin kendisini bulacağı korkusuyla yaşıyordu. Değerli mavi mücevheri çaldığı için, kelle avcısının intikam peşine düşeceği kesindi. Marcus, artık her zamankinden de temkinli davranacaktı.

Yataktan kalktı, yalpalayarak kapıya gitti ve ilk kez o zaman, önceki geceki sarhoşluğun bütün etkisini vücudunda hissetti. Alkol terliyordu, giysilerinin de yıkanması gerekiyordu, çünkü leş gibi kokuyorlardı. Ama bu düşünceler, zihnini, ihtiyatsız davranacak kadar meşgul edemezdi. Kapıdaki kimsenin gerçekten hizmetçi olup olmadığından emin olmalıydı. Santa Mondega'da birilerinden bir tomar para ve değerli bir mücevher çalarsanız, haftalarca ve hatta aylarca arkanızı kollamanız gerekir.

Silahı tutan elini kapıya yaslayıp gözetleme deliğinden dışarı baktı. Koridorda tipik hizmetçi üniforması içinde, yirmili yaşlarda, incecik bir kadın duruyordu. Genç kadının o kadar zararsız bir hali vardı ki, Sansar, silahını pantolonunun arkasına sıkıştırdı ve zincirin takılı olduğuna emin olduktan sonra kapıyı araladı.

"Tünaydın Bay... Jefe yanılmıyorsam?" dedi hizmetçi, elindeki kâğıtta yazan ismi kontrol ettikten sonra. Marcus önceki gece otel odasını tutarken, Jefe'nin cüzdanındaki banknotları kullandığını hatırladı. Anlaşılan o kafayla, resepsiyondaki görevliye Jefe'nin ehliyetini uzatmıştı.

"Evet, ben Jefe. İçeri girip odayı toplamak mı istiyorsun?"

"Evet, lütfen Bay Jefe. Elbette uygun görürseniz."

Marcus zinciri çekip kadının içeri girebilmesi için kapıyı araladı.

"Hadi gel tatlım. Senin adın ne?"

"Kacy." Hizmetçi, adama gülümsedi, her erkeğin kalbini eritecek türden tatlı bir gülümsemesi vardı. Marcus'un kalbi de yavaş yavaş eridi. Karşısında duran kadın, otelin hizmetçisi, nefes kesici bir yaratıktı. Dünyayı hâlâ sarhoş gözlerle gördüğü için böyle düşünmüyordu, kadın gerçekten de uzun zamandır gördüğü en tatlı şeydi. Dudakları dolgundu ve saçları muhteşemdi. Sansar, kadınları saçlarına göre değerlendirirdi. Birlikte olacağı kadınlarda aradığı en önemli özellik güzel saçlardı. Bu kızın, omuzlarına dökülen ipek gibi koyu renk saçları vardı. Siyah. Santa Mondega'daki çoğu erkek, o taraflarda bulunmaları zor olduğu için, sarışınlara deli olur. Marcus onlardan değildi. Esmerleri tercih ederdi.

"İşimi bitirmem on dakika bile sürmez Bay Jefe. Burada olduğumu fark etmeyeceksiniz bile," dedi genç kadın, alımlı bir gülümseme ve belli belirsiz bir göz kırpışla.

"Acele etmene gerek yok Kacy, neden biraz rahatlamıyorsun? Gevşe. Kalıp benimle bir içki içmek istemez misin?"

Hizmetçi kıkırdadı. Tiz bir gülüş – Marcus'tan ne kadar hoşlandığının işareti. Marcus böyle şeylerden anlardı. Hırsız sezgisi işte.

"Çok isterdim ama oteldeyken müşterilerle samimi olmamıza izin yok. Başımı belaya sokmak istemiyorum."

"O zaman başka bir yerlere gidelim tatlım," dedi Marcus imalı imalı.

Kacy hafifçe kızardı ama kendisine ilgi gösterilmesinden hoşlandığı, sol elinin işaretparmağını dudaklarında dolaştırıp Marcus'u baştan çıkarmak için hafifçe yalamasından anlaşılıyordu.

"Ne demek istiyorsunuz, gerçek bir randevu gibi mi?"

"Elbette. Neden olmasın?"

Genç kadın bu teklifi birkaç saniye düşündü. Baştan çıkmış gibi görünüyordu, en azından ciddi ciddi düşündüğü ortadaydı.

"Tamam. On beş dakika sonra vardiyam bitiyor. Neden ben odayı toplarken hızlı bir duş yapmıyorsunuz? Yarım saat sonra da lobide buluşuruz."

O zaman Marcus, ne kadar kötü koktuğunu anladı. Kesinlikle yıkanma zamanı gelmişti. "Elbette... Kacy," dedi ağzının suları akarak.

Ceketini bir kenara fırlatıp banyoya koştu. Kacy biraz daha kıkırdadıktan sonra, yastık kılıflarını ve çarşafı değiştirmek için yatağın yolunu tuttu.

"Duş yaparken televizyonun açık kalmasını ister misiniz Bay Jefe?"

"Nasıl istersen fıstık. Nasıl istersen öyle yap," diye karşılık verdi banyodan. Duşu açıp soyunmaya devam etti. Harika bir gün oluyor, diye geçirdi içinden. Belki mavi mücevher ona şans getirmişti. Belki de şansı getiren, Jefe'den aldığı bir deste paraydı. Ne de olsa karşı cinsin sizi çekici bulması için, biraz para saçmaktan iyisi yoktur.

Siyah deri pantolonunu bir kenara fırlattı. Silah banyo paspasının üstüne düştüğünde, onu alıp lavabonun kenarına koydu ve duşa girmeye hazırlandı. Ama son anda aklına cüzdanını (eh artık Jefe'nin değil kendisinin cüzdanıydı) yatağın başucundaki masada bıraktığı geldi. Zihninde alarm çanları çalmaya başladı. Bu kıza, daha yeni tanıştığı bu hizmetçiye güvenmeli miydi? Bir saniye sonra aradığı yanıt ayağına geldi. Banyo kapısı açıldı ve genç kadın elinde cüzdanla içeri girdi.

"Eşyalarınızı öylece etrafa saçmamalısınız beyefendi. Birileri onları çalmaya kalkabilir ve kimsenin bunu yapmasını istemeyiz, değil mi? Yoksa bana öğle yemeği ısmarlayacak paranız olmaz." Genç kadın bunları söyledikten sonra adamı baştan aşağı süzdü. Marcus çırılçıplaktı ve ne kadar çıplak olduğunun gayet bilincindeydi. Vücudunu kadınlara sergilemekten hoşlanan erkeklerdendi. Özellikle de kendisini çıplak görmeyi beklemedikleri zamanlarda. Marcus kadının yüzündeki ifadeden Kacy'nin hem şok geçirdiğini hem de

gördüklerinden hoşlandığını anladı. Ona yeniden göz kırptı
– yavaş, seksi bir göz kırpış.

"Cüzdanı kenara bırakabilirsin fıstık. Göz açıp kapayana
kadar duştan çıkmış olurum."

Kacy adama gülümseyip cüzdanı lavabonun kenarına
bıraktı ve Marcus duşun kapısını kapatırken yatak odasına
geri döndü.

"Hey, inanamıyorum? *BJ ve Ayı* mı oynuyor? Bu progra-
ma bayılırım!" diye seslendi Kacy heyecan içinde.

Harika bir gün olacaktı. Sansar Marcus için enfes bir
gün. Şanslı bir döneme girmişti ve hiç bitmemesini umuyor-
du. Elbette onun yerinde zeki bir adam olsa, çok daha dik-
katli davranır ve yeni tanıştığı kimseye güvenmezdi. Aslın-
da, onun yerinde akıllı bir adam olsa, çoktan kasabayı terk
etmiş olurdu.

Ama Marcus'un akıllı biri olmadığı, daha baştan belliydi
zaten.

On İki

Jensen karakola döndüğünde Somers çoktan masasının başına geçmiş son olay mahallinin fotoğraflarını inceliyordu. Ortağının geldiğini görünce başını kaldırdı. "Sanchez'den işe yarar bir şeyler öğrenebildin mi?"

Jensen kahverengi deri ceketini çıkarıp masasına doğru fırlattı. Ceket, koltuğunun kenarına çarpıp yere düştü. "Bir halt öğrenemedim. Santa Mondegalı kanun adamlarıyla konuşmaya hevesli biri olmadığı kesin."

"Sana işinin kolay olmayacağını söylemiştim."

"Ya sen?" diye sordu Jensen, Somers'ın masasındaki fotoğrafları süzerek. "Olay yeri ekibi işimize yarayacak bir şeyler buldu mu?"

"Şimdilik işimize yarayacak hiçbir şey yok. Zaten bu yarım akıllılar, bir hafta sonra aldıkları parmak izlerinin yarısından fazlasının kendilerine ait olduğunu fark ederler."

Jensen, Somers'ın inceleyip kenara ayırdığı fotoğraflardan birini eline alırken acı bir kahkaha attı. Elindeki fotoğraf, iki cesetten birinin yakından çekilmiş iğrenç bir görüntüsüydü. Hangisi olduğunu kestirmek imkânsızdı. Kanlar içindeki et parçaları ve kırılmış kemikler. Cesetlerin fotoğraftaki halleri, gerçeğinden bile kötüydü. Jensen'ın karşısındaki çiftlik evinde gördüğünden bile iğrenç bir manzaraydı.

"Fotoğraf hangi cesetten?" diye sordu Jensen, mide bulantısını bastırmaya çalışarak. Somers gözucuyla ona baktı.

"Sanırım kadınınkinden. Ama hangi fotoğrafın kime ait olduğunu kestirmek güç."

Jensen kaşlarını çattı. Uzun yıllar önce, kaşlarını çattığında daha iyi konsantre olduğunu keşfetmişti. Nedenini bilmiyordu ama en iyi fikirleri her zaman kaşlarını çattığında bulurdu. Şimdi zihninde dönüp duran mesele, cesetler arasındaki bağlantıyı bulmaktı. Hepsi birbirine benzeyen bu cinayetlerin kurbanlarının birbiriyle hiçbir bağlantısının olmaması imkânsızdı. İyi ama sayıları yediyi bulan cinayetlerin ortak noktası neydi? Bu iki kurbanı, Somers'ın geçen sefer gösterdiği fotoğraflardaki beş kurbana bağlayan ne olabilirdi?

"Sanırım bu kişilerin de önceki beş kişiyi öldüren kişi veya kişiler tarafından öldürüldüğünü varsaymadan önce, formalite icabı da olsa araştırma yapmamız gerekecek," dedi. "Gerçi aynı kişi olduğu ortada."

"Senden de hiçbir şey kaçmıyor."

Jensen gözlerini kısıp adamın kendisiyle dalga geçip geçmediğini anlamaya çalıştı ve biraz düşündükten sonra kendisine özel bir durum olmadığını, ortağının genel olarak bu konuşma tarzını benimsediğini kabullendi.

Dönüp koltuğuna oturdu, ceketini yerden almaya zahmet etmedi. Arkasına yaslanıp yakından inceleyebilmek için fotoğrafı yüzüne yaklaştırdı. Orada bir ipucu olmalıydı. Dikkatini çekecek bir şeyler ama ne? O şey her neyse, cinayetleri birbirine her ne bağlıyorsa fotoğraflarda değildi. Acaba Somers'ın bu konuda bir teorisi var mıydı?

"Kurbanları birbirine bağlayan bir şey bulabildin mi?" diye sordu Jensen.

Fotoğrafları gözden geçirmeyi sürdüren Somers başını iki yana salladı. "Hiçbir şey," dedi. "Kurbanlar rasgele seçilmiş gibi duruyor. Tek ortak noktaları, gözlerinin oyulmuş, dillerinin kesilmiş olması."

"Sanırım katilin imzası bu. Seri katiller, polisler cinayetleri kendilerinin işlediğini anlasın diye böyle imzalar atar."

Ayağa kalkıp iki masa arasındaki dar alanı turlamaya başladı. Somers başını iki yana salladı. İkna olmuş görünmüyordu.

"Nedenin bu olduğunu sanmıyorum. Cinayetleri aynı kişinin işlediği zaten belli. O olduğunu bildiğimizi biliyor, öyleyse neden bize imza atmakla uğraşsın?" Somers'ın yine Burbon Kid'e gönderme yaptığı açıktı.

"Belki katil o değildir?" Jensen konuyu tartışmaya açmaya çalıştı. Büyük hata.

"Bunu tartışmayalım Jensen. İnan bana katil o. Cinayetleri Burbon Kid'in işlediğini adım gibi biliyorum. Şimdi otur ve dinle lütfen."

Jensen ceketini yerden alıp arkasına astığı koltuğu Somers'ın karşısına sürükledi. Bütün dikkatini ortağının söyleyeceklerine verdi.

"Devam et, dinliyorum."

Somers fotoğrafları bırakıp dirseklerini masaya yasladı ve ellerini birbirine kavuşturdu. Yorgun görünüyordu. Genç dedektif, bu tavırlarda gizli olan bıkkınlığı fark etti.

95

"Sana doğaüstü teorilerinle dalga geçmeyeceğimi söyle-miştim. Karşılığında, senden tek bir şey istedim: Burbon Kid teorimi, karakoldaki geri kalan herkes gibi elinin tersiyle it-memen. Bu konuda anlaşmamış mıydık?"

"Evet. Haklısın."

"Öyleyse beni iyi dinle Jensen. Bu soruşturmada baş döndürücü yeni bulgulara rastlamayacağız. Yepyeni şeyler keşfetmeyeceğiz. Cinayetleri Burbon Kid'in eski karısının işleyip suçu onun üstüne yıktığı gibi saçma sapan şeyler çık-mayacak ortaya. Katil uşak da değil ve Kevin Spacey kanlar içerisinde karakola dalıp bütün gücüyle, 'Dedektif!... Dedek-tif!...' diye bağırmayacak. Karının kafasını bir kutu içerisin-de çölde bulmayacaksın. Bu cinayetleri Burbon Kid işledi. Bu kadar basit."

Nefes almak için duraksadı ama elinden iç çekmekten fazlası gelmedi.

"Şimdi, eğer gerçekten cinayetleri çözmeme yardım et-mek istiyorsan altlarında yatan gerekçeyi bulmama ve bir sonraki kurbanın kim olacağını tespit etmeme yardım et. Eğer bu arada Burbon Kid'in Mars'tan geldiğini, hayalet oldu-ğunu ve ondan kurtulmak için şeytan çıkarmasını bilen bir rahip bulmamız gerektiğini gösteren delillerle karşılaşırsan bence hava hoş, senin dediğini yaparız. Ama şunu bil Jen-sen: Başka bir katil aramakla sadece zamanını ziyan etmiş olursun. Bir tek bu konuda olsun bana güven. Burbon Kid'i veya lanet olasıca herifin gerçekte kim olduğunu bulmaya konsantre ol. O zaman katili bulacaksın."

Jensen, Somers'ın sesindeki öfkenin arttığını hissede-biliyordu. Ortağının, söylediklerine yürekten inandığına emindi ve kendisi de onun haklı olabileceğini düşünüyordu.

Katilin başka biri olabileceği gerçeğini göz ardı ediyor değildi ama eğer bu soruşturmada Somers'ın yardımını istiyorsa, onun suyuna gitmesi gerektiğine inandığı için sesini çıkarmadı.

"Haklısın Somers. Lütfen beni yanlış anlama, gerçekten haklı olduğuna inanıyorum ama bu soruşturmaya yeni dahil olduğumu unutmamalısın. Akıl akıldan üstündür, lütfen önceki cinayetlere bir bakmama izin ver. Belki gözden kaçırdığın bir şeyler vardır. Kim bilir? İnan bana ben de bu soruşturmayı ve Burbon Kid teorini en az senin kadar ciddiye alıyorum."

"Tamam o zaman," dedi Somers. "İşte sana kurbanların bir listesi." Gömleğinin cebinden not defterini çıkarıp kapağını açtı, küçük kalemi eline alıp boş sayfaya bir şeyler karaladı. "Onları birbirine bağlayan hiçbir şey bulamadım," dedi. "Tek bir şey bile yok. Şu üstün aklını kullan, bakalım bir şey bulabilecek misin?"

Bu sözlerde alaycılık ve öfkeden fazlası gizliydi. Sayfayı not defterinden yırttığı sırada, sanki üstüne bir huzursuzluk çökmüştü. Listeyi ortağına uzattı. Jensen, kâğıdı alıp kurbanların adlarına baktı. Liste şöyleydi:

Sarah King
Ricardo Webbe
Krista Faber
Roger Smith
Kevin Lever
Thomas Garcia
Audrey Garcia

İsimlere baktığında, dikkatini çeken herhangi bir özellikle karşılaşmadı ama rastlamaması da normaldi, öncelikle onlar hakkında bilgi edinmeye ihtiyacı vardı. Boş zamanlarında neler yapıyorlar, kimleri tanıyorlar, hepsinin görmüş olabileceği bir film, bir oyun, herhangi bir şey var mı – aralarındaki bağlantı, bu soruların yanıtında veya benzeri bir yerlerde gizliydi. Gizli bağlantıları ortaya çıkarma konusundaki becerisine güvenen Jensen, bu bulmacanın yanıtını da çözecekti. Bundan en ufak bir şüphe duymuyordu. Asıl soru – yanıtını bilmediği soru– katil sonraki kurbanını seçene dek, kendisinin ne kadar zamanı olduğuydu.

"Eee... Vakayı çözdün mü?" diye dalga geçti yaşlı adam.

"Henüz değil. Ama bağlantıyı bulma işini bana bırak Somers. Önce bu insanların dosyalarına ulaşmalıyım. Eğer kurbanları katilimize bağlayan herhangi bir şey varsa, bulacağıma güvenebilirsin."

"Tamam," dedi Somers. "Kurbanlar arasındaki bağlantıyı bulma işini sana bırakıyorum. Ama karşılığında, benim için bir şey yapmalısın."

Jensen gözlerini kâğıttaki isimlerden ayırıp Somers'a baktı.

"Elbette, ne istersen. Söylemen yeter."

Somers hafifçe öksürüp genzini temizledikten sonra, ona güvenip güvenemeyeceğine karar vermek istercesine, sert bakışlarını Jensen'a dikti. Sonunda ortağının kendisi için her şeyi yapmaya hazır olduğuna inanmış olacak ki Jensen'ın en korktuğu soruyu sordu.

"Dedektif, senden bir sorumu yanıtlamanı isteyeceğim... Tanrı aşkına, hükümet, Santa Mondega'yı görmezden geldiği onca yılın ardından, neden birdenbire buraya doğaüstü olayları araştıran bir dedektifi yollamaya karar verdi? Geçen yüz yıl boyunca bu şehirde, dünyanın geri kalanında işlenenden çok daha fazla cinayet işlenmiştir ama şimdiye dek bizimle ilgilenen çıkmamıştı. Neden şimdi? Neden tek bir kişi yolladılar? Hükümetin elindeki bilgiler, tek bir kişiden başkasına güvenemeyecekleri kadar gizli mi?"

Jensen huzursuzca koltuğunda kıpırdandı. Belli ki Somers, anlatılanlardan veya kendisinin zannettiğinden çok daha iyi bir dedektifti.

"Hadi ama Dedektif Miles Jensen," diye devam etti Somers. "Benden sakladığın şeyin ne olduğunu öğrenmek istiyorum. Hükümet sana bu vakayla ilgili kimsenin bilmediği bazı bilgiler vermiş olmalı. Hayatımın beş yılını bu dosyaya harcadım. Ne biliyorsun? Bu vakanın doğaüstü olaylarla ne alakası var?"

Jensen teslim olurcasına ellerini havaya kaldırdı.

"Tamam Somers, sana karşı dürüst olacağım," dedi. "Ama söyleyeceklerim, bu odanın dışına çıkmamalı. Anlaştık mı?"

On Üç

Yıkanması yaklaşık on beş dakika süren Sansar Marcus, kurulanıp eşantiyon pudrayı vücuduna sürmek için birkaç dakika daha banyoda oyalandı. Yanında temiz giysi olmadığı için, yine önceki gün üstünde olan siyah deri pantolonu giydi. Deri pantolon bira ve sigara kokuyordu – Marcus için olağan bir durum. Düğmelerini iliklerken Kacy'nin kapıyı kapadığını ve odadan çıktığını duydu. On beş dakika daha – ardından, sözünü tutarsa kadını yeniden görecekti. Ve kadının sözünü tutacağına içtenlikle inanıyordu.

Yatak odasına döndüğünde kadının çıkardığı işi inceledi. Yatak mükemmel bir şekilde yapılmıştı ve içerisi temiz kokuyordu. Marcus, Kacy'yle buluşmadan önce yeni bir gömlek alacak zamanı olup olmadığını hesaplamaya çalışırken kapı tekrar çalındı. Kadın içeride bir şey mi unutmuştu? Bu kadar çabuk geri gelmiş olabilir miydi?

"İçeri gir tatlım," diye seslendi. Kısa bir duraksama, ardından yeniden kapı çalındı. Bu sefer daha sertçe. Marcus tepeden tırnağa ürperdi. Kapıyı çalan başkası olabilir miydi? Kacy olmayan biri? Örneğin bir erkek? Hatta Jefe? Kacy olsa, hizmetçilere verilen anahtarlardan birini kullanıp çoktan içeri girmez miydi?

"Kacy?" diye seslendi. "Sen misin?"

Yanıt yok. Bütün vücudunu saran ürpertiye aldırmamaya çalışan Marcus, gözlerini kapıya dikti. Gerçekten Jefe olabilir miydi? Marcus'u bu kadar çabuk mu bulmuştu? Daha da önemlisi, Marcus duşa girdiğinde silahını nereye bırakmıştı?

"Bir saniye. Hemen geliyorum," diye seslendi zaman kazanmak umuduyla.

Yatak odasında deliler gibi silahını ararken panik duygusu içini sardı. Hiçbir yerde silahtan eser yoktu. Koşa koşa banyoya döndü. Birkaç saniye içinde tüm banyoyu gözden geçirdi. Kahrolası silah neredeydi? Lanet olsun! Silah banyoda da değildi. Lanet şeyi nereye koymuştu? Yeniden yatak odasına döndü. Yastıkların altı? Öyle olmalı. Yastıkları kaldırıp altlarına baktı. Hayır, silah yastıkların altında değildi. Kahretsin, kahretsin, kahretsin! Kapıya bakması gerekiyordu.

Neden yanıt vermişti ki? Sesini çıkarmamış olsa ziyaretçisi, Marcus'un odada olmadığını varsayardı. Sonunda gözetleme deliğinden bakıp kapının diğer tarafındakinin kim olduğunu görmenin akıllıca olacağına karar verdi – ne de olsa, gelen oda servisi olabilirdi. Ama asıl mesele silahını bulamıyor olmasıydı ve bu gerçek, tek başına onu tedirgin etmeye yetiyordu.

Katillerin en eski numaralarından biri, kapıyı çalıp hedefin kafasını gözetleme deliğine yaklaştırmasını beklemek ve odadaki kişi kapının önünde kimin durduğunu görmeye çalışırken deliğe ateş etmektir. Bam! Hedefin kafasında kocaman bir delik oluşur. Bu numarayı gayet iyi bilen Marcus parmak ucunda kapıya gitti ve hiç ses çıkarmadan –son derece yavaş hareketlerle– kafasını ateş hattında olması muhtemel deliğe yaklaştırdı. Ancak kendisinin bilebileceği nedenlerle gözünü yarı kapalı tutuyordu, sanki böyle yapınca, hızla gelen kurşunun etkisini azaltacaktı.

Yarı kapalı gözle bakmak da yetti. Kafasını geriye çekip, "Ay gözüm!" demeye dahi fırsat kalmadan kapının önünden uzaklaştı. Gözetleme deliğinin diğer tarafında namlunun ucu vardı. Neyse ki silahın sahibi Marcus'un yarım saniyeliğine de olsa kapının önünde durduğunu, aralarında sadece ahşap kapının yer aldığını fark etmemişti.

Parmak ucunda yürüyerek yeni yapılmış yatağın başına döndü. Lanet olası silah neredeydi? Viski şişesi hâlâ yatağın başucundaki masada duruyordu. Şişeyi kafasına dikip bir yudum aldı. Düşün! Düşün lanet olası! Seçenekleri nelerdi?

Silahı bulmak.

Yeniden yastıkların altına baktı. Orada silah falan yoktu. Banyoya döndü. Lanet olasıca silah nerede?

Yepyeni bir ürperti bütün vücudunda dolaştı. Bu ürpertinin iki nedeni vardı. İlki, yeniden kapının çalınmasıydı, güçlü sert vuruşlar. İkincisi... İkincisi, gerçek katilin kim olduğunu anlamasıydı. Cüzdanı yerinde yoktu. Kacy'nin onu lavabonun kenarına bıraktığını görmüş, sonra da duşun kapısını kapamıştı. Cüzdan artık orada değildi. Silah da yerinde yoktu. Artık hatırlıyordu: Silahını da yerden alıp lavabonun kenarına bırakmıştı. O kahrolası sürtük onu oyuna getirmişti! Lanet olasıca sürtük! Sürtük! Koşa koşa odaya döndü. Seçenekleri nelerdi? Belki pencereden dışarı çıkıp binanın duvarına tutunarak aşağı inebilir veya yan odaya geçebilirdi.

Hayır yapamazdı. Yedinci kattaydı ve yükseklik korkusu vardı. İyi ama yapabileceği başka bir şey yok muydu?

Mavi taş. Marcus mücevherle ilgili söylentiler duymuştu. El Santino'nun onu istediğini biliyordu. Taşın paha biçilmez olduğunu, onun için çuvalla para ödeyeceklerini de biliyordu. Ayrıca mücevherle ilgili hikâyeler, daha doğrusu efsaneler duymuştu. Burbon Kid'in Ringo'yu öldürdüğü geceyle ilgili şeyler. Kulağına çalınanlara göre, mavi mücevher boynunda asılıyken Ringo'yu öldürmek imkânsızdı. Burbon Kid onu yüz kere vurmuştu ama adam, Kid mücevheri boynundan koparıp alana kadar ölmemişti. Saçma sapan bir hikâyeydi ve Marcus, duyduklarına hiçbir zaman inanmamıştı. Ama şimdi şansını denemekten başka seçeneği yoktu. İyi ama kolyeyi ne yapmıştı? Önceki gece onu güvende olacağı bir yere koyduğunu hatırlıyordu. Ama o kadar sarhoştu ki nereye koyduğunu hatırlamıyordu. Lanet olasıca şeyi nereye kaldırmış olabilirdi? Düşün... Düşün... Düşün!

Aniden zihninde bir şimşek çaktı. Yatmadan önce silahını her zamanki gibi yastığın altına koymuş, taşıysa daha da güvenli olsun diye yastık kılıfının içine saklamıştı. İyi de hangi yastığın kılıfı? Yatağa atlayıp en yakınındaki yastığı eline aldı. Eliyle yokladığında herhangi bir sertlik fark etmedi. Yine de kılıfı yırttı. İçinden hiçbir şey çıkmadı. İkinci yastığı eline aldı. Biraz daha ağırdı, sanki içinde bir şey vardı. Sinirleri iyice gerilmiş halde, titreyen ellerle kılıfı çıkarmaya çalıştı. Kapıdan yeni bir gürültü geldi. Bu seferki, kapının çalınmasından farklıydı. Kapıdaki her kimse, artık tekmeleyerek kırmaya çalışıyordu. Kaybedecek vakti olmayan Marcus kılıfı yırttığında kolye yere düştü. Birkaç saniye süren bir rahatlama. Ne yazık ki rahatlama hissi çabucak dehşete dönüştü. O kolye önceki gece Jefe'den çaldığı kolye değildi. Başka bir kolyeydi. Ucunda "S" harfi olan gümüş, ucuz bir kolye. Kacy denilen sürtük onu yine oyuna getirmişti.

Güm! Marcus başını çevirdiğinde, odanın kapısının devrildiğini gördü. Tetikçi içeri girerken, yatağın içine büzülüp, teslim olduğunu göstermek için ellerini havaya kaldırdı.

İlk kurşunun sesini duymadı bile, sadece, parçalanan diz kapağının acısını hissetti. Kanlar etrafa saçıldı, damlalar gözüne kadar sıçradı. Sansar Marcus yataktan aşağı uçup bebekler gibi çığlıklar atarak yere devrildi ve sonraki yedi dakikasını ölmeyi dileyerek geçirdi.

Sekizinci dakikada Sansar Marcus dileğine kavuştu ama o arada, iç organlarının çoğunun neye benzediğini kendi gözleriyle görme fırsatı bulmuştu. Hatta birkaç parmağını yemek zorunda bile kaldı. Üstelik o yedi dakika içerisinde başına gelenlerin en kötüsü bunlar değildi.

On Dört

Dante, topu topu iki haftadır Santa Mondega International Hotel'de resepsiyonist olarak çalışıyordu. Başa bela gece vardiyasında görevliydi, ama her şey yolunda giderse ikinci haftası sona ermeden bu işten kurtulmuş olacaktı. Önceki gece, Dante'nin resepsiyona geçişinin hemen ardından sarhoş bir serseri gelip oda tutmak istemişti. Adam o kadar sarhoştu ki çok gürültü yaptığının da, ne kadar utanç verici durumda olduğunun da farkında değildi. Dante'nin yerinde otel müdürü Bay Saso olsa hiçbir zaman öyle bir adamın otele ayak basmasına izin verilmezdi. Ama resepsiyondaki kişi Dante olduğundan, o an için otelde kimin kalıp kimin kalamayacağı Dante'nin sorumluluğundaydı.

Sarhoş herif en iyi odalardan birini tutmakta ısrar ederek peşin ödeme yapmayı teklif etmişti. Dante de orta karar odalardan birini lüks oda fiyatına verip aradaki farkı da cebe indirmişti. Ama Dante'yi bu kadar heyecanlandıran, cebe indirdiği kırk dolar değildi. Hayır efendim. Heyecan içindeydi, çünkü bahsi geçen adam, odayı tutarken dikkatsizlik edip altın zincirin ucundaki pahalı görünüşlü mavi mücevheri ona göstermişti.

Dante, hayatı boyunca böyle bir fırsat beklemişti. Cebinde bir sürü para olan –adam ehliyetini ararken gördüğü kadarıyla cüzdan para doluydu– sarhoş bir budala ve binlerce dolarlık kıymetli mücevheri. Dante'nin resepsiyonistlik işinden kurtuluş bileti. Resepsiyonistlik aslında kadın işiydi – hele kendisine giydirdikleri pembe ceket yok mu? Tam bir ibne kıyafeti! Tanrı aşkına kim pembe ceket giyer! Ama onu asıl rahatsız eden, pembe ceket, düşük ücret ve, "Evet efendim, tabii efendim..." diyerek sürekli her şeyi alttan almak zorunda kalmak değildi. Hayır. Asıl derdi yirmi beşine gelmiş olmak ve hayatın parmaklarının arasından kayıp gittiğini hissetmekti. Okuldan atılmış olduğu için, doğru düzgün bir kariyer yapması imkânsızdı, düzgün bir iş bulması bile mucizeydi. Genellikle bir iş görüşmesine gittiğinde, işi alıp almaması, kendisiyle görüşen kişinin kadın olup olmamasına bağlıydı. Yakışıklı bir erkekti ve özellikle orta yaşın üstündeki kadınların bir türlü karşı koyamadığı siyah gür saçları ve parlak mavi gözleri vardı. Özgüveni de bu resme eklendiğinde, bahsi geçen kadınlar işi genellikle ona veriyorlardı.

Dante, öğlen olup da güneş tepeye ulaştığında, sarhoş budalanın parasını çalma planını hayata geçirmişti. Hayata artık pembe gözlüklerle bakıyordu. Her şey sabah dokuzda gündüz görevlisi Stuart'ın gelişiyle başladı. Dante vardiyasını üstlenmeyi teklif edip onu eve yolladı. (Genç adam bu iyiliği karşılığında para istemediğini söylediği için, Stuart bu teklifi seve seve kabul etmişti.) Şimdi Dante'nin beş saat boyunca bedavaya çalışması gerekecekti ama öğlen olup planını uygulama zamanı geldiğinde bunun bir önemi kalmayacaktı.

Üç ay önce Santa Mondega'ya geldiğinden beri sefalet içinde yaşıyordu ama çok daha iyi bir hayata adım atmasına ramak kalmıştı. Zihninde şimdiden daha iyi bir araba almanın ve güzel bir eve taşınmanın planlarını yapıyordu. Kız arkadaşıyla birlikte tuttukları daire ayakkabı kutusundan farksızdı, fare bile durmazdı orada.

Son zamanlarda işler pek de Dante'nin planladığı gibi gitmemişti. Aslında Santa Mondega'ya düzgün bir iş bulma umuduyla gelmişti, biraz para kazanacak, kendine iyi bir hayat kuracaktı. Geldiği hafta, babasının eski dostlarından biri ona müzede iş bulmuştu. Ne yazık ki Dante o işte uzun süre tutunamamıştı. Paha biçilmez vazolardan birini eline almasıyla başlayan ve aynı vazoyu ziyaretçilerden birinin kafasında kırmasıyla sonuçlanan olaylar zinciri, zavallı Dante'nin işini kaybetmesine yol açmıştı. Silahlı saldırıyla suçlanmadığı için, şanslı olduğu bile söylenebilirdi. O günden sonra şansı hiç yaver gitmedi. O telaş içinde bulabildiği tek iş, Santa Mondega International'da resepsiyonistlik oldu. Sadece iki haftadır otelde çalışmasına karşın canına tak etmişti. Çalışırken tek düşünebildiği, mola vermekti, bazen de kendisini oradan kurtaracak zengin bir müşteriyle tanışmanın hayalini kurardı. Ona daha iyi bir iş teklif edecek biri – veya soyma riskini göze almaya değecek kadar zengin ve aptal bir müşteri. Bunca zamandır, adam seçtiği için beklemiyordu, bütün mesele hangi müşteriyi soymanın daha kolay olacağıydı. Kimsenin burnu bile kanamadan soyulabilecek budala bir müşteri elbette en kolay seçenekti ve sonunda o gün gelmiş, o budala müşteri otelin kapısından içeri adım atmıştı. Önceki gece otelde oda tutan o moron, hırsızlığı bildirdiğinde, otel müdürünün anlayış göstereceği ve can kulağıyla dinleyeceği bir tip değildi. Zaten paralı birine benzemediği için, kimse ona inanmazdı. Üstelik ayyaşın tekiydi. Dante'nin adamın parasını ve değerli mavi mücevherini ele geçirme planı aslında oldukça basitti. Kusursuz bir plan değildi ama basitliğinin etkileyici bir yanı vardı. Ne yazık ki olaylar pek de beklediği gibi gelişmedi, kendisi adamın parasını cebe indirmenin hayalini kurarken, kader tanrıçası hikâyeye müdahale etti. Elvis gibi giyinmiş iriyarı bir adam ağır adımlarla lobiye girdi ve Dante'nin çalıştığı resepsiyona yaklaştı.

"Burada kendine Jefe diyen bir adam kalıyor mu acaba?" diye sordu, o kılık kıyafetteki birinden beklenmeyecek bir nezaketle.

"Özür dilerim efendim, size bu bilgiyi vermeye yetkili değilim." Dante, otel görevlilerinin bu tür durumlarda kullandığı standart cümleyi kullanmıştı.

Elvis ona doğru eğilip genç adamın eline elli dolarlık bir banknot tutuşturdu. "Bana sorumu tekrarlatma, anlaştık mı?" Sesi artık hırıltılıydı.

"Özür dilerim ama yine de size bu bilgiyi veremem beyefendi," diye karşılık verdi Dante, adama elli dolarını geri vermek için herhangi bir girişimde bulunmadan.

Elvis bu yanıtı şöyle bir tarttıktan sonra abartılı bir hareketle leylak rengi ceketinin gizlediği omuz askısındaki silahı çekti. Namluyu Dante'nin gırtlağına doğrultup, "Bana kahrolasıca paramı geri ver ve Jefe'yi nerede bulacağımı söyle," dedi, hiç de dost canlısı olmayan bir sesle. "O düzenbazın burada kaldığını duydum."

Dante parayı geri uzattı. Aniden bütün vücudunu ter basmıştı. Yutkundu. "Yedinci katta, 73 numaralı oda. İyi günler beyefendi."

Elvis, adama göz kırptı. Tahminen. Koyu renk camlar yüzünden gözleri görünmüyordu ama kaşı havaya kalkıp inmişti. Sonra silahını kılıfına soktu ve asansörlerin yolunu tuttu.

Elvis kendisini yedinci kata götürecek asansörü çağıracak düğmeye basarken, Dante de endişe içinde cep telefonundan birini aramakla meşguldü. Telefonun bağlanmasını bekledi. Kısa bir sessizlik ve sonra sinyal sesi. Tek bir çalışın ardından biri telefonu yanıtladı ama Dante, telefonun diğer ucundaki kişinin herhangi bir şey söylemesine fırsat vermeden konuşmaya başladı.

"Tatlım, hemen oradan tüy," dedi telefona, endişeli bir sesle.

"Neden? Ne oldu?" diye yanıt verdi telefonun diğer ucundaki kişi.

"Elinde silah olan belalı bir herif Jefe denilen adamı görmek için yukarı geliyor. Bu işin sonu iyi değil!"

"Ama henüz mücevheri bulamadım."

"Boş ver mücevheri falan! O güzel poponu hemen aradan çıkar. Yoksa bu lanet olası seni de öldürür."

"Tamam tatlım. Son bir kez etrafı kontrol edip çıkacağım."

"Kacy, hayır..."

Çok geçti. Kadın telefonu kapamıştı. Dante, Elvis'in asansöre bindiğini gördü. Katil, asansörün kapıları kapanmadan önce başını çevirip kara camlı güneş gözlüğünün arkasından son bir kez resepsiyoniste baktı. Dante, güçlükle nefes alabildiğini fark etti, sanki dev tavuk kostümlerinden birinin içinde maraton koşmuştu. Acilen bir karar vermek zorundaydı.

Lanet olsun. Elvis kılığındaki ucubenin Kacy'yi yakalamasına engel olmak istiyorsa, hiç gecikmeden merdivenlerden üst kata çıkmalıydı. Dehşetin verdiği adrenalinin de yardımıyla resepsiyonun üstünden atlayıp merdivenlerin yolunu tuttu. Otelin halıyla kaplı, geniş basamaklı merdivenleri vardı ama yükseklikleri fazla değildi. İkişer ikişer çıkılabilirlerdi. Asansörün tepesindeki dijital göstergeden Elvis'in çoktan birinci kata ulaştığını görebiliyordu. Dante, yedinci kata asansörden önce ulaşabileceğine inanacak kadar zinde değildi ama birilerinin, Elvis gideceği yere varmadan önce asansörü durdurmaları ihtimali vardı. Yani Dante, şansı yaver giderse hedefe katilden önce ulaşabilirdi.

Dördüncü kata geldiğinde bütün enerjisi çoktan tükenmişti. Merdivenleri çıkmaya devam etti ama her adımda hızı biraz daha kesildi. Sonunda yedinci kata ulaştığında, ciğerleri neredeyse göğüskafesinden dışarı fırlayacaktı. Durdu ve köşeden başını uzatıp koridoru gözetledi. Elvis, on metre ötedeki odalardan birinin önünde duruyordu. Silahını kapıya doğrultmuştu.

Dante ne yapacağını bilemedi. İçgüdüleri ona önce kendini korumasını söylüyordu, bu yüzden soluklanmaya çalıştı. Eğer Kacy içerideyse ve kendisinin kadını kurtarması gerekirse, tek avantajı katili şaşırtma şansıydı ve tam da bu nedenle, Elvis'e orada olduğunu belli etmek istemiyordu. Koridordaki adamın kendisini göremeyeceğine emin olmak için geri çekildi ve zihninde durumu değerlendirdi. Nefesini kontrol altına aldıktan sonra yeniden başını uzatıp baktı. Elvis silahını kaldırıp kapıdan uzaklaşmıştı. Derken hızla öne atıldı ve mavi süet ayakkabısının topuğuyla kapıya okkalı bir tekme indirdi. Kapı sağlam yapılmış olacak ki tekmenin fazla bir etkisi olmadı. Elvis birkaç adım daha geri çekildi ve birkaç saniye bekledi. Ardından öfkeli bir boğa gibi bütün vücuduyla kapıya yüklenip onu yere devirmeyi başardı. Kapı, menteşelerinden kopup büyük bir gürültüyle yere kapaklanırken, iriyarı katil odaya daldı ve böylece Dante'nin görüş alanından çıkmış oldu.

Dante, ne yapacağını bilemediği için, birkaç saniye yerinden kıpırdamadı. Sonra silah sesini duydu. Yeri göğü inleten bir gürültü. Bunu odanın içinden gelen çığlıklar takip etti. Tiz perdeden oldukları için, çığlık atan kişinin kadın mı erkek mi olduğunu kestirmek güçtü. Derken koridorda başka bir hareketlenme oldu. Dante, başka bir odanın kapısının açıldığını gördü. Kacy güçlükle taşıdığı neredeyse valiz büyüklüğünde siyah deri bir çantayla koşarak dışarı çıktı. Elvis'in kırdığı kapının önünden geçip merdivenlerin yolunu tuttu. Dante, kadının hayatta olduğunu görünce rahat bir nefes aldı.

"Dante!" diye bağırdı, merdivende bekleyen adamı görünce çok şaşıran kadın. "Hadi, hemen gitmeliyiz!"

Dante, daha ne olduğunu anlamadan, Kacy siyah deri çantayı eline tutuşturdu ve adamı merdivenlerden aşağıya sürükledi.

"Tatlım, yaralandın mı?" diye sordu Dante.

"Yaralanmadığımı görüyorsun. Ben iyiyim hayatım."

"Mavi mücevheri almayı başardın mı?"

"Elbette."

Kacy artık koşar adım merdivenlerden inerken, Dante de ona ayak uydurmaya çalıştı ama sürekli kalçalarına çarpıp duran siyah deri çantayı taşımak hiç kolay değildi. Aşağıya vardıklarında, kalçası kesin morarmış olacaktı.

"Seni seviyorum bebeğim muhteşemsin," dedi Kacy'ye. Çanta, hâlâ çarpa çarpa bacağını morartmaya devam ediyordu.

"Evet muhteşemim," diye karşılık verdi genç kadın.

Dante, dünyanın en harika kız arkadaşına sahipti ve bunun bilincindeydi. Ama kıçını tekmeleyip duran çantanın kozmetik ürünleri ve indirim kuponlarıyla dolu olduğunu keşfederse, bundan eskisi kadar emin olmayacaktı. Çantanın içindeki her neyse, oldukça ağırdı.

"Taşıdığım çantanın içinde ne var?" diye seslendi Dante, hayatının aşkı köşeyi dönüp alt katın basamaklarında kaybolurken.

"O çanta, günün en güzel haberi," diye bağırarak karşılık verdi kadın. "Turnayı gözünden vurduk hayatım!"

On Beş

Somers'ın, duyduklarına ters bir tepki vermemesi ve anlatılanları sindirmeyi başarmış görünmesi, Jensen'ın içini rahatlattı. Gerçekleri anlatmayı kabullenmesinin nedenlerinden biri de Somers'ın anlatılanların tek kelimesine dahi inanmayacağını düşünmesiydi. Kafasından şöyle bir hesap yapmış ve kaybedecek bir şeyi olmadığı sonucuna varmıştı. Somers kendisine inanırsa harikaydı, inanmazsa da hava hoştu. Jensen'ı endişelendiren tek şey, anlattıklarını öğrenen ve duyduklarına inanan insanların sayısının artması halinde, Santa Mondegalıların paniğe kapılması riskiydi. En önemli sorunsa, Jensen'ın şimdilik kendisine verilen bilgilerin hiçbirini doğrulama veya çürütme fırsatı bulamamış olmasıydı. Onu kasabaya bu amaçla göndermişlerdi, hükümetteki yetkililerin şüphelerini doğrulaması veya çürütmesi isteniyordu.

Somers büyük bir nezaket gösterip kendisine anlatılanları tek bir kez bile karşısındakinin lafını bölmeden dinlemişti. Jensen, dünyadaki dini liderlerin ve hükümetlerin yüzyıllardır sakladıkları bir sırrın arkasındaki gerçeğin ne olduğunu çözmek üzere Santa Mondega'ya yollandığını açıkladı. Her hükümet, bu sırrı kendilerinden sonra gelen hükümete

aktarıyordu. Her yeni kuşak, hikâyenin gerçekliğini sorgu-
luyor ve genellikle kendi araştırmacılarını, anlatılanların
gerçek olup olmadığını öğrenmek üzere Santa Mondega'ya
yolluyordu. Bu araştırmacılardan tek parça halinde evlerine
dönebilenler olduysa da çoğunu bir daha gören olmadı. Sağ
kalanların hepsi hikâyeyi doğruladı ve dönemeyenlerin sayı-
sının çokluğu da dedikodularda gerçek payı olduğu inancını
güçlendirmeye yetti.

Santa Mondega, dünyanın geri kalanının, yokmuş gibi
davranmayı tercih ettiği şehirdi. Haritalarda onu bulamazdı-
nız, orada olup biten hiçbir şeyden, şehir sınırlarının dışında
kalan radyo ve televizyonlarda bahsedilmezdi. Bunun nede-
ni, efsaneye inanılacak olursa, Santa Mondega'nın yaşayan
ölülerin şehri olmasıydı. Jensen tüm bunlar kendisine ilk
açıklandığında neler hissettiğini gayet iyi hatırlıyordu. İçgü-
düleri tüm bunların zırvalık olduğunu, kendisini kafaya al-
dıklarını söylemişti ama bu bilgileri veren kaynak, doğrudan
Amerika Birleşik Devletleri başkanına rapor veren bir yetkili
olduğu için, en azından anlatılanları ciddiye alıyormuş gibi
yapmak zorundaydı. Ne de olsa üst düzey bir hükümet yet-
kilisi size gizli bilgiler verdiğinde, gerçek olabilecekleri ihti-
malini göz ardı edip onlara safsata muamelesi yapamazdınız.
En iyi ihtimalle işinizden olurdunuz, en kötü ihtimalle faili
meçhullere karışırdınız.

Somers da, zamanında Jensen'ın yaptığını yapmıştı, ki
Jensen bunun hayranlık uyandırıcı olduğunu düşündü. Jen-
sen doğaüstü olaylarla yatıp kalkıyordu, Somers ise cinayet-
lerde uzmanlaşmış sıradan bir dedektifti. Üstelik teorisinde
haklıysa, ilgi alanına girenler, tek bir katil tarafından işlenen
cinayetlerdi.

"Doğrusunu söylemek gerekirse şaşıracağını veya anlattıklarımı elinin tersiyle bir kenara ittireceğini düşünmüştüm," dedi Jensen, ne düşündüğünü belli etmeyen ve masanın arkasındaki koltuğundan milim bile kıpırdamamış olan Somers'a.

"Biliyor musun, bu teoriyi daha önce de duymuştum. Yıllar oldu. Ama o günden bugüne, anlatılanların tek kelimesini dahi doğrulayacak bir delile rastlamadım. Gerçi çürütecek bir şeyle de karşılaşmadım ya," diye karşılık verdi Somers.

Jensen adamın dürüstlüğüne saygı duydu. Eski tüfeğin, teoriyi daha önce de duymuş olması ilginçti. Genç dedektif için buradaki sorun, kendisinin bunu teoriden fazlası olarak görmesiydi ama şöyle bir düşünülecek olursa, ortağı da Burbon Kid hakkında aynı şeyleri hissediyordu. Somers'ın zihninde, Kid'in cinayetlerle bağlantısı teori değil gerçekti. Demek sonunda, filmlerden başka bir ortak nokta daha bulmuşlardı.

"Benimle dalga geçmediğin için teşekkür ederim," dedi Jensen iç çekerek. "Bunu başkalarına anlatmış olsam, kahkahalar atarak beni kasabadan sürerlerdi."

Somers gülümseyip başını iki yana salladı.

"Bu kadar komik olan ne?" diye sordu Jensen.

"Bu işi yaparken bir sürü garip olayla karşılaştım. Acayip şeyler. Sadece cesetlerin fotoğraflarına bakmak bile, tüm bunların ardında insan denemeyecek bir yaratığın olması ihtimaline inanmama yetiyor. Bu yüzden Burbon Kid'in öldürülemez bir tür yaratık olduğu teorine itiraz etmeyeceğim. Bunu kabullenmek bana yardım etmeni ve benimle birlikte onun izini sürmeni sağlayacaksa, onun şeytanın vücut bulmuş hali olduğuna bile inanırım."

"Teşekkürler."

"Önemli değil. Ama bir mesele daha var."

"Neymiş?"

"Bana her şeyi anlattığına inanmıyorum. Yanılıyor muyum?"

Jensen bir saniye ne yanıt vereceğini düşündü. Ortağından bilinçli olarak sakladığı hiçbir şey yoktu, yoksa var mıydı?

"Hayır, sana her şeyi anlattım Somers. Konuyla ilgili olduğuna inandığım her şeyi söyledim."

Somers birdenbire ayağa kalkıp Jensen'a sırtını döndü. Pencereye gidip perdelerin arasından aşağıdaki sokağa baktı.

"Ay Festivali yeni başladı," dedi, kısa bir duraksamanın ardından. "Birkaç gün içerisinde Santa Mondega'da güneş tutulması yaşanacak. Kasabaya iki keşiş geldi. Aynı beş yıl önceki gibi. Sonra neler olduğunu hepimiz biliyoruz değil mi..."

"Evet, bir sürü insan öldü. Nereye varmaya çalışıyorsun?"

"Nereye varmaya çalıştığımı biliyorsun dedektif. Bana budala numarası yapma. O insanlar beş yıl önce Burbon Kid tarafından öldürüldüklerinde yine güneş tutulması vardı. Şöyle bir düşünelim, Santa Mondega dışında hiçbir şehirde, beş yıl arayla iki güneş tutulması yaşanmadı. Teknik olarak imkânsız. Bu yüzden hikâyene inanıyorum. Kasabada olmanın asıl nedeni güneş tutulması. Burbon Kid güneş tutulması yüzünden döndü ve iki keşiş de onun için buradalar. İyi ama neden?"

"Ay'ın Gözü diye bir şeyden bahsedildiğini hiç duydun mu?"

Somers yeniden Jensen'a döndü. Konuştuğunda, ne düşündüğü sesinden anlaşılmıyordu. "Şu mavi mücevher mi? Kid geçen sefer taşın peşinden kasabaya gelmişti. Ringo diye biri taşı keşişlerden çalmıştı. Söylentilere göre keşişler de taşı bulmaya gelmişler ve her nasılsa mücevheri Kid'den geri almayı başarmışlar. Belki kutsal adamları öldüremiyordur ya da öyle bir şeyler – tam ne olduğunu bilmiyorum. Dur da bir tahmin yürüteyim Dedektif Jensen; herkes kasabaya dökülmeye başladığına göre, Ay'ın Gözü yine çalınmış olmalı. Bu yüzden, Burbon Kid, keşişler ve sen, birkaç gün arayla kasabaya geldiniz. Hepsi iyi hoş da güneş tutulmasının bu hikâyedeki rolü ne?" Adam son kelimelerin ardından derin bir sessizliğe gömülürken, Jensen olup bitenleri en iyi nasıl açıklayacağını düşünüyordu.

"Eh," dedi en sonunda Jensen, her şeyi anlatmadığını iddia ederken Somers'ın haklı olduğunu kavrayarak. "Bir yerlere otursan iyi olacak. Şimdi anlatacaklarım seni sarsabilir."

"Ayakta durmayı tercih ederim, lütfen devam et."

"Haklısın. Duyduğumuz kadarıyla Ay'ın Gözü tekrar çalınmış. Hükümetteki kaynağımın anlattığı kadarıyla, taşın sihirli denebilecek güçleri var."

"Sihirli güçler mi?" diye sordu Somers, yanlış duymadığına emin olmak için.

"Evet, biliyorum. Kulağa aptalca geliyor. Dürüst olmak gerekirse taşın sihirli güçleri, zaten inanılması güç olan bu hikâyenin en inanılmaz detaylarından biri. Rivayete göre taş, sahibini ölümsüz kılıyor." Duraksadı. "İtiraf etmeliyim ki bunu doğrulayacak hiçbir delile rastlamadık." Somers'ın anlatılanları nasıl karşıladığını görmek için susup yaşlı polise baktı. "Bir diğer teori de," dedi temkinli bir sesle. "Mücevherin, Ay'ın yörüngesini kontrol ettiği."

"İlginç. Aslında çok mantıksız değil. Güneş tutulması yaklaşırken, Ay'ın yörüngesini kontrol eden kişi çok güçlü bir pozisyonda olacaktır."

"Doğru. Şöyle bir düşün Somers. Taşı elinde tutan kişi tutulma sırasında Ay'ı durdurursa ve Ay, Dünya'yla birlikte dönmeye devam etse de hep aynı noktada kalacak olursa, dünyanın karanlıkta kalan kısmı, bir daha asla gün ışığına kavuşamayacak demektir. Hiçbir zaman."

Somers bu sözler üstüne oturma ihtiyacı duydu. Masasının yanına çektiği koltuğa yığıldı ve önceden Jensen'a gösterdiği fotoğraflardan birkaç tanesini eline aldı. Onları tekrar inceledi. Jensen adamın yüzündeki ifadeden, bu sefer onlara farklı bir perspektiften baktığını anladı.

"Sanırım şimdi her şeyi senin gördüğün şekliyle görebiliyorum Jensen," dedi.

"Öyle mi? Tam olarak ne gördüğümü düşünüyorsun?"

"Tamamen karanlığa gömülmüş bir şehirde acı çekecek insanları görüyorsun."

"Yaşayan ölüleri görüyorum," dedi Jensen, *Altıncı His* filmindeki çocuğu taklit ederek. "Sıradan insanlar gibi ortalıkta dolanıyorlar. Yanlış anlama, *Altıncı His*'tekilerin aksine, Santa Mondega'dakiler ölü olduklarının gayet farkında."

Jensen, Somers'ın yüzündeki şaşkın ifadeden, şimdi resmin bütününü görmeye başladığını anlamıştı. Adam kesinlikle aptal değildi.

"Vampirler," kelimesi döküldü Somers'ın dudakların-dan. "Güneşin hiç doğmamasından çıkarı olacak tek yaratık vampirdir."

"Tam üstüne bastın."

"Tanrı aşkına, neden bu ihtimali daha önce düşüneme-dim?"

Jensen gülümsedi. "Neden düşünesin ki? Çünkü kesin-likle akıl almaz bir teori."

"Şimdiye kadar öyleydi. Ama olup bitenler düşünüldü-ğünde, kulağa son derece mantıklı geliyor. Eğer Burbon Kid vampirse, mücevheri ele geçirmeden önce onu yakalasak iyi olacak."

On Altı

Sanchez, Elvis'ten hiç haber almamıştı. Birkaç gün herhangi bir gelişme yaşanmasının düşük ihtimal olduğunu, belki haftalarca hiçbir haber alamayacağını biliyor ama kendine hâkim olamıyordu. Elvis işi kabul edeli neredeyse yirmi dört saat geçtiği için, barmen sabırsızlanmaya başlamıştı. Hiçbir şey Sanchez'in fikrini değiştirip Santa Mondega'nın en korkulan adamına verdiği işi iptal etmesini sağlayamazdı. En azından Elvis'e, kendisi adına intikam alma işini önerirken aklından geçen buydu.

Derken, Sanchez'in fikrini değiştirmesine yol açan bir olay oldu. (Her zaman öyle olmaz mı?) Barına beklenmedik bir ziyaretçi geldi. Kadın, içeri girdiğinde hava yeni kararmıştı. Barmen, uzun zamandır görmemiş olsa da kadını hemen tanıdı. Biri kendisine bir bardak sidik ikram etse, Sanchez ancak bu kadar şaşırırdı.

Jessica, dünya umurunda değilmiş gibi zarif adımlarla bara girdi. Tek başınaydı ve başı beladaymış gibi gözükmüyordu. Tavırlarında, sabahleyin iki kişinin vahşice katledilmesine şahit olmuş birinin tedirginliği kesinlikle yoktu. Aslında oldukça sakindi.

"Barmen, bir kahve lütfen," diye fısıldadı, bar tabure-
lerinden birine otururken. Kadının kendisini tanımadığını
fark eden Sanchez, büyük hayal kırıklığına uğradı.

"Merhaba Jessica," dedi kadına.

Kadın başını kaldırıp adama baktı, adamın kendisini se-
lamlaması onu şaşırtmış ve tedirgin etmişti.

"Beni tanıyor musun?" diye sordu kadın, şaşkınlığını
saklayamayarak.

"Evet. Beni tanımadın mı?"

"Hayır. Daha önce buraya gelmiş miydim? Bar, hiç tanı-
dık gelmiyor."

Kadın, boş gözlerle etrafa bakındı. Tapioca'ya gelmiş-
se bile herhalde uzun zaman önceydi ya da belki mekân o
zamanlar tamamen farklı görünüyordu, çünkü gördüğü her
şey, kadına tamamen yabancıydı.

"Evet, daha önce de buraya gelmiştin. Beş yıl oldu. Hiç-
bir şey hatırlamadığına emin misin?"

"Hayır. Hafızamla sorunlarım var, ama her şeyi yavaş ya-
vaş hatırlayacağıma eminim."

Sanchez ne düşüneceğini bilemedi. Kadın doğruyu mu
söylüyordu? Gerçekten hatırlamıyor muydu? Bir tür hafıza
kaybı mı yaşamıştı? Bunu öğrenmenin tek bir yolu vardı.

"Söylesene, son beş yıldır neler yapıyorsun?"

Kadın şüpheci gözlerle adamı süzdü. "Neden soruyor-
sun?"

"Çünkü geçen gelişini gayet iyi hatırlıyorum. Hepimizde
derin izler bırakmıştın."

"Eminim öyledir," dedi kadın buz gibi bir sesle.

Kadının kendisini terslemesi ve artık söyleyecekleriy-
le ilgilenmediğini göstermek istercesine başını çevirmesi,

Sanchez'i hazırlıksız yakaladı. Birkaç saniye önce şaşkın ve tedirgin olan Jessica, aniden adama tepeden bakan kibirli birine dönüşmüştü.

"Ah, şey... Öyle olsun. Kahveni nasıl istersin?" diye sordu kadına.

"Bedava."

"Efendim?"

"Para ödemem gerekmediği sürece, kahvenin nasıl olduğu umurumda değil."

Sanchez normalde kendisinden bedava içki koparmaya çalışan insanlardan nefret ederdi ama Jessica'nın hayatta olduğunu gördüğüne çok şaşırmıştı ve neler olup bittiğini öğrenmeye o kadar hevesliydi ki bu seferlik sesini çıkarmadı. Kardeşinin ve yengesinin ölümü hakkında kadının neler bildiğini merak ediyordu. Bu yüzden kadına bir fincan sade kahve doldurdu ve barın üzerinden Jessica'ya doğru kaydırdı.

Jessica kirli beyaz fincanı dolduran çamur renkli sıvıya şöyle bir baktı, fincanı burnuna yaklaştırıp kokladı ve içmeden yerine bıraktı.

"Hımm. Umarım hayatını kahveden kazanmıyorsundur."

"Müşterilerim genellikle viski ve tekila içer."

"Senin adına sevindim."

Bu aşağılama, bardağı taşıran son damlaydı. Sanchez'in Jessica'ya duyduğu sevgi yavaş yavaş kayboldu. Son beş yıldır bir gün bilinci yerine gelecek olursa, kendisini kurtarıcısı, güvenebileceği bir erkek olarak göreceğini hayal ettiği kadın, tavırlarıyla onu hayal kırıklığına uğratmıştı. Henüz umudunu kesmiş değildi ama bu ilk tavırlar, kesinlikle adamın kalbini kazanacak ve kadını sevmesini sağlayacak şeyler olarak görülemezdi.

"Ee, neler yapıyordun Jessica?"

Kadın suratını buruşturarak da olsa kahvesinden bir yudum aldı.

"Neden aynı soruyu sorup duruyorsun? Bir kız bara gelip barmen kendisine asılmadan rahat rahat bir kahve içemez mi?" Bu cümlenin ardından, adamı öfkeli bakışlarla süzdü.

"Sana asılmıyorum."

Sanchez'in hemen savunmaya geçmesi, aslında kadına asıldığının göstergesi olarak kabul edilebilirdi. Bunu fark ettiğinde yanakları kızardı. Elbette yanaklarının kızardığını fark ettiğinde daha da utandı ve tepeden tırnağa kıpkırmızı oldu. Diğer müşteriler durumu fark edip dalga geçmeye başlamadan önce oradan uzaklaşmalıydı. Tapioca'nın müdavimleri en ufak bir zayıflık belirtisini hemen yakalardı. Topukları üzerinde dönüp Mukka adlı aşçıyı bulmak üzere mutfağın yolunu tuttu. İriyarı serserinin, yarım saatliğine bara bakmasının zamanı gelmişti. Lanet olası kadın yüzünden kıpkırmızı olmuştu! Kendini kim sanıyordu bu kadın? Sanchez'in tek yaptığı, arkadaşça davranmaya çalışmaktı. Sürtük.

Mukka arka odadan çıkıp barın başına geçeli iki dakika bile olmadan, ilk belalı müşteri bara yaklaştı. Jefe adında kem gözlü bir pislikti.

"Barmen! Sansar Marcus adlı adi herif nerede?" diye gürledi.

"Sansar Marcus diye birini tanımıyorum," diye karşılık verdi aşçı nazikçe.

Jefe siyah kolsuz ceketinin içinden çıkardığı kısa namlulu tüfeğin ucunu Mukka'nın kafasına doğrulttu. Mukka da iriyarı bir adamdı ama sadece yirmi yaşındaydı. Henüz pişmemişti, cesur da sayılmazdı. Bir gün sert kabadayılardan birine dönüşebilirdi belki ama daha o günlere yıllar vardı ve zaten silahsız birinin de silahlı birine karşı hiç şansı yoktu. (Mukka'nın tek silahı, mutfaktan gelirken yanında getirdiği tahta kaşıktı, ona da silah denirse...)

"Şey, gerçekten Marcus'un kim olduğunu bilmiyorum," dedi tedirginlik içinde.

"Üç saniyen var. Üç... iki..."

"Hey! Bekle bir saniye!" dedi Mukka, kaşığını Jefe'ye doğru sallayarak. "Bizim patron, Sanchez, Marcus'un kim olduğunu mutlaka biliyordur. Arka odada. Hemen gidip onu getirebilirim."

"Git getir o zaman. Ama şunu unutma: Geri döndüğünde, silahımın namlusu sana doğrultulmuş olacak ve elinde o kaşıktan başka bir şey görürsem hiç tereddüt etmeden beynini dağıtırım. Anladın mı?"

"Silah yok. Beynimi dağıtırsın. Evet, anladım."

Mukka koşar adım arka tarafa geçti. Sanchez mutfakta oturmuş, köşedeki televizyondan haberleri izliyordu.

"Hey Sanchez, dışarıda gözümün tutmadığı bir tip var, silahını kafama dayayıp Sansar Marcus diye birini sordu."

"Ona Sansar Marcus diye birini tanımadığını söyleseydin."

"Öyle yaptım, o da silahın namlusunu kafama yaslayıp üçten geriye saymaya başladı."

Sanchez derin bir iç çekişin ardından iskemleden kalktı. Canı iyice sıkılmıştı. Bugün bütün müşteriler sinirine dokunuyordu. Her biri ayrı pislikti.

"Orospu çocuğu," diye mırıldandı dişlerinin arasından, bara doğru yürürken. O zaman günün ikinci sürpriziyle karşılaştı. Elvis'in şimdiye kadar çoktan işini bitirmiş olmasını beklediği Jefe, sapasağlam karşısında duruyordu. Aslında bir saniye için, kiralık katilin deneyip başarısız olduğunu ve Jefe'nin intikam almaya geldiğini sandı. Ama her zamanki gibi duygularını belli etmedi. (Birkaç dakika önceki kızarma vakasını hiç yaşanmamış sayıyordu.)

"Eee Jefe, ne istiyorsun?" Mukka'nın bahsettiği kısa namlulu tüfeğin adamın elinde olmadığını görmek, içini rahatlattı.

"Lanet olası Sansar Marcus'u istiyorum. Nerede olduğunu biliyor musun?"

"Son gördüğümde seninleydi."

"Gördüğün gibi artık benimle değil. Üstelik giderken cüzdanımı ve dün gece boynumda olan pahalı kolyeyi de götürmüş."

"Hay lanet! Yoksa güzelim arabanı da mı çaldı?"

"Hangi güzel arabadan bahsediyorsun?" diye sordu Jefe. Nasıl bir araba kullandığını barmenin bilmesi merakını uyandırmıştı.

"Sarı Cadillac. Hoş bir sarı Cadillac kullanmıyor musun?"

"Sen bunu nereden biliyorsun barmen?" diye sordu şüphelenen Jefe. Her an tüfeğini çekip namlusunu Sanchez'e doğrultabilirdi.

"Hiç. Birilerinin hoş sarı bir Cadillac kullandığını söylediğini duymuştum, hepsi bu."

"Yanlış duymuşsun. Bir süre önce Cadillac'ı değiştirip enfes bir Porsche aldım, gerçi seni ilgilendirmez. Şimdi, Marcus'u gördün mü görmedin mi onu söyle."

"Hayır, görmedim ama senin için gözümü açık tutarım. Normalde her gece bara uğrar." Duraksadı. "Ama seni soymuşsa, bir süre ortalıklarda görünmeyecektir."

"Nerede oturduğunu biliyor musun?"

"Evet, diğer farelerle birlikte lağımda," diye karşılık verdi Sanchez. Ardından bir türlü işin peşini bırakamadığı için ekledi. "Arabanı ne zaman sattın?"

Sorusu yanıtsız kaldı. O ana dek sessizliğini koruyan Jessica bir şey mırıldandı. Sanchez, sarı Cadillac'tan bahsederken özellikle kadına bakmış ve hiç tepki vermediğini fark etmişti. Çiftlik evindeyken arabayı görmemiş olabilir miydi? Belki de görmüştü ama hatırlamıyordu. Seçeneklerden hangisi doğru olursa olsun, kadın bar taburesinde sessizliğini koruyarak oturmuş ve pür dikkat, barmenle kelle avcısının yaptığı konuşmayı dinlemişti.

Jessica, Jefe'nin herkese ve her şeye karşı sergilediği düşmanca tavırdan etkilenmişti. Adama varlığını belli etme zamanının geldiğine karar vererek sohbete katıldı. "Sansar denilen herif senden ne kadar çaldı?" sorusuyla araya girdiğinde, Sanchez'in Cadillac'la ilgili sorusunu da çöpe atmış oldu.

Jefe bu soruya kadar kadının varlığını fark etmemişti. Tam ona dönüp kendi lanet olasıca işine bakmasını söyleyecekken, kadının ne kadar güzel olduğunu fark etti. "Birkaç bin," dedi öfkeli bir sesle. "Ama meraklanma küçükhanım, cebimde hâlâ sana bir iki içki ısmarlayacak kadar para var."

Jefe'nin birdenbire çekici olduğunu zannettiği havalara bürünmesi, Sanchez'in midesini bulandırdı. Kelle avcısının isteği üzerine, onun kadehini viskiyle doldurdu, Jessica'nın da kahvesini tazeledi. Jefe aldırışsızca elindeki banknotu barmene fırlatıp kadına döndü.

Jefe, sonraki yirmi dakika boyunca Jessica'ya asılmak için elinden geleni yaptı ve kadın da ona işveli tavırlarla karşılık verdi. Gözleri artık Sanchez'i görmüyordu, sanki barmen görünmez olmuştu. Ne kadar tipik. Kadınlar, cebinde parası olan veya kendilerine saygı göstermeyen kibirli erkeklerle ilgilenir. Sansar Marcus cüzdanını hafifletmiş olsa da Jefe'de bu özelliklerin ikisi de vardı.

İkilinin, kontrolü hormonlarına kaptırmış liseli çocuklar gibi flört edişini izlemekle geçen birkaç dakikanın ardından, Sanchez'in canı iyice sıkıldı. Neyse ki Mukka başını dışarı uzatıp Elvis'in kendisini aradığını söyleyerek onu bu çileden kurtarmış oldu. Barı Mukka'ya teslim eden Sanchez, Kral'la konuşmak için arkaya geçti. En sevdiği deri koltuğuna oturup ahizeyi eline aldı.

"Merhaba Elvis."

"İşler yolunda ahbap, sana iyi haberlerim var. Jefe denilen adam öldü. Bu sabah işini bitirdim. İyice süründürdüm, rezil bir ölüm oldu. Annen görse benimle gurur duyardı."

Oldukça garip bir durum, diye düşündü Sanchez. Elvis, böyle bir konuda asla yalan söylemezdi. Ama yanıldığı açıktı, çünkü Jefe, Tapioca'da kafa çekip Jessica'ya asılıyordu.

"İyi ama Elvis, şu sorumu yanıtla lütfen. Eğer onu hakladıysan, Jefe nasıl oluyor da barımda oturmuş viskisini yudumluyor?"

"Ha?"

"Elvis, sarı Cadillac, Jefe'nin değilmiş. Az önce öğrendiğim kadarıyla onu satıp kendine bir Porsche almış – en azından kendisinin bana söylediği bu."

"Anlamadım." Elvis'in kafasının karıştığı aşikârdı.

"Sarı Cadillac'ın sahibini öldürmüş olduğun sürece, gerisinin bir önemi yok. Öldürdüğün adamın Cadillac'ı var mıydı?"

"Kahretsin, bilmiyorum ki. Onu öldürdüğümde araba kullanmıyordu. Jefe adıyla otele kaydolmuş. Resepsiyonist hangi odada kaldığını söyledi, ben de gidip işini bitirdim."

"Ben de sana diyorum ki öldürdüğün herif Jefe değilmiş. Adam şimdi burada."

"O zaman ben kimi öldürdüm?"

"Lanet olsun ne bileyim. Sansar Marcus'u temizlemiş olabilirsin. Dün gece Jefe'nin cüzdanını çalmış."

"Hay lanet!"

Sanchez, bir anda neler döndüğünü anladı. "Hey bekle bir saniye. Adamın boynunda ucunda mavi mücevher olan bir kolye var mıydı?"

"Hayır ahbap, herifin hiçbir şeyi yoktu. Ne cüzdan ne silah. Hiçbir şey."

"Kahretsin, büyük şansızlık... Adamı tarif etsene."

"Kaypak bir tip, yağlı saçlı, tıraşsız. Yarı çıplak dolaşan ödlek pisliğin tekiydi. Kendine hiç saygısı olmayan gerçek bir serseri. Hayatını kurtaracağını bilse, hiç utanmadan anasını bile satardı."

"Hımm. Evet, yaptığın tarif Sansar Marcus'unkine tam uyuyor. Hiçbir yerde kolye falan görmediğine emin misin?"

"Elbette eminim. Odada ucuz gümüş bir kolye vardı ama ucunda mavi taş falan yoktu. Bildiğin adi mallardandı."

Sanchez, Elvis'e büyük haberi vermenin zamanının geldiğinde karar kıldı. "Herif dün gece Jefe'den mavi bir mücevher çalmış. Tonla para ettiği söyleniyor."

"Mavi mücevher mi? Şimdi benim anladığım dilden konuşmaya başladın. O taştan bahsedildiğini duymuştum. Kaç para ediyormuş?"

"Barımdaki Jefe denen bu herifin ona büyük paralar ödeyeceğine eminim. Taşı bulursan, ödülü yarı yarıya kırışırız."
"Ne demeye ödülün yarısını sana vereyim Sanchez? Lanet olası mücevheri bulursam kendi başıma da satabilirim. Söylesene, Jefe denilen tipi öldürmemi hâlâ istiyor musun?"
"Elbette hayır. Sarı Cadillac'ı kullanan pisliği öldürmeni istiyorum. Marcus değildi, anlaşılan Jefe de değilmiş. Eğer sarı Cadillac'ı kullanan kişiyi bulamazsan, bari bana mücevheri getir. Ödülü yarı yarıya bölüşürüz, Cadillac'ı kullanan kişiyi temizleme meselesini de rafa kaldırırız. En azından şimdilik."
Elvis'in dudaklarından bezgin bir iç çekiş döküldü. "Lanet olsun! Anlaştık. Otele dönüp ne bulabileceğime bakacağım."
"Teşekkürler Elvis. Beni arayıp neler olduğunu haber ver. Ben de Jefe'yle pazarlık yapmaya çalışacağım."
Elvis bir şeyler homurdanıp telefonu kapadı. Hoşbeşle vakit kaybedecek tiplerden değildi. Para kazanmak isteyen herkesin bildiği üzere, vakit nakitti.
Çoğu kasabalı gibi Sanchez de Ay'ın Gözü adı verilen mavi taşla ilgili dedikoduları duymuştu. Bazıları taşın, sahibini ölümsüz kıldığına inanırdı. Ama çoğu kişinin bu mavallarla işi yoktu. Tek bildikleri, beş yıl önce El Santino'nun, Ringo'ya taşı çalması için yüz bin dolar teklif ettiğiydi. Ringo taşı çalmış ama parayı alamadan Burbon Kid tarafından öldürülmüştü. Büyük ihtimalle Jefe de taşı El Santino'ya satmak için çalmıştı. Üstelik Ringo'nun beş yıl önce talep ettiği yüz bin dolardan çok daha büyük paralara. Sanchez bu bilgileri kendi lehine kullanmak niyetindeydi.

ANONİM

Bara geri döndüğünde doğrudan Jefe'nin yanına gitti. Jessica kelle avcısının anlattığı hikâyelere kahkahalarla gülüyordu. Kafalarına ödül koyacak kadar zengin adamlara yanlış yapma hatasına düşen zavallıların hikâyeleriydi çoğu. Sanchez bunun araya girmek için mükemmel bir fırsat olduğunu düşündü.

"Hey Jefe, kolyeyi aradığın haberini yaymamı ister misin? Kayıp malları bulmakta uzmanlaşmış tanıdıklarım var."

Jefe pek de Sanchez'in beklediği gibi bir tepki vermedi. Sanchez'e hem kötü kötü baktı hem de dişlerinin arasından hafifçe hırladı. Belli ki lafının bölünmesinden ve cömert yardım teklifinden pek hoşlanmamıştı.

"Sefil bir barmenin yardımına ihtiyacım yok. Tek istediğin, ödülden pay almak. Başımın çaresine bakarım ben."

"Nasıl istersen. Belki El Santino'ya mücevheri kaybettiğin haberini uçurabilirim. Onun da kayıp malları bulmakta usta tanıdıkları vardır."

Sanchez hayatında ilk kez Jefe gibi bir adamı tehdit etme girişiminde bulunuyordu. El Santino'nun, kelle avcısını taşı çalması için tuttuğu teorisi bir varsayımdan ibaretti. Ama doğruysa ve El Santino, Jefe'nin taşı kaybettiğini öğrenecek olursa fena halde öfkelenirdi.

Jefe, barmenin sözlerinin altında yatan imayı kavradı, tehdit açıktı, ayrıca ne olursa olsun, El Santino'yu bu işin dışında tutması gerekiyordu. Eğer başka biri kolyeyi ele geçirip El Santino'ya satacak olursa Jefe hiçbir şey alamaz ve sonu da eşek cenneti olurdu.

"Tamam," dedi temkinli bir sesle. "Taşı bana getirirsen sana on bin veririm."

130

"Tamam. Ama on benim için, bir onluk da taşı bulacak arkadaşım için istiyorum."

Jefe, Sanchez'e ters bir bakış fırlattı. Barmen şansını zorluyordu ama bağlantıları olduğu doğruydu ve Jefe'nin mavi taşı geri almaya ihtiyacı olduğunun bilincindeydi.

"Anlaştık barmen." Bu sözleri duyduğunda, Sanchez'in ne kadar rahatladığını anlatmaya kelimeler yetmez.

Baştan beri pür dikkat bu konuşmayı dinleyen Jessica'nın da duyduklarıyla ilgilendiği belliydi. Şimdi Jefe'den eskisinden de fazla etkilenmiş görünüyordu.

"İnanamıyorum! Bana elmas bir kolye vermek için yirmi bin dolar mı harcayacaksın?" diye sordu kadın, sahte bir masumiyetle.

Jefe kaşlarını çattı. "Hahha! Çok komiksin... Bahsi geçen mücevher, bir elmas değil. Vereceğim kişi de sen değilsin. Ama meraklanma, aklımda sana yakışacak başka şeyler var."

"Oooo! Sabırsızlanıyorum," diyen Jessica, seksi bir gülümsemeyle adama baktı.

"Ne yazık ki beklemen gerekecek. Öncelikle Sansar Marcus denen herifi bulmalıyım. Onu cehenneme yolladıktan sonra görüşürüz."

Sanchez, Jefe'nin Marcus'u bulmakla ilgili sözlerini duydu ama Sansar'ın çoktan öldüğü gerçeğini dile getirmemeyi seçti. Kelle avcısı, yakında bunu kendi öğrenirdi.

On Yedi

Haber, Archibald Somers ve Miles Jensen'a saat altıda ulaştı. Bir ceset daha bulunmuştu, bu seferki Santa Mondega International Hotel'deydi. Bir saniye bile oyalanmadan otele gittiler. Somers bir an evvel olay yerine varıp bölgeyi polis kordonuna almak için deli gibi araba kullanıyordu. Katilin hâlâ oralarda olmasını umduğu belliydi ama şansları yaver gitmedi. Haber çabucak kasabaya yayıldığı için, otele vardıklarında kasaba halkının yarısını otelin etrafına toplanmış buldular. Herkes cesedi görmeyi bekliyordu. Katil oralardaysa bile, bu kalabalığın içinde onu bulmak imkânsızdı.

Somers arabayı otele elli metre mesafedeki bir ara sokağa park etti. İki dedektif merak içindeki kalabalığın arasından geçip otelin girişine ulaştılar. Kapıda nöbet tutan iki polise rozetlerini gösterdikten sonra, otelin lobisine adım attılar. İçerisi, Jensen'ın takdirini kazanacak şekilde dekore edilmişti. Mobilyalara bakılacak olursa, otel herhalde Santa Mondega'daki en modern yapıydı. Halılar hoş bir bej rengindeydi ve asil görünüşlü kızıl kanepeler lobiyi süslüyordu. Jensen, lobiyi incelerken resepsiyondaki genç adamla göz göze geldi ama resepsiyonist, çabucak gözlerini kaçırıp meşgul olduğu izlenimi uyandırmaya çalıştı.

"Ben de fark ettim," diye mırıldandı Somers, ortağına resepsiyonistteki garipliği kastederek. "Sen üst kata çıkıp olay mahalline bak, ben onu sorguya çekeceğim."

"Tamamdır. Yukarıda görüşürüz."

Jensen merdivenlerden yedinci kata çıktı. Cinayetin hangi odada işlendiğini çözmek için dâhi bir dedektif olmaya gerek yoktu. Kapı menteşeden sökülmüştü ve odanın önünde üniformalı bir polis nöbet tutuyordu. Jensen adama yaklaşıp rozetini gösterdi.

"İyi günler, ben Dedektif Jensen."

"Biliyorum," diye yanıtladı polis. "Sizi bekliyorduk. Bu taraftan dedektif."

Polis kırık kapıyı işaret ettiğinde, Jensen nazikçe başını salladı ve adamın peşinden içeri girdi. Odada iğrenç bir koku vardı – Miles Jensen'ın burun deliklerinin alışkın olmadığı bir koku değildi ama böylesi, iğrenç olduğu gerçeğini değiştirmiyordu.

Jensen hayatında pek çok ceset görmüş olsa da Santa Mondega'daki ilk yirmi dört saatinde gördüğü cesetler kadar iğrençlerine hiç rastlamamıştı. Son kurbanın, kasabanın serserilerinden Sansar Marcus olduğu tespit edilmişti. Sabıkalı bir dolandırıcıydı. Tahminen, hayatının tehlikede olduğunu bildiği için, otele takma bir adla kayıt yaptırmıştı. Görünüşe göre, hayatının tehlikede olduğunu düşünmekte haklıydı da.

Cesedi incelediği sırada bir detay Jensen'ın dikkatini çekti. Bu cinayet diğerlerinden farklıydı. Marcus'un gözleri oyulmamıştı. Dili ne kadar kesilmiş olsa da yine de kökünden kesilmemişti. Karnı deşilmişti ve odayı inceleyen adli tıp görevlilerinden birinin ifadesine göre, zavallı serseriyi bağırsaklarından tutup sürüklemişlerdi ama hepsi buydu.

Bir de otelde kalan diğer müşterilerin haber verdiği kurşun sesleri vardı. Sesler, dizkapaklarının parçalanışını açıklıyordu ama odada, ateş edildiğini gösteren herhangi bir kovan bulunamamıştı. 73 numaralı oda kan gölüne dönmüştü. Cinayetten önce de çok düzenli olmadığı belliydi, mini bardaki içkilerin çoğu tüketilmiş, etraf dağılmıştı. Bira şişeleri yerlerdeydi ve halıda, kan lekelerine karışan bira ve viski lekeleri vardı. İçkilerin olduğu mini buzdolabının kapısı açıktı ve içinde kala kala birkaç şişe suyla küçük şişeli turuncu bir içecek kalmıştı. Olay yeri ekibi odayı incelemeyi henüz tamamlamadığı için, Jensen hiçbir şeye dokunmamaya özen gösteriyordu.

"Konuşmak isterseniz, Teğmen Scraggs arka taraftaki banyoda," dedi olay yeri ekibinden biri. Sonra da cımbızla yerden Sansar Marcus'un midesinin ve dizkapaklarının parçalarını toplama işine geri döndü.

"Teşekkürler." Jensen, nazikçe ayakaltından çekilmesinin söylendiğini anladı. Tartışmaya gerek yoktu. Zaten, odayı kalabalıklaştırmaktan başka bir işe yaramadığını hissediyordu. Kimsenin işine engel olmak istemediği için, banyoya gidip Scraggs'la konuşmanın yerinde olacağına karar verdi.

"İyi günler teğmen, herhangi bir şey buldunuz mu?" diye sordu Jensen, başını banyo kapısından içeri uzatarak. Scraggs, lavabonun üstündeki aynada kendi görüntüsünü incelemekle meşguldü. Jensen tarafından yakalandığında irkildi ve utançtan hafifçe yüzü kızardı.

"İşe yarar hiçbir şey bulamadım efendim. Cinayetle ilgili bir teoriniz var mı?"

"Henüz kafamda bir şey yok," diye karşılık verdi Jensen. "Ama daha çok erken. Daha önce buna benzer bir cinayetle karşılaşmış mıydın?"

Scraggs yeniden aynaya dönüp ince mavi kravatını düzelttikten sonra, son bir kez gür saçlarını elleriyle düzeltti.

"Daha önce buna benzer bir sürü ceset gördüm ve yerinizde olsam zamanımı boşa harcamazdım dedektif, bu cinayet Burbon Kid'in işi değil. Ortağınız Somers öyle olduğunu iddia edecektir ama ona kalsa, Kennedy suikastını bile Kid'in üstüne yıkmaya kalkar."

"Cinayeti Kid'in işlemediğinden nasıl bu kadar eminsin?"

"Çünkü hiçbiri Kid'in işi değil," dedi Jensen'a dönen Scraggs, dişlerinin arasından. "Kid tarih oldu. Bir gün kasabaya geldi, bir sürü insan öldürdü ve ortadan kayboldu. Somers o gün, değer verdiği herkesi kaybetti. Hepsi Burbon Kid tarafından öldürüldüler. Şimdi bütün cinayetleri Kid'in üstüne yıkıyor, böylece onu yakalayabileceğini düşünüyor. Oysa tek yaptığı, Kid efsanesinin büyümesini sağlamak, bu sayede kendisi de çağdaş bir John Wesley Hardin oluyor."

Scraggs lavabonun kenarına bıraktığı ameliyat eldivenlerini eline aldı. Özenli hareketlerle eldivenleri giydikten sonra Jensen'ın yanından geçip Sansar'ın kalıntılarına basmamaya özen göstererek odaya geri döndü. Jensen hızlı adımlarla peşinden gitti.

"Herkes böyle mi düşünüyor?" diye seslendi teğmene.

Scraggs bu soru üzerine olduğu yerde durdu ama dedektife dönmedi. "Hayır, kimsenin bir şey düşündüğü yok. Anlattıklarım, herkesin bildiği gerçekler."

Scraggs halıdaki et parçalarının etrafından dolaşıp daha önce kapının durduğu yerdeki delikten dışarı çıktı. Koridorda yürürken, elinde iki kahveyle olay yerine gelen Dedektif Archibald Somers'ın yanından geçti. Selamlaşmadılar. Somers odaya girdiği anda donup kaldı. "Neler olduğunu çözebildin mi ortak?" diye sordu Jensen'a.

İki dedektiften genç olan, ötekinin odayı gözden geçirişini izledi. Somers'ın gözleri, Sansar Marcus'un halıdaki kalıntılarına takıldı.

"Kesin bir şey söylemek güç," dedi Jensen. "Ama bu cesedin gözleri oyulmamış ve dili kökünden koparılmamış."

"Şanslıymış desene," dedi Somers, elindeki kahvelerden birinin kapağını koklarken. "İşte," diyerek sıcak kahveyi Jensen'a uzattı. "Sana da kahve getirdim."

"Teşekkürler. Kahve içmem."

"Keyfin bilir."

Somers etrafa bakınıp ikinci kahveyi bırakacak bir yer aradı. Ne yazık ki odada içinde sıcak kahvenin yer aldığı kalın kâğıt bardağı bırakmaya uygun hiçbir yer yoktu. Olay yeri görevlileri, orada burada parmak izi ve DNA ararken, dedektiflerden birinin gelip de orta yere kahve bardağı bırakmasından kesinlikle hoşlanmazlardı. Bu yüzden Somers, dışarı çıkıp merdivenlere doğru ilerlemekte olan Scraggs'ı buldu.

"Hey Scraggs," diye seslendi. "Yakala!"

Jensen'ın gördüğü bir sonraki manzara, Somers'ın kaynar kahveyle dolu karton bardağı Teğmen Scraggs'a fırlatışıydı. Bunu, bardağın kapağının açılışı ve içindeki kaynar sıvının zavallı teğmenin hassas yerlerine saçılışı takip etti. Bir de acı dolu bir çığlık. Scraggs yüksek sesle lanet okudu. Küfürlerinin hedefiyse hiç şüphesiz Somers'tı. Ama sonra, huysuz eski tüfekle yüzleşmek üzere odaya dönmektense yoluna devam etti.

"Resepsiyondaki gençten herhangi bir şey öğrenebildin mi?" diye sordu Jensen.

Somers odaya dönüp kahvesinden bir yudum aldı.

"Kahretsin, çok sıcakmış," dedi, yanan dudaklarını yalayarak. "Resepsiyoniste gelince, anlattıklarına göre, gece vardiyasında çalışan arkadaşı, sabah Elvis'i görmüş."

"Elvis mi?"

"Evet, bilirsin, rock and roll'un kralı Elvis."

"Hey! Bekle bir saniye," dedi önceki saatlerde yaptığı bir konuşmayı hatırlayan Jensen. "Sabah çiftlik evindeki ambulans görevlilerinden biri Elvis'ten bahsetmişti."

"Gerçekten mi? Ne dedi?"

"Barmen Sanchez'in, kiralık katil tutmaya karar verirse, kardeşini ve eşini katleden kişiyi öldürmesi için Elvis'i tutacağını söyledi."

"Ne? Lanet olsun. Bunu neden daha önce söylemedin?" Somers öfke içinde etrafa bakındı, sanki tekmeleyecek, öfkesini çıkaracak bir şeyler arıyordu. Ama yakınlarındaki tek şey Sansar Marcus'un cesedi olduğu için, öfkesini kontrol altına aldı.

"Adamın benimle dalga geçtiğini düşünmüştüm."

"Tanrı aşkına Jensen! Bana bunu söylemiş olman gerekirdi. Elvis, kasabadaki kiralık katillerdendir. Acımasız bir heriftir. Bu cinayet onun işine benziyor."

"Nasıl yani? Bu cinayeti Burbon Kid'in işlediğini iddia etmeyecek misin?" Jensen çok şaşırmıştı. Tanıştığı diğer polisler, Somers'ın bütün cinayetleri Burbon Kid'e yıktığını söylemişlerdi.

"Hayır, bu seferki Elvis'in işi. Ama cinayeti ona bağlayacak herhangi bir delil bulabilir miyiz, bulamaz mıyız bilmiyorum. Gerçek bir profesyoneldir. Resepsiyonistin kendisini görmesine izin verdi, çünkü Sansar'ın kellesine konulan ödülü alabilmek için, cinayeti kendisinin işlediğinin bilinmesini istiyor. Ama olay yeri ekibi burada onun DNA'sını veya parmak izini bulamayacaktır. Hiçbir delil elde edemeyeceğiz. Asıl öğrenmemiz gereken, bu zavallı pisliği öldürmek için neden kasabaya indiği. Beyinsiz barmen Sanchez ne düşünürse düşünsün. Sansar Marcus, Thomas ve Audrey Garcia'yı öldürmüş olamaz. Herif katil değil hırsız –en azından yaşarken öyleydi. Elvis, cinayeti Sanchez için işlemişse yanlış adamı tepelemiş."

Jensen, Elvis meselesinden Somers'a bahsetmediği için kendine kızdı. Bir şeyler söylemiş olsa, belki Sansar Marcus denilen herifin hayatı kurtulurdu. İşte size bir ders: Santa Mondega'da biri size kulağa saçma sapan gelen bir şeyler söylüyorsa, anlattıkları büyük ihtimalle gerçektir.

"Eee, Elvis denilen adamı nerede bulacağız?" diye sordu.

"Eh, hâlâ Sanchez'in kardeşini öldüren kişiyi arıyorsa, onu er ya da geç morgda bulacağız. Elvis acımasız serserinin teki olabilir, hatta piyasadaki kiralık katillerin en acımasızı bile olabilir ama Burbon Kid'in izini sürmeye kalkarsa, dersini alacağı kesin."

On Sekiz

Bu, sık yaşanan bir durum değildi ve Sanchez'e kalsa hiç yaşanmamasını tercih ederdi. El Santino'nun bara gelmesinin hiçbir iyi tarafı yoktu. Mafya babasının varlığı kötü haber demekti ve kasabada olup bitenler düşünüldüğünde, barmen kendisini bir felakete hazırlamıştı. Sapık ruhlu adamın, birilerinin canını yakmak için bara gelmiş olması muhtemeldi.

"Sanchez," dedi El Santino, başını sallayarak barmeni selamladıktan sonra. "İşler nasıl?"

"İyi, teşekkürler. Sizi sormalı?"

Aslında Sanchez'in işlerinin nasıl gittiği El Santino'nun umurunda bile değildi ve barmen de bunu bilecek kadar zekiydi. Ama anlaşıldığı kadarıyla El Santino barmeni öldürmeye gelmemişti ve olup bitenler düşünüldüğünde, bu kadarı Sanchez'i mutlu etmeye yetti. Gangsteri tarif etmeye kalkarsak, bir dev olduğunu söylememiz gerekir. Gerçekten iriyarı, göz korkutucu ve ne yazık ki içinde merhametin kırıntısı dahi olmayan bir kabadayıydı. Siyah bot, yan taraflarında gümüş işlemeler olan siyah deri pantolon ve lame ipek gömlek giymişti: Geniş yakalı paltosunun paçalarıysa neredeyse yerlerde sürünüyordu.

El Santino'nun adını duymamış kişiler bile, onun kasabanın en korkulan adamı olduğunu bir bakışta anlardı. Onu diğerlerinden ayıran, omuz hizasındaki dalgalı saçlarını kulaklarının arkasında toplaması ve genellikle siyah kovboy şapkasıyla dolaşmasıydı. Yüzü yaralarla doluydu ama en dikkat çeken yanı, burnunun üstünde birleşip tek bir çizgiye dönüşen kalın kara kaşlarıydı. İki fedaisi Carlito ve Miguel barın girişinde nöbet tutuyordu. El Santino'ya hem görünüşleri hem de giysileriyle o kadar benziyorlardı ki adamın küçük kardeşleri olduklarını sanırdınız. Aradaki kayda değer farklar, lame değil siyah gömlek giymeleri ve patronları kadar uzun olmamalarıydı.

El Santino'nun kasabaya hükmetmeye başlayışıyla ilgili hikâyenin kökenleri yıllar öncesine uzanır. Bazıları için, Keyser Soze tadında bir şehir efsanesiydi. Önceleri beyaz kadın ticareti ve fuhuş alanlarında iş yapan, gelecek vaat eden bir işadamıymış, Carlito ve Miguel de doğrudan ona hesap veren pezevenklermiş. Bir gün en kıymetli fahişesi, Maggie May adındaki nefes kesici İskoç kızı, kasabalıların kalbine korku salmış Vincent kardeşlerin liderliğindeki rakip çete tarafından ayartılmış. Vincent kardeşler olarak bilinen Sean ve Dermot, aslında bir çift İrlandalı ayyaşmış. Gerçi kimse onların yanında ayyaşlıklarından veya İrlanda'dan bahsedemezmiş, çünkü hem anavatanları hem de içki alışkanlıkları konusunda hassasmışlar.

Maggie, El Santino'nun favori fahişesiymiş ve kılına dahi zarar gelmesine izin vermediği kızlardanmış. Bu yüzden fahişe onu bırakıp Vincent kardeşler için çalışmaya başladığında, bunu büyük bir hakaret olarak algılamış. İntikamı yavaş ve acılıymış. Merhamete yer yokmuş. İrlandalı kardeşlere Nightjar'da içtikleri sırada saldırılmış. Carlito ve Miguel, dedikodulara inanılacak olursa, samuray kılıcı olarak bilinen katanalarla iki İrlandalının yanındaki dört kişinin kellelerini uçurmuşlar. Maggie May de acı verici ihanetinin bedeli olarak diğerleriyle aynı kaderi paylaşmış. Tahminen kellesinin uçurulduğu an kadın rahat bir nefes almıştır, çünkü o ana kadar korkunç işkenceler görmüş. El Santino'nun, öldürülmeden önce oynasınlar diye, kadını Carlito ve Miguel'in ellerine terk ettiği söylenir.

Sean ve Dermot Vincent, diğerleri kadar şanslı değilmiş. El Santino'nun kasabanın dışındaki kaleyi andıran evinin zindanlarında esir tutuldukları söylenir. Her gece gangsterlerin ve sapıkların iğrenç seks oyunlarına alet olmuş, işkence görmüşler.

Sonrasını herkes biliyordu. İrlandalı kardeşler ortadan kalktığında, Meksikalı pezevenk de kasabanın tartışılmaz patronu olmuştu. Santa Mondega'nın en acımasız ve en korkulan gangsteriydi. Sanchez ne zaman adama baksa, gözünün önüne Vincent kardeşlerin tecavüze uğrayıp işkence görüşü gelirdi. Şimdi de aynı manzarayı görüyordu.

"Söylesene Sanchez, bana anlatman gerektiğini düşündüğün bir şeyler gördün mü?" diye sordu El Santino, ne düşündüğünü belli etmeyen bir sesle. Bu sorunun ardından barı öyle bir sessizlik kapladı ki yere iğne atılsa sesi duyulurdu.

"Şey... Jefe denilen herifi birkaç kere burada gördüm."

Sanchez barın altına uzanıp bir bez parçası ve bira bardağı çıkardı. Sinirleri yay gibi gerilmişti ve ellerini meşgul edecek bir şeylere ihtiyacı vardı. Bardağı silerek kendini meşgul etmeyi denedi. El Santino ürkütücü bir tip olduğu için, Sanchez'in eli ayağına dolaşıyordu.

"Eee? Jefe sana ne anlattı?" diye sordu El Santino.

"Hiçbir şey. Ama seni aradığını söylediğini duydum."

"Demek beni arıyormuş?"

"En azından ben öyle söylediğini duydum," diye ekledi bardak temizleme işine konsantre olan Sanchez.

"Eminim öyledir."

"Bir içki doldurayım mı? Benden olsun."

"Neden olmasın? Viski. Duble. Carlito ve Miguel'e de birer tane."

"Hemen geliyor."

Sanchez, yeni müşterileri için üç kadeh çıkardı ve içlerini en iyi viskiyle doldurmaya özen gösterdi. Ellerinin titrediğini görebiliyordu. Ötekilerin de bunu fark etmemeleri için, kadehleri elinden geldiğince çabuk doldurdu. Hepsine eşit miktarda viski koymaya özen gösterdi ama elleri titrerken bunu yapmak kolay iş değildi. Kadehleri doldurma işi bittiğinde, üçünü de bara, kendi kadehinin yanına bıraktı.

"Şansa ve şerefe beyler," diye bir şeyler geveledi yüzünde endişeli bir gülümsemeyle. El Santino bu gülümsemeye sert bir bakışla karşılık verdi.

"Sanchez," dedi.

"Efendim?"

"Kes sesini!"

"Tabii. Özür dilerim."

İriyarı adam içkisine dokunmadı ve fedaileri de bara bile yaklaşmadılar.

"Söylesene Sanchez, Jefe'nin yanında, bana vermek istediği bir şey var mıydı? Ha?"

"Evet, bir şey getirmişti."

Sanchez, El Santino'ya yalan söylememesi gerektiğini biliyordu. Adam, yalanın kokusunu kilometrelerce öteden almasıyla ün salmıştı. Ve kendisini kandırmaya çalışanlara merhamet göstermezdi.

"Öyleyse neden onu hâlâ bana getirmedi?" diye sordu dev, bir kere daha Sanchez'in gözlerinin içine bakarak. "Onunla ne yapıyor?"

Yararı yok, diye düşündü Sanchez. Ona doğruyu söylemesi gerekecekti, tüm doğruyu, sadece ve sadece doğruyu. Yoksa Tanrı bile kendisine yardım edemezdi.

"Marcus diye biri malı ondan çalmış. Ama geri almasına yardım ediyorum."

"Sen mi ona yardım ediyorsun?"

"Evet. Çalınan malları bulmakta usta bir tanıdığım var. Bağlantıları olan biri."

El Santino'nun suratındaki ifade, adamın bu yanıttan hoşlanmadığını eleveriyordu. Belli ki taşın çalınışıyla ilgili olarak, Sanchez'in, anlattıklarından fazlasını bildiğinden şüphelenmişti.

"Anlıyorum. Söylesene, çalınan malı bulman için Jefe sana ne ödüyor?" diye sordu.

"Yirmi bin."

O an El Santino'nun yüzünde, oldukça yapay ve korkutucu bir gülümseme belirdi.

"Bak sana ne diyeceğim Sanchez. Malı Jefe'den önce bulup doğrudan bana getirirsen, sana elli bin veririm. Dostluğumuz eskilere dayanır, sana güvenirim."

"Nasıl istersen El Santino."

"Güzel," diyen iriyarı gangster, sonunda viski kadehini eline aldı. "Sana neden güvendiğimi biliyor musun Sanchez?"

Barmenin bütün vücudunu ter bastı. El Santino'nun garip sorularından ve o soruların kendisine yöneltilmesinden nefret ediyordu. Bu sefer de her zaman yaptığı gibi yanıt vermeden önce olabildiğince uzun süre bekledi. Belki karşı taraf, kendi sorusunu kendi yanıtlardı. Gerçekten de öyle oldu.

"Sana güveniyorum, çünkü bana oyun oynamaya kalkacak kadar aptal değilsin. Böyle şeylere kalkışmayacak kadar beni iyi tanıyorsun. Aslında hoşlandığım tek özelliğin bu." Duraksadıktan sonra ekledi. "Beni nerede bulacağını biliyorsun."

Viskisini bir yudumda bitirdikten sonra kadehi büyük bir gürültüyle bara bıraktı ve geldiği gibi, peşinde içkilerine dokunmamış olan Carlito ve Miguel'le Tapioca'dan çıkıp gitti. Sanchez kadehleri alıp içlerindeki viskiyi şişeye geri döktü. Elleri titriyor, dizleri tutmuyordu. Oralarda hangi tanrının sözü geçiyorsa, Jefe, Jessica'yla birlikte yirmi dakika önce bardan ayrıldığı için ona şükretti.

İki nedenden ötürü, El Santino'yla karşılaşmamaları büyük şans olmuştu. Öncelikle El Santino, Jefe'yi yakalamış ve taşı kaybettiğini öğrenmiş olsa, büyük ihtimalle oracıkta onu öldürür ve etraftaki birkaç masum seyirciyi de harcamaktan çekinmezdi. İkinci olaraksa bu yeni anlaşma, Elvis taşı Jefe'den önce bulacak olursa, El Santino'dan elli bin dolar alacakları anlamına geliyordu. Jefe'den alacakları yirmi binin iki katından fazlası. Elbette Jefe'nin, kendisinin ekarte edildiğini öğrenmesi riski vardı ama Sanchez, Elvis'in bu sorunu çözebileceğine emindi.

Yeniden Elvis'i aramanın zamanı, diye düşündü. Tetikçi, Sansar Marcus'un öldüğünü bildiğinden, taşı bulmakta diğerlerinin bir adım önündeydi. Görünüşe göre, ne El Santino ne de Jefe, Marcus'un öldüğünü biliyordu. Ama böyle haberler Santa Mondega'da çabuk yayıldığından, Sanchez haberin duyulmasının an meselesi olduğunun farkındaydı.

On Dokuz

Jefe, Santa Mondega International Hotel'e dalıp doğrudan resepsiyondaki görevlinin yanına gitti. Gece vardiyası olduğu için, belli ki adamın canı sıkkındı. Elbette, içeri giren kelle avcısının geceyi hareketlendireceğinden henüz haberi yoktu.

"Marcus denilen herif, hangi kahrolası odada kalıyor?" oldu Jefe'nin ilk sorusu. Ergenlik çağından yeni çıkmış genç bir Güney Amerikalı olan resepsiyonist, iç çekip o gün bininci kez aynı soruyu yanıtlıyormuş gibi büyük bir can sıkıntısıyla Jefe'ye baktı.

"Sansar Marcus mu?" diye sordu esneyerek.

"Evet."

"Öldü."

"Ne?"

"Cesedi bu sabah buldular. Otel bütün gün polis kaynıyordu."

"Kahretsin. Onu kimin öldürdüğünü biliyorlar mı?"

"Hayır. Onlar bilmiyor."

Jefe öfkelendi. Gerçekten çok öfkelendi. Resepsiyonist istediği bilgiyi ona vermişti vermesine ama bir işine yara-

F: 10

mıyordu. Mücevher ya Marcus'un katilindeydi ya polislerin elinde. Derken, genç adamın kurduğu cümle aklına takıldı, onlar bilmiyor derken ne demek istemişti?

"Ne demek onlar bilmiyor?"

Belli ki dünyadan haberi olmayan genç, kiminle konuştuğunun farkında değildi. Israrla, Jefe'nin saygısızlık olduğunu düşündüğü bir tavır sergiliyordu. Kelle avcısına, yaklaşmasını işaret etti.

"Bu gece başkasının yerine bakıyorum. Gece vardiyasına bakan kişi dün gece işi bırakmış, otelin hizmetçilerinden olan kız arkadaşıyla birlikte çekip gitmişler. Sana şu kadarını söyleyeyim, geri gelmeyecekler. Dedikodulara göre bir şey görmüşler. Bence zavallı pisliği kimin temizlediğini biliyorlar ve katil peşlerine düşer diye kaçtılar."

Şu işe bak! Jefe burnundan derin bir nefes aldı. Hayatı, her geçen saniye daha da karışık bir hal alıyordu. Öfkeden küplere binmek üzereydi ama kendi standartlarına göre şimdilik iyi idare ediyordu. Henüz kimsenin kolunu bacağını kırmamıştı.

"Eski resepsiyonisti nerede bulurum? Sürtüğüyle beraber nerede yaşıyorlar?" diye sordu gence.

"Bu bilgi bedava değil."

Büyük hata. Jefe, genci kafasından yakalayıp yanağını masaya yapıştırdı.

"Dinle beni, seni pislik," dedi dişlerinin arasından. "Bana onları nerede bulacağımı söyle yoksa kafanı popona tıkarım."

"Tamam, tamam. Tanrı aşkına, artık kimse bilgi için para ödemiyor mu?"

Acıdan iki büklüm olan genç Güney Amerikalı inliyordu.

"Ne demek istiyorsun? Onları başka kim sordu?"

Resepsiyonist cevap vermekte yavaş davranınca, Jefe gencin kafasını yeniden masaya çarptı. Burnun kırıldığına işaret eden tatsız bir çatırtı duyuldu. Bu sohbette patronun kim olduğu belliydi. Yakınlardaki kanepelerden birinde oturan yaşlı çift, resepsiyonisti savunmak için, bir şeyler söyleyecekmişçesine başlarını kaldırdılar. Ama Jefe'nin sert bakışlarıyla karşılaşınca, araya girmemenin daha akıllıca olacağına karar verdiler. Genç Güney Amerikalı kafasını kaldırırken, Jefe'nin sorularını olabildiğince çabuk yanıtlamanın akıllıca olacağını öğrenmişti ve ağzından burnundan akan kanlar konuşmasını güçleştirse de adama istediği bilgiyi verdi.

"Şey," dedi yutkunarak. "Polisler ve sonra da Elvis gibi giyinmiş garip bir adam aynı şeyi öğrenmek istedi. Sonuncusu korkutucu bir tipti. Çok acımasızdı. Bir saat önce buradaydı."

"Onlara da diğer resepsiyonisti ve sürtüğü nerede bulacaklarını söyledin mi?"

"Seçme şansım var mıydı? Önce söylemek istemedim ama Elvis'in bana ne yaptığına baksana!" Sol elini kaldırınca, beyaz bandajlar ortaya çıktı. Resepsiyonist, bandajı hafifçe ittirip avucundaki kesiğin ucunu gösterdi. Anlaşılan Elvis, gencin başparmağından serçeparmağına uzanan derin bir kesik atmıştı. Bıçağı biraz daha bastırmış olsa, gencin eli ikiye bölünmüş olurdu. Jefe bir süre yaraya baktıktan sonra genç adama dönüp anlayışlı bir ifadeyle başını salladı. Ardından silahını çekti ve yaraya ateş etti.

Bam!

Her yer kan içinde kaldı. Neler olduğunu anlamak, resepsiyonistin birkaç saniyesini aldı, ardından başına gelenleri kavrayıp acı dolu bir çığlık savurdu ve yere yığıldı.

Yaşlı çift kanepeden kalkıp lobiyi geçti ve hiçbir şey söylemeden sokağa çıktı. Jefe onlara müdahale etmedi. Kaç kişinin kendisini gördüğü umurunda değildi. Mücevheri geri almak zorundaydı ve hiç kimsenin veya hiçbir şeyin yoluna çıkmasına izin veremezdi.

"Söyle bakalım, seni lanet olasıca pislik, şimdi hangimizden daha çok korkuyorsun? Benden mi Elvis denilen heriften mi?"

"Senden! Kesinlikle senden!" dedi resepsiyonist inleyerek. Bir yandan da elindeki kanamayı durdurmaya çalışıyordu.

"Güzel. Bu konuyu netleştirdiğimize göre, şimdi bana eskiden resepsiyonistlik yapan herifi ve sürtüğünü nerede bulacağımı söyle. İşime yarayacak ne biliyorsan anlat. Öncelikle, adlarını bilmek istiyorum."

"Dante. Herifin adı Dante. Kız arkadaşı da Kacy."

"Bu lanet olası Dante ve Kacy nerede yaşıyor?"

Resepsiyonistin artık elleri titriyordu, fetüs pozisyonu almış inliyor, çaresizce birilerinin kendisini kurtarmaya gelmesini diliyordu.

"Sha.... Sha..." diye kekeledi.

"Sha... ne?" diye hırladı Jefe. Silahı resepsiyonistin kafasına doğrultarak.

"Sha... Shamrock. Apartmanı, daire altı," dedi, dehşete düşmüş olan genç Güney Amerikalı.

Jefe silahın namlusunu gençten uzaklaştırıp tavana çevirdi.

"Adın ne evlat?" dedi sakin bir sesle.

"Gi... Gi... Gil."

Bam!

Jefe, bir kurşunda Gil'in suratını dağıttıktan sonra duygusuz gözlerle genç adamın halıya ve duvarlara saçılan beyin parçalarına baktı. Ardından, dönüp otelin ön kapısından dışarı çıktı. Sadece, yanından geçmek dışında hiçbir suçu olmayan yaşlı bir kadını vurmak için duraksamıştı. Kadın acı içinde yere yığılıp neler olduğunu kavramaya çalışırken, Jefe çoktan kapıdan çıkıp gitmişti. Shamrock Apartmanı'na, Dante ve Kacy'yi öldürmeye.

Ve mavi mücevheri geri almaya.

149

Yirmi

Shamrock Apartmanı, daire altı. Jefe'nin Dante'yi veya Kacy'yi orada bulmak gibi bir umudu yoktu. En azından canlı olarak. Aptal olabilirlerdi ama dairelerinde kalacak kadar aptalsalar, Elvis denilen herif büyük ihtimalle işlerini bitirmiş olurdu.

Jefe, Elvis'in denklemin neresinde olduğuna emin değildi. El Santino için çalışıyor olabilirdi; belki de Sanchez'in taşı bulması için tuttuğu kişiydi. İkincisi doğruysa, barmen hızlı davranmış demekti. Ne olursa olsun, Elvis, Dante ve Kacy'yi yakalamışsa Ay'ın Gözü'nü bulma yarışında öne geçmiş demekti. Elbette, adamın taşı aramıyor olması da mümkündü. Elvis'in ne bildiğini ve kimin için çalıştığını bilmemek oldukça can sıkıcıydı. Üzerinde durmamaya karar verdi. Bu soruları yanıtlamak, Jefe'nin acil işler listesinde çok aşağı sıralarda kaldığı için, şimdilik onlara ayıracak vakti yoktu.

Apartmanın gri hırkalı yaşlı kapıcısı, lobideki pis görünüşlü ahşap kaplama masasının başında oturuyordu. Yeni ziyaretçiye müdahale etmek için herhangi bir girişimde bulunmadı ve Jefe de adamı görmezden geldi. Sanki konuşmaya, hatta göz temasına bile gerek kalmadan bir anlaşmaya varmışlardı. Jefe masanın önünden geçip külüstür görünüşlü asansörleri boş vererek, doğrudan dairelere çıkan çürü-müş ahşap merdivenlere yöneldi. Altı numaralı daireyi hangi katta bulacağını bilmiyordu ama bina küçücük olduğu için, birinci katta olmayacağı kesindi.

Aradığı daire üçüncü katta, koyu yeşil bir halıyla kaplan-mış olan soğuk ve nemli koridorun sonundaydı. Bir zaman-lar krem rengi olan duvar kâğıdı sararmış ve üzeri, nemden kaynaklanan kahverengi lekelerle dolmuştu. Bazı yerlerde çürüme öyle bir noktaya ulaşmıştı ki kâğıdın parçalanıp dö-külmeye başladığı görülebiliyordu.

Jefe sonunda üstünde paslı bir altı rakamının asılı oldu-ğu kapıya ulaştığında, ilk iş olarak silahını kontrol etti. Öl-dürmeyi planladığı birini yakalamaya yaklaştığında yaptığı içgüdüsel bir hareket. Her zamanki rutininin bir parçası. Bu hareketi refleks olarak yapsa da aslında bu eylemin kendi-sini nazardan koruduğuna inanırdı. Üstelik bunu yapmayı tamamen içselleştirdiği için, hiçbir zaman unutma riski yok-tu. Silahı taşıdığına emin olduktan sonra ciğerlerini şişirdi, omuzlarını geriye aldı ve kapıyı üç kere tıklattı.

"Merhaba? Evde kimse var mı?" diye seslendi.

Yanıt yok. Tekrar kapıyı çaldı. Yine yanıt veren olmadı ama bu sefer adamın içini korkunç bir his kapladı. Birileri ta-rafından izlendiğini, birilerinin kendisine bakıp kahkahalar attığını hissetti. Başını çevirip koridoru kontrol etti, yalnız-dı ama izlendiği hissini bir türlü içinden atamıyordu. Sanki onunla dalga geçiyorlardı. Ama şimdi, hayali huzursuzlukla-ra kafa yormanın zamanı değildi. Neler olup bittiğini sonra düşünürdü. Şimdi eylem zamanıydı.

Tak!

Kapıyı tekmeledi. Tek bir tekme savurması yetti. Kapı kolayca açıldı. Kapının bu kadar kolay açılması, Jefe'nin huzursuzluğunu artırdı. Bir tekmede, neredeyse menteşelerinden kopup yere devrilecekti. Jefe güçlü kuvvetli bir adamdı ama o kadar da güçlü değildi. Sonra kilide baktı. Çoktan hapı yutmuştu. Belki kapının o kadar kolay açılmasının nedeni, kilidin dilinin girdiği haznenin de çürümüş olmasıydı. Silahını çekip kendini olacaklara hazırladı ve televizyon dizilerindeki polisler gibi iki tarafı kontrol edip rasgele sağa sola bakarak daireye daldı. Arada bir dönüp kimsenin arkadan saldırmayacağına emin olmak için geldiği yönü kontrol ediyordu.

İçeride görülecek fazla bir şey yoktu, en azından başlangıçta. Tek odalı bir daireydi ve içinde de kırmızı örtülü çift kişilik bir yatak, televizyona bakan bir koltuk, pislik içinde sarı bir lavabo vardı. Lavabonun üstündeki ayna toz içindeydi. Duvar kâğıdının hali, koridordakinden bile beterdi ve içerisi, haftalar önce açıkta bir yerlerde bir et parçası unutulmuş gibi iğrenç kokuyordu.

Jefe, yatağın örtüsündeki kan lekelerini fark ettiğinde silahı kılıfına soktu. Örtüyü inceledi. Kan henüz yatağa geçmemişti. Demek lekeler yeniydi. Ama ne kadar yeni olduklarını anlaması için tavandan gelen bir damlanın örtüye düştüğünü görmesi gerekti. Jefe yavaşça başını kaldırdı. Önce gözlerini sonra başını yukarı çevirdi. O zaman, tavana çivilenmiş cesedi gördü. Adamın kanı yatağa damlıyordu.

Çivilenmek, doğru kelimeydi, adamın cesedi ellerinden, ayaklarından ve göğsünden, bıçaklarla tavana tutturulmuştu. Gırtlağına, gözyuvalarına ve erkeklik organına da bıçak saplanmıştı. Adamın yaşarken neye benzediğini kestirmek güçtü, çünkü ceset delik deşikti. Her yanı kana bulanmış, giysileri paramparça olmuştu. Canavarlar tarafından paramparça edilse ancak böyle görünürdü. Kelle avcısı o güne dek yüzlerce ceset görmüştü ama böylesine hiç rastlamamıştı.

"Lanet olsun. Sen de kimsin?" diye sordu yüksek sesle.

Ceset başlangıçta yanıt vermedi ama sonradan, Jefe uzanıp silahının namlusuyla onu dürttüğünde, yanıt kendiliğinden ortaya çıktı. Adamın boynundaki altın zincir, kopup yatağa düştü. Jefe az kalsın korkudan altına yapacaktı. Kendini topladığında ve kalbi yeniden normal hızına döndüğünde, uzanıp kolyeyi aldı. Ucunda altın harfler olan olan kalın bir zincirdi. Jefe kolyeyi tanıyordu. İHA – İşleri Halleden Adam. Elvis Presley'in güneş gözlüğünün iki tarafına bu harflerin işlendiği bilinirdi. Kral'ın sembollerinden. Yani ölünün kim olduğunu tahmin etmek güç değildi.

"Demek Elvis sensin. Kahretsin. Sana bunu kim yaptı? Şeytanın ta kendisiyle dövüşmüş gibi görünüyorsun."

Ceset, doğal olarak herhangi bir yanıt vermedi. Jefe sonraki birkaç dakikasını daireyi araştırmakla geçirdi. Hiçbir şey bulamadı ve Elvis'in ağırlığıyla bıçaklar gevşeyip de ceset sonunda büyük bir gürültüyle yatağın üstüne düştüğünde, o pis daireden gitme zamanının geldiğine karar verdi. Göreceğini görmüştü. Koşmadan ne kadar hızlı yürünebilirse o kadar hızlı ilerleyerek koridoru geçti ve merdivenlere ulaştı. Jefe önünden geçip dışarı çıkarken, girişteki yaşlı adam kafasını kaldırıp bakmaya zahmet etmedi. Belli ki gelene gidene bakmamanın daha akıllıca olduğunu uzun zaman önce öğrenmişti. Suçlularda, sizi öldürmelerine gerek olduğu izlenimi uyandırmamak en iyisidir.

Kapağı dışarı atabildiği için rahatlayan Jefe, ciğerlerini temiz havayla doldurdu ve sokağa park ettiği arabasının yolunu tutmadan önce birkaç saniye derin derin nefes aldı. Ay'ın Gözü'nü geri almak, artık eskisinden de zor olacaktı. Öncelikle yeni bir ipucuna ihtiyacı vardı. Elvis'i kim öldürmüştü? Dahası, Ay'ın Gözü şimdi neredeydi? Hâlâ Dante denilen çocukta mıydı? Öyleyse çocuk nereye kaybolmuştu?

Sorular birbiri ardına Jefe'nin zihnine doluştu. Dikkati o kadar dağılmıştı ki eski sarı Cadillac'ının sokağa park edilmiş olduğunu fark etmeksizin, gümüş rengi yeni Porsche'sine atlayıp oradan uzaklaştı.

Yirmi Bir

Sanchez o gün ikinci kez Jessica'yı Tapioca'da gördüğünde pek de sevinmedi. Bara ilk geldiğinde barmene çok kaba davranmış ve üstelik ona, yani kurtarıcısına, hiç ilgi göstermemişti. Ayrıca Jefe'yle çekip gitmişti, ki böylesi, kesinlikle affedilemezdi. Bu yüzden, kadının bu sefer öncekinden çok daha arkadaşça davranması, adam için büyük bir sürpriz oldu. Barda işler her zamanki gibiydi ve Mukka içki servisi yaparken, Sanchez de müşterilere ayrılan taburelerden birine oturmuş birasını yudumluyordu.

Jessica içeri girer girmez, doğrudan onun yanına geldi. Üzerinde yine ninjalarınkini andıran siyah kıyafetler vardı. Beş yıl önce, Sanchez'in kadını ilk gördüğü gece giydiği kıyafet. Aslında kadını üzerinde başka bir kıyafetle hiç görmemişti. Jessica'nın başka bir giysisinin olmaması mümkündü, varsa bile belki de kadının haberi yoktu. Sanchez, giysilerin kurşun delikleriyle dolu olduğunu hatırlıyordu ama yengesi Audrey, elbiseyi yamamakta iyi bir iş çıkarmıştı.

"Söylesene Sanchez," dedi Jessica, adamın yanındaki tabureye otururken. "Bana bir içki ısmarlayıp kim olduğumu düşündüğünden bahsetmeye ne dersin?"

Bunu itiraf etmekten nefret etse de kadının aniden fikrini değiştirip kendisine ilgi göstermeye başlaması Sanchez'i mutlu etmişti. Kadını ilk gördüğünden beri bu anın hayalini kuruyordu. Jessica, o güne kadar gördüğü hem en güzel hem de en ilginç kadındı. Kendisi kadını beş yıldır tanıyor ama hakkında hiçbir şey bilmiyordu. Kadının bu beş yılın çoğunda komada olmasından kaynaklanan ufak bir sorun...

"Mukka, hanımefendiye bir içki getir."

"Tamam patron. Ne içersiniz bayan?"

"Bloody mary."

"Hemen geliyor."

Mukka'nın kadının içkisini hazırlamasını bekledikleri sırada, Sanchez'in yapmayı becerebildiği tek şey, aptal aptal Jessica'nın suratına bakıp gülümsemekti. Mukka, bloody mary yapmak için gerekli malzemeleri aramakla geçen birkaç dakikanın ardından, kadının kokteylini hazırladı ve ince uzun bardağa döktüğü kırmızı sıvıyı kadının önüne koydu.

"İçinde buz var mı?" diye sordu Jessica, olmadığını gayet iyi bilse de.

"Buz koyduğumu gördün mü?" dedi Mukka alaycı bir tavırla.

"Hanımın içkisine kahrolası buzlardan at!" diye bağırdı Sanchez. "Tanrı aşkına, bir işi olsun düzgün yapamaz mısın?"

Mukka, yarım ağız küfrederek patronunun emrini yerine getirdi.

"Onun adına özür dilerim Jessica," dedi Sanchez. Sohbete başlamanın tek bir yolu vardı ve o da kıza doğrudan kendisiyle ilgili sorular sormaktı. Derin bir nefes alıp aklına gelen ilk şeyi söyledi.

"Her neyse... Söylesene, nasıl oluyor da seni beş yıldır tanımama karşın hakkında hiçbir şey bilmiyorum?"

"Bakıyorum da hoşbeşle vakit kaybetmiyoruz, ha?"

Kolay olmayacak, diye düşündü Sanchez ama ilk ters yanıtta pes etmeyecekti. "Öyle olsun," dedi düz bir sesle. "Ama her şey karşılıklıdır küçükhanım. Bildiklerimi anlatırım ama her şeyden önce kardeşimin ve eşinin başına gelenlerle ilgili neler bildiğini öğrenmek istiyorum."

"Onlarla hiç tanışmadım," dedi kafası karışmış görünen Jessica. "Yoksa tanıştım mı?"

"Evet, hem de ne tanışma. Hayatını kurtarmamın ardından, beş yıl boyunca seni onlar hayatta tuttu."

"Hayatımı mı kurtardın? Sen? Yalan söylüyorsun!"

Jessica'nın, hayatını kurtardığı iddiasını, böyle bir şeyin olması imkânsızmış gibi elinin tersiyle ittirmesi Sanchez'in kalbini kırdı. Yine de gururu bir tarafa bırakıp konuşmayı sürdürdü.

"Yalan falan değil," dedi kırgın bir sesle. "Beş yıl önce vurulup barımın önünde ölüme terk edildin. Seni alıp kardeşimin evine götürdüm. Eşi Audrey hemşireydi, sana iyi baktı ve ölümden dönmeni sağladı. Son beş yıldır komadaydın ve kardeşimle eşi, bir gün kendine gelmen umuduyla seni hayatta tutuyordu."

Jessica anlatılanlara inanmış görünmüyordu. Sanchez bunu anlayışla karşıladı. Kadının güvenini kazanmak zaman alacaktı ama bir gün bunu başaracağından emindi. Sabrın sonu selamettir demezler mi?

"Beni neden onlara götürdün? Neden normal bir insanın yapacağı gibi hastaneye götürmedin?" diye sordu kadın.

Adamın yanıtının dürüst olup olmadığını sezmek istercesine gözlerini dikmiş ona bakıyordu.

"Çünkü o gün hastaneler tıka basa doluydu."

"Bu ne biçim bir bahane?" diye sordu Jessica.

"O hafta, yaklaşık üç yüz erkek, kadın ve çocuk vuruldu. Çoğu, hastanelerdeki doktorlar yaralılara yetişemediği için öldü. Audrey birkaç ay önce hastane yetkilileri tarafından işten atıldığı için evde boş oturuyordu. Hayatta kalmanı sağlamak için, seni ona götürmenin akıllıca olacağına karar verdim. Ayrıca seni bulduğumda hayatta olman mucize sayılır." Duraksayıp kadını süzdü. "Bir gün uyanacağını biliyordum. Anlaşılan haklıymışım, değil mi?"

"Anlaşılan evet. Sanırım sana teşekkür borçluyum." Kadının zihni, kendisine anlatılanları sindirmeye çalışıyordu. Kolay bir iş değildi, çünkü anlatılanların hiçbirini hatırlamıyordu.

Sanchez kadının, kendisine teşekkür falan etmeyeceği hissine kapıldı ama teşekkür borçlu olduğunu kabullenmesi ufak bir teselliydi. Santa Mondega'da, bu kadarıyla yetinmesini bilirdiniz.

"Teşekkür etmek istiyorsan, kardeşime ve eşine neler olduğunu anlatabilirsin."

Sıra Jessica'daydı. İşte iyiliğinin bedelini ödeme fırsatı. Kardeşinin katilini bulmasına yardım edebilirdi. Ama kadının verdiği yanıt, öncekiler kadar yararsızdı.

"Ne demek istiyorsun?"

"Açıkça soruyorum: Onları kim öldürdü?"

"Ha, o mesele mi?"

"Evet, o mesele."

"Bilmiyorum."

"Bilmiyor musun?"

"Doğru duydun. Bilmiyorum."

"Ama sen de oradaydın?"

"Oradaydım... Galiba. Ama neler olduğunu bilmiyorum, hiçbir şey hatırlamıyorum."

"Öldürüldüklerinde nerede olduğunu nasıl bilmezsin?" Sabırsızlanmaya başlamış olan Sanchez, hayal kırıklığını saklamakta güçlük çekiyordu.

"Hafızam gelip gidiyor," dedi Jessica alçak sesle. Gözlerini barın arkasına dikmişti. "Sanırım bir tür hafıza kaybı yaşıyorum. Üstelik unuttuklarım, sadece komaya girmeden önce başıma gelenler değil – eğer gerçekten komaya girdiysem... Nerede olduğumu, ne yaptığımı, oraya nasıl gittiğimi unutup duruyorum. Zihnimi yeterince zorlarsam bir şeyler hatırlıyorum ama o zaman da hatırladıklarımın doğru olup olmadığına emin olamıyorum."

"Gündüz buraya uğradığını hatırlıyor musun?"

"Evet. Onu hatırlıyorum. Jefe'yle çıktığımı da hatırlıyorum. Ona gittik, bana kendisini beklememi söyledi, ben de bekledim. Geri gelmedi. Neden onu beklememi söylediğini hatırlamaya çalıştım ama hatırlayamadım. Bu yüzden, buraya gelip seninle konuşmaya karar verdim. Bir iki konuda beni aydınlatabileceğini düşündüm. Bilirsin, nazik biri miyim yoksa sürtüğün teki miyim belki sen bana söyleyebilirsin, çünkü hangisi olduğumdan emin değilim."

"Dürüst olmak gerekirse Jessica, yanıtı ben de bilmiyorum," dedi Sanchez iç çekerek.

"Ah." Kadın hayal kırıklığına uğramış gibiydi. Sanchez bir an için, gereksiz yere kadının duygularını incitmiş olmaktan korktu.

"Kötü biri olamayacak kadar tatlı bir görünüşün var," dedi Sanchez, kadına kendisini iyi hissettirmek umuduyla.

"Teşekkürler." Kadın bloody mary'sinden bir yudum aldı. Kadehindeki içki yarıya inmişti ki aniden başını geriye devirdi.

"Sarı Cadillac!" diye bağırdı. Sanchez tüm dikkatini kadına verdi.

"Evet? Sarı Cadillac'la ilgili ne biliyorsun?" diye sordu heveslenen adam.

"Geçen sefer, Jefe'yle konuşurken sarı Cadillac'tan bahsetmemiş miydin?"

"Evet. Kardeşimi ölü bulduğumda sarı bir Cadillac'ın evden uzaklaştığını gördüm. Onu kimin kullandığını biliyor musun? Onları gördün mü?"

"Aman Tanrım! Yavaş yavaş her şeyi hatırlıyorum. İki kişiydiler. Kardeşini ve eşini öldürdüler. Her şeyi gördüm. Sanırım. Hayır, bekle bir saniye..."

"Ne? Tanrı aşkına ne?"

"Hayır, ölmemişlerdi. İki adam onları dövüyordu. Bilgi almaya çalışıyorlardı." Jessica önce duraksadı, sonra aniden inledi.

"Lanet olsun!"

"Neye lanet olsun?"

"Lanet olsun, beni arıyorlardı!" Kadın, endişe içinde Sanchez'e baktı.

"Ee, seni görmediler mi?" diye sordu Sanchez.

"Hayır. Neden bilmiyorum ama beni göremediler. Gizlice dışarı çıktım, sarı Cadillac'ı o zaman gördüm."

"Sonra ne oldu?" dedi öfke içindeki Sanchez. Jessica'nın çok az şey hatırlaması canını sıkmıştı ama ne hissettiğini belli etmemek için elinden geleni yaptı.

"Kaçtım. Ne kadar uzun süre koştuğumu bilmiyorum, dönüp arkama bakmadım. Gücüm yettiğince koştum ve sonunda kendimi burada buldum." Bir an duraksayıp düşüncelere daldı. "Başka bir şey hatırlamıyorum. En azından şimdilik."

Kadehi kaldırıp içkisinden bir yudum daha aldı. Bu sefer, bardaktaki bütün içkiyi bitirdi. Yaklaşık on saniyede. Sanchez başka ne soracağını bilmiyordu ve Jefe bir saniye sonra büyük bir gürültüyle sokak kapısından içeri girdiğinde, herhangi bir şey sorma fırsatını tamamen kaybetmiş oldu. İriyarı kelle avcısı, doğrudan bara ilerleyip Jessica'nın yanındaki tabureye oturdu. Kadın artık, onunla Sanchez'in ortasındaydı.

"Bana viski, bayana da ne içiyorsa ondan," diye sipariş verdi Jefe, Mukka'ya bakarak.

Jefe'nin son gelişinde yaşananları hatırlayan genç aşçı/barmen hemen harekete geçip viski şişesini çıkardı ve şişeyi boş bir kadehle beraber bara, adamın önüne bıraktı. Sanchez uzanıp şişeyi aldı ve adamın bardağını ağzına kadar doldurdu. Jefe sarsılmış görünüyordu – son derece sıra dışı bir durum. Sanchez bunu tedirgin edici buldu. Jefe gibi adamların, hiçbir zaman sarsılmamaları gerekirdi.

F: 11

"Her şey yolunda mı ahbap?" diye sordu Sanchez.

"Bir kadeh attıktan sonra her şeyin yoluna gireceğinden eminim. Anlatacaklarımı duyunca, tahminimce sen de bir kadeh içmek isteyeceksin."

"Öyle mi? Nedenmiş?"

Jefe, Sanchez'in doldurduğu viski kadehini alıp kafasına dikti. Ardından yeniden doldurulmak üzere kadehi bara bıraktı. Bakışları, Jessica'nın arkasında kalan barmene kaydı.

"Adamın Elvis ölmüş Sanchez," dedi. "Biri onu fena çivilemiş."

Yirmi İki

Jefe ve Jessica barda kalıp saatlerce içti. Kelle avcısı, iki viski, sekiz bira, üç tekila içti. İlk birkaç içkiden sonra, yeniden eski kendini beğenmiş havalarına büründü. Beşinci bloody mary'sini içen Jessica ise biraz daha temkinliydi. İçtikçe daha iyi anlaşıyorlardı, ki böylesi de Sanchez'in canını sıkıyordu. Jessica'nın, Jefe'den gerçekten etkilendiğini görebiliyordu.

Jefe, kelle avcılığı yaparken yakaladığı kaçakları ve para için onları öldürüşünü anlatıyordu. Kanlı hikâyeler. Dünyanın her tarafında aranan adamları avlayıp işlerini bitirmişti. Yağmur ormanlarından en yüksek dağlara kadar her yerde izlerini sürmüştü. Jefe'nin, avını yakalayamayacağı hiçbir yer yoktu.

İsim vermemeye dikkat etse de kaza sonucu öldüğü sanılan güçlü ve meşhur birkaç kişinin ölümlerinden kendisinin sorumlu olduğunu ima etti. Akıllıca bir manevraydı, çünkü hiç kimse o hikâyeleri ne doğrulayabilir ne de yalanlayabilirdi. İşinde ne kadar iyi olduğu bilindiği için, kimsenin zaten onunla tartışmaya niyeti yoktu. İnsanlar, bir cinayetin kaza gibi görünmesi için para ödüyorlarsa, o zaman Jefe de öyle görünmesini sağlardı.

Sanchez bu tür epik hikâyelerle yarışamazdı, Jessica barın kapanmasına bir saat kala Jefe'yle beraber bardan çıktığında açıkçası çok şaşırmadı. İkisi, düşmemek için birbirlerinden destek alarak kol kola sokağa adım attılar. Gözle görünür ölçüde yalpalıyorlardı. Soğuk gece havası onları kucakladığında, Sanchez'in sözlerini çıkaramadığı anlamsız bir şarkı mırıldanmaya başladılar. Sonra da gözden kayboldular.

Köşedeki masada kâğıt oynayan müdavimler ve bar tarafındaki masada oturan yüzleri başlıklarının altına gizlenmiş iki adam dışında, Tapioca tamamen boşalmıştı. Sanchez önceki saatlerde ikiliye dikkat etmemişti. O gece içki servisini Mukka yapmış, kendisi mekânı dolaşıp müdavimlerle sohbet ederek ve Jessica'yla göz göze gelmeye çalışarak vakit öldürmüştü. Yani dikkati pek yerinde değildi.

Şimdi, ortada bir kural vardı (yazılı olmayan bir kural): Tapioca'da başlığınız açık olmadan oturamazdınız. Sanchez, bu kuralı beş yıl önceki Burbon Kid olayından sonra koymuştu. Herkesin kostümler içinde ortalıkta dolaşacağı Ay Festivali'ne daha günler olmasına karşın, bu iki adam maskeli baloya gider gibi giyinmişti. Belki de kendilerini Jedi sanıyorlardı. İkisi de bol kesimli uzun kahverengi cüppe ve cüppenin altına da kalın kumaştan bol pantolon giymişti. Sanchez kendisini ciddi bir ikilemle karşı karşıya buldu: Gidip adamlardan başlıklarını indirmelerini istemek veya istememek. Doğruyu söylemek gerekirse yorgundu ve Elvis'in ölümü onu sarsmıştı. O gecelik daha fazla bela istemediği için, bu seferlik üstelememeye karar verdi.

Şansa bakın ki iki adam kendi istekleriyle başlıklarını indirmeye hazırlanıyorlardı. Aniden ikisi birlikte iskemlelerinden kalkıp Sanchez'in yanına geldiler. Adamlardan biri, özgüveni arkadaşınınkinden azmış gibi başını öne eğmiş diğer adamın arkasından yürüyordu. Sanchez'e kendisini rahatsız hissedeceği kadar yaklaştıklarında başlıklarını indirdiler ve yüzleri ortaya çıktı. Barmen onları hemen tanıdı. İki keşiş. Cüppeleri yüzlerini gizlerken ne kadar sinsi ve tehlikeli bir havaları varsa, şimdi de aynı ölçüde saf ve çekingen görünüyorlardı. Birkaç gün önce bara ilk geldiklerinde nasılsalar yine öyleydiler.

"Siz iki kahrolası yine ne istiyorsunuz?" diye sordu Sanchez bezgin bir sesle. Bela geliyorum demez, diye geçirdi içinden.

"Anlaşılan, buralardaki herkesin istediği şeyi istiyoruz," diye yanıtladı öndeki keşiş (ki biz onu Kyle olarak tanıyoruz). "Ay'ın Gözü'nü ele geçirmek istiyoruz. Bunu istiyoruz, çünkü taş bizim hakkımız."

"Ah, defolup gider misiniz lütfen? Sizinle uğraşacak havada değilim." Sanchez, adamların, varlıklarının kendisini rahatsız ettiğini anlamalarını istedi. Bu iki palyaço, son ziyaretlerinde ortalığı karıştırmıştı ve barmen, o günden sonra bir daha Tapioca'ya uğramayacak kadar akıllı olduklarını umuyordu. Ama bu ters tavırları ziyan olup gitti, çünkü iki keşiş kendilerine gösterilen düşmanca muameleyi fark etmedi bile.

"Sabahtan beri buradayız," dedi Kyle. "Konuşulanları duyduk. El Santino, mücevheri ona götürmen için elli bin dolar teklif etti. Taşın kimde olduğunu bize söylersen, sana yüz bin dolar veririz. Bizim için taşı almana ihtiyacımız yok. Kendi işimizi kendimiz yaparız. Bizi doğru yöne yönlendirmen yeterli. Taşı ele geçirdiğimiz anda yüz bin dolar senindir. Açıkçası, bundan daha iyi bir teklif alacağını hiç sanmıyorum."

Doğruyu söylemek gerek, Kyle çok iyi bir teklif yapmıştı. Sanchez de bunu dile getirdi.

"Çok iyi bir teklif," diye karşılık verdi.

"Biliyorum. Anlaştık mı?"

Sanchez bir süre çenesini ovuşturup teklifi değerlendiriyormuş gibi yaptı. Oysa teklifi değerlendirdiği falan yoktu. Adamınki, bir budalanın bile hayır demeyeceği bir öneriydi. Sonuç ne olursa olsun, Sanchez'in bir kaybı olmazdı. İki keşiş, kutsal adamlardı, yani sözlerinin eriydiler. Taşı ele geçirebilirse yüz binliğe onu keşişlere satar ve sonra Jefe ile El Santino'ya taşın keşişlerde olduğunu söylerdi. Böylece, birkaç bin dolar daha kazanmış olurdu.

"Tamam. Anlaştık," dedi sonunda. "Taşın kimde olduğunu bulup size söyleyeceğim. Siz de bana yüz bin dolar ödeyeceksiniz. Böylece herkes mutlu olacak. Tamam mı?"

"Tamam," dedi Kyle. "El sıkışalım mı?"

"Elbette."

Sanchez, el sıkışmanın, keşişlerin bildiği geleneklerden olmasına şaşırdı. Belki de şehir yaşamıyla ilgili birkaç şey öğrenmişlerdi. Yoksa tokalaşıyormuş gibi yapıp ani bir karate hamlesiyle adamın kolunu mu kıracaklardı? Ne olursa olsun, yüz bin dolar için kiminle isterlerse el sıkışırdı. Riski göze almaya değerdi, bu yüzden onlarla tokalaştı ve hafif bir hoşnutsuzlukla, son derece gevşek bir el sıkışları olduğunu keşfetti. Demek, insanların anlaşmaları noktalamak için tokalaştıklarını görmüş ama daha önce kimseyle bunu yapmamışlardı.

"Kısa süre içinde yeniden temasa geçeceğiz," dedi Kyle, başını sallayarak. "Umarım bize verecek iyi haberlerin olur."

Bu sözlerin ardından, iki keşiş dönüp kapının yolunu tuttu. Önceki ziyaretlerinden bu yana, tavırlarındaki değişiklik Sanchez'in gözünden kaçmamıştı. Şimdi, geçen seferkinden daha temkinli ve güven doluydular. Normal insanlara uyum sağlamaya çalıştıkları anlaşılıyordu.

"Hey, keşişler," diye seslendi arkalarından. "Bir sorum olacak. Arabanız var mı?"

Kyle aniden durunca, Peto ona çarptı. Böylece, bütün soğukkanlı havaları kaybolup gitti. Keşiş dönüp Sanchez'e bakmadı ama sorusunu yanıtladı.

"Hayır. Arabamız yok. Neden sordun?"

"Bir nedeni yok. Size iyi geceler. Yakında görüşürüz."

Yirmi Üç

Jensen ofise girdiğinde saat daha on bile olmamıştı ama Somers her zamanki gibi masasının başındaydı. Yaşlı dedektif, kendini cesetlerin fotoğraflarını incelemeye kaptırmıştı. "Yemin ederim bu kasabadaki herkes ya yalancı ya dolandırıcı," diye yakındı Jensen. Ofisin diğer köşesine fırlattığı süet ceket, koltuğunun arkasına çarpıp yere düştü. "Bir tane bile düzgün insan yok," diye devam etti. "Bütün gece Elvis denilen herifle iş yaptığı bilinen kişileri sorguya çektim ve tek bir kişi bile aleni şekilde yalan olmayan bir bilgi vermedi. Elvis'in üç yıl önce öldüğünü biliyor muydun? Ayrıca dört ay önce Avustralya'ya göç etmiş. Son olarak da Priscilla'yı ziyaret etmek için şehir dışına çıktığını söylediler. Yalancı pislikler, hepsi birbirinden beter."

"Jensen, Kral öldü," dedi Somers.

"Bir de sen başlama."

"Dalga geçmiyorum. Üç saat önce Elvis'in cesedini buldular."

"Dalga geçiyor olmalısın!"

"Geçmiyorum. Gözleri oyulmuş ve Sansar Marcus'unki dışındaki bütün cesetlerde olduğu gibi onun da dili kesilmiş. Zaten Marcus'u, Elvis'in öldürdüğünü tahmin ediyorduk."

"Elindekiler, yeni olay yeri fotoğrafları mı?" diye sordu Jensen, Somers'ın elindeki fotoğrafları işaret ederek.

"Evet."

"Bakabilir miyim?" Jensen elini uzattığında, Somers siyah beyaz fotoğrafları ona verdi.

"Onlara bakarak zamanını boşa harcama. Diğerlerine benziyorlar Jensen."

"Kahretsin Somers! Bu adam, elimizdeki en iyi ipucuydu."

"Pek sayılmaz... Bir kapı kapanınca, başkası açılırmış. Şimdi bir ipucumuz daha var."

"Bakıyorum artık süslü cümlelerle konuşuyoruz. Ne o, kendini Yoda mı zannetmeye başladın?"

Somers, Jensen'ın ses tonundaki alaycılığa takılmaktansa, küçük not defterini ortağına uzatmayı tercih etti. Açık olan sayfaya kurşunkalemle bir şeyler karalanmıştı. Jensen defteri eline alıp yazanları yüksek sesle okudu: *"Dante Vittori ve Kacy Fellangi. Hoş bir çift."*

"Bu da nedir? Eş değiştokuşu yapılan kulüplerden birine mi katıldın?" diye sordu Jensen, can sıkıntısını saklamaya gerek duymadan. Henüz sabah olsa da her zamankinden yorucu bir gün olacağı şimdiden ortadaydı ve Jensen'ın bulmacalarla kaybedecek zamanı yoktu.

"Dante Vittori," diye tekrarladı Somers sakince. "Santa Mondega International'da gece çalışan resepsiyonist. Kacy Fellangi de onun kız arkadaşı. Kadın, otelin hizmetçilerinden."

"Tamam... Ee?"

169

"Ee'si şu: Sansar Marcus öldürüldükten sonra, ikisi birlikte ortadan kayboldular. Elvis, onların oturduğu dairede ölü bulundu."

"Hımm," dedi Jensen, not defterini ve fotoğrafları masaya bırakırken. "İyi de bu ne anlama geliyor?"

Somers uzanıp not defterini masadan alıp gömlek cebine soktu.

"Elvis'in Sansar Marcus'u öldürdükten sonra onların peşine düştüğü anlamına geliyor."

"Belki de Sansar'ı öldürdüğünü görmüşlerdir, Elvis de şahit bırakmak istememiştir," diye yüksek sesle fikir yürüttü Jensen. "Kendisini teşhis edebilecek kişileri sağ bırakmak istememesi kulağa mantıklı geliyor."

"Belki öyledir belki değildir."

"Nasıl yani? Başka neden onların peşine düşmüş olsun? Yoksa ortak mıydılar? Birlikte mi çalışıyorlardı?"

"Hayır. Hiç sanmıyorum. Elvis yalnız çalışır. O bir virtüöz. Beatles bir gruptu, Elvis ise hep tek başınaydı. Hayır, bence bu ikisi, adamın istediği bir şeye sahipti ve o şey her neyse, Burbon Kid de onun peşinde. Elvis bu yüzden öldü. Elvis ve Kid, çiftin dairesinde karşılaşmış olmalı. Ama sevgili Dante ve Kacy, Elvis ve Kid daireye varmadan çok önce pılıyı pırtıyı toplayıp binadan tüymüş. Üstelik yüklüce bir kira borçları varmış."

Jensen ceketini düştüğü yerden alıp tozlarını silkeledikten sonra koltuğun arkasına astı. Son üç saattir Elvis cinayetinin detaylarını inceleyen Somers, ortağının sakinleşip parçaları birleştirmesini bekledi. Belli ki aradaki zamanı iyi değerlendirmiş ve Jensen'ın birkaç adım önüne geçmişti.

"Yani, katilimiz geldiğinde, Elvis aradığı her neyse onu bulmak umuduyla daireyi araştırıyordu," dedi Jensen, derin bir iç çekişin ardından.

"Katilimiz dediğin kişi Burbon Kid."

"Tamam. Burbon Kid. Diyelim ki Ay'ın Gözü'nü bulabileceğine inandığı için daireye geldi ve Elvis'le karşılaştı. Gözü dönmüş bir katil olduğu için..."

"Ve büyük ihtimalle de vampir olduğu için..."

"Elvis'i öldürdü ve sonra kahretsin dedi."

"Gerçekten mi? Sence işi bitince durup kahretsin mi dedi?"

"Evet, durup kahretsin dedi, çünkü aradığı şeyin Kral'da olmadığını anlamıştı." Jensen teorinin nereye gittiğine emin olmadığı için duraksadı. "İyi ama aradığı şeyin neden Dante ve Kacy'nin elinde olduğunu düşünüyordu?"

Somers önemli bir şey söyleyecekmişçesine elini kaldırıp Jensen'ı susturdu. "Benim teorimi duymak ister misin?"

"Elbette."

"Teorim şöyle: Sansar Marcus'un usta bir hırsız olduğunu biliyoruz, değil mi?"

"Ee?"

"Diyelim ki Ay'ın Gözü, Marcus'taydı. Derken bu ikisi, Dante ve Kacy, onu oyuna getirip taşı çaldı. Ay'ın Gözü'nü ele geçirdikten sonra da haliyle tabanları yağladılar. Şimdi... hikâyenin emin olmadığım kısmı burası. Bu ikisi Elvis'i Marcus'un katili olarak teşhis edebilecekleri için, adam da onların işlerini bitirmeye karar vermiş olabilir. Oturdukları yere gitmiştir. Ama Ay'ın Gözü'nü arayan Burbon Kid de oradadır. İkisinin yolları kesişir. Bam! Kral tarih olur."

"Anladığım kadarıyla, bu konuyu uzun uzadıya düşünmüşsün," dedi Somers'ın heyecanını fark eden Jensen.

"Eh, Elvis'i öldüren kişinin, Marcus dışındaki kurbanları öldürenle aynı kişi olduğu gerçeğiyle yüzleşmeliyiz. Göz ve dil meselesi bunun ispatı."

Jensen bir süre bu teoriyi zihninde tarttı. "Anlattıklarını destekleyecek deliller olmasa da aklıma yattı. Bence doğru yoldasın. Ama diğer ihtimalleri de düşünmek gerek; ya Elvis'i ve diğerlerini öldüren, Dante denilen çocuksa?"

Somers başını hızlı hızlı iki yana salladıktan sonra arkasına yaslandı ve derin bir iç çekti.

"Sana, bu cinayetlerin neredeyse tamamını Burbon Kid işledi diyorum. Sense bana inanmamaya kararlıymış gibi hareket ediyorsun. Kaç kere bunun üstünden geçmemiz gerekecek? Sözüme güvensen olmaz mı?"

"Beni yanlış anladın," dedi Jensen. Bu sefer de o elini kaldırıp Somers'a susmasını ve lafını bitirmesine izin vermesini işaret etti. "Bu cinayetlerin arkasında –en azından bana fotoğraflarını gösterdiğin cinayetlerin arkasında– Burbon Kid'in olduğuna inanıyorum."

"O zaman mesele nedir?"

"Asıl mesele şu," dedi Jensen, Somers'ın gözlerinin içine bakarak. "Dante denilen çocuk, Burbon Kid'in ta kendisi olabilir."

Yirmi Dört

Dante falcıları sevmezdi. Hep kötü haber verirlerdi. Sanki geri kalan herkese iyi haberler veriyor, gelecekleriyle ilgili güzel şeyler söylüyor ama sıra Dante'ye geldiğinde, ufukta kötü olaylar göründüğüyle ilgili uyarılarda bulunuyorlardı. Ona kalsa falcıya falan gitmezdi ama Kacy onlardan hoşlandığı için, ayda yılda bir, falcıya gittiği zamanlarda kız arkadaşına eşlik ederdi.

Tarot falı bakan birine son gittiklerinde, falcı kadın, Kacy'ye geleceğiyle ilgili bir sürü güzel haber vermişti. Ama sıra Dante'ye geldiğinde ve Kacy kadından Dante'nin falına bakmasına istediğinde, falcı, hepsi birbirinden korkunç kehanetlerde bulundu. Falcı, Dante'nin köpeği Hector'un öleceğini bildi – köpek gerçekten de üç hafta sonra öldü. Bu, Dante için bardağı taşıran son damlaydı.

Kacy, Dante'nin hoşlanmadığını bildiği için, keşfettiği son falcıya birlikte gitmeyi teklif ettiğinde içten içe tedirgindi. Dante falcıya falan gitmek istemiyordu ama sevgilisinin Santa Mondega International Hotel'de sarhoş serseriyi soyarken gösterdiği kahramanlığın ardından, en azından bu kadarını yapmaya mecburdu. Ayrıca yaşadıklarına rağmen,

173

falcıların söyledikleri zırvalıklara inanmadığını sevgilisine ispatlamak istiyordu. Biricik köpeğinin öldüğü doğruydu ama bu, tesadüften ibaretti.

Mistik Leydi'nin Evi'nin tanıdık bir havası vardı. Dante, evi daha önce rüyasında görmüş olabileceğini düşündü, çünkü gerçek hayatta daha önce oraya hiç gitmediğinden emindi. Körfezdeki gezi parkurlarından birinin yakınlarındaki ev, aslında sonradan eve dönüştürülmüş bir Çingene karavanıydı. Kırmızı duvarlı evin tavanı, alçak ve kemerliydi. Evi renklendirmek istercesine, kenarlara ve pencerelere sarı çizgiler çekilmiş, kapının önüne Mistik Leydi'nin keyfine göre gerekirse katlanıp evin içine kaldırılabilecekmiş izlenimi yaratan basamaklar yerleştirilmişti.

Önden giden Kacy basamakları çıkarken, Dante'yse ayak sürüyerek de olsa genç kadını takip etti. Ön kapı açıktı ama arada rengârenk boncukların dizildiği iplerden oluşan bir tür perde olduğu için, içerisi görünmüyordu.

"Girin," diye seslendi çatlak bir ses içeriden. "Sizler Kacy ve Dante olmalısınız."

Dante şaşkınlıkla bir kaşını kaldırıp kız arkadaşının kulağına, "Bunu nereden bildi?" diye fısıldadı. Kacy dalga geçip geçmediğini sorarcasına adama baktı ve ciddi olduğunu anlayınca başını iki yana salladı.

"Telefon açıp randevu aldım, seni budala."

"Ah evet. Doğru ya."

İçine girdikleri oda çok karanlıktı ve o kadar dardı ki Dante kollarını iki yana açacak olsa duvarlara değebilirdi. Her iki taraftaki duvarlarda göz hizasına gelen raflar vardı ve titreşen pembe bir alev odayı aydınlatıyordu.

Gözleri karanlığa alıştığında, karşılarındaki ahşap masanın arkasında, odanın uzak köşesinde, koyu mor bir cüppe giymiş olan Mistik Leydi'nin oturduğunu gördüler. Santa Mondega'da âdetten olduğu üzere, cüppesinin başlığı, kadının yüzünü örtecek şekilde öne indirilmişti.

"Lütfen oturun genç dostlarım," dedi çatlak ses.

"Teşekkürler," dedi Kacy, masanın yan tarafındaki iki ahşap iskemleden birine otururken. Dante de afra tafra yaparak da olsa diğer iskemleye oturdu. Yaşlı kadına bu numaraları yutmadığını göstermek niyetindeydi.

"Geleceği tahmin edebileceğime inanmıyorsun, yanılıyor muyum?" dedi başlığın gizlediği dudaklardan dökülen çatlak ses.

"Konuya at gözlüğüyle bakmamaya çalışıyorum."

"Güzel. Böyle yapmaya devam et evlat, kim bilir belki de kendinle veya Kacy'yle ilgili yeni şeyler öğrenirsin."

"Belki... Geleceğimizi öğrenmek hoş olurdu."

Kadın cüppesinin başlığını indirdiğinde, her yanı siğillerle kaplı yaşlı, kırış kırış yüzü ortaya çıktı. Bakışlarını Kacy'ye doğrultup gülümsedi. Ama bu, bir anlık bir gülümsemeydi. Kızın boynundaki kolyeyi gördüğü anda gülümsemesi kaybolup gitti.

"O mavi taşı nereden buldun?" diye soran kadının sesinde sevecenlikten eser yoktu.

"Efendim?"

"Boynundaki kolye. Onu nereden bulduğunu söyle."

"Kolyeyi o bulmadı," diye araya girdi Dante. "Yıllar önce onu Kacy'ye ben hediye ettim."

"Yalan söylüyorsun!"

"Hayır, doğruyu söylüyorum."

"Bana yalan söyleme. Aptal değilim evlat. Sen de bana aptal muamelesi yapma. Taşı nereden buldunuz?"

Mistik Leydi'nin ses tonundan, yalanlara tahammülü olmadığı anlaşılıyordu. Kacy, seçenekleri gözden geçirdi: Kolyeyi yıllar önce Dante'nin verdiği yalanını sürdürmeli mi, sürdürmemeli mi? Yalan söylemeye gerek olmadığına karar verdi ama artık büyük ihtimalle ölmüş olan sarhoş bir pislikten çaldığını itiraf etmeye de niyeti yoktu.

"Onu bana otel müşterilerinden biri verdi," dedi yaşlı kadına.

Falcı, arkasına yaslanıp Kacy'yi uzun uzun süzdü ve söylediklerinin ne kadarının doğru olduğunu anlamaya çalıştı.

"Taşı nereden aldığının bir önemi yok," dedi sonunda. "Ondan kurtul. O mücevher, şanssızlıktan başka bir şey getirmez."

"Nereden biliyorsun?" diye sordu Mistik Leydi'nin taş hakkında neler bildiğini öğrenmek isteyen Kacy.

"Bana şu kadarını söyle: Taşın, onu sana veren adama bir yararı olmuş muydu? Ona şans getirmiş miydi?"

"Bilmiyorum."

"Tamam, şöyle ifade edeyim Kacy, taşın önceki sahibinin yerinde olmak ister miydin?"

Kacy, başını iki yana salladı.

"Hayır."

"Adam öldü, yanılıyor muyum?"

Soru şeklinde dile getirilmiş olsa da aslında soru değildi. Mistik Leydi, elindeki tüm soruların yanıtlarını bilen bir soru-cevap programı sunucusu gibi, yanıtı zaten biliyordu.

"Onu son gördüğümde hâlâ hayattaydı," diye karşılık verdi kadının blöfünü gören Kacy.

"Mücevheri taşıyan herkes er ya da geç öldürülür. Genellikle, taşı ellerine geçirmelerinden kısa süre sonra işleri biter. Sizin bu taşı aldığınız adam da çoktan öldü."

Dante, kendine rağmen, falcının anlattıklarıyla ilgilenmeye başlamıştı.

"Nereden biliyorsun? Elinde delil var mı?" diye sordu küstahça.

Mistik Leydi'nin Kacy'yi korkutması hoşuna gitmemişti. Kacy, tanıdığı en korkusuz kadındı ama falcıların anlattıklarına inanmak gibi kötü bir huyu olduğu için, yaşlı cadının söyledikleri kızı üzmüştü.

"Hep birlikte kristal küreme bakalım. O zaman olup biten her şeyi size anlatabilirim," diye karşılık verdi yaşlı kadın. Meşe masanın üzerindeki küreyi örten siyah ipek bezi kaldırdı. "Bana bir yirmilik ver, ben de size kaderinizi söyleyeyim."

Eskiden üç gümüş istemezler miydi, diye düşündü Dante. Elini cebine sokup bir yirmilik çıkardı ve masanın Mistik Leydi'nin tarafında kalan bölümüne fırlattı. Kadın bir hamlede banknotu kapıp en sevdiği içkiyi almaya yetecek kadar paraya kavuşan dilenciler gibi giysisinin içinde bir yerlere sokuşturduktan sonra, arkasına yaslanıp derin düşüncelere daldı. Sonunda kendini hazır hissettiğinde, ellerini yavaşça kristal kürenin üstünde dolaştırdı.

Dante ve Kacy şaşkınlıkla, kürenin içine doluşan beyaz dumanları seyrediyorlardı. Ardından dumanlar seyrelip yerini ince bir sis tabakası aldı.

F: 12

Dante sisin içinde bir erkeğin yüzünü gördü. Daha iyi görebilmek için küreye yaklaştı. Mavi taşı çaldıkları adamın yüzüne çok benziyordu.

"Tanrım, bu, Jefe denilen herif," diye fısıldadı Kacy'nin kulağına.

"Adamın adının Jefe olduğuna emin misin?" diye sordu Mistik Leydi.

Falcının sorusuna şaşıran Kacy ve Dante birbirlerine baktılar. Falcı, adamı başka bir adla mı tanıyordu? Kacy'nin soyduğu zavallı pisliğin, iki cüzdan taşıdığı ortaya çıkmıştı. Birindeki kimliğe göre adı Jefe'ydi, otele kaydolurken kullandığı isim de buydu. Ama diğer cüzdanda, Marcus diye birinin kimliği vardı.

"Adı Marcus olabilir," dedi Kacy özür dilercesine. Sanki sırada ne olduğunu anlamıştı.

Mistik Leydi sağa eğilip yerden bir şey aldı. Kadının silah çekmesi ihtimaline karşı tetikte olan Dante'nin bütün vücudu gerildi. Oysa kadın, yerden günün gazetesini almıştı. Gazeteyi masaya, çiftin önüne bıraktı. Birinci sayfadaki manşette, kocaman harflerle şöyle yazıyordu: "SANSAR MARCUS'U HAKLADILAR!"

Dante ve Kacy manşetin altındaki habere göz gezdirdi. Üstte, mavi mücevheri çaldıkları adamın fotoğrafı vardı. Eski bir fotoğraf olmasına karşın pis pis sırıtan gözleri sulanmış adamın o olduğuna şüphe yoktu. Sansar Marcus'un sarhoş olduğu bir akşam –ki Sansar Marcus her akşam sarhoştu– çekilmiş olmalıydı. Haberde Marcus'un nasıl öldüğüyle ilgili detaylara yer verilmese de tatsız bir ölüm olduğunun altı çiziliyordu. Dante, Elvis kılığındaki adamın, otel kapısını bir tekmede açışını hatırladı. Sansar Marcus'u, Elvis öldürmüşse, şimdi de kendisinin ve Kacy'nin peşine düşmüş olabilirdi.

Mistik Leydi kristal küreyi yeniden siyah kumaşla örttükten sonra yirmi doları sakladığı yerden çıkarıp Kacy'ye uzattı.

"Paranızı geri alıp kendinize bir iyilik yapın," dedi alçak sesle. "Birileri ona sahip olduğunuzu öğrenmeden kolyeden kurtulun. Taşın kendine özgü güçleri var ve nereye giderse kötülükleri oraya çekecektir. O, sizde olduğu sürece güvende değilsiniz. Aslında onu aldığınız an hayatınızı tehlikeye attınız. O taşı arayan ve bu uğurda hayatını kaybeden pek çok kişi olmuştur."

Kacy neredeyse titreyen bir sesle, "Taşı bu kadar kötü yapan ne?" diye sorduğunda Dante, genç kadının çok korktuğunu anladı.

"Taşın kendisinde bir kötülük yok," diye devam etti yaşlı kadın. Artık sesi, kulağa yorgun ve çaresiz geliyordu. "Ama O'nu size çekecektir. Sizi arayıp bulacaktır. Taşı ele geçirene kadar, kimsenin kendisini durdurmasına izin vermez."

"Kim?"

"Bilmiyorum, bilmek de istemiyorum. Eğer kim olduğunu bildiğimi düşünseydi, benim de peşime düşerdi."

"Elvis kılığında dolaşan birinden bahsetmiyorsundur umarım," dedi Dante. Yaşlı cadı sinirlerini bozuyordu.

Mistik Leydi'nin kaşları çatıldı. "Onu nereden tanıyorsunuz?" diye fısıldadı.

"Marcus'u onun öldürdüğünü düşünüyoruz," diye fısıldadı Kacy.

Yaşlı kadın masanın üstünden onlara doğru eğilip alçak sesle konuştu. "Siz ikiniz haberleri hiç izlemez misiniz?" diye sordu çatlak sesiyle. "Elvis öldü."

"Hayır," diye karşılık verdi Dante gülerek. "Bu Elvis gibi görünen bir adamdı, Elvis'in kendisi değil."

Falcı küçümseyen bir tavırla başını salladı. "Nerede oturuyorsunuz?" diye sordu.

"Sana ne?" diye karşılık verdi bu sorudan hoşlanmayan Dante. Ancak Kacy, bu bilgiyi vermekten bir rahatsızlık duymadı.

"Dün bir motele yerleştik."

"Önceden, Shamrock diye bir apartmanda mı oturuyordunuz?"

"Evet, nereden bildin?" diye sordu Dante. Mistik Leydi adlı bu falcı, Kacy'nin geçmişte kendisini sürüklediği diğer falcıların aksine bir sürü şeyi tutturmuştu.

Yaşlı kadın arkasına yaslanıp bütün dişlerini ortaya çıkaran bir gülümsemeyle adama baktı.

"Çünkü haberleri izliyorum ve radyoyu dinliyorum," dedi. "Elvis'in cesedini bu sabah orada buldular."

"Ne?"

"Bahsettiğiniz adam, şu Elvis taklitçisi yok mu? İşte o ölmüş. İzinizi sürmüş olmalı ama başka biri onu mıhlamış. Ceset dairenizde bulunduğuna göre, ikisi orada karşılaşmıştır. Onun yerinde siz de olabilirdiniz."

Duydukları, Dante'nin hiç hoşuna gitmedi. Kendini bayılacakmış gibi hissediyordu. Son haberler onu şok etmiş, dahası endişelendirmişti. Hem de çok. Anlatılanları içinden değerlendirdi: Biri Elvis'in izini sürüp işini bitirmişti, hem de büyük ihtimalle Kacy'yle kendisindeki mavi taşı almak için. Ama bir ihtimal daha vardı. Birileri, Kacy'nin Sansar Marcus'u soyduktan sonra diğer odalardan birinden aldığı çantayı arıyor olabilirdi. Taştan kurtulmak iyi fikirdi ama içinde ellilik banknotlar halinde yüz bin dolar buldukları çantadan kurtulmak söz konusu olamazdı. Dante katillerin mavi taşın mı yoksa paranın mı peşinde olduklarını bilmiyordu ama Santa Mondega'dan gitmenin akıllıca olacağı kafasına yatmıştı.

"Kahretsin. Hadi Kacy, gidelim. Lanet taşı çok geç olmadan bir emanetçi dükkânına bırakalım."

"Tamam tatlım."

Dante'yi veya Kacy'yi bir daha asla göremeyeceğini bilmek için, yaşlı kadının kristal küresine bakmaya ihtiyacı yoktu. Kötülüğün güçleri, Ay'ın Gözü'ne sahip olan herkesin izini sürerdi ve taşı ele geçirene dek durmayacaklardı. Bu ikisi, gün bitene kadar sağ kalırlarsa şanslıydılar.

Yirmi Beş

Kyle ve Peto, Santa Mondega International Hotel'e kaydolduklarında personelin nezaketi onları çok etkilemişti. Otel müdürü, görevlilerden birinin bagajlarını onlar adına odaya taşımasında ısrar etmiş ama Kyle o zaman bile, hem otel müdürünün hem de görevlinin iyi niyetli insanlar olduklarına inanmasına karşın, yanlarında getirdikleri siyah çantanın sapını sıkı sıkı tutmayı bırakmamıştı. Otel müdürüne çantanın tüy kadar hafif olduğunu ve içinde dua kitabı ve bir çift sandaletten başka bir şey bulunmadığını söylemiş ve onu görevliye vermeyi reddetmişti.

Kyle'ın Peto'ya sürekli hatırlattığı bir şey varsa, o da tanıştıkları hiç kimseye güvenmemelerinin gerekliliğiydi. Bu yüzden otel çalışanlarına güvenmeyi isteseler de çantayı yanlarından ayırmadılar ve odaya kadar kendilerine eşlik eden görevli anahtarı teslim edip dışarı çıktığında, çantayı yatağın altına sakladılar. Kyle, Peto'ya çalacak değerli şeyler arayan birinin son bakacağı yerin, yatağın altı olacağını söyledi. Belli ki Kyle, yeterince televizyon izlemiyordu. İzleseydi, değerli bir şeyin saklanabileceği en kötü yerin yatağın altı olduğunu bilirdi. Otel müşterilerinin eşyalarını çalmaya hevesli hizmetçiler, ilk olarak yatağın altına bakar.

Kyle ancak şimdi, Peder Taos'un kimseye güvenmemeleri ve parayı gözlerinin önünden ayırmamalarıyla ilgili talimatlarının önemini anlıyordu. Kyle, bilge keşişin öğütlerini aklında tutmuş ve Peto'ya da aynısını yapmasını söylemişti. Ama hayır, son olayda çömezinin hiçbir suçu yoktu. İtiraf etmekten nefret etse de çantayı yatağın altına saklamak Kyle'ın fikriydi. Ancak şimdi otel odasından çıkıp Tapioca adlı bara giderken, kapıyı arkalarından kilitlemelerinin yeterli olacağına inanmakla büyük hata ettiğini anlıyordu. Sonuç olarak, artık yatağın altında hiçbir şey yoktu. Ne çanta, ne de içindeki yüz bin dolar. Soyulmuşlardı. Üstelik kimin tarafından soyulmuş olabileceklerini bilmiyorlardı.

"Kyle, böyle bir şeyi kim yapar?" diye sordu sesinden üzüldüğü anlaşılan Peto, bininci kez yatağın altını kontrol edip bir kere daha çantanın orada olmadığını gördükten sonra. Kyle, çantayı kimin aldığını bilmiyordu.

"Hubal'ın ötesindeki dünyada gördüklerimden anladığım kadarıyla, hemen herkes bunu yapmış olabilir. Buralarda kimsenin vicdanı yok, doğru ile yanlış arasındaki farkı bilmiyorlar. Başımız büyük belada Peto. O para, dış dünyada iş yapmamızın tek yoluydu. Şimdi Ay'ın Gözü'nü geri almak istiyorsak, bizim de herkes gibi hırsızlık yapmamız gerekecek."

Peto kulaklarına inanamadı. Çantayı aramayı bırakıp çaresizlik içinde pencerenin önündeki koltuğa yığıldı. Kyle, varoluşlarının temeli olan prensipleri çiğnemekten bahsediyordu. Üstelik tek önerisi buydu, çünkü aklına başka bir alternatif gelmemişti. Durum ciddiydi.

"Hırsızlık yaparsak, kuralları çiğnemiş oluruz," dedi dehşet içinde. "Bize öğretilen her şeyi bir kenara fırlatmaktan bahsediyorsun."

"Evet, öyle," dedi Kyle dalgın bir sesle. "Kendilerine verilen görevleri yerine getirmek için Hubal'dan ayrılan diğer keşişlerin de başına bu gelmiş olmalı. Onun için aramıza dönemediler. Sanırım şimdi, Göz'ü geri almak için seçilen kişiler olmanın nasıl bir fedakârlık gerektirdiğini öğrenmiş olduk."

"Hırsızlık yapmadan Göz'ü geri almanın bir yolu olmalı. Olmak zorunda!" diye ısrar etti Peto.

"Birilerinin, taşı bedavaya almamıza yardım edeceklerine inanıyor musun? Rahatlıkla elli bin dolara başkasına satabilecekken, onu bize kim getirir?" Yüzünü ovalayıp yorgun gözlerini ovuşturdu. "Hayır Peto, seçme şansımız yok," diye devam etti. "Bize öğretilenleri bir kenara bırakmalıyız. Taşı geri almak istiyorsak, kutsal yeminlerimizi çiğnememiz gerekecek."

"Yani içki ve sigara içmeye, küfretmeye, kumar oynamaya ve kötü kadınlarla yatmaya mı başlayacağız?" diye sordu Peto.

"Çok televizyon izliyorsun Peto. Şimdilik, bahsettiğin o yeminleri bozmamız gerekmiyor. Ama yalan söylememiz ve hırsızlık yapmamız gerekebilir," diye yanıtladı Kyle, keşiş kardeşini.

Bir zamanlar para dolu çantayı altına sakladıkları çift kişilik yatağa oturan Kyle, başını ellerinin arasına aldı. Hubal'ın kutsal kanunlarını çiğnemek mi? Kendilerine verilen görevin bunu gerektirmesinin ihtimal dahilinde olduğunu bilse de yola çıktıklarında aklındaki bu değildi.

"İyi ama kurallardan ha birini çiğnemişiz ha hepsini. Sonuçta bir tek kuralı çiğnesek de Hubal'dan sürülmeyecek miyiz? Öyleyse hepsini birden çiğnemek neyi değiştirir?"

diye fikir yürüttü Peto. "Ayrıca zaten birini vurdum – o pisliği öldürdüm."

"O sayılmaz," diye çıkıştı Kyle. "O bir kazaydı."

Artık Kyle da duygularını kontrol etmekte güçlük çekiyordu. Peto onu daha önce hiç böyle görmemişti. Tüm paralarını kaybetmenin akıl hocasını dertlendirdiği açıktı ve hayatı boyunca uyduğu kurallardan birini çiğneme fikri, ona kendini daha da kötü hissettirmişti. Diğer taraftan Peto, kuralları çiğneme fikrine çabucak alıştı. Doğrusunu söylemek gerekirse, bu fırsat hoşuna bile gitti. Aklında bu düşünceyle birden ayağa fırladı.

"Lanet olsun Kyle, mini bar nerede?" diye sordu meydan okurcasına.

"Hey! Kendine hâkim ol Peto," dedi keşişin peşinden ayağa fırlayan Kyle. "*Bazı* kuralları çiğnemek zorunda kalabileceğimizi söyledim, daha hiçbir şey kesin değil. Küfretmen konusunda yapılacak bir şey yok ama şimdilik bu kadarla kal, tamam mı? Ancak Ay'ın Gözü'nü geri almak uğruna yalan söylediğin ve hırsızlık yaptığın için Hubal'dan sürülürsen, diğer yeminleri bozmayı, örneğin içki içmeyi düşünebilirsin."

Peto hayal kırıklığına uğramıştı. Sanchez'in barındaki sarhoşları gördüğünden beri, içki içmenin nasıl bir şey olduğunu merak ediyordu. İçten içe Kyle'ın asla mini bara dokunmasına izin vermeyeceğini bilse de bunu düşünmek bile kendini daha canlı hissetmesini sağlamıştı. *Lanet olsun* demenin bile özgürleştirici bir yanı vardı.

"Haklısın Kyle, elbette haklısın ama söyleyeceklerimi bir dinle. Ay'ın Gözü'nü onu çalan pezev ve... yani hırsızdan geri almak istiyorsak, bence onlar gibi davranmalıyız. Böylece, nasıl düşündüklerini çözmüş olmaz mıyız?"

"Elbette onlar gibi davranmanın onları anlamamıza yararı olacaktır ama acele etmemeliyiz. Aklımda, içki içmekten daha akıllıca şeyler var."

"Aklındaki ne Kyle?"

"Hangi alanlarda güçlü olduğumuzu unutmayalım." Kyle'ın bir planı olduğunu hissetmek Peto'yu rahatlattı. "Dövüş sanatlarında iyiyiz, birini soymaya kalksak ya da para için dövüşsek sorun yaşamayız. Öyleyse bunlara konsantre olmalıyız."

"Gerçekten birilerini soyarak, yüz bin doları toplayabileceğimizi mi düşünüyorsun?"

Kyle ellerini beline koyup ilham gelmesini beklercesine tavana baktı. "Hayır, büyük ihtimalle toplayamayız ama bu da bir başlangıç," dedi. "Şimdi hiç paramız yok. Yani ilk işimiz, bir yerlerden para bulmak olmalı."

"Birilerini soymaktan başka bir seçeneğimiz var mı?" diye sordu, yemek alacak kadar paraları bile kalmadığını ancak şimdi kavrayan Peto.

"Yok. Birilerini soymak zorundayız, sonra elde ettiğimiz parayı alır ve bir şekilde kullanırız. Tapioca'dakilerin, gezici panayırın kasabaya geldiğinden bahsettiğini duydum. Doğru anlamışsam, orada paramızı birkaç katına çıkarabiliriz."

"Kumar mı oynayacağız?" Peto'nun gözleri parladı.

"Hayır. O, en kutsal kurallardan birini çiğnemek olur. Biz paramızı ve aklımızı kullanıp daha fazla para elde etme-

ye çalışacağız; kendimizi zenginleştirmek için değil, insanlı-
ğın çıkarları uğruna."

"Kulağa hoş geliyor," diyen Peto gülümsedi.

"Güzel. Şimdi biraz televizyon izleyip yarınki güneş tu-
tulmasından önce dışarıdaki dünya hakkında bilgi edinelim."

"Tamam. Televizyonda ne oynuyor?"

"Bernie'de Hafta Sonu."

"Kulağa hoş geliyor."

Yirmi Altı

Jensen bütün günü ofiste bilgisayarının başında geçirmiş ama uzun süre herhangi bir sonuç alamamıştı. Bilgisayarından, halkın mahremiyetinin çiğnenmesi olarak yorumlanabilecek pek çok bilgiye ulaşabiliyordu ama üst düzey hükümet görevlileri dışında kimse bunu bilmediğinden, kimin ne söyleyeceğini düşünüp dertlenmesi gereksizdi. Pes etmedi ve araştırmayı sürdürdü. Sonunda tam umudu kesecekken, aradığı bağlantıyı buldu. Ölümlerini araştırmakla görevlendirildiği beş cinayet kurbanıyla ilgili verileri incelemiş ve saatler süren çileli araştırmanın ardından, en sonunda bir şeylere ulaşmayı başarmıştı.

Üstelik iyi bir ipucu yakalamıştı. Çok iyi. Jensen'ı işinin en iyilerinden biri yapan işte bu özelliğiydi: Bütün detayları araştırdıktan sonra bir şey çıkmayacağını düşünse de hiçbir ihtimali, kontrol etmeden elemezdi. Kurbanların iş kayıtlarından hiçbir şey çıkmamıştı. Kurbanların düzenli olarak gittikleri yerlerden de bir şey elde edememişti. Tanıdıklar? Hiç. Öyleyse Jensen, beş kurbanı birbirine bağlayan ne bulmuştu?

Somers bütün sabah dışarıdaydı, tahminen ipucu peşinde koşmuş ve bolca kahve içmişti. Elinde kahveyle ofise döndüğünde, masasını işgal etmiş olan ve ukala ukala sırıtan Miles Jensen'la karşılaştı.

"Umarım koltuğuma oturmak için iyi bir nedenin vardır," dedi kahveyi masaya bıraktıktan sonra normalde Jensen'ın oturduğu koltuğa geçen Somers. "Halinden memnun görünüyorsun."

"Bugünün sorusu, korku filmlerinden," dedi Jensen gülümseyerek. "*Kopya Cinayetler* mi *Halka* mı?"

"*Halka* tabii ki." Somers, yanıtlarken hiç tereddüt etmemişti. "*Kopya Cinayetler* ikinci sınıf bir seri katil filmiydi ve bu tür filmlerden anlayan biri, katilin kim olduğunu daha birinci sahnede çözerdi."

"Gerçekten mi?" Jensen şaşırmıştı. "Filmin ilk sahnesini hatırlamıyorum."

"Nasıl unutursun? O dönemde yıldızı parlayan oyunculardan olan William McNamara, birinci sahnede figüranların arasındaydı. O sahneyi gördüğüm anda, önceden başrol oynayan bir adamın figüranların arasında ne aradığını düşünmüş ve katilin o çıkacağını tahmin etmiştim. Haklıydım. Ama filmi mahveden o sahne değildi, Yönetmenin beceriksizlikleriydi."

"İtiraf etmeliyim ki *Kopya Cinayetler*'in orijinal fikirler içeren hoş bir film olduğunu düşünmüştüm. Ama adı oldukça vasattı."

"Eminim *Halka*'dan iyi olduğunu düşünmemişsindir, yoksa sence öyle mi?" diye sordu Somers.

"*Halka*'yı çok zorlama buluyorum. Hikâye bana inandırıcı gelmemişti. Gerçek olabileceğini düşünmedim. Daha doğrusu, yirmi dakika öncesine kadar düşünmüyordum. Şimdi fikrimi değiştirdim."

Somers başını yana yatırdı ve düşündüğü zamanlarda yaptığı gibi ağarmış saçlarını sıvazladı. Meraklanmıştı. "Devam et. Ne buldun? Bana kurbanların hepsinin bir kaset izlediğini ve sonraki yedi gün içinde öldüğünü mü söyleyeceksin?"

"Tam olarak değil," diyen Jensen, adamın önündeki masaya bir yığın evrak fırlattı. Somers uzanıp onları eline aldı. "Bunlar da ne?" diye sordu.

"Kütüphane kayıtları."

"Kütüphane kayıtları mı?" Kâğıtları eli yanmış gibi masaya bıraktı.

"Evet. Beş kurbanın beşi de şehir kütüphanesinden aynı kitabı almış. Bu kitabı bugüne dek alan sadece beş kişi var. Yani onu okuyan herkes öldü."

Somers ikna olmuş görünmüyordu. "Ya bu kitabı elinde bulunduran diğer kütüphaneler ve kitapçılar?" diye sordu. "Eminim ki katilimiz bu kitabı satın alan veya başka bir kütüphaneden edinen herkesi öldürmemiştir."

"Kitabın ne olduğunu öğrenmek istemiyor musun?" Jensen, Somers'ın ilk olarak bunu sormamasına şaşırdığını ima etmek istercesine kaşlarını havaya kaldırdı.

"Dur tahmin edeyim. Victoria Beckham'ın otobiyografisi mi?"

"Hayır. Öylesi, ancak cinayet değil intiharlarla uğraştığımızda mantıklı olurdu."

"Haklısın," diyerek gülümsedi Somers. "Devam et. Kitap neymiş?"

Jensen öne eğilip Somers'ın önündeki kâğıtlardan en üstte olanı işaret etti. Ortağı, kâğıdı eline alıp listeyi gözden geçerdi.

"*Kutsal Blues?*"

"Hayır, bir altındaki," dedi Jensen, parmağıyla satırı işaret ederek.

"*Utanç Verici Keçi?*"

"Hayır," diyen Jensen, parmağını kâğıda bastırdı. "Bir üstündeki."

Somers bir üstteki isme baktı. Suratı asıldı. Derken, jeton ancak şimdi düşüyormuş gibi yeniden listeye bakıp kaşlarını çattı. Gözlerini Jensen'ın işaret ettiği satıra dikti. İlk bakışta *Kutsal Blues*'un hemen ardından *Utanç Verici Keçi* geliyormuş gibi görünüyordu. Ancak dikkatli bir göz, ikisi arasındaki satırın boş olduğunu ve boşluğun sağ tarafına yazar adı olarak "Anon." yazıldığını görebilirdi.

Kutsal Blues	Sam McLeod
	Anon.
Utanç Verici Keçi	Richard Stoodley
Hayat Oyunu	Ginger Taylor

"Adı olmayan bir kitap mı?" diye sordu Somers.

"Öyle sanıyorum," dedi Jensen. "Üstteki kâğıt, Kevin Lever'ın aldığı kitapların listesi. Alttakilerse diğer kurbanların. Hepsi, anonim bir yazar tarafından yazılmış adsız bir kitabı almış. O kitabın ne olduğunu öğrenmeliyiz."

"Jensen, sen bir dâhisin."

"Hayır, sadece çoğu kişinin, özel hayatın ihlali olarak görecekleri bir sürü bilgiye erişme yetkisine sahibim."

Somers, heyecandan yerinde duramıyordu. "Söylediğin doğru olabilir dostum," dedi. "Ama doğru amaçlar uğruna kullanıldığında, bu bilgiler hayat kurtarabilir. Kurbanlarının gözlerini oyup dillerini kesen bir katil ortalarda dolaşırken özel hayatın ihlali diye bir şey söz konusu olamaz." Özlü sözleri andıran ağdalı bir laf etmiş olsa da haksız sayılmazdı.

"Buna itiraz edemem."

Somers diğer kurbanların kütüphaneden aldıkları kitapların listelerine göz gezdirdi. Sadece beş liste vardı – Jensen kitaptan bahsettiğinde, dikkat etmediği bir detay. Arkadaşının keyfini kaçırmak istemese de sormak zorundaydı. "Ya Thomas ve Audrey Garcia? Ya Elvis? Onların kitapla bir bağlantısı var mı?"

"Sorunlarımızdan biri de bu," dedi Jensen üzgün bir ses tonuyla. "Üçü de kütüphaneye üye değil. Kitap falan almamışlar. Yani katilin onları öldürmesinin başka bir nedeni olmalı. Elvis'i neden öldürdüğünü biliyoruz, bu yüzden onu unutabiliriz."

Somers başını iki yana salladı. Emin olmak zorundaydılar. "Belki aynı kitabı almalarının hiçbir önemi yoktur. Belki kütüphane kayıtlarındaki bir hatadan ibarettir. Bilirsin, biri kitabın adını yazmayı unutmuştur. Belki kütüphane kayıtlarına bakarsak, sistemde adı olmayan veya yazar adı girilmemiş bir sürü kitaba rastlarız. Kim bilir..."

Jensen onun sözünü kesti. "Hayır. Sana söyledim. Bütün kayıtlara baktım. Yazarı anonim olan adsız kitabı, şehir kütüphanesinden topu topu beş kişi almış. Hepsinin ölmesi tesadüf olamaz. Belki Tom ve Audrey kurbanlardan birini tanıyordu ve kitabı onlardan ödünç almışlardı."

"Kurbanlar arasında başka bir bağ olup olmadığını araştırdın mı?"

"Evet. Bir şey bulamadım ama araştırmayı sürdürürsem ne çıkacağını kim bilir?"

"O zaman eşelemeyi sürdür Jensen. Katili bulana kadar durma. Hey! Neler oluyor?"

Jensen, Somers'ın koltuğuna oturmuş onunla sohbet ederken, arada bir bilgisayarın düğmelerine basıyordu. Sonra kafasını kaldırıp ekrana baktı. Neredeyse küçükdilini yutacaktı.

"Somers," dedi heyecan içinde. "Katili bulmaya çok yaklaşmış olabiliriz!"

Somers doğrulup kitap listelerini masaya bıraktı. "Ne buldun?" diye sordu ortağına.

"Buna inanamayacaksın. Kayıtlara göre, sohbet ettiğimiz sırada biri adsız kitabı aldı. Artık elimizde bir ipucu var!"

Heyecanını güçlükle kontrol altında tutun Somers ayağa fırladı. "Kim? Adı ne?"

Jensen bilgisayarının ekranına baktı. "Bir kadın. Adı Annabel de Frugyn."

"Annabel de Frugyn mi? Bu ne biçim isim böyle?"

"Bana soracak olursan aptalca bir isim. Bekle de adresi var mı diye bakayım."

Jensen klavyenin tuşlarına bastı. Ne zaman enter tuşuna bassa biraz daha canı sıkılıyor, yazmaya ara verip kaşlarını çatarak ekrana bakıyordu.

"Ne oldu? Adresi yok mu?" diye sordu sabırsızlanan Somers.

Jensen onu duymamış gibi yaptı, otuz saniye daha bilgisayarın tuşlarına basıp kendi kendiyle konuşmayı sürdürdü. Arada bir kaşlarını çatıyordu. Sonunda soruyu yanıtladı. "Yok, hiçbir şey bulamadım. Annabel denilen bu kadının adresi yok. İnanamıyorum: Yazarı anonim, adı olmayan bir kitap, adresi olmayan biri tarafından alındı. Bunun olması ihtimali nedir?"

Somers başını iki yana sallayıp Jensen'a doğru eğildi. Masayı iki tarafından o kadar sıkı tutuyordu ki parmakları bembeyaz olmuştu. Artık kaybedecek bir saniyeleri bile yoktu.

"Kitabı elinde tuttuğu her saniye, Annabel de Frugyn'in hayatta kalma şansı biraz daha azalıyor. Öldürülmeden önce onu bulmalıyız. Sen bilgisayar başında oturup adresi aramayı sürdürebilirsin. Ben eski yöntemlere başvurup birkaç kişiye kadını tanıyıp tanımadıklarını soracağım. Birileri mutlaka bu Annabel de Frugyn'in kim olduğunu biliyordur. Dua et ki John Smith adında birini aramıyoruz."

"Tamamdır," dedi Jensen. "Adresi ilk bulan kazanır. Kaybeden de içkileri ısmarlar anlaştık mı?"

Somers çoktan kapıdan dışarı çıkmıştı.

"Kahve istiyorum. Sütsüz, iki şekerli," diye homurdandı çıkarken.

Yirmi Yedi

Dante ve Kacy doğrudan emanetçi dükkânına gidip taştan kurtulmayı planlamışlardı ama ufak bir sorunla karşılaştılar: Dükkân kapalıydı. Şimdi ne yapmalıydı? O kadar kıymetli bir taşı fırlatıp atmak aptallık olurdu.

Dante'nin aklına gelen en iyi fikir, onu Santa Mondega Sanat ve Tarih Müzesi'nde çalışan bir tanıdığına götürmekti. Profesör Bertram Cromwell, Dante'nin babasının eski bir arkadaşıydı ve zamanında oğlana müzedeki işi de o bulmuştu. Dante, orada çalıştığı kısa dönemde Bertram Cromwell'ı sevmeye başlamış ve ancak kötü kader olarak nitelenebilecek vazo parçalama olayından sonra, adamı hayal kırıklığına uğrattığı için büyük suçluluk duymuştu. Ama Cromwell oğlana kin gütmedi ve hatta oteldeki işe başvurduğu zaman, ona referans verecek kadar nazik davrandı. Kuyruğunu bacaklarının arasına kıstırıp Ohio'daki evine dönmekten onun sayesinde kurtulduğunu bilen Dante, sonsuza dek profesöre minnettar kalacaktı.

İlk karşılaşmalarında Dante, elinde olmadan, Cromwell'ın tam da kitaplardaki profesörler gibi göründüğünü düşünmüştü. Düzgün taranmış kır saçları ve yardımcılarıyla konuşurken üstünden bakmayı alışkanlık haline getirdiği ince çerçeveli gözlüğüyle, "entel" dendiğinde Dante'nin aklına gelen tipti. Adamın hepsi birbirinden ince detaylarla ayrılan, terzi elinden çıkma yüzlerce takım elbisesi vardı. Tahminen altmışına merdiven dayamıştı ama kendinden on yaş genç birini dahi alt edebilecek kadar dinç görünüyordu. İyi eğitimli olduğu açıkça ortadaydı ve her zaman kibardı. Arkadaşça davrandığında veya öğüt verdiğinde, size tepeden baktığı hissine kapılmazdınız. Dante, zengin veya zeki olsa, onun gibi biri olmayı isterdi. Ama şimdilik yoksul ve kurnaz biri olmakla yetinmek zorundaydı ki böylesi de, kesinlikle hem zengin hem zeki olmakla aynı şey değildi.

Santa Mondega'daki en büyük binalardan biri olan müze, anacaddedeki bütün bir bloku kaplıyordu. Resmi bina mimarisine uygun olarak inşa edilen yapının eni de neredeyse boyu kadar vardı. Sekiz katlıydı. Ön tarafta dünya ülkelerinin bayrakları bulunurdu. Santa Mondega Sanat ve Tarih Müzesi'nin etkileyici yanlarından biri de, ister paha biçilemez bir sanat eseri olsun ister basit bir deniz kabuğu, içinde her ülkeden bir şeyler bulunmasıydı.

Dante ve Kacy, binanın ön tarafındaki üç beyaz basamağı çıkıp resepsiyona açılan döner kapılardan içeri girdi. Profesör Bertram Cromwell, resepsiyonun sol tarafındaki resimlerle dolu geniş odadaydı. Bir grup öğrenciye müzeyi gezdirme işini tamamlamak üzereydi. Sayıları on beşi bulan öğrenciler sürekli olarak fotoğraf çekiyor ve Cromwell'ın anlattıklarını dinlemek yerine kendi aralarında fısıldaşıyorlardı. Dante, adamın duruşundan, turun sonuna geldiklerini anladı. Profesörün, anlatılanları dinlemeyen cahil turistlere müzeyi gezdirmekten ne kadar nefret ettiğini bilirdi ama işinde de profesyonel olduğu için, müzeyi gezdirdiği insanlarla tek bir bilgiyi dahi paylaşmayı ihmal etmeden görevini tamamlardı. Yine de profesörün, bu turun bitmesini ve patlayan flaşların işkencesinden bir an önce kurtulmayı istediği görülüyordu.

Profesör, Dante ve Kacy'nin müzenin girişinde durduklarını fark ettiğinde, işi bitene dek oturmalarını işaret etti. İkili, resepsiyon tarafındaki krem rengi minderli kanepeye oturdu. Giriş holü gerçekten etkileyiciydi. Dante ve Kacy'nin son kiraladıkları üç dairenin toplamından bile büyüktü. Müze, yüksek tavanlı bir yapı olduğu için, girişin yüksekliği de on metreyi buluyordu. Ve müze, Santa Mondega'daki en iyi havalandırmaya sahip olduğundan, içerinin havası serin ve temizdi.

Kanepeden kemerli kapının ötesini ve müzenin geniş koridorlarından ilkini görebiliyorlardı. Resimlerle dolu duvarların arasındaki camekânlarda daha ufak parçalar sergileniyordu. Sergilenenlerin hiçbiri, Dante'nin veya Kacy'nin gözüne kıymetli veya ilginç görünmedi. Ama Dante, Cromwell'a olan saygısından ötürü, her zaman sergilenen nesneleri takdir ediyormuş gibi davranmaya özen gösterirdi. Resimlerden birini seçip, onun aracılığıyla aktarılması planlanan mesajı çözmeye çalışıyormuş gibi gözlerini üzerine dikti. Dürüst olmak gerekirse, en sevmediği akımdandı. Dante'ye göre, iyi resim dediğin fotoğrafa benzerdi. Karşısındaki resimse, rasgele birbirine girmiş renklerden ibaretti. Orada saklı bir güzellik varsa bile, Dante'nin kafası basmıyordu.

En nihayetinde öğrenciler koşarak binadan çıktığında Dante kanepeden kalktı ve elini tutup yarım adım gerisinden gelen Kacy'yle beraber Cromwell'ın yanına gitti.

"Selam Cromwell. Nasıl gidiyor?" diye sordu Dante, sahte bir neşeyle.

"Çok iyiyim Bay Vittori. Sizi yeniden görmek ne güzel. Elbette sizi de Bayan Fellangi. Sizin için ne yapabilirim?"

"Cromwell, tesadüfen değerli olabilecek bir şey bulduk, bilirsin işte, bir şekilde bunu paraya dönüştürmeyi umuyoruz. Bizim için ona bir bakarsan seviniriz."

Bertram Cromwell gülümsedi. "Bulduğunuz şey yanınızda mı?"

"Evet, ama onu gösterebilmemiz için baş başa olacağımız bir yere geçebilir miyiz?"

"Aslında oldukça meşgulüm Dante."

"İnanın bana profesör, bunu görmek isteyeceksiniz."

Profesör bir kaşını kaldırdı. Tüm bunların vakit kaybı olmayacağına ikna olmuş görünmüyordu ama gönüllerini hoş tutmadan, onları yollayamayacak kadar kibar biriydi.

"Demek gerçekten özel bir şey buldunuz? Lütfen peşimden gelin. Ofisime geçelim."

Dante ve Kacy, Cromwell'ın peşinden dakikalarca, labirenti andıran koridorlardan geçtiler. İlerlerken bir yandan resimlere bakıyor bir yandan adamla havadan sudan konuşuyorlardı. Dante'nin müzede çalışmasının üzerinden çok az zaman geçmişti, buna karşın sergilenen eserlerin hiçbirini hatırlamıyordu. Sanat sevmezdi ve tarihi parçalarla da ilgilenmediği için, geri dönüş yolunda da eserlerin hiçbirini hatırlamayacağı üzerine bahse girilebilirdi.

Diğer taraftan Kacy, yanından geçtikleri her parçaya dikkat ediyor ve hepsini ezberlemeye çalışıyordu. Sergilenen eserlerle ilgilendiği için değil, çıkış yolunu bulabileceğine emin olmak istediğinden. Bertram Cromwell'la tek bir kez karşılaşmışlardı ve genç kadın, adam hakkında bir karara varamamıştı. Dante'yle birlikte aniden kaçmak zorunda kalmaları ihtimaline karşı, temkinli davranmaya ve geçtikleri yolu ezberlemeye karar vermişti. Mistik Leydi'yle yaptıkları görüşme onu paranoyaklaştırmıştı ve tanıştıkları herkesten şüpheleniyordu.

Böyle düşünmekte haklıydı da.

Yirmi Sekiz

Cromwell'ın ofisi yerin bir kat altındaydı. Sahibini gurur-landıracak türden geniş ve ferah bir odaydı. İçeri girildiğin-de ziyaretçilerin dikkati ilk olarak kapının tam karşısındaki, on dokuzuncu yüzyıldan kalma cilalı meşe masaya ve deri kaplama geniş koltuğa kayıyordu. Masayla kapının arasında, deri kaplama olmakla birlikte, ilki kadar gösterişli olmayan iki deri koltuk vardı. Profesör masanın başındaki yerini alır-ken, Dante ve Kacy de bu koltuklara geçip hikâyelerini an-latmaya hazırlandılar.

Dante odaya da içindekilere de fazla bir ilgi göstermese de Kacy ofisin ihtişamından etkilenmişti. İki duvar, taban-dan tavana kitaplarla kaplıydı. Raflar da masa gibi meşeden-di. Diğer iki duvar da koyu renk parlak ahşapla kaplanmış, üzerlerine büyük büyük resimler asılmıştı. Resimlerin hep-sine koyu renkler hâkimdi. Tek birinde bile açık bir renk yoktu. Eğer duvarın içine yerleştirilen ısıtma sisteminden ya-yılan sıcaklık ve muhteşem avizeden gelen ışık olmasa, çok korkutucu bir oda olurdu, diye düşündü Kacy.

Cromwell bir iki saniye kadar koltuğunda kıpırdandı, ra-hat bir pozisyon buldu ve ellerini birleştirip bir süre parmak uçlarını birbirine vurarak ritim tuttuktan sonra ikiliye bakıp gülümsedi. Önce Dante'ye, sonra Kacy'ye. İkisi de adamın zamanının ne kadar değerli olduğunu anlıyormuş gibi görünmedikleri için, onlardan birinin sohbeti açmasını beklemektense doğrudan konuya girmeyi tercih etti.

"Pekâlâ Dante, şu kıymetli parçayı görebilir miyim?"

Kacy, Dante'nin onayını bekledi. Dante hafifçe başını salladı. Genç kadın kolyenin klipsini çözdü. Cromwell masanın diğer tarafından elini uzatınca, genç kadın kolyeyi onun avucuna bıraktı. Avucuna bırakılan şeye gözlerini diken profesör, birkaç saniye heykel gibi donup kaldı. Yüzündeki ifadeden, avucundaki mücevheri tanıdığı anlaşılıyordu. Gözleri parladı, bir an yüzünde Noel hediyelerini alan çocuklarınki gibi heyecan dolu bir ifade belirdi. Sonunda, mücevherden etkilendiğini belli edecek kadar uzun süre ona bakmasının ardından, parçayı yüzüne yaklaştırıp yakından inceledi.

"Ne düşünüyorsunuz?" diye sordu Kacy merakla.

Cromwell onu duymazdan gelip sol eliyle çekmecelerden birini açtı. Bir şeyi ararcasına elini çekmecede dolaştırdıysa da gözlerini mücevherden ayırmıyordu. Birkaç saniyelik çilenin ardından çekmeceden küçücük bir büyüteç çıkardı ve sonraki otuz saniye boyunca, taşı mümkün olan her açıdan inceledi.

"Eee?" diye sordu Kacy tekrar, utana sıkıla.

Cromwell kolyeyi ve büyüteci masaya bırakıp burnundan derin bir nefes aldı.

"Kıymetli olduğu doğru," diye mırıldandı profesör, kendi kendine konuşur gibi alçak sesle.

ANONİM

"Sence ne kadar eder?" diye sordu Dante. Profesörün garip tavırları onu umutlandırmıştı.

Cromwell koltuğunu döndürüp ayağa kalktı. Sol tarafındaki kitaplarla kaplı duvarın yanına gitti. Parmaklarını kitapların sırtında dolaştırıp göz hizasının altındaki raflarda duran eserleri gözden geçirdi. Sekiz dokuz kitaba dokunduktan sonra, eli siyah ciltli kalın bir kitabın üzerinde durdu. Kitabı raftan alıp koltuğuna döndü.

"O mavi taş, dünyadaki en değerli mücevher olabilir," dedi, söylediklerinin anlamını kavrayıp kavramadıklarını görmek için Dante ve Kacy'ye bakarak.

"Harika," dedi Dante. "Onu nerede satabiliriz?"

Cromwell hafifçe iç çekti. "Satabileceğinizi sanmıyorum," dedi nazikçe.

Dante hayal kırıklığını saklamaya çalıştıysa da başaramadı. "Hah! Çok güzel. Neden satamazmışız?"

"İzin verirseniz, elimdeki kitaba bir göz atmak istiyorum. Taşla ne yapacağınıza karar vermeden önce, mutlaka okumanız gereken bir şey var."

"Tamam."

Cromwell kitabın sayfalarını karıştırırken, Dante ve Kacy heyecan içinde birbirlerine baktılar. Kacy heyecanını kontrol altında tutabilmek için Dante'nin elini yakalayıp bütün gücüyle sıktı.

"Kitabın adı ne?" diye sordu genç kadın Cromwell'e.

Ay Mitolojileri Kitabı.

"Anladım." Adamın verdiği yanıt, Kacy için hiçbir anlam ifade etmiyordu. Mitoloji nedir bilmezdi. Genç kadın içinden kitabın adını sormamış olmayı diledi. Ama cahilliğinde

202

yalnız değildi. Dante de Ay mitolojisinin ne anlama geldiğini bilmiyordu, umurunda da değildi.

Sayfaları karıştırmakla, metni taramakla ah'lar, oh'lar ve hım'larla geçen dakikaların ardından Cromwell aradığı sayfayı buldu ve içinden okumaya başladı. Dante oturduğu yerden, sayfada resmi olan mavi taşın, Cromwell'a verdikleri taşa ne kadar benzediğini görebiliyordu. Resimdeki taş, Kacy'ninki gibi gümüş bir zincirin ucuna takılmamış olsa da şimdi masada duran taşın neredeyse tıpatıp aynısıydı.

Bir iki dakika içinden metni okuyan Cromwell işi bittiğinde başını kaldırıp ziyaretçilerine baktı ve okuyabilmeleri için kitabı onlara çevirdi. İkisi birlikte önlerindeki sayfalara bakıp heyecan verici bir şeylerle karşılaşmayı beklediler. Örneğin taşın ne kadar ettiğini açıklayan bir paragrafla. Oysa metin öyle bir şey değildi ve kısa süre sonra, metni okumaktansa Cromwell'a bakmanın ve sessizce onun metni açıklamasını beklemenin daha akıllıca olacağına karar verdiler.

"Genç hanım, kolyenizdeki taş, tarihçiler tarafından Ay'ın Gözü olarak bilinir."

"Vay be!" Kacy, mücevherin isminden oldukça etkilenmişti. Ay'ın Gözü şatafatlı bir addı ve genç kadın, o güne kadar kendine özgü bir adı olan hiçbir mücevhere sahip olmamıştı.

"Değeri nedir?" diye sordu Dante yeniden.

"Genç Dante, bu soruyu sorman gereken kişi ben değilim. Bu soruyu kendi kendine sormalısın," diye karşılık verdi Cromwell. Hüzünlü bir sesle devam etti. "O taş, hayatını riske atmaya değer mi?"

"Ah Tanrım, sen de mi?" dedi Mistik Leydi'nin söyledik-lerini hatırlayan Dante. Ama Cromwell, oğlanın yanıtına dik-kat etmeksizin konuşmasını sürdürdü.

"Ay'ın Gözü'nün belirli bir maddi değeri yok Dante. Onun değerini, ona sahip olan kişi belirler. O taşı ele geçir-mek için her şeyi yapacak insanlar var. Üstelik onu istemele-rinin nedeni, maddi değeri değil."

"Öyleyse taşı neden istiyorlar?"

"Güzel olduğu için mi?" diye araya girdi Kacy. Cromwell bu sefer Kacy'ye yanıt vermeyi seçti.

"Hayır. Taşın güzel olduğunu kabul ediyorum ama bu kadar değerli olmasının nedeni, bu kitapta da anlatılan efsa-neye göre, Ay'ın Gözü'nün akıl almaz güçlere sahip olması. Elinizdeki taşın sihirli olduğunu söyleyebiliriz."

"Efendim?" dedi kafası karışan Dante.

Dante, Bertram Cromwell'ı budalanın teki olmadığını bilecek kadar iyi tanıyordu. Zeki bir adamdı, zırvalarla işi olmazdı. Eğer taşın sihirli güçleri olduğunu iddia ediyorsa bu büyük bir ihtimalle doğruydu, Dante adamın doğruyu söylediğine inanmamak için bir neden görmüyordu. Ama bu durum, söylediklerini absürd bulduğu gerçeğini değiş-tirmezdi.

"Ay'ın Gözü'nün neler yapabildiğiyle ilgili birbirinden farklı hikâyeler var," diye devam etti yaşlı adam. "Bazıları taşın sahibinin, daha doğrusu onu taşıyan kişinin ölümsüz olacağına inanıyor."

"Ölümsüz mü? Yani... Öldürülemez mi? Sonsuza dek ya-şamaktan mı bahsediyorsunuz?" diye sordu Kacy heyecanla.

"Evet, ama taşın, kendisini taşıyan kişinin ruhunu çaldığıyla ilgili hikâyeler de var."

Dante gülümsedi.

"İnsanlar bu zırvalıklara inanıyor mu?"

"Kesinlikle."

"Sen bu zırvalıklara inanıyor musun Bertram?"

"Kafamda soru işaretleri var, ama her şey mümkün."

"Öyleyse taşla ne yapmalıyız?"

"Şey," dedi profesör ayağa kalkarken. "Öncelikle taşın, sahibine şifa verdiği teorisini test edebilirsiniz."

Bu öneri, Dante'nin ilgisini çekti. "Nasıl yani?"

Bertram Cromwell kolyeyi masadan alıp Dante'ye fırlattı. Dante iki eliyle kolyeyi havada yakaladı.

"Kolyeyi tak. Koluna ufak bir kesik atacağım, birkaç damla kan seni öldürmez. Eğer taşın iyileştirme gücü varsa, o zaman yara hemen iyileşir ve acı hissetmezsin."

Dante, Kacy'nin fikrini almak için gözucuyla kadına baktı. Yüzündeki ifadeye bakılırsa, Kacy belli ki teoriyi test etmesini istiyordu. Bu yüzden Dante, büyü falan gibi zırvalıklara inanmasa da isteksizce kolyeyi boynuna taktı. Ardından gömleğini sıyırarak kolunu uzattı. Cromwell, gencin kolunu tuttu ve ceketinin cebinden bir çakı çıkardı. Çakıyı açtığı sırada, Dante'nin aklından, profesörün ceketinin cebinde çakıyla dolaşmasının ne kadar garip olduğu geçiyordu.

"Tamam," dedi Cromwell'ın elindeki keskin bıçağa gözlerini diken Dante. "Kes bakalım."

"Emin misin?" diye sordu Cromwell.

"Evet, hadi. Fikrimi değiştirmeden şu işi bitirelim."

Bertram Cromwell, derin bir nefes alıp bıçağın ucunu Dante'nin koluna sapladı. Bıçak ete üç santim kadar girdi ve Dante'nin dudaklarından, kulakları sağır eden bir çığlık döküldü.

"Ah!... Lanet!... Lanet olsun... Ah! Seni pislik! Beni bıçakladın! Pislik! Seni serseri!"

"Canın yanıyor mu?" diye sordu Kacy. Bu zekice bir soru değildi.

"Elbette yanıyor! Herif beni bıçakladı!"

Dante kolunu tutuyor, çaresizce kan akışını engellemeye çalışıyordu. Kolundan oluk oluk kan aktığı düşünülürse, kolay bir iş değildi. Cromwell cebinden mendil çıkarıp bıçağı sildi.

"Yaranın iyileşmeye başladığını hissediyor musun Dante?" diye sordu profesör, sakince.

"Sen benimle dalga mı geçiyorsun? Neredeyse kolumu ikiye biçecektin. Elbette iyileşmiyor. Bu yaranın iyileşmesi haftalar sürecek. Dikiş atılması bile gerekebilir. Tanrı aşkına be adam, aklından neler geçiyordu? Ufak bir çizik atacağını sanıyordum, kolumu koparacağını değil!"

"Özür dilerim Dante. Taşın işe yarayıp yaramadığına emin olmak için yeterince derin bir yara açmalıydım."

"Ne kadar işe yaradığını görüyorsun işte."

Cromwell, ceketinin cebinden temiz beyaz bir mendil çıkarıp Kacy'ye uzattı.

"Al Kacy. Dante'nin yarasını bununla sar. Kanamayı azaltacaktır."

Kacy mendili alıp Dante'nin kolunu tuttu, bezi yaranın etrafına sarıp düğümledi. "Kendini nasıl hissediyorsun tatlım?" diye sordu.

Dante'nin yüzündeki ifade değişti, acının yerini şaşkınlık aldı.

"Hey, bekle bir saniye. Galiba yara iyileşti," diye karşılık verdi.

"Gerçekten mi?" diye sordu Cromwell, heyecan içinde.

"Elbette hayır seni moron! Yara elbette iyileşmedi! Beni kolumdan bıçakladın, unuttun mu? Bir de profesör olacaksın!" Kolyeyi boynundan çıkarıp Kacy'ye verdi. "Bu çöpü alıp profesörün kafasına fırlatır mısın?"

"Dante, çok üzgünüm, gerçekten üzgünüm," dedi koltuğuna dönen Cromwell. "Dinle, bırak bunu telafi edeyim. İstersen, eski işini geri almanı sağlayabilirim."

Dante sakinleşmeye başlamıştı. Aslında profesöre küfrettiği için, özellikle de moron dediği için kendini suçlu hissediyordu.

"Unut gitsin profesör," dedi omuzlarını silkerek. "Yaşayacağım. Bundan kötü yaralandığım da oldu."

"Yine de Dante, yapabileceğim bir şey varsa..."

"Elbette var," dedi Dante. "Bana kahrolası kolyeyi kime satabileceğimi söyle."

Cromwell başını iki yana salladı.

"Onu satma Dante. Ondan kurtul gitsin. Kolyeyi taşımayı sürdürürsen, sana acıdan ve çileden başka bir şey getirmez."

"Şimdi yaşadığımdan daha kötüsü olamaz ya?"

"Aslında olabilir," dedi Cromwell ciddi bir sesle. "Taşla ilgili bir şey daha var."

"Neymiş?" diye sordu hâlâ acı içinde olan Dante.

207

"Yarın öğle vakti güneş tutulması var. Güneş tutulduğunda, taş elinizde olmasın."

"Neden?"

"Sonu kötü olur. O taş Hubal keşişlerine ait. Onu arıyorlardır ve hiçbir şey, mücevheri bulup geri götürmelerine engel olamaz. Taş sende olduğu sürece hayatın tehlikede."

"Öyle mi? O keşişler için taş neden bu kadar önemliymiş?"

"Çünkü sevgili Dante, sana ve bana saçma gelse de keşişler küçük mavi taşın Ay'ın hareketlerini kontrol ettiğine inanıyor. Yanlış ellere düşecek olursa, Ay'ın Dünya'nın etrafında dönmesini engellemek için kullanılabilir."

"Bu kötü bir şey mi?" diye sordu Kacy.

Aptalca bir soru olduğunu biliyordu ama profesör ve hatta müzenin kendisi genç kadını tedirgin ediyordu. Kacy tedirgin olduğunda saçmalardı, saçmaladığında da çoğunlukla aptalca sorular sorardı. Bu yüzden Dante'yle olmayı seviyordu. Genç adam aptaldı ama özgüveni tam olduğu için, öyle olmak umurunda değildi. Kendisiyse aslında zekiydi ama iş eyleme geldiğinde cesur olsa da önemli insanların yakınlarındayken heyecanını kontrol altına almakta güçlük çektiği için, sık sık kendini aptal durumuna düşürürdü. Bilmediği yerlerde, hele müze gibi etkileyici binalarda tedirginliği daha da artıyordu.

Neyse ki Cromwell, çoğu insan kendisiyle kıyaslandığında aptal olduğu için, insanları zekâlarına göre yargılamazdı. Bu yüzden Kacy'nin sorusunu ne kadar aptalca olduğuyla ilgili en ufak bir imada bulunmaksızın yanıtladı.

"Evet, kötü. Öncelikle Ay, gelgitleri kontrol ediyor, ama şu an için asıl önemli olan, yarın öğlen yaşanacak olan tam güneş tutulması. Şimdi bir düşünün, söylentiler doğruysa ve taşın sahibi Ay'ı kontrol edebiliyorsa, o kişi yarın ne yapabilir?"

Dante aptal durumuna düşmek istemiyordu ama sorunun yanıtını bilmiyordu. Pek çok kişi için yanıt apaçık ortada olabilirdi ama kendisinin en ufak bir fikri yoktu. Anlaşılan Kacy de yanıtı bulamamıştı. Sonuç olarak, birkaç saniyelik sessizliğin ardından, Cromwell sorusunu kendi yanıtladı.

"Taşın sahibi onun gücünü tutulma sırasında kullanacak olursa, güneş tutulmasını kalıcı kılabilir. Teknik detayları anlatarak sizi sıkmayacağım ama taşın sahibinin, Ay'ı Güneş'in önünde tutup Santa Mondega'yı sonsuz bir karanlığa gömebileceğini söyleyebilirim. Başka kelimelerle ifade edecek olursak, şehir yılın 365 günü karanlıkta kalacak. Böylesi de güneşlenmeyi seven turistlerin bir daha buraya uğramayacağı anlamına gelir. Aslında sonsuz karanlığa gömülen bir şehir, sadece hilkat garibelerine çekici gelir."

"Lanet olsun." Dante aklına gelen ilk küfrü savurdu.

"Ben bu kelimelerle ifade etmemeyi tercih ederim."

"İyi ama bunu kim ister? İnsanların taşı ele geçirmek istediklerini söyledin. Ama eminim ki hiçbiri, Güneş'in önünü kesmek istemiyordur. Bu çok aptalca," dedi Dante. Böyle mantıksız bir harekette bulunmanın, kime nasıl bir yararı olurdu?

"Haklısın sevgili Dante ama efsaneye göre bunu isteyen insanlar var."

"Örneğin kim?"

F: 14

"Bilmiyorum. Şeytana tapanlar? Güneşe alerjisi olanlar? Cilt kanserinden endişelenenler? Sen de benim bildiğim kadarını biliyorsun. Ama Ay'ın Gözü'nün güneş tutulmasından hemen önce Santa Mondega'da ortaya çıkması tesadüf olamaz."

Kacy, içindeki paranoyanın kötü huylu bir tümör gibi büyüdüğünü hissetti. Şeytana tapanlar mı? Şeytana tapanlarla ilgili üç şey biliyordu:

Bir – Şeytana taparlardı. Zaten adından belli.

İki – Diğer insanları kurban etmekten zevk alırlardı. Herhalde.

Üç – Cüppe giyip satanist törenler yapmadıkları zamanlarda onları diğer insanlardan ayıramazdınız.

Yirmi Dokuz

Henüz öğlen bile olmamasına karşın, Tapioca yabancılarla dolmuştu. Normal koşullarda bu durum Sanchez'i çoktan delirtmiş olurdu ama bu seferlik, bir miktar tolerans göstermeye hazırdı. Ay Festivali başlamış olduğu için kasaba turistlerle dolmuştu ve Tapioca'nın da turistlerden payını alması kaçınılmazdı.

Bu seferlik anlayışlı davranmasının bir nedeni daha vardı: Boyunlarında mavi taşlı bir kolye olup olmadığını görmek için bütün müşterileri tek tek kontrol ediyordu. Ne yazık ki Tapioca'ya gelenlerden hiçbirinin mavi taşlı kolyesi yoktu. Sanchez dışarı çıkmaya karar verdi, böylece hem barı dolduran yabancılardan kurtulacak hem de başkalarını kontrol edebilecekti.

Ay Festivali sadece ay veya güneş tutulması zamanında yapılırdı. Dünyanın başka bir şehrinde olsa kırk yılda bir düzenlenen bir festival olurdu ama kayıp şehir Santa Mondega'da, beş yılda bir tam güneş tutulması yaşandığı için festival, köklü bir gelenekti. Kimse tutulmanın neden bu kadar sık yaşandığını bilmese de festival başladığında, kasaba dünyanın en muhteşem yerine dönüştüğü için, kasabalılar durumdan memnundu. Kökenleri yüzlerce yıl öncesine dayanan kutlamalar, Santa Mondega kültürünün bir parçasıydı, öyle ki ilk kutlamaların İspanyol kâşifler şehri kurduklarında yapıldığı söylenirdi.

Ama festival dendiğinde Sanchez'in aklına ilk olarak kostümler geliyordu. Herkes birbirinden farklı kostümlere büründüğünde kasabanın havası değişiyor, Santa Mondega canlı ve neşeli bir yere dönüşüyordu. Festival zamanı insanlar mutlu ve arkadaş canlısıydı. Bu sayede inanılmaz miktarlarda içki içilse de her zamankinden az kavga çıkardı. İyimser hava, Tapioca'nın müşterilerini bile dizginlerdi.

Panayır, Sanchez'in festivali iple çekmesinin bir diğer nedeniydi. Gezgin panayır, her Ay Festivali'nde olduğu gibi bu sefer de tutulmadan bir hafta önce kasabaya gelmişti. Artık büyük olaya bir gün kaldığı için, Sanchez panayırı ziyaret etmeye karar verdi.

Tapioca'yı ve barı dolduran yabancıları Mukka'ya emanet edip kendi başına panayırın yolunu tuttu. Panayırı görme arzusu, aslında kumar oynama sevdasının bir ürünüydü. Panayırda, güçlükle kazandığınız iki kuruşu yatırabileceğiniz pek çok oyun vardı. Sanchez çadırlardan birine kumarhane kurulduğunu duymuştu, bir diğerinde fare yarışları düzenleniyordu. Ama en güzeli, dövüşlerin yapıldığı ringdi. Duyduğu kadarıyla, o çadır her gün tıka basa doluyordu. Sokaktan gelen kişilerin eğitimli bir boksöre meydan okuduğu ringlerdendi ve meydan okuyan kişi, nakavt olmadan üç raunt dayanırsa kazanmış sayılırdı.

Panayır alanında parlak renklere boyanmış dev çadırlar, başlarında çığırtkanların beklediği tezgâhlar ve kulübeler vardı. Her yer turistlerle doluydu. Direklere yerleştirilen hoparlörlerden hareketli melodiler dökülüyor, insanlar bir gösteriden diğerine koşturuyordu. Ama diğer gösteriler Sanchez'in umurunda değildi, onu ilgilendiren tek şey, dövüşlerin yapıldığı çadırdı. En kalabalık olanı. Çadırı bulmak kolaydı, çünkü önüne, düzgün sıralar halinde yüzlerce motosiklet dizilmişti. Cehennem Melekleri çetesinin kasabaya geldiğinin tartışılmaz ispatı.

Dev çadırın içine girebilmek, Sanchez'in yirmi dakikasını aldı. Sanki Santa Mondega sakinlerinin yarısı Sanchez'le aynı şeyi düşünmüş, kalabalığa kalmamak için erkenden dövüş çadırına gelmişti. Sonuç ortadaydı. İçerisi, sürekli hareket halinde olan insanlarla doluydu, herkes ringe yaklaşmaya çalışıyordu. Dövüşleri düzenleyenler, gösterinin ilgi çekeceğini bildikleri için, ringi yüksek bir platforma kurmuşlardı. Böylece, en uzaktakiler bile dövüşü seyredebiliyordu.

Elbette Queensberry kuralları falan söz konusu değildi. Sokak dövüşüydü; ısırmak ve boğmak gibi eylemler teşvik edilmese de dövüşçüler ne isterlerse yapabilirdi. Tekme, dirsek ve elinin tersiyle vurmak gibi şeyler de buna dahildi.

Sanchez sonunda içeri girmeyi başardığında, dövüş devam ediyordu. Ringde, birbirine kesinlikle denk olmayan iki dövüşçü vardı. Biri diğerinin neredeyse iki katıydı. İriyarı olan dazlak boksör, tepeden tırnağa dövmelerle kaplı bir tipti. Ufak tefek rakibiyse, eşine ve çocuklarına yemek götürmesini sağlayacak düzgün bir para kazanabilmek umuduyla ringe çıkmış dar gelirli birine benziyordu. Adamın haline baktığınızda, dövüşün bir süredir devam ettiğini anlıyordunuz. Kanlar içindeydi. Gözlerinden biri neredeyse yuvasından fırlayacaktı. Çıkan kolunu yerine oturtmaya çalışıyormuş gibi sağ eliyle sol omzunu tutuyor, ayakta durmaya çalışıyordu. Dazlak boksörse tam aksine sapasağlamdı, dövüş yeni başlamış gibi dinçti. Karşılaşmanın saniyeler içinde bitmesi Sanchez'i şaşırtmadı. Ufak tefek adamı sedyeyle dışarı taşıdılar.

Dövüş sona erdiğinde kalabalığın bir kısmı dağıldı ve Sanchez ringe yaklaşabildi. Silindir şapka ve smokin giymiş bir sunucu ringe çıktı, mikrofonu dudaklarına yaklaştırıp bir şeyler söyledi. Çadırı kaplayan uğultu yüzünden, Sanchez söylenenleri çıkaramadı. Ama birileri söylenenleri duymuş olacak ki bir dakika bile geçmeden tezahüratlar eşliğinde yeni bir gönüllü ringe çıktı. Bu adam, öncekinden daha iyi durumdaydı. Kalabalığın bağırışlarına bakılırsa, lakabı "Taş Kafa" olan dazlak boksör ringde kalmıştı. Anlaşılan, dövüşleri düzenleyenler tarafından amatörlerle dövüşmek için tutulan profesyonel boksör oydu.

Kurallara göre, ringe çıkacak kişinin, her biri üç dakika süren üç raunt boyunca ayakta kalması, dövüşü kazanmış sayılması için yeterliydi. Taş Kafa'ya üç raunt dayanmak... Dövüşe katılmak için elli dolar ödemek gerekiyordu ama üç raunt dayanırsanız paranızı yüz dolar olarak geri alıyordunuz. Bir mucize olur da üç raunt içinde Taş Kafa'yı nakavt edecek olursanız, cebinize bin dolar koyuyorlardı. Sarhoş budalaların şanslarını denemeye heveslenmelerinin nedeni buydu. Aslında sarhoş olmadıkları halde, Taş Kafa karşısında şanslarını denemek isteyen doğuştan budalalar da vardı.

Bu sefer profesyonel boksöre meydan okuyan kişi, normal görünüşlü bir beyazdı. Taş Kafa'yla aralarında en az yirmi kilo vardı. Yani amatörün hiç şansı yoktu. Belli ki adamın amacı boksörü nakavt etmek değil, üç raunt ayakta kalıp parasını ikiye katlamaktı. Sanchez, Taş Kafa'nın adamı ilk rauntta nakavt edeceği üzerine yirmi dolar yatırdı. Seyircilerin arasındaki bir bahisçi, ona kazanırsa parasını ikiye katlayacağı bir teklif sunmuştu. Ama Sanchez, para kazanmanın o kadar kolay olmayacağını biliyordu.

Meydan okuyan kişi, ilk iki raunt boyunca profesyonel boksörden kaçmayı ve iriyarı rakibine birkaç yumruk indirmeyi başardı. Taş Kafa'ya gelince, arada bir savurduğu yumruklar bir türlü hedefi tutturmuyordu. (Bunu, bahisleri yükseltmek için bilerek yapıyor olabilirdi.) Derken, son raundun birinci dakikası dolduğunda, dazlak boksör sanki bir uykudan uyandı ve rakibine üst üste üç yumruk indirdi – güm güm güm. Dövüş bitti. Bu dövüşler böyleydi. Sanchez de bunu bilirdi, dövüşü izlemeye gelen diğerleri de. Yine de gülen, her zaman bahsi düzenleyenler oluyordu. Pislikler.

Sanchez'in tüyoya ihtiyacı vardı. Bahsi düzenleyenlerin ne bildiğini ve daha önemlisi ne bilmediğini öğrenmeliydi. Bunu düşünüp şanssızlığına lanet okurken, aradığı fırsat gümüş tepside geldi. İki Hubal keşişi, Kyle ve Peto, çadırın arka tarafında durmuş dövüşleri seyrediyordu. Garip kıyafetlerine karşın, artık eskisi kadar dikkat çekmiyorlardı. Belli ki Santa Mondega'ya ayak uydurmaya başlamışlardı. Sanchez bir dakika kadar onları seyretti. Birbirleriyle fısıldaşıyor ve konuştukları her neyse, üzerinde anlaşmışçasına başlarını sallıyorlardı. Bahse mi gireceklerdi? Yoksa boksörün karşısına çıkmayı mı planlıyorlardı? Keşişler iyi dövüşüyordu. Sanchez'in bildiği, bahisçilerin bilmediği bir detay. Kaybedecek bir şeyi olmadığı için keşişlerin yanına gitti. Onu hemen tanıdılar ve yanlarına gelmesine şaşırmış göründüler.

"Selam beyler, nasıl gidiyor? Sizi bu kadar çabuk görmeyi ummuyordum," dedi Sanchez, kırk yıllık arkadaşlarmış gibi samimi bir tavırla.

"Barmen Sanchez," diye karşılık verdi Kyle resmiyeti elden bırakmadan. "Seni görmek ne güzel." Peto da başını sallayıp gülümsedi.

"Neden biriniz ringe çıkıp şu adamla dövüşmüyorsunuz? Nasıl dövüştüğünüzü gördüm, onu rahatlıkla yenebilirsiniz. İkiniz de sıkı dövüşçülersiniz."

"Öyleyiz," dedi Peto.

Evet, bize ayak uydurmaya başlamışlar, diye düşündü Sanchez.

"Evet, iyi dövüşürüz," dedi Kyle da. "Ama gerekli veya kaçınılmaz olmadığı sürece, dövüşmemeyi tercih ederiz."

"Ya katılım ücretinizi ben ödersem?"

İki keşiş birbirlerine baktılar. Şanslarına inanamıyorlardı. Demek kimseyi soymaları gerekmeyecekti.

"Tamam," dedi Kyle.

Sanchez de şansına inanamıyordu.

Otuz

Cromwell'la görüşmelerinin ardından elleri ayakları tutmaz hale gelmiş olmasa da yeterince korkmuş olan Dante ve Kacy, müzeden çıkıp akıllarında yeni bir planla panayırın yolunu tuttu. Onlar da pek çokları gibi, doğrudan dövüş çadırına gitti ama gerekçeleri çoğu kişininkinden farklıydı.

Bir saat dövüşleri izledikten sonra herkesin vardığı sonuca vardılar: Aklı olan, parasını Taş Kafa'ya yatırırdı. Dört kere dövüşmüş ve en ufak bir yorgunluk belirtisi dahi göstermeden bütün dövüşleri kazanmıştı. Ama onlar, buraya kumar oynamaya gelmemişlerdi. Daha doğrusu adamın dövüşü kazanıp kazanamayacağı üzerine para yatırmak gibi bir niyetleri yoktu. Onlar, hayatları üzerine bahse gireceklerdi.

Dante, Mistik Leydi ve profesörle yaşadıklarının ardından bir fedaiye ihtiyaçları olduğuna karar vermişti. Ay'ın Gözü'nü büyük bir para karşılığında birine satacaklarsa, korunmaya ihtiyaçları vardı. Herkese açık bir dövüşteki en güçlü adamı seçmek, göze iyi bir yatırım gibi görünüyordu. Kacy, aradıkları adamın Taş Kafa olduğuna ikna olmuştu. Ama Dante'nin şüpheleri vardı. Bütün dövüşlerin şikeli olduğundan emin olduğu için, bir dövüşün daha bitmesini beklemeye karar verdi.

Taş Kafa'nın beşinci rakibi de kimsenin içine Tanrı kor-
kusu salacak türden biri değildi. Ringe çıkan adam, ufak te-
fek, kel bir tipti, karatecilerinkine benzer turuncu bir önlük
ve siyah pantolon giymişti. Hakemle yapılan kısa bir konuş-
manın ardından –belli ki dövüşün az sayıdaki kuralı konu-
sunda bilgilendirilmişti– ufak tefek adam, seyircilere takdim
edildi. Silindir şapkalı, smokin ceketli sunucu, Peto'yu bile-
ğinden yakalayıp ringin ortasına sürükledikten sonra mikro-
fona konuştu: "Bayanlar ve baylar. Yeni dövüşçümüzü, Pasi-
fik Okyanusu'ndaki bir adadan buralara kadar gelen Masum
Peto'yu alkışlayın!"

Ufak tefek dövüşçünün köşesinde, onun gibi giyinmiş,
hem heyecanlı hem umutsuz görünen görece iri bir adam
duruyordu.

Duyuruyu, ortalığın kana bulandığını görmek umuduy-
la dövüşçünün moralini bozmaya çalışan kalabalığın yuhala-
maları takip etti. Peto, Taş Kafa'yla kıyaslandığında küçücük
kaldığı için, üzerine ciddi paralar yatıran da olmadı.

Dante başını iki yana salladı. Taş Kafa ne kadar büyük
bir zafer kazanırsa kazansın, hayatını bu dövmeli serserinin
ellerine emanet etmek fikrinden hoşlanmıyordu. Bir an ev-
vel çadırdan çıkmak istiyen Kacy de bunu hissettiği için,
onu başka türlü ikna etmeyi denedi. Panayır güvenli değildi.
Kadının kendini güvende hissedeceği tek yer, tuttukları mo-
tel odasıydı.

"Eğer Taş Kafa bu dövüşü kazanırsa, onu tutmayı dene-
yeceğiz," dedi adama. "Daha fazla bekleyemeyiz."

Dante isteksizce başını salladı. "Tamam. Ama konuşma-
yı bana bırak."

"Ona ne kadar teklif edeceksin?"

"Beş bin."

"Beş bin dolar mı?"

"Sence çok mu fazla?" diye sordu Dante, ses tonundan kadının öyle düşündüğünü anlamış olsa da.

"Bir çuval para. Ama buna değer diyorsan sana itiraz etmeyeceğim."

"Seni bu yüzden seviyorum Kacy," dedi sevgilisini kendine çekip dudaklarına bir öpücük kondururken. Bu kadarı, Kacy'nin kalbini ısıtmaya ve sakinleşmesini sağlamaya yetti.

Ringe yaklaşabilmek için, terli, gürültücü, bira kokan insanların arasından geçtiler. Aslında ringin önü boştu, çünkü platform yüksek olduğundan, çok yakında duran birinin bir şey görmesi mümkün değildi. Dante, dövüş başlamadan önce Taş Kafa'yla konuşabilmek için ringin kenarına gitti.

"Hey! Dev adam... Sana söylüyorum! Serseri!" diye bağırdı kalabalığın arasından. Ama o gürültüde, Taş Kafa'nın onu duymasına imkân yoktu. Dante, adamın köşesine gitmeye karar verdi. Belli ki Taş Kafa'ya ulaşmanın yolu, menajerinden geçiyordu.

Adamın menajeri de şişmanca, her yanı dövmelerle kaplı, korkutucu bir tipti. İrili ufaklı dövmelerinden bazıları, normal insanların dokunulsa çığlık atacakları yerlerindeydi. Tüm bunlar, adama daha da kötülük dolu bir hava kazandırıyordu. Genel tema, yılanlar ve bıçaklardı. Aralara *ölüm* ve *seçilmiş* kelimeleri serpiştirilmişti. Tıraş olmamıştı ama sakalı kalın ve gür değil, kirli sakaldı. Şimdi Taş Kafa'yı süzmekte olan ufak tefek kel adamdan, belki on santim uzundu.

"Hey sen! Bir saniye konuşabilir miyiz?" diye bağırdı Dante, adamın kulağına.

"Hayır. Defol git."

"Dövüşten sonra Taş Kafa'yla görüşebilir miyim? Ona bir iş teklifim olacak."

"Sana defolup gitmeni söyledim. Şimdi kafanı kıçına tıkmadan git buradan!"

Dante adamın ses tonundan hoşlanmadı. Ringdeki bu herif olsa, sonucuna aldırmadan çıkıp onunla dövüşme riskini göze alırdı. Cromwell'ın ofisinde aldığı yara şimdiden kapanmıştı, (gerçi bunu Kacy'ye söylemeye niyeti yoktu) yani gerekirse birkaç yumruk atabilecek durumdaydı.

"Sen defol git," diye karşılık verdi adama.

"Ne dedin?"

"Sana git kendini becer dedim, seni çirkin maymun."

Kacy hep böyle bir şey olmasından korkuyordu. Dante çabuk parlayan bir tipti. Ne yapacağını kestirmek güçtü. Özellikle patronları veya bu adam gibi rahat rahat onu dövebilecek birileri tarafından kışkırtıldığında, kendini ispatlamaya kalkacağı tutardı.

Menajer, elindeki tükürük kovasını yere bırakıp yüzünü Dante'ninkine yaklaştırdı.

"Bir daha söylesene!" Ses tonu hiç arkadaş canlısı değildi.

Dante'nin ne yanıt vereceğini düşündüğü gergin bir sessizlik oluştu. Kacy öne fırlayıp onun yerine yanıt vererek, genç adama büyük bir iyilik yaptı.

"Arkadaşın Taş Kafa, birkaç saatlik iş için beş bin dolara ne der?" dedi gülümseyerek.

Dante'ye kötü kötü bakmakta olan menajer, Kacy'nin teklifini duyduktan sonra biraz yumuşadı. Derken, suratında bütün dişlerini ortaya çıkaran bir gülümseme belirdi.

"Ne diyeceğim çocuklar, bu dövüş bitene kadar bekleyin, sonra konuşuruz. Bu dövüşten sonra Taş Kafa mola verecek. Arka tarafa geçer, teklifinizi tartışırız."

"Teşekkürler," dedi gülümsemeye çalışan Kacy. Ama ağzının kenarları iki yandan kıskaçlarla çekilse ancak bu kadar olurdu.

Dante ve menajer birkaç saniye daha birbirlerini süzdüyse de Kacy kavgaya mahal vermedi ve erkek arkadaşını kalabalığın arasına sürükledi.

Saniyeler sonra gonk çaldı ve dövüş başladı. Kısa sürdü. Taş Kafa gonktan önce kolunu gererek turuncu önlüklü ufak tefek kel adam başını çevirdiği anda suratına balyoz darbesini andıran bir yumruk indirdi. Az kalsın dövüşün ikinci saniyesinde yere yığılacaktı. Ama şaşırtıcı bir çabuklukla kendini toparlayıp seyircilerin şaşkın bakışları eşliğinde, Taş Kafa'ya hayatında yemediği sertlikte yumruklar indirdi. (Dante ve Kacy, şaşkınlıktan küçükdillerini yutacaklardı. Kimse turunculu adamdan böyle bir hamle beklemiyordu. Aslında, duruma şaşırmayan tek kişi Sanchez'di.)

Küçük adam ilk olarak akıl almaz bir hızla Taş Kafa'nın gırtlak boğumuna sert bir yumruk indirdi ve rakibi nefessiz kalıp topukları üzerinde sallanmaya başladı. Yarım saniye bile geçmeden, bu yumruğu Taş Kafa'nın şakağına inen uçan bir tekme izledi. Taş Kafa kendisine neyin çarptığını anlamadan yere yığıldı. İşi bitmişti.

Dövüş otuz saniyeden kısa sürede sona ermişti. Başlangıçta kalabalıktan çıt çıkmıyordu, gözlerine inanamıyorlardı. Taş Kafa'nın kazanacağı üzerine bahse giren herkes, dövüşte şike olduğuna inanmak istiyordu. (Bu insanların sayıları çok fazlaydı.) O kadar ufak tefek bir adamın kazandığı bütün dövüşler, göze şikeli görünürdü.

Ne yazık ki bu sefer durum farklıydı. Herkes Taş Kafa'nın bu kadar ufak tefek bir rakibe bile bile yenilip kendini küçük düşürmeyeceğini biliyordu. Kendine saygısı olan hiçbir dövüşçü, Masum Peto gibi birine yenilmezdi. Demek ki dövüş gerçekti.

Sonunda jeton düştüğünde, seyircilerden büyük bir kükreme yükseldi, tezahürat ve yuhalamalar birbirine karıştı. İnsanlar yuhalıyordu, çünkü para kaybetmişlerdi. Tezahürat yapıyorlardı, çünkü hiç şansı yok gibi görünen birinin Taş Kafa gibi bir devi yenmesi hoşlarına gitmişti.

Sesler yüzünden kafası karışan Peto ve Kyle, ringde durup Taş Kafa'nın sedyeye kaldırılışını izledi. Artık ringde kalacak dövüşçünün Peto olduğunu varsaydılar, insanlar onunla dövüşmeye gelecekti. Çadırdaki herkes, büyük bir sabırsızlıkla yeni karşılaşmayı bekliyordu. Herkesin kafasında tek bir soru vardı: Ufak tefek adamın karşısına şimdi kim çıkacak?

Otuz Bir

Sanchez mutluluktan havaya uçuyordu. Peto, Taş Kafa'yı yendiğinde bin dolar kazanmıştı. Bunun kendisine maliyetiyse Peto'nun katılım ücreti ve yirmiye birlik bahse yatırdığı elli dolardı. Eğer keşişin birinci rauntta kazanacağına bahse girmeye cesaret etseydi çok daha fazlasını kazanabilirdi. Gerçi bunu dert etmiyordu, çünkü sadece para kazanmakla kalmamış, keşişleri de kendine borçlandırmıştı. Elli dolar da olsa iyilik iyilikti. Şansı da yaver giderse, iki budalayı yeniden dövüşmeye ve kendilerine söyleyeceği rauntta dövüşü kazanmaya ikna edebilirdi.

Kazandığı paranın elli dolarını onlarla paylaşmayı teklif ettiğinde, Kyle'ın yüzünde beliren ifadeden, kendisine minnettar olduklarını anladı. Keşişler, Peto, Taş Kafa'yı yendiğinde bin dolar kazanmış ve buruşuk banknotları sunucudan hemen oracıkta almışlardı. Kyle yine de Sanchez'den fazladan bir ellilik geldiğine sevinmişti. "Paranın tadını aldıklarından olsa gerek. Belki kumar hoşlarına gitmiştir," diye düşündü Sanchez. İki keşişi sevmeye başlamıştı. Belli ki iyi arkadaş olacaklardı. Kısa süreliğine bile olsa.

Yirmi dakika sonra Peto, karşısına çıkan diğer boksörü, Taş Kafa'nın yerini alması için getirilen Koca Neil adlı adamı da yenmişti. Keşişlerin menajeri rolünü üstlenen Sanchez, sunucuyla pazarlık yapıp Peto'nun ringde kalmasını sağladı. Kısa süre sonra Sanchez, keşişler ve sunucu, Peto'nun hangi rauntta kazanacağını belirlemeye başladılar. Ringin etrafına dağılmış bir grup serseri, onlar adına bahse girip parayı ikiye katlıyordu. Sanchez ve Hubal keşişleri, göz açıp kapayana dek büyük paralar topladı.

Peto, sonraki iki saat boyunca dövüş sanatları tekniğini sergilemeyi sürdürdü. Beş rakibini yenmiş, Sanchez'e yirmi bin dolar kazandırmıştı. Kyle ufak bahisler oynuyordu ama kazandıkları Peto'nunkilere eklendiğinde, dört bin doları bulmuşlardı. Kaldı doksan altı bin dolar açık.

Şimdiki sorun, rakip bulmaktı. Kalabalık, Peto'nun, dövüşü ne zaman istiyorsa o zaman kazandığını çözmüş, daha da önemlisi bütün dövüşleri kolayca kazandığına şahit olmuştu. Zafer kazandığı beş dövüşte, rakipleri ona sadece üç kere vurabilmişti. Yani bir yumrukta işini bitirebilecek kadar güçlü olduklarına inanan adamlar bile, yumruk atamayacakları bir adamın karşısına çıkıp paralarını ziyan etmek istemiyordu. Derken, tam kimse yeni bir dövüşçünün ortaya çıkmayacağına inanırken, biri ortaya çıktı. Üstelik hayal edilebilecek en şatafatlı şekilde.

Sanchez, keşişler ve sunucu bir kenara çekilip rakip yokluğu sorununu tartışırken, dövüşlerin düzenlendiği çadırın arka tarafından kükremeyi andıran bir ses duyuldu. O kadar şiddetli bir sesti ki kalabalık susup sesin geldiği yöne baktı. Büyük bir Harley Davidson, çadırın kapısından içeri girdi. Kalabalık, Kızıldeniz gibi ikiye ayrıldı. Motosiklet, Peter Fonda ve Dennis Hopper'ın *Easy Rider* filminde kullandıkları türden eski tip bir Harley'di. Bakımlıydı. Sahibinin onu sevdiği, pırıl pırıl olmasından belliydi. Metal aksamı parlıyor, krom kaplamalar ışıldıyordu. Sanki motor, vitrinden yeni indirilmişti. Motordan yükselen, halinden memnun bir kedininkini andıran seslerse, mükemmel durumda olduğunun göstergesiydi.

Ama çadırdaki kasabalılar için Harley'i görmek, onu süren adamı görmenin yanında hiçti. Adam o bölgede iyi tanınırdı. Sunucu kim olduğunu hemen anladı ve ringin ortasına koşup kalabalığı coşturmaya girişti. Bu dövüşten kazanılacak bir sürü para vardı. Gün daha yeni başlıyordu. Harley Davidson'ı süren adam şapkasını ringe fırlattı. Kahverengi Stetson, kalabalığın üstünden uçup sunucunun ayaklarının dibine düştü. Adam şapkayı yerden alıp silindir şapkasının üstüne giydi.

"Bayanlar baylar," diye uludu mikrofona. "İşte hepimizin görmeyi beklediği adam. Gelmiş geçmiş en büyük sokak dövüşçüsü, dünyanın en büyük sokak dövüşçülerinden biri. Tek... Ve eşsiz... Rodeo Rex!"

Kalabalığın çıldırdığını söylemek yetersiz kalır. Kyle ve Peto buna ne anlam vereceklerini bilemediler ama adamın sahneye girişinden, onlar da herkes gibi etkilenmişti. Harley ringin kenarına yaklaştığında, arka tekerleği kumları beş metrelik mesafedeki herkesin suratına savurdu. Rodeo Rex birkaç kere daha motoru körükledikten sonra kontağı kapadı ve herkesin fotoğrafını çekebilmesi için yavaşça motordan indi.

İriyarıydı. Gerçekten iriyarı. Kyle'ın ve Peto'nun o güne kadar gördükleri en iri adamdı. Vücudunda bir gram bile yağ yoktu, yalnızca kas. Dar bir Cadılar Bayramı tişörtü giymişti, aslında tişört o kadar dardı ki uzaktan bakıldığında vücuduna işlenmiş bir dövme gibi duruyordu. Sağ elinde deri eldiven vardı ama sol eline bir şey giymemişti. Dizleri parçalanmış kotunun paçaları, siyah çizmelerinin içine sokulmuştu. Motordan inip ayakta durduğunda, gerçekte ne kadar iri olduğu açıklık kazandı. Boyu iki metreydi. Omuzlarına dökülen kahverengi saçlarını, alnına taktığı siyah bantla sabitlemişti. Onu tanımayan biri, televizyondaki profesyonel dövüşçülerden olduğunu sanabilirdi. Oysa yakından bakıldığında, onlardan bile korkunç görünüyordu. Küçük çocuklar, bu adamdan korkmakla kalmaz onun yüzünden kâbus görürlerdi. Hem de her gece. Aslında, yetişkinlerin bile kâbuslarına girmesi muhtemeldi.

Rodeo Rex'in dövüş çadırına gelmesinin tek bir nedeni olabilirdi ve bu da içeri girişinden belliydi. Doğrudan ringe çıktı ve yıllar önce izini kaybettiği kardeşine sarılırcasına sunucuyu kucakladı. Ardından mikrofonu eline alıp seyircileri selamladı.

"Birilerini dövdüğümü görmeye mi geldiniz?" diye bağırdı.

"Evet!" diye bağırarak karşılık verdi kalabalık.

"O zaman Marvin Gaye'in ölümsüz sözleriyle dövüşe başlayalım... Hadi bebeğim!... Şu işi bitir!" diye kükredi kollarını havada sallayarak.

Bahisçiler, neredeyse kalabalığın ayakları altında ezilecekti. İnsanlar etraflarını sarmış bağırıyor, yirmi dolarlık banknotlar uzatıyordu. Peto'nun üzerine bahse giren yoktu, bahisçilerin önerdikleri oranlarsa birbirinden farklıydı.

Sanchez, Rodeo Rex'in nasıl dövüştüğünü bilirdi. Peto iyi dövüşçüydü ama kazanmasına imkân yoktu. Sanchez,

Rex'in galibiyetini kâra dönüştürmenin planlarını yaparken, Kyle barmendeki değişimi fark etti.

"Bu adam bir tür kahraman mı?" diye sordu keşiş, Sanchez'in liseli kızlar gibi sırıttığını görünce.

"Hayır," dedi Sanchez. "Bu adam gerçek bir dövüşçü. Bu adam bir efsane. Kaybettiğini hiç görmedim. Göreceğimi de sanmıyorum."

"Kaç dövüşünü gördün?"

"Yüzlerce dostum. Arkadaşın Peto'ya dövüşü erkenden kaybetmesini söyle. Bu adam onun canını yakabilir."

Sanchez'le Kyle'ın konuştuklarını duyan Peto, yanlarına gelip sohbete katıldı.

"Onu rahatlıkla yenebilirim Sanchez. Nasıl dövüştüğümü görmedin mi? Bu adamların hiçbiri bana rakip olamaz. Ya sarhoşlar ya da zayıf. Bazen ikisi birden. Ayrıca kendilerine inançları yok."

Sanchez, Peto'nun iyi olduğunu bilse de sokak dövüşünde usta olan Rex'in karşısında, genç keşişin şansı olduğuna inanmıyordu. Ayrıca Rodeo Rex'i severdi. Peto'yu da seviyordu ama genç keşişin Rex'i yenmesi, efsanevi dövüşçünün yıllarını verip yarattığı yenilmez dev imajını paramparça ederdi. Sokak dövüşçüsünün buna izin veremeyeceği âşikardı.

"Bu adamı yenemezsin. İyi dövüşçüsün evlat ama o senden iyi. Kendine bir iyilik yap, birinci rauntta dövüşü kaybetmeye hazırlan. Sana attığı ilk yumrukta yere devril ve yerde kal. Anladın mı?"

Peto ve Kyle ringden inip Rodeo Rex'e yaklaşmaya çalışan kalabalıktan uzaklaştı. Kendilerine ayrılan köşenin biraz ilerisinde, rahatça konuşabilecekleri bir alan buldular. Ringden onları izleyen Sanchez, yüzlerindeki ifadeden Peto'nun kazanacağına inandıklarını görebiliyordu. Ayrıca önceki tahminlerinde haklı olduğunu anladı. Kyle ve Peto, bunu kumar oynayıp bir sürü para kazanma fırsatı olarak görüyorlardı. Dövüş ve bahis hoşlarına gidiyordu.

Keşişler dakikalarca kafa kafaya verip taktiklerini belirlediler. Konuşmaları bittiğinde, Peto ringe tırmanırken, Kyle da bahse girmek için kalabalığa karıştı. İşi uzun sürmedi elbette. Birkaç dakika sonra geri dönmüş, ringdeki Peto'ya katılmıştı.

"Bahsi yatırdın mı?" diye sordu genç keşiş, köşelerinde bekledikleri sırada. Gidişattan endişelenen Sanchez, ringden inip kendisi için bahse girecek birilerini bulmaya karar verdi.

"Yatırdım," dedi Kyle göz kırparak. "Üstelik oranlar çok iyiydi."

Derken onları şaşırtan bir olay yaşandı. Dövüş başlamadan önce, Rodeo Rex konuşmak için yanlarına geldi. Peto'nun önceki rakiplerinden hiçbiri böyle bir girişimde bulunmadığı için, iki keşiş büyük bir dikkatle iriyarı dövüşçünün sözlerine kulak verdiler.

"İkiniz Hubal keşişlerindensiniz, değil mi?" Rex'in dudaklarından dökülen kelimeler de ses tonu da son derece medeniydi.

"Evet, nereden bildin?" diye sordu Kyle. Kulağa tepeden bakan bir soruymuş gibi gelebilir ama öyle değildi. Hayatını, içerek, dövüşerek ve serserilik yaparak geçiren birinin, Hubal keşişlerini duymuş olmasını gerçekten şaşırtıcı bulmuştu.

"Daha önce sizden birileriyle karşılaştım. İyi adamlardı. İyi dövüşçüydüler. Bu, iyi bir maç olacak."

İriyarı adamın tavırlarının inceliği ve konuşmasındaki nezaket, Peto'yu hazırlıksız yakalamıştı. Bıraktığı ilk intibanın aksine, anlaşılan hem görgülü hem belagat yeteneğine sahip biriydi.

"Teşekkürler. Şey, Hubal keşişleriyle daha önce ne zaman karşılaştın?" diye sordu kibarca.

Rex burun deliklerinden derin bir nefes alıp havayı sigara dumanını üflüyormuş gibi ağzından dışarı üfledi.

"Yıllar oldu. Sanırım siz de onlarla aynı nedenle buradasınız."

"Neymiş o?" diye sordu Rex'in ne bildiğini öğrenmek isteyen Kyle.

"Ay'ın Gözü. Eminim yine çalınmıştır. Haksız mıyım?"

"Belki," dedi Rex'in kendileriyle dalga geçip geçmediğini anlamaya çalışan Kyle. "Göz'ü nereden biliyorsun?" Yine, elinde olmadan tepeden bakar gibi konuşmuştu.

Rodeo Rex gülümsedi. "Ortak bir ilgi alanımız olduğunu söyleyebiliriz. Şu işi bitirelim de dövüşten sonra size bir içki ısmarlayayım. Belki birbirimize yardımcı olabiliriz."

"Elbette," dedi Peto çabucak. "Elbette seninle içki içmek istcriz. İstemez miyiz Kyle?"

"Kesinlikle," diye karşılık verdi Kyle. "Bir içki için sana katılmak çok hoşumuza gider Bay Rex."

"Sadece Rex. Ya da Rodeo Rex. Ama asla Bay Rex değil. Asla."

Ardından kalabalığın coşkulu tezahüratları eşliğinde, kendi köşesine dönüp zaferini kutlamak istiyormuşçasına kollarını havaya kaldırdı.

Otuz İki

Dante ve Kacy, Taş Kafa'nın yenilgisinden sonraki dövüşleri büyük bir ilgiyle izlediler. Kacy, ilk boksörü ve sonraki beş rakibini tepeleyen ufak tefek kel adamdan hoşlanmıştı ama Dante görünüşüyle düşmanlarını korkutacak bir fedai istiyordu. Aradıkları adam o değildi, ayrıca Dante'yi rahatsız eden başka detaylar da vardı.

İlk olarak, çadırdaki herkes birbirini tanıyor gibiydi. Hiçbirine güven olmazdı. İkinci olaraksa Masum Peto'dan hoşlanmamak için çok daha geçerli bir nedeni olduğunu keşfetmişti.

"Kacy, Peto'ya ve onun gibi görünen arkadaşına bak. Dikkatini çeken bir şey var mı?"

"Birbirlerine benziyorlar," dedi Kacy dalga geçerek.

"Kahretsin, o kadarını ben de görebiliyorum. Başka neye benziyorlar? Demek istediğim, karşımızda turuncu önlük, siyah pantolon giymiş ufak tefek iki kel adam var. Aklına hiçbir şey gelmiyor mu?"

"Belki renkkörüdürler."

"Hayır tatlım. Onlar keşiş. Baksana. Bu herifler keşiş. Güçlü keşişler. Hemen buradan gitmeliyiz. Bizi öldürmek için kasabadalar. Deli yaşlı kadın, birileri bizi öldürmeden taştan kurtulmamızı söylemişti. Bertram Cromwell da aynı şeyi söyledi."

Dante'nin bir kez olsun kendisinden hızlı davranmış olması, Kacy'nin beyninde alarm çanları çalmasına yol açtı.

"Tanrım, haklısın," dedi genç kadın, kısa bir duraksamanın ardından. "İyi ama kolyeyi onlara satamaz mıyız?"

"İmkânsız," dedi Dante, başını iki yana sallayarak. "Profesör mücevher için birkaç bin alabileceğimizi düşünüyor gibiydi. Keşişlerin haline bak. Onlara mücevherin bizde olduğunu söylersek, kafamızı koparıp onu bizden alırlar. Şimdilik ortadan kaybolalım. Yarın taşı mücevhercilere satmayı deneriz. Sonra da kasabadan tüyeriz."

"İyi de fedai tutma işi ne olacak?"

"O fikirden vazgeçtim. Fazla riskli. Buradaki herkes, birbirinin arkadaşı. Şimdilik, en iyisi dikkat çekmemek. Hiçbirine güvenebileceğimizi sanmıyorum."

"Tamam. Sana güveniyorum Dante. Sana hep güveneceğim. Öyle diyorsan gidelim."

Ve gittiler. Peto ile Rodeo Rex arasındaki dövüş başlamadan hemen önce. Ay'ın Gözü'yle ilgili hikâyelerin yarattığı paranoya, onları etkisi altına almıştı. Dante, dövüş çadırındaki herkesin kendilerine baktığına inanıyordu. O paranoyak ruh hali içinde, Kacy'ye bakan herkesin, genç kadının boynunda ne taşıdığını görebildiğine kendini inandırmıştı.

Oysa Ay'ın Gözü, kızın beyaz tişörtünün altında kaldığı için, kimsenin onu görmesi mümkün değildi. Neyse ki.

Taşı ele geçirmek için onları öldürmekten çekinmeyecek insanların varlığı konusunda uyarılmışlardı. Dikkatliydiler. Dövüş çadırından çıkarken, bu insanlardan birinin, mücevheri görse bir saniye bile tereddüt etmeden onları öldürecek başlığından yüzü görünmeyen bir adamın yanından geçtiklerini hiç bilmediler...

Otuz Üç

Santa Mondega Şehir Kütüphanesi en basit ifadeyle devasaydı. Santa Mondega gibi bir pislik yuvasının böylesine muhteşem bir kütüphaneye sahip olması Miles Jensen'ı çok şaşırttı. Öncelikle, üç katlı yapının her katı, neredeyse bir olimpiyat stadı büyüklüğündeydi. Ayrıca, on metrelik duvarlar silme kitap doluydu. Her katta, kitapların yanı sıra hoş bir şekilde düzenlenmiş okuma bölümleri vardı ve arkadaş canlısı bir garson, masalar arasında dolaşıp bedava kahveyi bardaklara dolduruyordu.

Jensen büyük bir heyecanla kütüphaneyi baştan aşağı dolaştı. Binayı gezmeyi bitirmek neredeyse bir saatini aldı ama kelimelere âşık insanlardan olduğu için, gezinin her adımı onun için bir zevkti.

"Keşke dünyanın her tarafında böyle kütüphaneler olsa," dedi kendi kendine.

Anonim bir yazarın kaleminden çıkma adı olmayan bir kitabı bulmak belli ki zor olacaktı ve onu romanların mı yoksa araştırmaların arasında mı aramak gerektiğini bilmemek durumu daha da güçleştiriyordu. İtiraf etmek istemese de Annabel de Frugyn denilen kişinin kitabı almasının avantajları da vardı. En azından, kitabı kendi başına aramak yerine, gidip danışmaya sorması için iyi bir bahaneydi.

Danışmadaki kadın, yirmili yaşların sonlarında, sade beyaz bir bluz giymiş, ufak tefek bir sarışındı. Demode bir gözlük takmıştı. Saçları topuz yapılmıştı ve yüzü makyajsızdı. Jensen kadının şöyle bir kendine çekidüzen verse, çok güzel birine dönüşeceğini düşündü. Klasik, "Ah... Ama siz aslında ne güzel kadınmışsınız Bayan Carstairs..." olayı. Bilirsiniz, kahraman gözlüklerini çıkarır, saçlarını arkaya savurur ve aslında süper modeller kadar güzel olduğu ortaya çıkar. Bu kadında da o potansiyel vardı. Belki bunun farkındaydı ama kütüphane gibi tenha bir yerde yanlış insanların dikkatini çekmemek için gizliyordu. Belki güzel görünmemek de kütüphanenin kurallarındandı ya da belki onu güzel bulan yalnızca Jensen'dı.

Ama ne dediklerini bilirsiniz, önemli olan iç güzelliğidir ve bu kadında anlaşılan ondan yoktu. Yaklaştığını görünce, etrafına içki şişeleri yerine kitaplar yerleştirilmiş bir bar tezgâhını andıran danışma masasının arkasından, Jensen'a adamın varlığından hoşlanmadığını belli eden dondurucu bir bakış fırlattı.

"Size nasıl yardımcı olabilirim beyefendi?" diye sordu, o gün bininci kez bu cümleyi söylüyormuşçasına bitkin bir ses tonuyla. Adil davranmak gerekirse, gerçekten öyle olması mümkündü.

"Bir kitabı arıyorum," diye yanıtladı Jensen.

"Dunn Sokağı'ndaki kasaba sordunuz mu?"

Ne harika. Kendini komik sanan biri.

"Evet. Ne yazık ki aradığım kitap ellerinde yoktu, ben de halıcıya ve şaka malzemeleri satan dükkâna uğradıktan sonra, şansımı kütüphanede denemeye karar verdim."

Yaka kartına göre adı Ulrika Price olan kadın, Jensen'ın yanıtından hoşlanmadı. Aptalca sorular soran ziyaretçilere karşı elindeki tek silah alaycılığıydı ve o silahın kendisine karşı kullanılmasından hiç hazzetmezdi.

"Aradığınız kitabın adı nedir beyefendi?"

"Korkarım ki bilmiyorum. Anlayacağınız..."

"Yazarın adı lütfen?"

"Sorun da bu. Kayıtlara göre, kitabın yazarı anonim."

Ulrika Price'ın sol kaşı havaya kalktı. Belli ki aldığı yanıtı komik bulmamıştı. Birkaç saniye boyunca, Jensen'ın şaka yaptığını itiraf edip doğru düzgün bir yanıt vermesini bekledi. Derken, kadının suratındaki ifade değişti. Kötü bir şaka yaptığını zannettiği adamın ciddi olduğunu anlamıştı.

"Tanrı aşkına," diye iç çekti. "Roman mı araştırma mı?"

Jensen, gülümseyip omuz silkti. Bayan Price, gözlerini kapayıp yavaşça başını ellerinin arasına gömdü. Zaten zor olan bir gün, şimdi iyice can sıkıcı bir hal almıştı.

"Bilgisayar kayıtlarını kontrol edebilir misiniz? Yanılmıyorsam, son olarak Annabel de Frugyn adlı bir hanım kitabı kütüphaneden almış."

Ulrika Price başını kaldırdığında, keyfi az da olsa yerine gelmişti.

"Eliniz boş gelmemişsiniz, demek budalanın teki değilsiniz," dedi.

"Olmadığımı düşünüyorum," diye karşılık verdi Jensen. Aynı şekilde karşılık vermesini umarak kadına gülümsedi.

Az öncesine kadar son derece gergin olan Bayan Price, gülümseyerek onu şaşırttı. Gözlerinde, artık Jensen'dan hoşlandığını belli eden parıltılar bile vardı. *Bu kadın benden hoşlandı. Belki bundan sonrası daha kolay olur.* Kütüphaneci, alt taraftaki klavyenin düğmelerine dokundu. Ellerine bakmadan yazıyordu. Bakışları, sağ taraftaki ekranın üzerindeydi. Jensen ekranda yazanları göremese de işi bittiğinde kadının ekranı çevirip sonuçları kendisine göstereceğini umuyordu. Kadın bunu yapmadı. Belli ki ona daha o kadar kanı kaynamamıştı.

"Haklısınız," diyen kadının sesinde şaşkınlıktan eser yoktu. "Anabel de Frugyn yakın zamanda bir kitap almış. Kayıtlarımıza göre, adı olmayan ve yazarsız bir kitap."

"Güzel, demek haklıymışım," dedi Jensen. "Bana kitaptan bahsedebilir misiniz? Hangi bölümden alınmış, hangi başlık altındaymış? Siz bilmiyorsanız, burada çalışanlar arasında bu konularda bilgisi olan kimse var mı?"

"Sorularınızın yanıtını, ancak ve ancak kütüphanenin üyelerindenseniz verebilirim beyefendi. Ve ben, öyle olduğunuzu sanmıyorum. On yıldır burada çalışıyorum. Bütün üyelerimizi tanırım ve sizi daha önce hiç görmedim."

"Sizi temin ederim ki kütüphaneye üyeyim Bayan Price. Adım John Creasy ve daha geçen hafta iki kitap aldım."

Kadının yüzündeki gülümseme kayboldu. Yeniden klavyenin tuşlarına bastı ve kaşlarını çatarak ekrana baktı. Eğer bir aksilik olmamışsa, karşısında Jensen'ın önceki gece yaratıp kütüphanenin veri bankasına kaydettiği John W. Creasy'nin kütüphane kayıtlarını görmesi gerekirdi. Dedektif, böyle bir sorunla karşılaşma ihtimaline karşı hazırlıklı davranmış, ismi de Denzel Washington'ın oynadığı bir karakterden ödünç almıştı. John Creasy, kullanmaktan hoşlandığı takma adlardan biriydi ve kütüphane kartı da dahil olmak üzere, bu kimliği destekleyecek sahte belgelere sahipti.

"Kimliğiniz var mı? Kütüphane kartınız?" diye sordu Bayan Price.

"Elbette var Bayan Price."

Jensen ceketinin cebinden cüzdanını çıkardı. Kütüphane kartını ve ehliyetini, suratını asan kütüphaneciye uzattı. Kadın ikisini eline alıp bir saniyeden kısa süre inceledikten sonra masaya bıraktı.

"Komik," dedi adama. "Siyah olmanız sayılmazsa, kesinlikle Denzel Washington'a benzemiyorsunuz."

Tavırlarından, Denzel Washington'ın filmini gördüğü ve Jensen'ın yalan söylediğini bildiği anlaşılıyordu. Öyle bile olsa, bir kütüphaneci, kimliğini gösterebilen bir adamdan neden şüphelensin, diye sordu kendi kendine Jensen. Belki John Creasy adını kullanmayı bırakmalıydı. Yazık olacaktı, çünkü bu ismi seviyordu ama bir kütüphaneci bile sahte olduğunu anlıyorsa, suç dehaları karşısında hiç şansı olmazdı.

"Aradığım kitap hakkında ne biliyorsunuz?" diye sordu yeniden.

"Hiçbir şey," diye yanıtladı kadın. Suratını asmayı bıraktı, kibirli bir gülümsemeyle Jensen'a baktı. "Annabel de Frugyn adlı kadının yakın zamanda onu aldığı dışında hiçbir şey."

"Bütün üyeleri tanıdığınızı söylemiştiniz, yanılıyor muyum? Beni saymazsak."

"Evet."

"Bana Annabel de Frugyn'in nerede oturduğunu söyleyebilir misiniz?"

"Adresi kayıtlarda yok."

"Adresi kayıtlarda var mı diye sormadım." Jensen'ın sesi otoriter bir tona büründü. "Nerede oturduğunu söyleyip söyleyemeyeceğinizi sordum."

"O bir Çingene. Belli bir adresi yok."

"Adresi olmayan birinin kitap almasına izin mi veriyorsunuz?"

"Evet."

"Neden?"

"Çünkü verebilirim." İfadesiz bir yüzle, Jensen'ın sert bakışlarına karşılık verdi.

Jensen öne eğilip ellerini danışma masasına yasladı. Yüzünü gözdağı vermeye çalıştığını açıkça belli edecek şekilde Ulrika Price'ın yüzüne yaklaştırdı.

"Onu nerede bulabileceğime dair bir tahmin yürütün," dedi buz gibi bir sesle. "Hayatı tehlikede. Onu zamanında bulamazsam ve öldürülürse, ölümünden siz sorumlu olacaksınız."

"Demek polissiniz?"

"Evet, öyleyim ve bu boktan kasabada yaşayan örnek bir kütüphaneci olarak göreviniz bana yardım etmek. Söyleyin, Annabel de Frugyn'i nerede bulabilirim?"

"Bir karavanda yaşıyor ama iki gece üst üste aynı yerde kalmaz. Bütün bildiğim bu."

"Bütün bildiğiniz bu mu?" Jensen kadının yalan söylediğinden şüphelendiğini belli etti.

"Pek sayılmaz." Bayan Price iç çekti. Ardından derin bir nefes aldı. "İlginizi çekebilecek bir şey daha var."

"Devam edin."

"Başka bir adam, sabah gelip onu ve kitabı sordu."

"Hangi adam? Nasıl biriydi?"

Ulrika Price aniden gerildi. Hatta hafifçe titredi. Buz gibi bakışları ve yukarıdan bakan havaları kaybolmuştu. "O'ydu. Yüzü olmayan adam."

"Yüzü olmayan mı? Siz neden bahsediyorsunuz? Ne demek yüzü olmayan? Maske mi takıyordu?"

"Asla yüzünü göstermez," diye yanıtladı kadın alçak sesle. Sesi titriyordu ve gözleri dolmaya başlamıştı. Jensen kadına gözdağı vermeye çalıştığı için suçluluk duydu. Başını uzaklaştırıp kadını rahat bıraktı. "Başlığından yüzü görünmeyen bir adamdı," diye devam etti kadın. "Onu, geçen tutulmadan beri Santa Mondega'da görmemiştik. Bu ikinci gelişi."

"Başlığından yüzü görünmeme hikâyesi de ne? Yoksa gelen, Burbon Kid miydi? Eminim ki Burbon Kid'i duymuşsunuzdur?" Heyecandan yerinde duramıyordu.

"Evet, onu duydum. Herkes duydu. Ama dediğim gibi, bu adamın yüzünü hiç görmedim, o olup olmadığını bilmiyorum. Gerçi... öteki adamın yüzünü görmüşlüğüm de yok."

Jensen parmaklarıyla ritim tutmaya başladı. Düşünürken yaptığı bir hareket. Ritim tutmak, zekâsını keskinleştiriyordu. Artık sorgulamayı hızlandırmanın zamanı gelmişti.

"Tamam, tamam. Şu yüzü görünmeyen adam size ne söyledi?" dedi endişe içinde.

"Aptalca bir şey yaptım." Yine titrek, yumuşak ses tonu. "Ne demek istiyorsunuz? Ne yaptınız?" Hızlı konuşsana be kadın, diye geçirdi içinden.

"Ona Annabel de Frugyn'in adresini verdim."

"İyi de az önce bana kadının bir adresi olmadığını söylediniz."

"Yok. Ona kasabadaki gangsterlerin liderinin adresini verdim. El Santino diye biri."

"El Santino mu? Hiçbir şey anlamıyorum. İyi de bunu neden yaptınız?"

"Çünkü adam Burbon Kid'se, o zaman o, beş yıl önce kocamı öldüren kişi. Onu El Santino'nun yerine yollarsam, birbirlerine saldıracaklarını düşündüm. El Santino, Burbon Kid'i öldürebilecek tek kişi. Böylece, beş yıl önce bana çektirdiklerinin intikamı alınmış olacak."

Jensen masadan uzaklaştı. Kadın her şeyi altüst etmişti. Kaz kafalı sürtük. Anlattıkları işe yarar şeylerdi ama Jensen bu bilgilerle ne yapacağını bilmiyordu. Bir plan yapmak istiyorsa, ilkönce Somers'ı bulup duyduklarını anlatmalıydı. Ama gitmeden, Ulrika Price'a sormak istediği bir soru daha vardı.

"O adamın iki kere geldiğini söylediniz. Yanlış duymadım ya?"

"Doğru duydunuz."

"Önceki gelişinde neler oldu?"

"Birkaç hafta önceydi. Girdiği anda kütüphane boşaldı. Herkes korkup kaçtı. Sadece çalışanlar kaldı geriye. Adam, danışmaya gelip bilgisayarı kullanmasına izin vermemi istedi."

"Siz de... izin mi verdiniz?"

"Başka ne yapabilirdim? Çok korkmuştum."

"Bilgisayarda neye baktı?"

"İşi bir dakikadan kısa sürdü. Birkaç ismi not alıp gitti."

"İsim listesini gördünüz mü?"

Kütüphaneci, gözyaşlarını tutmakta güçlük çekiyormuş gibi burnunu çekti.

"Hayır, ama gittiğinde neye baktığını kontrol ettim. Adı olmayan kitabı okuyanların isimlerine bakmıştı."

Miles Jensen şimdi her şeyi anlıyordu. Kid, kitabı okuyanların adlarına ulaşıp onları öldürmeye başlamıştı. Ne var ki bu gelişme Garcia'ların veya Elvis'in ölümünü açıklamıyordu. Aklına yeni bir soru geldi.

"Bayan Price, Thomas ve Audrey Garcia diye birilerini tanıyor musunuz?"

Ulrika başını sallayıp bir iki kere burnunu çekti. "Evet, Audrey arada bir buraya gelir. Kitap almışlığı yok ama burada okur. Adı olmayan kitabı birkaç ay önce okuduğunu zannediyorum."

"Anlıyorum. Yüzü görünmeyen adama bunu söylediniz mi?"

"Hayır, ona hiçbir şey söylemedim."

"Tamam. Teşekkürler Bayan Price," diyen Jensen, John Creasy'nin kimliklerini alıp cüzdanına koydu. "Beni iyi dinleyin, gerçek adım Miles Jensen. Dedektif Jensen." Devam etmeden önce rozetini çıkarıp kadına gösterdi. "Bilmem gerektiğine inandığınız bir detayı hatırlayacak olursanız, gözünüze ne kadar önemsiz görünürse görünsün hemen beni arayın. Santa Mondega Karakolu'ndan bana ulaşabilirsiniz. Ortalıkta yoksam, Archibald Somers'ı isteyin."

Ulrika Price'ın kaşı tekrar havaya kalktı. "Archibald Somers mı? Polis kuvvetlerine geri mi döndü?"

"Öyle sayılır. Onu tanıyor musunuz?"

"Elbette tanıyorum. O adam, Burbon Kid soruşturmasını arapsaçına döndürmüştü. Onun yüzünden kocamın katili hiç bulunamadı."

"Kocanızın katilini bulacağım Bayan Price. Gerçek şu ki, Archibald Somers'ın bana çok yararı dokunuyor. Vakayla ilgili çok şey biliyor. Ama içiniz rahat olsun, bu işin sorumluluğu bende. Bu sefer katilin elimizden kaçmasına izin vermeyeceğim."

Jensen'ın özgüveninden etkilenen Ulrika gülümsedi. "Teşekkürler," diye fısıldadı.

"Bir şey değil. Kendinize iyi bakın Bayan Price."

Jensen, düşünceler içinde kütüphaneden ayrıldı. Ön kapıdan geçip sokağa çıktığı sırada, Ulrika Price telefonun başına geçmiş birini aramakla meşguldü. Telefon tek bir kez çaldı. Karşı taraf hemen karşılık verdi. Tek bir kelime. "Alo."

"Merhaba, ben kütüphaneden Ulrika... Miles Jensen az önce buradaydı... Evet, aynen ona söylememi istediğiniz şeyleri söyledim... Evet, kelimesi kelimesine."

Otuz Dört

"Peto! Uyan! Uyan, ben Kyle. İyi misin?"

"Neler oldu? Beynim zonkluyor. Ay!"

Peto kendini tren çarpmış gibi hissediyordu. Neredeydi? Hiçbir şey hatırlamıyordu. Tek görebildiği, bembeyaz gökyüzü ve Kyle'ın koca suratıydı. Galiba kendisini çimenlere yatırmışlardı. İyi de neden? Buraya nasıl gelmişti?

"Aynı planladığımız gibi, birinci rauntta yenildin," dedi sırıtarak ona bakan Kyle. "Ama yenilginin gerçekmiş gibi görünmesi konusunda iyi bir iş çıkardığını söyleyemem. Yere yıkılmadan önce ona bir iki yumruk atabilirdin."

"Ha? Ne?"

"Hadi Peto. Dalga geçmeyi bırak. Dövüşürken numara yapman gerekiyordu, sonrasında değil. Şimdi bizi izleyen kimse yok."

"Kyle, neredeyim?"

"Acil yardım ekibiyle dışarıdayız."

Peto başını sola çevirdi. Beyaz önlüklü ve stetoskoplu doktoruyla ambulans, birkaç adım ötedeydi. Aracın kapısına yaslanan doktor, keşişe gülümsedi. Peto'nun bütün vücudu öylesine sızlıyordu ki istese bile hareket edebileceğine emin değildi. Temiz havanın kokusunu alıyor ve gördüklerinden, büyük çadırın önündeki çimenliğe yatırıldığını anlıyordu, ama oraya nasıl geldiğini hatırlamıyordu. Her şey çok bulanıktı.

"Şu, dövüştüğümüz çadır mı?" diye sordu.

"Evet, hadi ama," dedi sabrı tükenen Kyle. "Kendine gel. Birazdan, bir tek atmak için Rodeo Rex denilen nazik adamla buluşacağız."

"Nazik adam mı! Beni neredeyse öldürüyordu! Adam tam bir psikopat."

O ana kadar Hubal keşişi kardeşinin gerçekten yaralanmış olmasına ihtimal vermeyen Kyle, soru sorarcasına Peto'ya baktı.

"Ne yani, numara yapmıyor muydun?"

"Hayır lanet olasıca! Numara yapıyormuş gibi görünüyor muyum? Adam neredeyse beynimi dağıtacaktı." Birden endişelendi. "Dişlerim yerinde duruyor mu?"

Peto okkalı küfürler eşliğinde kendini toparlamaya çalışırken Kyle, keşiş kardeşinin küfrederek günah işleyişini duymazdan gelmeye çalıştı.

"Evet," diyerek Peto'nun içini rahatlamayı denedi. "Rex dişlerini dökmemek için yumruğuna çok yüklenmemiş. Sence de büyük nezaket değil mi?"

"Hem de nasıl! Bir içkiyi hak ediyor desene. Lanet olsun, beynim zonkluyor. Lanet."

Küfürleri affetmenin de bir sınırı vardı. Kyle, Peto'nun küfürlerini yeterince alttan almıştı. "Artık küfretmeyi kesebilir misin Peto? Bunu yapman son derece gereksiz."

"Bak ne diyeceğim, Rodeo Rex gelecek sefer senin kahrolası kafana vursun. Bakalım o zaman ne diyeceksin mankafa."

Peto doğrulup öfkeyle akıl hocasına bakmaya çalıştı ama aniden hareket etmek, başının dönmesine neden olunca, sonraki birkaç saniyeyi gözlerini kırpıştırıp kendine gelmeye çalışarak geçirdi. Başlangıçta dayak yiyen arkadaşına anlayış göstermeye kararlı olan Kyle ise bu saldırgan tavırlardan rahatsız olmuştu.

"Sakinleş," dedi Kyle, neredeyse emir tonuyla.

"Sakinim. Sakin görünmüyor muyum?"

"Hayır."

"Sakin olduğumu varsayamaz mıyız?"

"Pekâlâ."

Kyle, çömezinin ayağa kalkmasına yardım etti ve sonraki birkaç saniye boyunca ona yeniden nasıl yürüneceğini öğretti. Peto'nun zihnindeki bulutlar dağıldığında, çok uzakta olmayan bira çadırının yolunu tuttular.

Susuzluklarını giderme zamanı gelmişti.

Otuz Beş

Rodeo Rex, kalabalığın ilgisiyle şımarmıştı. Onu seviyorlardı, o da sevilmeyi seviyordu. Bütün o heyecan ve kargaşa içinde Sanchez, oldubittiye getirip her nasılsa Rex'in köşesinin sorumluluğunu üstlenmişti. Barmene o güne kadar verilmiş en büyük onurdu. Kasabaya geldiği zamanlarda Tapioca'ya uğrayan Rex'i yıllardır tanırdı. Adam, Santa Mondega'da hiçbir zaman bir iki haftadan uzun kalmaz ama bu süre zarfında herkesin hayatını renklendirirdi. Genellikle birilerine attığı dayakları içeren harika hikâyeler anlatır, serserileri haklayıp güzel kızların kalbini kazanışından bahsederdi.

Peto'dan sonraki dördüncü rakibini yendiğinde, artık karşısına çıkmayı isteyen kimse kalmamıştı. Ayağını ringin en alttaki ipine yaslayan Sanchez, elindeki havluyla Rex'in alnını siliyordu. Bir süre daha, yeni bir gönüllü çıkmasını beklediler.

"Dövüşler için mi geldin yoksa iş için mi buradasın?" diye sordu Sanchez.

"İş için. Bunlar daha ısınma turları."

"Öldüreceklerin arasında tanıdığım birileri var mı?"

Sanchez, Rex'in hayatını nasıl kazandığını bilmese de işin içinde bolca cinayet olduğu izlenimine kapılmıştı. Adam galiba kelle avcısıydı ama hikâyelerine kulak verenler, paradan ziyade keyfi öyle istediği için birilerini öldürdüğünü bilirlerdi.

"Şimdilik ben bile kimi öldüreceğimi bilmiyorum. Böylesi daha eğlenceli." Duraksayıp Sanchez'e baktı. "Son zamanlarda, bilmem gereken ilginç şeyler oldu mu?"

Onca dövüşe rağmen, Rex hiç yorulmamıştı. Zımba gibiydi. Keyfi de yerindeydi. Ne yazık ki Sanchez'in vereceği haberi duyduktan sonra, bu kadar keyifli olamayacaktı. Barmen, anlatacaklarının Rex'in suratına o gün yediklerinden çok daha sert bir yumruk gibi inmesinden korkuyordu. Dile kolay, adama onca yıllık arkadaşı Elvis'i bir daha asla göremeyeceğini söylemek zorundaydı.

"Dinle Rex, bunu söylemek kolay değil ama kötü haberlerim var. Arkadaşın Elvis dün nalları dikti. Cesedini başka birinin dairesinde bulmuşlar. İşkence edilip öldürülmüş."

Bu haber gerçekten de Rex'in keyfini kaçırdı. Dövüşçünün suratı asıldı, yüzündeki gülümseme kaybolup gitti. Önce üzüldü, sonra şaka yaptığını söylemesini bekliyormuşçasına başını kaldırıp umut içinde Sanchez'e baktı. Ama o an da çabucak geçip gitti.

"Nasıl yani? Dostum Elvis, yani Kral, öldü mü? Nasıl olmuş? Daha da önemlisi onu kim haklamış?"

"Katili henüz yakalayamadılar. Cinayeti kimin işlediğini kimse bilmiyor. Jefe diye biri cesedi görmüş. Çarmıha gerilir gibi tavana çivilendiğini söyledi. Vücuduna bıçaklar saplıymış. Gözbebeklerine, göğsüne..."

Lanet olsun! Sanchez aniden gereğinden fazla bilgi verdiğini fark etti. Rex herhalde arkadaşının ölümünün iğrenç detaylarını duymak istemezdi.

"Demek öyle." İriyarı adam iç çekti. "Onu Jefe mi buldu?" diye sordu. "Meksikalı kelle avcısı Jefe'yi mi kastediyorsun?"

"Evet," dedi Sanchez.

"Sence o yapmış olabilir mi?"

"Mümkün. O da acımasız bir katildir."

Cinayeti işleyen Jefe olsa ve Rex bunu öğrense, Jefe hiç düşünmeden kasabayı terk ederdi. Rex'in birini öldürmek için geçerli bir nedene ihtiyacı yoktu ama bir nedeni varsa, o zaman karşısındakinin korkunç acılar çekeceğine kesin gözüyle bakılırdı. O kişi, Jefe gibi güçlü kuvvetli biri olsa bile.

"Kasabalıların hiçbiri Elvis'e yan gözle bakmaya cesaret edemezdi," dedi Rex dişlerinin arasından. "Söylesene, kasabada bu cinayeti işlemiş olabilecek yeni birileri var mı?"

"Dalga mı geçiyorsun? Kasaba yabancı kaynıyor. Örneğin şu iki keşiş var. Hepsi bu da değil. Haklarında hiçbir şey bilmediğin bir sürü insan ortalıkta dolanıyor."

"Öyleyse neden beni bilgilendirmiyorsun?"

Sanchez havluyu omzuna atıp ringin kenarında duran su kovasından ıslak süngeri aldı. Elvis'in ölüm haberiyle adamın içinde birikmeye başlayan öfke alevlerini söndürebilmek umuduyla, süngerin sularını Rex'in inip kalkan göğsüne damlattı.

"Garip şeyler oluyor Rex. Kardeşim ve eşi benzer şekilde öldürüldü. Önceki sabah, ziyaretlerine gittiğimde onları yerde buldum. Ölmüşlerdi, üstelik kolay bir ölüm olmamıştı.

Cinayetleri işleyen pisliği birkaç saniyeyle kaçırdım. Tek görebildiğim, olay yerinden uzaklaşan sarı Cadillac'tı. Elimdeki ipuçları bu kadar. Elvis benim için sarı Cadillac'ın sahibini arıyordu... Derken onu da öldürdüler. Tahminimce pisliği bulmuş olmalı."

"Demek sarı Cadillac'la dolaşan birini arıyoruz? Thomas ve Audrey de öldü demek? Lanet olsun, anlaşılan kasabada planladığımdan uzun kalacağım."

Rex'in, kardeşinin ve eşinin adlarını hatırlaması, Sanchez'i heyecanlandırdı. Daha da önemlisi Rex'in, Sanchez'in kardeşi Thomas'ın intikamını almak istiyormuş gibi konuşmasıydı! Demek Rex, Sanchez'e önem veriyordu. Elbette Rex'in asıl amacı, Santa Mondega'daki en yakın dostunun, Elvis'in intikamını almaktı. Ama anlaşılan artık Sanchez'i de sıradan bir barmen değil, bir arkadaş olarak görüyordu.

Sanchez, Rex'in terlerini silmeyi bitirince süngeri kovaya bıraktı. Etrafa bakındı, yeni gönüllü çıkmayacağına artık emindi. Kalabalık sakinleşmiş olduğu için, kimse kafasının kırılması riskine girmek istemiyordu. Rex de yeni bir dövüş olmayacağını anlamış olacak ki Sanchez'in omzundaki havluyu kaptı. Koltuk altlarını ve ensesini kuruladı.

"Bilmem gereken başka bir şey var mı Sanchez?"

"Aslında var. Jessica diye bir kadın, kardeşimin tavan arasında kalıyordu. Onu oraya saklamıştık. Beş yıldır komadaydı ama anladığım kadarıyla, cinayetlerden hemen önce uyanmış. Dün birdenbire bara geldi. Hiçbir şey hatırlamadığını söylüyor ama galiba olay olduğunda o da oradaymış."

"Thomas ve Audrey'i onun öldürmediğine emin misin?"

Sanchez elbette bu ihtimali düşünmüştü ama Jessica cinayet işleyecek bir tipe benzemiyordu. Ayrıca o kadar vahşi bir saldırıyı hayata geçirecek kadar güçlü değildi.

"Sanmıyorum. Öyle bir tipe benzemiyor. Çok hoş bir kadın."

Rex başını iki yana salladı. "Görünüşe aldanma Sanchez," dedi. "Eminim ufak tefek keşiş ringe çıktığında kimse onun üzerine bahse girmemiştir. Oysa sonuca bak, herkes ne kadar dişli olduğunu görmedi mi? En azından, ben işini bitirene kadar."

"Haklısın ama cinayetleri Jessica'nın işlediğini sanmıyorum. Onda özel bir şeyler var. Beş yıl önce yüz kurşun yemişti. Bu yüzden komadaydı."

Rex'in gözleri kocaman açıldı. Konuşmayı dinleyen kimse olmadığına emin olmak için etrafı kontrol etti.

"Burbon Kid'in karşısına dikilen kadından mı bahsediyorsun?" diye sordu alçak sesle.

"Evet. Nereden biliyorsun?" Artık Sanchez de alçak sesle konuşuyordu.

"O olayı herkes biliyor. Yani o da mı kasabada? Bunca zamandır onu kardeşin mi saklıyordu? Neden bana söylemedin?"

"İlgileneceğini düşünmedim. Ayrıca komaya girmeden önce, bana kendisini ve sırrını saklamam için yalvarmıştı. Onu öldürmek isteyenler varmış. Elbette, şimdi bunların hiçbirini hatırlamıyor. Ama ben sözümü tuttum. Onu nerede sakladığımı kimseye söylemedim."

Rex derin bir nefes alıp başını iki yana salladı.

"Lanet olsun Sanchez, belki de her şeyin anahtarı o kadındır. Burbon Kid'in öldüremediği tek kişi o. Onunla konuşmalıyım. Belki kardeşini ve Elvis'i kimin öldürdüğünü bize söyleyebilir. İçimde bir his, cinayetleri Burbon Kid işledi diyor. Lanet pislik."

"İyi de o ölmedi mi?"

"Buna bir an bile inanmadım. Her şeyime bahse girerim ki o pislik hâlâ hayatta ve çok yakında onu tekrar göreceğiz."

Rex'in konuyu sahiplenişi ve tutkulu konuşmaları Sanchez'i endişelendirdi. Anlaşılan, Elvis'in ve Thomas'ın ölümlerinin intikamını almaktan fazlasını planlıyordu.

"Dinle Rex, bilmem gereken bir şey mi var?" diye sordu tedirgin olan Sanchez. "Bir şeyler mi olacak? Eğer burbon içen o sefil yaratık geri gelecekse, Ay Festivali olsun olmasın barımı kapayacağım."

"Sanchez, dostum, inan bana kasabada ne aradığımı bilmek istemezsin... Hem de hiç istemezsin. Şimdi gidip keşişleri bulmalıyım. Onlarla konuşmamız... Lanet olsun inanamıyorum!"

Rex'in gözleri aniden Sanchez'in sağına, çadırın girişine kaydı.

"Ne oldu?" Sanchez, Rex'in dikkatinin dağıldığını fark etmişti. Gördüğü şey Rex'in neşesini kaçırmış, hatta öfkeden küplere bindirmişti. Kelle avcısı, artık avının üstüne atlamaya hazırlanan bir hayvan gibi davranıyordu.

"O burada! Lanet herif," diye fısıldadı.

"Kimden bahsediyorsun?"

Rex'in gözleri, Sanchez'in arkasında bir noktaya dikilmişti.

Sanchez, Rex'in nereye baktığını görmek için başını çevirdi. Çadırın uzak köşesinde kahve standı vardı. Bir, bir buçuk metre uzunluğunda bir masanın arkasındaki garson, müşterilere kahve servisi yapıyordu. Tezgâhın önü boştu, çünkü içki satılmıyordu ve Santa Mondega'da kahve içenlerin sayısı yok denecek kadar azdı. Çadırdaysa kahve içen tek bir kişi bile yoktu. En azından o ana dek. Ama şimdi bir adam, masanın başına geçmiş, kahvesini yudumluyordu.

Sanchez'in kalbi duracak gibi oldu. Burbon Kid'i beş yıldır görmemişti ve öldüğüne inanıyordu. Bu sayede yıllardır rahat uyuyordu. Ama yanılmıştı demek, adam oradaydı işte, durmuş kahvesini içiyordu. Başlığı yüzünü örttüğü için, Sanchez'in kesin konuşmasına imkân yoktu ama bir adamın, barınızı dolduran insanları soğukkanlılıkla öldürüşüne şahit olmuşsanız, bir kilometre ötedeki bir ağacın arkasına saklanmış bile olsa onu tanırsınız.

"Aman Tanrım," dedi Sanchez yüksek sesle. "Burbon Kid."

"Ne?" dedi Rex, Sanchez'e dönerek. "Nerede?"

"İşte!" Sanchez, adamı işaret etti. "Gözlerini diktiğin adam o. Orada duran, Kid'in ta kendisi."

Rex bir eliyle beyaz havluyu Sanchez'in boynuna dolayıp diğer eliyle havlunun boştaki ucunu yakaladı. Ardından iki taraftan çekip sıkarak Sanchez'in yüzünü kendisininkine yaklaştırdı. Arkadaşça tavırları kaybolmuş, yerini saldırganca tavırlar almıştı.

"Benimle dalga mı geçiyorsun Sanchez? Çünkü öyleyse seni öldüreceğim." Ne hırıltılı ses, diye düşündü nefes alamadığı için bayılmak üzere olan Sanchez. Rex'in sesi gerçekten de bayağı hırıltılıydı.

"Hayır dostum, yemin ederim bu o. Bu Kid." Sanchez, hangisinden daha çok korktuğunu bilmiyordu, Rex'ten mi, girişin yanındaki kukuletalı adamdan mı?

Aynı anda kahve standına baktılar. Adamın yerinde yeller esiyordu. Göz açıp kapayıncaya dek ortadan kaybolmuştu. Kalabalığın arasına karışıp gitmişti.

"O adamın Burbon Kid olduğuna mı inanıyorsun?" diye sordu Rex.

"Öyle olduğuna eminim."

Rex, Sanchez'in sözüne güvenmek zorundaydı, çünkü Burbon Kid'le karşılaşmamış, yalnızca anlatılan hikâyeleri duymuştu. En azından o ana dek öyle sanıyordu. Derin düşüncelere daldı. Demek, arkadaşı Elvis'in öldürüldüğü gerçeğini kabullenmek zorunda olması yetmezmiş gibi, bir de Burbon Kid'le daha önce tanıştığı gerçeğiyle yüzleşmek zorundaydı. O zamanlar, karşısındakinin Burbon Kid olduğunu bilmiyordu elbette. Tanrı aşkına, bu gerçekten mümkün olabilir miydi?

"Lanet herif! Sanchez, o olduğuna emin misin?"

"Lanet olsun, tabii ki eminim. Beş yıl önce bütün müşterilerimi öldürüşüne şahit oldum. Onu nerede görsem tanırım." Sanchez bir an duraksadıktan sonra devam etti. "Bekle bir saniye, sen onu kim sandın?"

Rex barmene sırtını dönüp yavaşça ringin ortasına yürüdü. Kalabalık, bir şeylerin yanlış gittiğini ve Rex'in bir daha dövüşmeyeceğini hissetmişçesine sessizleşti. Ringin yakınına toplanmış olanlar, adamın çıldırması ihtimaline karşı ringden uzaklaştı.

Rex çıldırmış falan değildi, sadece Sanchez'e çok az insanın bildiği bir şeyi açıklamaya hazırlanıyordu. Yeniden Sanchez'e dönüp tir tir titreyen barmene gözlerini dikti. "O adam," dedi yavaşça. "Yani Burbon Kid olduğunu söylediğin adam, bunu yapan kişi." Rex, sağ elini –siyah eldivenli elini– havaya kaldırdı.

"Enfes," dedi Sanchez. "Gerçek deri mi?"

"Eldivenden bahsetmiyorum, seni budala... Bundan bahsediyorum." Sol eliyle parmaklarından tutup çekerek eldiveni gevşettikten sonra bir hamlede çıkardı. İçinden çıkan el, Sanchez'in o güne dek gördüğü hiçbir ele benzemiyordu. Etten ve kemikten değildi. Rodeo Rex'in yumruğu, gerçekten çeliktendi. Gıcır gıcır metal bir el. Öyle incelikli bir şekilde tasarlanmıştı ki eklem yerleri bile, normal bir elinki gibi düzgün çalışıyordu.

"Tanrım," dedi ne diyeceğini bilemeyen Sanchez. "İlk kez böyle bir şey görüyorum. Böyle eller yapabildiklerini bile bilmiyordum."

"Yapamıyorlar," dedi Rex. "O pislik elimdeki bütün kemikleri kırdığında bu metal eli yaptım. O gün bugündür onunla yeniden karşılaşıp çelik yumruğumu suratına indireceğim anı iple çekiyorum." Metal elini yumruk yaptı.

Sanchez şaşkındı. "Dövüşte seni yendi mi?" Duyduklarına inanamadığı için soruyu ağzından kaçırmıştı. Akıl alacak şey değildi.

"Dövüştük denemez. Daha çok güç testiydi. O gün şansı yaver gitti. Gelecek sefer o kadar şanslı olmayacağına emin olabilirsin."

Beklenmedik bir açıklama. Sanchez o güne dek herhangi birinin Rex'in yenildiğinden bahsettiğini duymamıştı. Az farkla yenilen bile yoktu. Adam rakiplerini ezer geçerdi. Barmen, bu konuyu kurcalamanın akıllıca olmayacağına karar vererek konuyu değiştirdi.

"Demek, dünyada böyle bir ele sahip olan tek kişi sensin," dedi adama.

"Evet. Ben ve bir de Luke Skywalker."

Otuz Altı

Teğmen Scraggs, polis kuvvetlerine yıllarını vermiş olsa da şimdiye kadar hiç Şef Rockwell'le gizli bir toplantıya çağrılmamıştı. Çağrılanı da duymamıştı ama bu, şaşırtıcı değildi: Gizli toplantılar, gizli olurdu. Rockwell'den gelen notta şöyle yazıyordu: "BENİMLE SAAT DÖRTTE SOYUNMA ODASINDA BULUŞ. KİMSEYE BİR ŞEY SÖYLEME."

İşte oradaydı, karakolun bodrumundaki kullanılmayan soyunma odasında oturmuş şefi bekliyordu. Yıllar önce karakolun bir spor salonu vardı ama kimsenin açıklamaya gerek duymadığı nedenlerden ötürü kapatılmıştı. Orada kötü bir şeyler olduğu ve olayların hasıraltı edildiği söylenirdi. Herhalde Şef Rockwell, neler olduğunu biliyordu ama bu bilgiye sahip olanların sayısı bir elin parmaklarını geçmezdi. Santa Mondega polis kuvvetleri, sırlar konusunda rahatlıkla yeraltı dünyasıyla yarışabilirdi.

Saat 16.01'de Scraggs, Şef Rockwell'ın merdivenlerden indiğini duydu. Şef, bir dakika geç kalmıştı ama Scraggs'ın buna değinmeye niyeti yoktu. Jessie Rockwell'e hayrandı ama ondan korkardı da. Kısaca, geç kaldığından yakınabileceğiniz türden biri değildi.

Rockwell kapıyı açıp başını içeri uzattı.

"Yalnız mısın?" diye fısıldadı, gözleriyle soyunma odasını kontrol ederken.

"Evet efendim," diye fısıldayarak karşılık verdi Scraggs.

"Buraya geleceğini kimseye söyledin mi?"

"Hayır efendim."

"Güzel." Polis şefi, uyuyan bir çocuğu uyandırmamaya çalışıyormuş gibi sessizce kapıyı kapadı. "Otur Scrubbs," diye emretti.

"Adım Scraggs efendim."

"Neyse ne. Otur dediysem otur."

Teğmen Scraggs en dipteki tahta sıraya oturdu. Arkasında boş dolaplar vardı. Karşısında da boş dolaplar ve başka bir sıra. Oda uzun zamandır kullanılmasa da hâlâ ter kokuyordu. Şef, karşısındaki sıraya oturup Scraggs'a doğru eğildi.

"Benim için bir şey yapmanı istiyorum," dedi, hırıltıyla fısıltı arası bir sesle.

"Elbette amirim. Emredin."

"Mesele Dedektif Jensen. Cep telefonunu dinletiyorum ve duyduklarımdan anladığım kadarıyla, bize anlattığından çok daha büyük işler peşinde."

"Jensen'ın neyin peşinde olduğunu Somers'a sordunuz mu? İyi anlaştıklarını duymuştum."

"Zırva!" Rockwell sesini yükseltti. "Somers'ın kimseyle iyi anlaşamadığını gayet iyi biliyorsun."

"Yani ona sormadınız?"

"Hayır. Senin de sormanı istemiyorum."

"Öyleyse ne yapmamı istiyorsunuz efendim?"

"Dedektif Jensen'ı takip etmeni istiyorum," dedi yeniden sesini alçaltan Rockwell. "Ama sakın takip ettiğini belli etme."

Uzanıp elini Scraggs'ın omzuna koyan Rockwell, ne kadar ciddi olduğunu göstermek için teğmenin gözlerinin içine baktı. Scraggs, Rockwell'ın emrini anladığını göstermek için başını salladı.

"Elinizde ipucu var mı şefim? İşe nereden başlayacağım?"

"Olé Au Lait adlı kafeden başla."

"Neden? Orada ne var?"

"Bu gece saat sekiz civarı Jensen ve Somers'ı orada bulacaksın. Jensen'ın kütüphaneye yaptığı ziyarette neler öğrendiğini Somers'a anlatabilmesi için, orada buluşmayı kararlaştırdılar."

Scraggs doğru anladığından emin değildi. "Asla fark ettirmeden onları dinleyecek kadar yaklaşamam," diyerek sorunun altını çizdi.

"Yaklaşmanı da istemiyorum. İstediğim, oradan ayrıldığında Jensen'ı takip etmen ve nereye gittiğini bana haber vermen."

"Emredersiniz. Hepsi bu mu?"

"Hayır. Eğer Jensen'ı takip ederek bir şey elde edemezsen veya izini kaybettirirse Somers'ı bulup onu takip et. Bence o iki palyaço, öğrenmemeleri gereken şeyler öğrendi."

"Ne öğrendiklerini sorabilir miyim?"

Şef, Scraggs'a daha fazla bilgi vermenin gerekli olup olmadığını şöyle bir düşündü. Ama teğmenin eğitimi gereği bu soruyu sorduğunu anlayacak kadar uzun zamandır polisti.

"Jensen bu sabah şehir kütüphanesine gitti. Kütüphanede işi bitince Somers'ı aradı ve önemli bir ipucu bulduğunu söyledi. Bulduğu her neyse, yakın zamanda işlenen cinayetlere ve katilin kimliğine ışık tutabilir. Biri onu öldürmeden, Jensen'ın ne bulduğunu öğrenmek istiyorum. Öğrendiklerini kendine saklayarak, kendi hayatını ve Somers'ınkini tehlikeye atıyor."

"Tehlike derken, Burbon Kid'i mi kastediyorsunuz şefim?"

"Mümkün," dedi başını sallayan Rockwell. "İkinci sorun da bu Scraggs. Sürekli Burbon Kid'le ilgili yalan ihbarlar alıyoruz."

"Biliyorum. Her hafta birileri, bir yerlerde Burbon Kid'i görüyor."

Şef Rockwell ayağa kalktı.

"Bugüne kadar haftada bir görüyorlardı Scrubbs," dedi. "Ama bugün... Şimdiye kadar üç yüz kişi arayıp o serseriyi gördüğünü haber verdi."

Otuz Yedi

Kyle ve Peto, bira çadırındaki yuvarlak masanın başına oturmuş, Peto'nun Rodeo Rex'ten ne kadar kötü dayak yediğinden bahsediyordu. İki keşiş de alçakgönüllülüğün ne kadar onurlu bir kavram olduğunu bilirdi. Ama dikkatli bir gözlemci, çömezin, yenilgisinden bahsetmekten hoşlanmadığını hemen anlardı. Oysa akıl hocası, bütün gece bu konuyu konuşabilirdi. İçeri girdiklerinde tıka basa dolu olan çadırdaki müşterilerin sayısı, son yarım saatte yarı yarıya azalmıştı.

Rodeo Rex içeri girdiğinde, keşişler oturalı bir saat olmuştu. Adamın üzerinde dar tişört ve kolsuz deri ceket vardı. (Zaten bu adamın pazılarının içine sığacağı bir ceket henüz dikilmemişti.) Barı dolduran kalabalık, ikiye ayrılıp adama yol verdi. Rex, barmenlerden birine bir bira getirmesini işaret etti. İçki için ondan para istemediler. Diğer müşterileri pek mutlu etmeyen bir durum.

Rex içeri girer girmez, Kyle ve Peto'yu görmüştü. Sarhoşların ve hayranlarının arasından geçip keşişlerin masasına yöneldi.

"Kendini nasıl hissediyorsun genç dostum? Umarım canını fena yakmamışımdır?" dedi Peto'ya. Karşısındaki iskemleye geçmeden önce, iyi niyetini göstermek için nazikçe ufak tefek keşişin omzuna dokundu.

"Hayır, şimdi iyiyim, teşekkürler. Başlangıçta biraz sersemlemiştim ama geçti."

"Güzel." Rex bunu duyduğuna sevinmiş görünse de bir sonraki yorumu masayı kaplayan nazik havayı dağıtıverdi. "Bu kadar boş konuşmak yeter. Demek Ay'ın Gözü tekrar çalındı?"

"Evet," dedi Kyle. İnkâr etmenin anlamı yoktu. "Birkaç gün oluyor. Yarınki tutulmadan önce onu geri almalıyız. Yanlış ellere düşerse, kasabanın ödeyeceği bedel korkunç olur."

"Gerçekten mi Sherlock? Yoksa bütün kasaba sonsuz karanlığa mı gömülür?"

"Doğru. İyi ama sen bunu nereden biliyorsun?"

"Çünkü ikiniz gibi, ben de kutsal bir görevle buradayım."

"Gerçekten mi?" diye sordu şaşıran Kyle. Rodeo Rex gibi vahşi bir devin kutsal bir görevi olduğuna inanmak zordu. Hoş ve nazik bir adama benziyordu ama ona baktığınızda, Tanrı'nın alçakgönüllü hizmetkârlarından olduğunu düşünmezdiniz.

"Evet, gerçekten," diye devam etti Rex. "Bakın, bu kasabaya yılda bir iki kere gelirim. Geleceğimi önceden haber vermem ve asla uzun süre kalmam. Neden böyle yaptığımı biliyor musunuz?"

"Hayır," dedi Kyle. "Nereden bilelim?" Huzursuzlanmaya başlamıştı.

"Sanırım bilemezsiniz... Normalde, bu tür bilgileri kimseyle paylaşmam ama işte size bir sır: Hayatımın bir amacı

ANONİM

var. Tanrı, bana çok az insanın altından kalkabileceği bir görev verdi. Ben, diğerleri gibi değilim, bu iş için yaratılmışım." Söyleyeceklerini vurgulamak istercesine duraksadı. "Ben, Tanrı'nın kelle avcısıyım."

"Nasıl yani?" Peto çenesini tutamamıştı. O ana kadar Rex'in Kyle'a söylediklerini büyük bir dikkatle dinleyen genç keşiş, normal koşullar altında araya girmemeyi tercih ederdi ama artık bu tür kâfirce sözlere katlanamayacaktı. "Tanrı'nın, insanları öldürmen için para verdiğini mi söylüyorsun? Çok anlamsız. Bu kâfirlik."

"Dinle, seni zevzek, herkesin önünde seni tokatlamamı mı istiyorsun?"

"Hayır."

"O zaman çeneni kapayıp anlatacaklarımı bitirmeme izin ver."

"Özür dilerim."

"Elbette dilersin. Şimdi kulaklarınızı açıp beni iyi dinleyin. Tanrı, beni de rahipleri ve şeytan çıkarıcıları kullandığı gibi kullanıyor. Ama ben eşsizim. Benden bir tane daha yok." Tüm dikkatlerini verdiklerine emin olmak için keşişlere yaklaştı. "Yüce Tanrı, yaşayan ölülerden kurtulmak için beni kullanıyor. Ve Santa Mondega, benim keşiş dostlarım, yaşayan ölü kaynıyor."

Rex arkasına yaslanıp birasından bir yudum aldı. Keşişlerin herhangi bir tepki vermelerini bekledi. Keşişlerse kelle avcısının şaka yaptığını söylemesini umarak bir süre sessizliklerini korudular. Sonunda, sessizlik rahatsız edici boyutlara ulaşınca, Kyle dayanamayıp, "Ciddi misin?" diye sordu, sesindeki alaycılığı bastırmaya çalışarak. Rex bira şişesini masaya bırakıp tekrar onlara doğru eğildi.

"Kesinlikle ciddiyim. Bir düşünün. Santa Mondega'nın sonsuz karanlığa gömülmesinin kime yararı dokunur? Vampirlere. Kasaba vampir kaynıyor. Yaşayan ölülerin efendisi de buralarda bir yerlerde. Baş vampir. Eğer kıymetli Göz onun eline geçecek olursa, işimiz biter. Hiçbir şansımız kalmaz."

"Burada vampirler olduğunu nereden biliyorsun?" diye sordu Peto.

"Bu bir yetenek. Söylediklerimi dinlemiyor musun?" dedi Rex azarlarcasına. "Tanrı'nın bir lütfu. Ölümsüzlerin kokusunu alırım." Duraksayıp gözlerini çadırda dolaştırdı. "Örneğin şuradaki kız, insan değil." On metre ötelerindeki masada oturan yirmili yaşlardaki, koyu renk saçlı, çekici kadını işaret etti. Deri pantolon, deri çizme ve Iron Maiden tişörtü giymiş olan genç kadında, tipik bir motosikletçi havası vardı. Masasında, otuzlu yaşlarda dört adam oturuyordu. Motosikletçiler. Birbirlerine uyuyorlardı. Kadını, çadırdaki kalabalıktan ayıran herhangi bir özellik yoktu.

"O vampir mi?" diye sordu kulaklarına inanamayan Peto.

"Hayır, ama insan da değil. Dur, sana ispatlayayım."

Rex ayağa kalkıp omuz askısından gümüş rengi bir altıpatlar çıkardı. Kadın gözucuyla onu izliyor olmalıydı, çünkü adamın kendisine nişan aldığını ilk fark eden o oldu. Rex, silahın namlusunu kadının kalbine doğrulttu. Sonrası çok hızlı gelişti. Kadın ayağa fırlayacak oldu ama Rex daha hızlıydı; harekete bile geçemeden kadının kalbine üç kurşun sıktı.

Kurşunlar kulakları sağır eden bir gürültüyle namludan fırladı. Yankı yüzünden, tam olarak kaç kurşun sıkıldığını kestirmek zordu. Herkesin kulaklarındaki çınlamalar sayılmazsa, çadır sessizleşmişti. Kadınla aynı masayı paylaşan dört adam ayağa fırlayıp şaşkın şaşkın göğsüne Rex'in kurşunlarını yiyen arkadaşlarına baktılar. İlk şokun etkisi, üçüncü kurşunun ardından kadının vücudunun alev almasıyla ikiye katlandı. Kadının yarasından fışkıran kanlar geniş bir alana sıçradı. Son damlalar tükenip alevler söndüğünde, geriye külden başka bir şey kalmamıştı. Tüm bunlar, yirmi saniyeden kısa sürdü. Kadından geriye kalanlar: Ufak bir kül yığını ve yanık et kokusu.

Neler olduğunu anladıklarında, kadının masasındaki adamlar da dahil olmak üzere, tüm seyirciler hiçbir şey olmamış gibi hayatlarına devam ettiler. Santa Mondega için sıradan bir olaydı ve tetiği çeken Rodeo Rex olduğu sürece, kimse kavga gürültü çıkaracak değildi.

Alevler söndüğünde, Rex silahını çoktan kılıfına sokmuştu.

"İnsanın her gün göremeyeceği bir manzara," diye gözlemini dile getirdi Kyle.

"Gerçekten, ne acayipti," dedi Peto başını sallayarak.

Rex, her şey normalmiş gibi masaya geri dönüp iskemlesine oturdu, birasından bir yudum alıp konuşmaya devam etti.

"Kurt kadındı," dedi geğirdikten sonra. "Dürüst olmak gerekirse büyük tehlike değildi. Kurt adamlar sadece dolunayda başa beladır. Asıl sorun vampirler. Sokağa dökülmelerine daha bir saat var. Şimdilik, hava onlar için yeterince karanlık değil. Çoğu güneş varken dışarı çıkamaz."

"Tanrım!" diye bağırdı Kyle. "Vampirler de onları vurduğunda alev alıyor mu?"

Keşişin yaşayan ölüler konusundaki bilgisizliği Rex'i şaşırttı ve rahatsız etti. Kelle avcısı, yeniden konuşmaya başladığında hoşnutsuzluğunu saklamakta güçlük çekiyordu.

"Siz ikiniz nasıl oluyor da hiçbir şey bilmiyorsunuz? Benden fazlasını bilmeniz gerekir. Buraya Ay'ın Gözü'nü geri almaya geldiniz. Onu neden istediklerini bile bilmiyor musunuz?"

"Peder Taos bize bunlardan bahsetmedi. Sana bir şey söyledi mi Kyle?" diye sordu Peto.

"Hayır, söylemedi. Döndüğümüzde ona bunları anlatmalıyız. Belki Göz'ü geri almak için ikimizden fazlası gereklidir."

"Sadece ikiniz mi geldiniz? Tanrı aşkına, hatalarınızdan ders almaz mısınız?" diye homurdandı hoşnutsuzluğu artan Rex.

"Ne demek istiyorsun?" diye sordu Kyle.

"Geçen sefer yaşananları kastediyorum. Göz son çalındığında sadece üç keşiş gelmişti. İkisiyle tanıştım, üçüncünün varlığını duyduysam da görmedim. Sağ kalıp Göz'ü Hubal'a geri götüren o değil miydi? Bunları bilmiyor musunuz? Lütfen bildiğinizi söyleyin."

"Evet, bu kısmını biliyoruz," diye karşılık verdi Kyle. "Beş yıl önce, kardeşlerimiz Milo ve Hezekiah, Göz'ü geri almak için yola düştü. Başarısız oldular. O zaman Peder Taos gelip gözü geri aldı. Hem de tek başına."

"Hepsi yalan!" diye gürledi Rex, suratını buruşturarak. Yan masalardan onlara bakanlar oldu ama Rex'i fark edince, karışmamanın akıllıca olacağına karar vererek önlerindeki işe döndüler. "Eminim bu zırvaları size, sevgili Peder Taos'unuz anlatmıştır."

"Hiçbiri zırva değil."

"Hepsi zırva. Size gerçekte neler olduğunu anlatayım. Göz, Burbon Kid diye birindeydi ama arkadaşlarınız Milo ve Hezekiah ona meydan okuyup Göz'ü geri aldı. Derken, kahrolası Peder Taos geldi, Milo ve Hezekiah'ı öldürdü, taşı kendine aldı ve anladığım kadarıyla Hubal'a dönüp her şeyi kendi yapmış gibi anlattı. Pislik herif."

"Anlattıkların gerçek olamaz," dedi Peto. "Söyle ona Kyle. Peder Taos asla böyle bir şey yapmaz. O dünyadaki en dürüst ve saygın adamdır. Değil mi Kyle?"

"Öyle olduğuna inanmak isterim," dedi Kyle. "Ama iki dakika öncesine kadar, kimsenin, vurulduğunda alev alıp küle döneceğine de inanmazdım. Bilmemiz gerekenleri bilmediğimizi düşünmeye başlıyorum Peto. At gözlüklerini çıkarıp bize öğretilen her şeyi sorgulamamız gerektiği gerçeğine kendimizi hazırlamamız gerekiyor."

Peto bir an ne diyeceğini bilemedi. Kyle'ın, Hubal'da öğretilenlerin hayatın gerçekleri olmayabileceğini iddia etmesi, onu şaşkına çevirmişti. Ama Kyle'a saygı duyup güvendiği için, kendisinden yaşça daha büyük ve bilge olan arkadaşının sözlerine kulak verdi.

"Yani, içki içmek belki de iyi bir şey midir?" diye sordu.

"Bu konuyu kapatır mısın lütfen?"

"Adamı rahat bırak," diye araya girdi Rex. "İşte. Biramın tadına bakabilirsin. Hoşuna gidecek."

"Hayır, gitmeyecek," dedi Kyle çabucak. Elini uzatıp Rex'in içkiyi Peto'ya vermesini engelledi. "Dinle Rex," diye devam etti. "Bize yardım etmeye çalışmanı takdir ediyorum ama ona içki ikram etmenin kimseye bir yararı olmaz. Bize yardımı dokunabilecek başka ne biliyorsun?"

Rex burnundan derin bir nefes aldı. Kyle'ın ses tonundan hoşlanmasa da öfkelenmedi. Arkasına yaslanıp cebinden bir paket sigara çıkardı ve bir tanesini nazikçe reddedecek kadar akıllı davranan Peto'ya uzattı.

"Birkaç gün önce kendine gelen kızla ilgili bir şey biliyor musunuz? Söylenenlere göre, beş yıldır komadaymış."

"Hayır. Bilmeli miyiz?" diye sordu Kyle.

"Bence evet. Sanchez'in barı Tapioca'ya gidin, kadınla ilgili her şeyi biliyor. Hatta belki orada, kadınla da karşılaşırsınız."

"Bu kadının ne özelliği var?" diye sordu Peto.

"Beş yıl sonra komadan çıkmış seni geri zekâlı. Anlattıklarımı dinlemiyor musun?"

"Evet, dinliyorum. Ama bunun olanlarla ne alakası var?"

Gürültülü bir şekilde iç çeken Rex, masaya sürterek çaktığı kibritle sigarasını yaktı. Derin derin bir nefes çektikten sonra, dumanı burun deliklerinden üfleyip kimsenin duymasını istemediği bir sırrı paylaşacakmış gibi öne eğildi.

"Kadın, Burbon Kid onu öldüremediği için komadaydı. Öldürmeye çalışmadığı için değil. Bildiğimiz kadarıyla Kid'in öldürmeye kalkıp bunu başaramadığı tek kişi o. Sizce de bu kadarı bile, kadını yeterince özel yapmaz mı?"

"Yani kız da yaşayan ölülerden mi?"

"Ne halt olduğunu bilmiyorum," diye devam etti Rex. "Sanchez'in anlattıklarından çıkardığım kadarıyla, kadın da ne olduğunu bilmiyor. Delinin teki olması da mümkün ama duyduklarıma göre, hafıza kaybı yaşadığını iddia ediyor."

"İşte bu ilginç," dedi Kyle, düşünceli bir sesle. "Belki gidip onu bulmalıyız Peto."

"Yerinizde olsam dikkatli olurdum," diye uyardı Rex. "Hava kararıyor. Vampirler peşinize düşecektir. Ben gelmeden önce, Peto'nun ringde çok dikkat çektiğine eminim.

Daha dikkatli davranmalısınız. Size bakan biri, keşiş olduğunuzu hemen anlar. Yaşayan ölüler, sinekler gibi etrafınıza üşüşecek. En iyisi hemen yola çıkın. Yarın sizi bulurum."

"Tamam. Nerede buluşacağımızı kararlaştıralım mı?" diye sordu Kyle.

"Sanchez'in barında buluşuruz. Yarın. Tutulmadan hemen önce. Göz'ü o zamana dek geri alamazsanız, tek önerim, çok geç olmadan tabanları yağlamanız."

Kyle ve Peto, Rodeo Rex iyi ki bizden yana, diye düşündüler. Bir kısmının doğruluğuna emin olmasalar da verdiği bilgiler için adama teşekkür ettiler ve bahsettiği kadını bulmak umuduyla kasabanın yolunu tuttular. Komadan yeni çıkan kadını çok merak ediyorlardı.

Otuz Sekiz

Jensen, sıcak çikolatasını yudumlayarak Olé Au Lait adlı kafede Somers'ı bekliyordu. İçerisi tertemizdi. Santa Mondega'da yiyecek ve içecek servisi yapan temiz bir yer bulmanın ne kadar zor olduğunu iyi bildiğinden, temiz, cilalı ahşap masalar ve pırıl pırıl mermer tezgâhla karşılaşmak, onun için hoş bir sürpriz olmuştu.

Somers yirmi dakika gecikmişti. Jensen kütüphaneden çıktığından beri ona ulaşmaya çalışıyordu. Ortağının telesekreterine, önemli şeyler öğrendiğiyle ilgili sayısız mesaj bırakmıştı. Somers, üç buçukta arayıp buluşmalarını teklif etmişti. Daha doğrusu, "Saat sekizde Cinnamon Sokağı'ndaki Olé Au Lait kafede buluşalım," deyip telefonu kapamıştı.

Somers aradığında, Jensen otel odasında oturmuş kafa dinliyordu. Dışarı çıkıp ortağıyla buluşmaya dünden razıydı, çünkü televizyonda *Mutlu Günler* dizisinin yeniden gösterimleri dışında bir şey yoktu. İyi bölümler de değildi üstelik. Her nedense Robin Williams, *Mork ve Mindy* dizisindeki Mork gibi davranıyordu. İşte size, Jensen'ın aradığı türden yaratıklarla ilgisi olmayan bir doğaüstü yaratık. Bu yüzden sıcak bir içecek ve zekice bir sohbet fikri adama çekici gelmişti.

Somers içeri girdiğinde bütün kafalar ona döndü. Her zamanki koyu renk takımının üstüne uzun gri bir palto giymiş, gri bir kravat takmıştı. Siyah kumaş pantolon ve açık mavi gömlek giymiş olan Miles Jensen da dahil olmak üzere, Olé Au Lait'tekilerin kıyafetleriyle kıyaslandığında, bu hali aşırı resmi kaçıyordu.

"Sana ne ısmarlayayım?" diye sordu Jensen, züppe görünüşlü ortağı tezgâha yaklaşırken.

"İki şekerli bir kahve lütfen. Sütsüz olsun Sarah," diye seslendi Somers, Jensen'ın arkasındaki tatlı sarışına.

"İtiraf etmeliyim, hayat dolu bir yer seçmişsin Somers," dedi Jensen dalga geçerek.

Kafelerin Santa Mondega'da iş yaptığı söylenemezdi, tıka basa dolu olan bir tanesine rastlayamazdınız. Olé Au Lait, var olan kafelerin en popüleriydi ama çalışanları da sayarsak, burada bile en fazla on kişi vardı.

"İnsanlarla içli dışlı olmaktan hoşlanmıyorum," diye homurdandı Somers. "Gel, şu taraftaki masaya geçelim." Yakınlarındaki masayı işaret etti. Etrafındaki masalar boştu, yani kimsenin kendilerini dinlemesinden çekinmeksizin, rahat rahat oturup vakayı tartışabilirlerdi. "Sarah, kahvemi masaya getirir misin?"

Yuvarlak masaya gidip karşılıklı oturdular.

"Bütün öğleden sonra sana ulaşmaya çalıştım," diye söze başladı Jensen. "Neden telefonlarıma yanıt vermiyorsun?"

"Şimdi boş ver bunu. Unutma ki zamana karşı yarışıyoruz Jensen. Kitapla ilgili bir şey öğrenebildin mi?"

"Seni bu yüzden arıyordum. Kütüphaneye gittim. Danışmadaki kadının söylediğine göre, Burbon Kid'in tarifine uyan biri sabah gelip kitabı sormuş. Anlaşılan, ikinci gelişiymiş. Kitabın Annabel de Frugyn'de olduğunu biliyor, ama kadının bir adresi yok. Tek öğrenebildiğim, karavanda yaşadığı ve aynı yerde iki gece üst üste kalmadığı."

"İlginç," dedi Somers.

"Ama bize yararı yok. Burbon Kid kitabın onda olduğunu biliyorsa ve peşine düşmüşse, kadın ölmüş bile olabilir."

Somers iç çekti. "Öyle biri varsa tabii."

"Dinle Somers. Belki de Şef Rockwell'e bulduklarımızı anlatıp yardımını istemenin zamanı gelmiştir," dedi Jensen.

"Bence her şeyi zaten biliyor."

"İmkânsız! Nereden bilecek? Ben bile daha yeni öğrendim."

Somers önce sola sonra sağa bakıp ardından Jensen'a doğru eğildi ve alçak sesle konuştu. "Telefonlarına yanıt vermiyorum, çünkü telefonlarımız dinleniyor. Ofisimize mikrofon yerleştirmişler. Masanın altında ufak bir kayıt cihazı buldum, telefonuma da ayrı bir mikrofon yerleştirilmişti."

"Ne?" Jensen'ın başından aşağı kaynar sular boşandı. "Sence polis şefi casusluk mu yapıyor? Akıl alacak şey değil! Bunun hesabını verecek."

"Tanrı aşkına, sakin ol. Bundan sonra bu konuları ofiste konuşmayacağız. Eğer dinlediğini bildiğimizi anlarsa, sahip olduğumuz avantajı kaybederiz. Bırak hiçbir şey bulamadığımızı düşünsünler. Böylece soruşturmamızı mahvedemezler. Durumu kendi lehimize kullanalım. Bundan sonra, bunun gibi kafelerde buluşacağız."

"Tamam. İyi fikir. Pislikler!"

"Otel odanı kontrol et. Belki oraya da mikrofon konmuştur."

"Kahretsin." Jensen başını iki yana salladı. "Bilmem gereken başka bir şey var mı?"

"Aslında evet." Somers arkasına yaslandı. "Bu öğleden sonra, Jericho diye bir adamı sorguya çektim. Eski bir muhbir. Sağlam pabuç değildir. Ağzından çıkanların yarısı yalandır."

"Devam et," dedi Somers'ın Jericho'dan ne öğrendiğini merak eden Jensen.

"Jericho, Rusty denilen herif, iki keşiş tarafından öldürüldüğünde onunlaymış. Onu da bacağından vurmuşlar ama bu kadarla paçayı sıyırmış."

"Eee, sonra?" Konu, Jensen'ın ilgisini çekmişti. Belki Jericho'nun anlattıklarından iyi bir ipucu çıkardı. "Başka ne söyledi?"

"İki keşişin Jefe diye bir kelle avcısını aradığını iddia ediyor."

"Jefe mi? Ondan bahsedildiğini duymuş muydun?"

"Evet. Pisliğin tekidir."

"Buralarda herkes öyle değil mi?" diye dalga geçti sıcak çikolatasından bir yudum alan Jensen.

"Evet, ama bu adam çoğundan kötüdür. Asıl mesele şu, Jericho keşişler tarafından vurulduğunda, Sanchez'in barı Tapioca'daymış. Keşişler gittikten sonra, Jefe denilen herifin bara geldiğini iddia ediyor. El Santino'yu arıyormuş."

Jensen, bu ismi duyunca şaşırdı. "Bugün bu adı ikinci kez duyuyorum. Onu tanıyor musun?"

"Onu herkes tanır."

"Ben tanımıyorum."

"Çünkü sen herkes değilsin. Sen hiç kimsesin."

"Doğruya doğru," dedi tartışmak yerine alttan almayı seçen Jensen. "Söylesene, El Santino kim ve Jefe ondan ne istiyor?"

Tatlı garson kahvesini getirdiğinde, Somers konuşmayı kesip arkasına yaslandı. Kahveyi doğrudan kadının ellerinden aldı ve hafifçe kokladı. Aromayı ciğerlerine doldurduktan sonra, fincanı masaya bırakıp cebinden beş dolar çıkardı.

"Üstü kalsın tatlım," dedi, parayı Sarah'ın önlüğünün ön cebine sıkıştırırken. Sarah tek kelime etmeden dönüp gitti.

"Nerede kalmıştım?" dedi Somers.

"El Santino'da."

"Doğru ya. Kasabayı El Santino yönetir. Piyasadaki en büyük gangsterdir. Santa Mondega'nın ötesinde sözü geçmez ama buradaki en büyük balık odur. Ay'ın Gözü'nü istediğiyle ilgili dedikodular duymuştum. Onu kendisine getirene, birkaç bin dolar ödemeye hazırmış. Mesele şu ki El Santino büyük adam olduğundan riske girmez, onu kasabada pek görmeyiz. Sadece geceleri dışarı çıkar."

"Vampir olabilir mi?" diye fikir yürüttü Jensen.

"Her şey mümkün," diye karşılık verdi Somers. "El Santino, pis işlerini yapması için başkalarını yollar. Beş yıl önce, Göz'ü çalması için Ringo denilen adama para verdiğine inanılıyordu."

"Ringo mu? Bu isim neden tanıdık geliyor?"

"Çünkü Ringo beş yıl önce Ay'ın Gözü'nü çaldı, ama sonra Burbon Kid tarafından delik deşik edildi. Sonuçta El Santino taşa kavuşamadı. Jericho'nun anlattıklarına göre, El Santino bu sefer Jefe'yi tutmuş. Taşın, tutulmadan önce kendisine getirilmesini istiyormuş."

"Yani Ay'ın Gözü, Jefe'de mi?"

"Hayır," Somers parmağını iki yana salladı. "Hayır. Anlaşılan Jefe, Sansar Marcus'la içtikleri gece kafayı bulmuş. Sansar'ın öldürülmesinden bir gece önce."

Jensen'ın gözleri kocaman açıldı. "Yani Sansar'ın Jefe'yi soyduğunu varsaymakta haklı mıymışız?"

"Hiç şüphe yok. Sansar, Santa Mondega International Hotel'de Jefe'nin adını ve kimliğini kullanarak oda tutmuş."

"Hepsi birbirine bağlanıyor."

"Evet. Sansar, Jefe'yi soyuyor. Resepsiyonistle kız arkadaşı da Sansar'ı soyuyor. Elvis otele gelip Sansar'ı öldürüyor ama Göz'ü bulamıyor. Resepsiyonistin peşine düşüyor ve... Burbon Kid tarafından öldürülüyor."

"Burbon Kid'in resepsiyonist Dante olması ihtimalini unutma."

"Olabilir de olmayabilir de."

"Çok iyi iş çıkarmışsın Somers. Sonraki hamlemizi planlayacak vaktin oldu mu?"

Somers kahvesinden bir yudum alıp, içmeden önce ağzında çalkaladı. Jensen da hızla soğumakta olan çikolatasından bir yudum alıp Somers'ın yanıt vermesini bekledi.

"Dante ve Kacy'nin oda tutup tutmadığını öğrenmek için otellere bakacağım. Senin de El Santino'nun yerini gözetlemeni istiyorum. Gelen giden var mı bak. Bu ikisi, Göz'ü ona satmaya çalışabilir."

"Bunu neden yapsınlar? Çok tehlikeli olmaz mı?"

Somers gülümseyip kahvesinden bir yudum aldı. "Dante, şüphelendiğin gibi Burbon Kid'se, korkmaları için bir neden yok. Belki Göz'ü El Santino'ya satmak için çalmıştır. Kasabada doğru düzgün para verebilecek bir tek El Santino var."

"Bir dakika Somers. Burbon Kid'in Ay'ın Gözü'yle değil de parayla ilgilendiğini mi düşünüyorsun? Öyle olsa, taşı ele geçirdiğinde satmaz mıydı?"

"Anlattıklarımı doğru düzgün dinlemiyorsun. Ben sadece fikir yürütüp alternatifleri sıralıyorum. Kid'in, Göz'ü kendisi için istemediğini söylemedim ama paranın peşinde de olabilir. Belki El Santino'yla ortaktırlar. Kim bilir? Şimdi lütfen benim için gidip El Santino'nun yerini gözetle."

Somers cebinden katlanmış bir kâğıt ve siyah bir çağrı cihazı çıkardı. "İşte El Santino'nun adresi. Kasabanın dışında, kaleyi andıran dev bir malikânede yaşıyor." Kâğıdı Jensen'a verdi. "İşte çağrı cihazı. Başın belaya girerse bana çağrı at, hemen gelirim." Çağrı cihazını Jensen'ın eline tutuşturdu. "Görülmemeye çalış."

"Cep telefonundan arasam daha iyi olmaz mı?" diye fikir yürüttü Jensen.

"Hayır. Ararsan yanıt vermem. Önce çağrı bırak. Son çare olarak cep telefonuna başvurursun. Şef Rockwell'in konuştuklarımızı öğrenmesini istemiyorum. Bu yüzden, gerçekten mecbur kalmadığın sürece beni arama, ararsan da detayları verme. Anladın mı?"

Jensen da aslında Şef Rockwell'in müdahalesinden rahatsız olmuştu – eğer telefonları dinleten oysa. "Tamam. Nasıl istersen Somers. Başka bir şey var mı? Tuvalete gittiğimde, mikrofon takılmış mı diye popomu da kontrol edeyim mi?"

"Bir zararı olmaz Jensen. Riske girmeyelim. Her yeri kontrol et, her zaman fısıldayarak konuş ve sadece benimle muhatap ol. Kimseye güvenemeyiz. Ama her şeyin yakında açıklık kazanacağından eminim." Masadan kalkıp paltosunu düzeltti ve iskemlenin altına sıkışmadığına emin olduktan sonra kafeden çıkmaya hazırlandı. "Şimdi gitmem gerek. Bir aksilik olmazsa, yarın erken saatlerde ofiste görüşürüz."

"Anlaştık. Sen de dikkatli ol Somers. Başın belaya girerse bana çağrı atmayı ihmal etme."

Somers gülümsedi ve, "Elbette," dedi ortağına.

Otuz Dokuz

Dante ve Kacy kasabanın rezil mahallelerinden birindeki Nightjar adlı kalabalık bardaki masalardan birine oturmuştu. Barın ortasındaki alan, tıka basa masayla doluydu. Çoğunun etrafında dört beş iskemle vardı ama masa başına iki üç kişiden fazlasını göremezdiniz. Ayakta duran da pek kimse olmadığı için, barın havası genel olarak sakindi.

Panayırdan motele dönerken, iki tek atıp günün stresinden kurtulmaya karar vermişlerdi. Dövüş çadırındaki kalabalık, kendilerini boğuluyormuş gibi hissetmelerine neden olmuştu. Birkaç biranın ardından biraz olsun rahatladılar. Durumları, artık gözlerine eskisi kadar korkunç görünmüyordu. İçi binlerce dolarla dolu bir çanta motel odalarında onları bekliyordu ve otel müşterilerinin birinden çaldıkları Ay'ın Gözü de yanlarındaydı. Göz'ü satıp satmamakla ilgili uzun bir tartışmanın ardından, riske girmeye değmeyeceğine karar vermişlerdi. Güvenebilecekleri kimse yoktu ve çantada yüz bin doları varken, fazladan birkaç bin dolar kazanmak için hayatlarını riske atmaya değmezdi. Aslında Kacy, Dante'yi buna ikna etmişti. Birkaç biradan sonra, sevgilisini yönlendirmek daha kolaydı. Gevşemiş bir Dante,

Kacy'nin görüşünü dinlemeye daha hevesli bir Dante demekti. Ayrıca, birasının tadını çıkarırken, kız arkadaşıyla kavga etmekten nefret ederdi.

Ama aynı gece saat sekize doğru bütün planları değişti. Kendilerini bekleyen mutlu geleceğin şerefine dördüncü biralarını içtikleri sırada, dövüş çadırında gördükleri iki keşiş içeri girdi. Onları ilk fark eden Dante'ydi, ama masanın altından ayağıyla dürterek Kacy'yi uyarmaya çalışırken, gereğinden uzun süre keşişlerin durduğu yöne bakma hatasına düştü. Bara doğru ilerleyen keşişlerden biri, Dante'nin kendilerine baktığını fark etti. O da Dante'ye baktı – hem de genç adamı rahatsız etmeye yetecek kadar uzun süre. Bu da yetmezmiş gibi keşiş, arkadaşını dürtüp Kacy'yi gösterdi. Çifte bakıp kendi aralarında bir şeyler konuştular ve barın başındaki taburelerden ikisine oturup aynı içkiden ısmarladılar.

Dante, çaktırmadan Ay'ın Gözü'nü kontrol etti. Keşişlerin, tişörtün altında kalan mücevheri görmeleri mümkün değildi ama taşın Kacy'de olduğunu öğrenmiş olabilirlerdi. Dante, kız arkadaşını bardan çıkarmalıydı, hem de hemen. Neyse ki aklından geçenleri kelimelere dökmesine gerek kalmadı. Kacy, erkek arkadaşının gözlerine bakar bakmaz, bir şeylerin yanlış gittiğini anladı.

"Hadi, buradan gidelim," diye fısıldadı Dante'ye. Masanın altından adamın sağ dizine dokundu ve başıyla kapıyı işaret etti.

"Dur bir dakika," dedi Dante. "Dikkat çekmeyelim. Önce sen kalkıp tuvalete gidiyormuş gibi yap. Ama yarı yolda yön değiştirip onlar seni görmeden dışarı çıkmaya çalış."

"Sen ne yapacaksın?"

"Burada oturup dönmeni bekliyormuş gibi yapacağım. Seni takip ederlerse, peşlerine düşerim. Etmezlerse, beş dakika sonra bardan çıkıp seninle motelde buluşurum. Olabildiğince çabuk motele git. Kimseyle konuşarak oyalanma. Hiç kimseyle. Tamam mı?"

"Tamam. Seni seviyorum tatlım."

"Ben de seni seviyorum. Şimdi bas git."

Kacy ayağa kalkıp barda oturan iki keşişin yanından geçti ve kadınlar tuvaletinin yolunu tuttu. Sonra, iki keşişin kendisine bakmadıklarından emin olunca, bir grup sarhoşun yarattığı kargaşadan faydalanıp kapıya yöneldi. Kısa sürede, kimsenin dikkatini çekmeden sokağa çıkmayı başarmıştı.

Hava kararıyordu. Ve Kacy yapayalnızdı.

Kırk

Kyle ve Peto, doğrudan Tapioca'ya gitmenin akıllıca olmayacağına karar verdiler. Uzun tartışmaların ardından, ilk olarak diğer barlara uğrama fikri akıllarına yattı. Tapioca'ya gidene kadar karşılarına çıkan her bara uğrarlarsa, Göz'ü bulma şansları ikiye katlanmış olurdu. Göz'ü bulamasalar da belki nerede olduğuna dair bir ipucuna rastlarlardı.

İlk durakları, tesadüfe bakın ki Nightjar'dı. Peto, içeri girerken mekânı şöyle bir taradı. Bakışları endişeliydi, çünkü gördüğü herkesin vampir olabileceğine kanaat getirmişti. (İnsanların görünüşlerinden çok, Rodeo Rex'le yaptıkları konuşmanın ardından keşişin içini kaplayan korkudan kaynaklanan bir durumdu bu.) Devasa motosikletçi boks ringinde kendisini nakavt ettiğinden beri, kendini başına her an her şey gelebilirmiş gibi hissediyor ve kabullenmek istemese de içten içe korkuyordu.

Bütün masalar doluydu, bütün müşteriler güvenilmezdi, her biri her an silahlarını çekebilecek tiplerdi. Köşedeki masada oturan ve birayı doğrudan şişeden içen genç çift hariç. O ikisi normal insanlara benziyorlardı ve keyifleri yerinde gibiydi. Peto, ayrıca kızın çok güzel olduğunu fark etmişti.

Aslında o kadar güzeldi ki keşiş, gözlerini ondan alamıyordu. Farkında olmadan, gereğinden uzun süre kıza baktı. Ardından Kyle'ı dürttü.

"Hey Kyle, hiç boş masa yok ama köşedeki masada arkadaş canlısı bir çift oturuyor. Gidip onların yanına oturabiliriz."

Kyle başını çevirip Peto'nun işaret ettiği masaya baktıktan sonra başını iki yana salladı. "Hayır, barda oturalım. Yanlarına oturmamızı isteyeceklerini sanmıyorum." Bara yaklaştıklarında, yüksek sesle barmene seslendi. "İki su lütfen."

Barmen yağlı siyah saçlı, pis bir tipti. İki bardağı suyla doldurup dört dolar gibi fahiş bir fiyat çekti. Ardından nazikçe, su içeceklerse barda oturamayacakları konusunda iki keşişi bilgilendirdi.

"Hadi, gidip şu hoş çiftin yanına oturalım," diye teklifini tekrarladı Peto.

"Artık çift değiller," dedi Kyle, masayı işaret ederek. "Kız az önce çıktı."

Peto kendi gözleriyle görmek için o tarafa baktı. Doğru, kız gitmişti. Çekici bir kadınla sohbet etmenin nasıl bir şey olduğunu keşfetmeyi uman genç keşiş, büyük hayal kırıklığına uğradı. Yine de barda kalan genç adam zararsız birine benziyordu ve yalnız oturmaktansa, birileriyle sohbet etmeyi tercih edeceği kesindi.

"Kız gittiğine göre, genç adam birilerinin kendisine eşlik etmesine sevinecektir. Hadi, gidelim," dedi Peto keyifle.

Kyle derin bir nefes aldı. "Tamam," dedi iç çekerek. "Ama vampir olduğu ortaya çıkarsa ve bizi öldürmeye çalışırsa, önden sen gideceksin."

Kırk Bir

Jensen, gece yaklaştığı için hava kararmaya başlamış olsa da El Santino'nun malikânesini güçlük çekmeden buldu, çünkü bir kilometrekarelik alan içerisinde onunkinden başka tek bir ev bile yoktu. Mafya babasının evine ulaşmak isteyen dedektif, şehirden çıktıktan sonra külüstür BMW'siyle kilometrelerce yol gitmiş ve sonunda haşmetli ağaçlarla dolu sık bir ormana varmıştı. Casa de Ville denilen malikâneye ulaşmak için, ormanın içinden geçen toprak yolda yirmi dakika daha ilerlemesi gerekmişti.

Evin yakınlarında arabayı saklayabileceği bir yer bulamayınca yola devam etti. Bir kilometre daha gittikten sonra, yolun sol tarafında, arabayı bırakabileceği kumluk bir açıklıkla karşılaştı. O bölgede ağaçlar, diğer taraflara nazaran çok daha sık ve birbirine yakındı. Jensen'ın arabayı bırakmayı planladığı yer, bilmese de aslında arabalarla gelen çiftlerin diğer arabalardaki çiftlerle çeşitli cinsel maceralara atılmak için kullandıkları popüler iş tutma mekânlarından biriydi. Neyse ki kendisi, bu manzaralarla karşılaşmayacağı kadar erken bir saatte oradaydı. Hava yeni yeni karardığından yol kenarındaki açıklıktan yararlanmak isteyen arabaların gelmesine daha en az bir saat vardı.

Arabayı yoldan görülemeyecek bir yere park etmek adına, ancak direksiyon tutmayı yeni öğrenmiş on iki yaşındaki bir çocuğa yakışacak manevralarla, aracı arkada kalan ağaçların arasındaki daracık boşluğa, açıklıkla ormanı birbirinden ayıran çalıların arkasına park etti.

Arabadan inip kapıyı yavaşça kapadı. Ortalıkta kimsecikler olmasa da ses çıkarmamaya özen gösteriyordu. Bir saniye kadar kımıldamadan durup sonraki hamlesini düşündü. Şimdi ne yapmalıydı? Acilen halletmesi gereken bir şey var mıydı? Cep telefonu ve Somers'ın verdiği çağrı cihazı yanındaydı. Ya bir aksilik olursa ya da ihtiyaç duyabileceği başka bir şey? Hem neden bu kadar endişeleniyordu ki? Normalde, ne kadar tehlikeli olursa olsun, işiyle ilgili hiçbir şey onu endişelendirmezdi.

Derken, sorunun ne olduğunu kavradı. Somers'ın kendisine çağrı cihazı vermesi onu huzursuz etmişti. Bu hareket, yaşlı dedektifin Jensen'ı tehlikeye attığını düşündüğünü gösteriyordu. İyi ama yapacağı şey şunun şurasında ağaçların arasına saklanmak ve cehennemin dibindeki koca malikâneyi gözetlemekti. Gerçi evin sahibi Santa Mondega'nın en tehlikeli gangsteriydi ve Kont Drakula ile Vito Corleone arası bir yaratık olduğundan şüpheleniyorlardı ama olsun. Şimdilik, bunları düşünüp endişelenmeye gerek yoktu.

Ağaçların arasına dalıp araba yolunu gözden kaçırmamaya özen göstererek Casa de Ville'ye doğru ilerledi. Malikâneye ulaşmak, beklediğinden uzun sürdü. Orman arazisi, çıplak ağaç kökleri ve yılanları andıran dallarla kaplı olduğu için, hızlı yürümek imkânsızdı. Dedektif adım attıkça, kendisini düşürmeye çalışan dallarla mücadele ediyordu. Ses çıkarmamak oldukça zordu. Yere her basışında bir dal çatırdıyor ve ormanın sessizliğinde, o küçücük çıtırtı bir gök gürlemesine dönüşüyordu.

Malikâne yolun diğer tarafında belirdiğinde, dedektif en az yirmi dakikadır yürüyordu. Gökyüzüne doğru yükselen kasvetli bir yapıydı. Yüksek bir taş duvar, malikânenin etrafını çevreliyordu. Yolun diğer tarafından yapıyı inceleyen Jensen, muhteşem bir mimari örneği olduğunu düşünmekten kendini alamadı. Arabayla yanından geçerken gözucuyla baktığında bunu fark etmemişti. El Santino denilen adamın belli ki geniş bir arazisi vardı. Giriş kapısının tam karşısına konuşlanan Jensen, duvarların göz alabildiğince gittiğine dikkat etti. Etkileyici.

Farkında olmadan yapının ihtişamını incelemekle geçen uzun dakikaların ardından Jensen'ın aklı başına geldi ve bir an evvel saklanması gerektiğini hatırladı. Kapılar, duvarın iki katıydı. Jensen'ın tahminlerine göre, yükseklikleri en az yedi metreyi buluyordu. Sarmaşıklarla kaplı sivri uçlu parmaklıklar, kapıya tehditkâr bir hava veriyordu. Hava karardıkça ürkütücülükleri artıyordu ama gün ışığında da sevimli oldukları söylenemezdi. Kapının diğer tarafında eve doğru uzanan elli metrelik bir yol vardı ve yolun bitimindeki malikâne, insanda yüzlerce yıldır oradaymış izlenimi uyandıran taş bir yapıydı. Jensen, yüzlerce yıl önce oralarda kimsenin yaşamadığını, daha doğrusu, yaşayanların böylesi bir taş yapı inşa edecek teknolojiye sahip olmadığını biliyordu. Eve ortaçağ kalesi havası vermek için belli ki bir servet harcanmıştı; binlerce dolar, milyonlarca dolar. Dışarıdan bakıldığında malikânenin eski ve ürkütücü bir görüntüsü vardı ama Jensen, El Santino gibi zengin bir gangsterin, içeriyi modern mobilyalarla ve son teknoloji ürünü eşyalarla donattığından emindi.

Dev malikâneyi gözetlemek neyse ki sıkıcı değildi. Binanın hayran olunacak pek çok özelliği vardı ve Jensen çok canı sıkılırsa duvarın etrafından dolanıp malikânenin arka tarafını kontrol etmeye karar vermişti. Mimarinin değişip değişmeyeceğini merak ediyordu.

Yirmi dakikadır evi gözetliyordu ki büyük bir dikkatsizlik yaptığını fark etmesine yol açan bir şey oldu. Cep telefonu çaldı. Hem de yüksek sesle. Karanlık ormanda yankılanan ses, neredeyse kalp krizi geçirmesine yol açacaktı. Üstelik eli ayağına dolaştığı için, telefona yeterince çabuk yanıt veremedi.

"Alo, Somers, sen misin?" diye fısıldadı.

"Evet. Nasıl gidiyor?"

Somers'ın çatlak sesi, tüm sesleri bastırdı.

"Bahsettiğin yerdeyim ama hiçbir şey görmedim. Senden ne haber?"

"Bende de bir şey yok. Birkaç oteli kontrol ettim ama bu işleri bilirsin. Hiçbir şey bilmediklerini iddia eden bir sürü pislikle uğraşıyorum. Her neyse. Seni, telefonunu sessize almanı hatırlatmak için aradım. Bir evi gözetlerken, izlenilmesi gereken prosedürü bilip bilmediğine emin olamadım."

Jensen dişlerini sıktı. "Elbette biliyorum. Beni ne sanıyorsun? Hem mecbur kalmadığımız sürece telefonu kullanmamaya karar vermemiş miydik?"

"Evet, haklısın. Özür dilerim. Ne kadar temkinli davransak azdır. Tehlikede olduğunu hissedersen hemen oradan uzaklaş, anladın mı?"

"Tamam Somers, meraklanma."

"Güzel. Şimdi iyi dinle, işim bittiğinde kontrol etmek için seni ararım, telefonunu titreşime almayı unutma. Böyle küçük detaylar, yeri geldiğinde hayat kurtarır Jensen. Dikkatli olmalısın, büyük ihtimalle evi koruyan silahlı nöbetçiler vardır. İlk tehlike alametinde arabana atlayıp şehre dön."

"Tamamdır. Sen de kendine dikkat et."

"Tamam. Görüşmek üzere."

Jensen cep telefonunun ayarlarını değiştirip titreşime aldı. "Budala," dedi kendi kendine. Telefonun sesini kapamayı ihmal etmek, liseli çocukların bile yapmayacakları bir hataydı. Bu kadar önemli bir detayı unuttuğunu fark etmek, hissettiği huzursuzluğu daha da artırdı. Artık hava hızla kararıyor, Casa de Ville her saniye daha ürkütücü görünüyordu.

Jensen, gece ilerlediğinde saklandığı yerden ayrılmamayı seçti. İki saat yerinden kıpırdamadan malikâneyi gözetledi. Hiç hareket yoktu. Ne gelen vardı ne giden. Garip ama yoldan geçen bile olmamıştı. Ne bir araç, ne bir yaya, ne de bir hayvan. Belki de insanlar, hava karardıktan sonra o bölgeden uzak durmaları gerektiğini biliyorlardı. Böylesi bir tercihin nedenlerini anlamak güç değildi. Gökte yükselen ayın ışığı malikânenin üzerine döküldüğünde, Casa de Ville gerçekten korku filmlerindeki evlere benzemişti.

Ama herkesin sabrının bir sınırı vardır ve iki saatin sonunda öylece beklemek, Jensen'ın canına tak etmişti. Canı cehenneme, diye geçirdi içinden. Gecenin yaratıkları veya vampirler, avlanmak için dışarı çıkacaklarsa şimdi tam zamanıydı. Üstelik ortada kendisinden başka av yoktu. Saat 22.30'u otuzu gösterirken, arabaya dönme zamanının geldiğine karar verdi. Artık hava iyice karardığı için sık ağaçlı ormanda ilerlerken daha da zorlanacaktı ama yolu gözünün önünden ayırmadığı ve yoldaki kimse tarafından görülmeyeceği bir rota izlemeyi sürdürdüğü sürece sorun çıkmazdı. Yavaşça, diz çöktüğü yerden kalktı. Bacakları soğuktan hissizleşmişti ve ayağı kramp girmişçesine acıyordu. Tam arabanın durduğu yöne dönüp bir adım atmıştı ki o gecenin ikinci korkutucu olayını yaşadı. Ama bu sefer yerinden sıçramasına yol açan şey, telefonunun sesi değildi. Başka bir sesti. Arkasında bir yerlerde duran bir adamın genizden gelen sesi.

"Bütün gece bekleyeceğini düşünmeye başlamıştım. Çok az insan senin kadar uzun dayanır."

Jensen'ın yüreği ağzına geldi. Sesin nereden geldiğini görmek için arkasına döndü. Başlangıçta, o karanlıkta ağaçların dallarından başka bir şey göremedi. Derken çömeldiği yerin yaklaşık üç metre yukarısındaki dala tünemiş iriyarı adamın karanlık siluetini fark etti. Gece daha yeni başlıyordu.

Kırk İki

Motele dönen Kacy ışıkları kapamış, pencereden dışarı bakarak Dante'nin dönmesini bekliyordu. Genç adamın, kendisinden en fazla beş dakika sonra motele geleceğini varsaymıştı. Oysa şimdi kırk beş dakika geçmişti ve Dante hâlâ ortalıkta yoktu. Genç kadın bir süre televizyon izlemiş ama programlardan hiçbirine konsantre olamamıştı. Odayı turlamayı denedi. Bunun da bir yararı olmadı, zaten oda, turlanacak kadar büyük değildi. Çift kişilik yatak odanın büyük kısmını kapladığı için geriye turlanacak bir alan kalmamıştı.

Hava artık iyice karardığında, genç kadın korkmaya başlamıştı. Kendisi için değil Dante için korkuyordu. Genç adamın çabuk öfkelendiğini iyi bilirdi ve bir gün bu yüzden başını belaya sokmasından çekiniyordu. Kacy, Santa Mondega'nın tehlikeli bir yer olduğu gerçeğinin bilincindeydi ama bazen Dante'nin bunu anlamadığını düşünürdü. Genç adam kimi zaman neye bulaştığının çok da farkında olmadan cüretkârca işlere girişiyor, korkması gereken yerde cesurca davranıyordu. Hele bazen, karşısına çıkan her şeye, hem de her şeye meydan okumaya hazırdı. Genç kadın,

Dante'nin bu özelliğini sever ama bu yüzden başını belaya sokmasından korkardı.

Perdelerin arasından yolu izlemekle geçen sonsuz saatlerin ardından, bir arabanın motele yaklaştığını gördü. Başlangıçta, yalnızca farları seçebilmişti. Dikkatini çekmişlerdi, çünkü her yerde rastladığınız sıradan farlardan değillerdi. Kacy arabalar hakkında fazla bir şey bilmezdi ama bir tahmin yürütmesi gerekse, farların bir Cadillac'a ait olduğunu söylerdi.

Araba motelin otoparkına girdiğinde bu tahmininde yanılmamış olduğunu keşfetti. Görebildiği kadarıyla bu parlak sarı bir Cadillac'tı. Tuttukları oda zemin katta olduğundan arabayı rahatça seçebiliyordu. Sarı kaportası lambaların ışığında parlayan araç, yavaşça kadının kaldığı odaya yaklaştı. Ardından, arabayı kullanan her kimse, onu tam pencerenin önüne park etti. Kacy, farlardan gelen parlak ışık gözlerini aldığı için arabanın şoförünü göremiyordu. Şimdi her zamankinden çok korkuyordu. Neden şoför, sarı Cadillac'ı doğrudan moteldeki odalarının önüne yanaştırmıştı? Otoparkta başka bir sürü boş yer vardı.

Arabanın motoru çok gürültülü çalışıyordu, bu yüzden şoförün kontağı kapaması, Kacy'yi biraz olsun rahatlattı. Birkaç saniye sonra, titreşimlerden kaynaklanan son gürültüler de kaybolup gitti, farlar söndü ve ortalık karardı. Uzun süredir farlara bakan Kacy'nin gözlerinin karanlığa alışması zaman aldı. Araba kapısının kapandığını duydu ama Cadillac'tan kimin indiğini göremedi. Sonra ayak sesleri çalındı kulağına – kalın tabanlı ayakkabıların otoparktaki ufak taşları ezişinin sesi. Bir işe yarayacağına inanmasa da perdeleri kapadı ve arabadan inen kişinin, kendisini fark etmemiş olmasını umdu.

Pencerenin önünden geçip kapıya doğru giden adamın silueti Dante'ninkine benziyordu. Kacy yine de onun geldiğinden emin değildi. Derken kapının kolu, biri dışarıdan kapıyı açmaya çalışıyormuş gibi hareket etti. Kapı açılmadı. Kacy içeri girdiğinde odanın kapısını kilitlemişti. Riske girmeye niyeti yoktu. Kapının kolu hareket etmeye devam etti. Dışarıdaki her kimse, kapıyı kilitli bulmaktan hoşlanmamıştı. Kacy, diğer taraftakinin Dante olup olmadığını görmek için seslenmeli miydi? Yoksa olmaması ihtimaline karşı sessizliğini mi korumalıydı? Yeterince uzun süre beklerse, diğer taraftaki kişi, içeri girmesine izin vermesi için ona seslenmez miydi? O zaman kim olduğunu öğrenirdi. Ama ya gelen Dante'yse ve kadının içeride olmadığına karar verip onu aramaya giderse? Lanet olsun. Genç kadın, dışarı seslenmeye karar verdi.

"Dante? Sen misin tatlım?"

Kapının diğer tarafındaki kişi kapı kolunu zorlamayı bıraktı. Sessizlik. Kadına karşılık veren olmadı. Kacy parmak ucunda kapıya ilerledi.

"Dante?" diye tekrarladı alçak sesle. Hâlâ yanıt yoktu. Kacy, şimdi gerçekten korkuyordu. Üstelik ne yapacağını bilemiyordu. Aklına kapıyı açmaktan başka bir seçenek gelmedi. Diğer taraftaki adamın bir yere gideceği yoktu ve onun tekmeleyerek kapıyı açmasının düşüncesi bile kadını dehşete düşürmeye yetiyordu. Bu yüzden, kırılmasını beklemektense kapıyı kendi açmaya karar verdi. Böylece en azından başka biriymiş –saklayacak hiçbir şeyi olmayan biriymiş– numarası yapabilirdi. Uzanıp titreyen eliyle anahtarı tuttu.

ANONİM

Eli o kadar şiddetli titriyordu ki anahtara dokunmasıyla çevirip kilidi açması bir oldu. Kapı aralandığında, bir el içeri uzanıp yeniden kapanmasına engel olmak için kapıyı kenarından tuttu ve içeri doğru ittirdi. Kacy birkaç adım geri çekilip ufak bir çığlık attı. Karşısında, gülümseyerek araba anahtarlarını ona doğru sallayan Dante duruyordu.

"Tatlım. Beni çok korkuttun!" diye bağırdı genç kadın. "Neden sen misin diye sorduğumda bana yanıt vermedin?"

Dante'nin yüzündeki gülümseme kayboldu.

"Kacy," dedi bütün ciddiyetiyle. "Kapıdakinin kim olduğunu bilmiyorsan neden kapıyı açtın? Daha dikkatli olmalısın, tamam mı?"

"Özür dilerim tatlım ama odada tek başıma çok korktum."

Dante anahtarları yatağa fırlatıp sevgilisinin yanına gitti. Kolunu omzuna atıp dudaklarından öperek onu rahatlatmaya çalıştı. Ardından, Kacy'yi elinden tutup hâlâ açık olan kapıya sürükledi. Birlikte dışarı çıktılar. Dante, odanın önüne park ettiği arabayı işaret etti.

"Şuna bir bak tatlım. Yeni arabam hakkında ne düşünüyorsun?" dedi, hayran gözlerle sarı Cadillac'ı süzerek. Arabayı gördüğünde, Kacy'nin gözleri kocaman açıldı.

"Muhteşem! Ne kadar seksi bir araba. Onu nereden buldun?"

"Bardan çıktıktan sonra saptığım ilk sokakta buldum. Anahtarlar kontağın üzerindeydi. Araba öylece duruyordu. Almamanın kabalık olacağını düşündüm. Ne yani, başkasının çalmasına izin mi verseydim?"

Kacy araba çalmak gibi bir aptallık yaptığı için Dante'ye kızabilmeyi isterdi ama geri dönüşüne o kadar sevinmişti ki öfkelenmedi bile.

"Tatlım, aklını mı kaçırdın?" diye sordu başını iki yana sallayarak. Odaya geri döndü. "Ay'ın Gözü bizde olduğu için kasabanın yarısı zaten peşimizde. Gidip bir de araba mı çaldın? Hem bunca zamandır neredeydin? Ben geleli bir saati geçti."

Dante, Kacy'nin peşinden odaya girip kapıyı arkasından kapadı. Yanakları, uzun zaman soğukta kalan insanlarınki gibi kızarmıştı. Ama yüzüne renk gelmesinin nedeni üşümesi değil keyfinin yerinde olmasıydı.

"Daha iyi haberlerim de var. Bara gelen iki keşişi hatırlıyor musun? Sen gittikten sonra gelip yanıma oturdular. Başlangıçta çok endişelendim ama sonra bizden haberleri bile olmadığını kavradım. Taşın kimde olduğunu bilmiyorlar."

"Ah Tanrım! Onlara bizde olduğunu söylemedin ya?"

"Elbette söylemedim. Beni aptal mı sanıyorsun?"

Kacy kaşlarını çattıysa da karşılık vermedi. Önce Dante'nin keşişlerle ne konuştuğunu öğrenmek istiyordu. Genç adam sohbeti anlatmaya hevesli göründüğü için, araya girmeden devam etmesine izin verdi.

"Her neyse," diye devam etti Dante. "Konuşmaya başladık. Biliyor musun, aslında çok hoş insanlar. Onlara, Ay'ın Gözü'nü aradıklarıyla ilgili dedikodular duyduğumu söyledim..."

"Ah Dante, hayır..."

"Sakin ol bebeğim. Onlara, belirli bir bedel karşılığında taşı kendilerine getirebileceğimi söyledim. Bize tam on bin dolar verecekler!"

"Ama tatlım, on bin dolara daha ihtiyacımız yok ki!"

"Evet biliyorum. Ama fazla mal göz çıkarmaz. Ayrıca bu adamlar, kesinlikle şiddet yanlısı değil. Barış ve kardeşlik gibi zırvalıklara inanıyorlar."

Kacy, Dante'den uzaklaşıp yatağın kenarına oturdu ve başını ellerinin arasına aldı. "Şimdi ne olacak? Buraya mı gelecekler?" diye sordu, alacağı yanıttan korkarak.

"Elbette hayır. Aptal değilim. Yarın açılış saatinde aynı barda buluşacağız."

Kacy'nin bu plana aklı hiç yatmamıştı. Dante'nin de planı enine boyuna tartmadığına emindi ve bu da yetmezmiş gibi genç adam ancak şimdi, yani iş işten geçtikten sonra, verdiği kararı onunla paylaşıyordu.

"Bence yarınki güneş tutulmasından önce taştan kurtulmalıyız. Onu ne yapacaksak yapalım ve buradan gidelim," diye adama yalvardı.

"Kacy, sakinleşip bana güvenir misin? Seni hiç hayal kırıklığına uğrattım mı?"

"Evet uğrattın. Evde yemek olmadığı halde bütün paramızı *Kaptan Kanca* DVD'lerine harcadığını unuttun mu?"

"Şey, tamam. Ama adamın bana söylediğini yanlış anladığımı nereden bilebilirdim. Meğer korsanları anlatan filmlerde değil, korsan filmlerde para varmış."

Dante'nin yüzünde, Kacy'nin karşı koyamadığı serseri gülümseme belirdi.

"Sen tam bir pisliksin," dedi Kacy alçak sesle. Ama öfkesinden eser kalmamıştı.

"Evet biliyorum." Genç adam sırıtarak sevgilisine baktı. "İnan bana, bu sefer ne yaptığımı biliyorum. Seni hayal kırıklığına uğratmayacağım." Yatağın kenarına, Kacy'nin yanına oturup kolunu omzuna atarak kendine çekti. "Her şeyi planladım. Güneş tutulması yarın. Festivalin son günü. Herkes, kostümler içerisinde olacak. Kimsenin, keşişlerin bile beni tanımayacağı bir kılığa girebilirim. Bu şekilde, işler kötü giderse veya bir terslik olduğundan şüphelenirsem, rahatlıkla ortadan kaybolabilirim. Sen de istersen taşı kanalizasyona atarsın. Ama on bin dolar için riske girmeye değmez mi?"

Kacy şöyle bir düşündü. Şüpheye düştüğü durumlarda Dante'nin söyledikleri hiçbir zaman ikna edici gelmezdi ve şimdi de gelmiyordu. Plan da hiç aklına yatmamıştı. Ama onu seviyordu, bu yüzden sesini çıkarmadı. Dante de buna güvenmişti zaten.

"Seni seviyorum tatlım," demekle yetindi Kacy.

Böyle durumlarda, Dante'ye hak verdiğini dile getirmek yerine ona, onu sevdiğini söylemekle yetinirdi. Dante, böylece onun pes ettiğini anlardı.

"Ben de seni seviyorum," dedikten sonra gülümsedi. "Her şey yolunda gidecek güzelim. Bana güven, sonunda şansımız döndü. Yarın harika şeyler olacağını hissediyorum. Mavi taşı keşişlere sattıktan sonra, birlikte yepyeni bir hayata başlayacağız. Hayatımızın sonuna dek, bize yetecek kadar paramız olacak. Böyle bir fırsat yakalamak için çok çalıştık. Bunu hak ediyoruz."

Kacy, böyle konuştuğunda Dante'ye bayılırdı. Onun heyecanı ve her şeyin yolunda gideceğine duyduğu katıksız güven Kacy'yi tahrik ederdi. Ayrıca Dante'nin kendisini kitap gibi okuyabildiğini, yani tahrik olduğunu gördüğünü de biliyordu. Ağzını açıp konuşmasına dahi gerek kalmadı, Dante onu belinden yakalayıp yatağa yatırdı. Sonraki kırk beş dakikayı deliler gibi sevişerek geçirdiler. Seks, aylardır birbirini görmemiş âşık bir çiftinki kadar ateşliydi.

Sonrasında, birlikte örtülerin altında yatarken, Dante, Kacy'nin boynuna bir öpücük kondurup onu ne kadar sevdiğini söyledi. Genç kadın, Dante'nin teninin sıcaklığını son kez hissetmiyor olmayı umarak onun kollarında uyuyakaldı. Kacy'nin en büyük korkusu, sevdiği adamın bu sefer boyundan büyük bir işe bulaşmış olmasıydı. Dante'nin cesareti, bazen aptallığın sınırında dolaşırdı. Ve bu sefer tehlikede olan, sadece malları değil, aynı zamanda hayatlarıydı.

Kırk Üç

Kyle ve Peto, bardan çıkan Dante'ye el salladı. Genç adam başını sallayarak karşılık verdikten sonra yürüyüp gitti. Böylece masa, genç adamın dedikodusunu yapmak için sabırsızlanan keşişlere kaldı. İkisi de kendine Dante diyen genç adamla konuştukları sırada, barın tıka basa dolduğunun farkında değildi.

"Sence doğruyu mu söylüyordu?" diye sordu Peto, Kyle'a, olumlu bir yanıt almayı umarak.

"Biliyor musun Peto, bence öyleydi," diye karşılık verdi Kyle. "İnsanlara gereğinden kolay güveniyor olabiliriz ama bence o, dürüst ve yardımsever bir adam."

"Haklısın. Son gelişmeleri kutlamak için alkollü bir içecek içelim mi?"

Kyle bu öneriyi şöyle bir tarttı. Peto'nun içkileri denemek için sabırsızlandığı açıktı, dürüst olmak gerekirse kendisi de meraklanmıştı. Öyleyse, neden olmasın?

"Tamam o zaman. Ama tek bir içki. Ve bu aramızda kalacak, kimseye söylemeyeceğiz tamam mı? Bizim sırrımız olacak."

"Harika. Ne içeceğiz? Bira mı, yoksa burbon mu?"

"Burbon içmeyeceğiz. Bize ne yapacağını kim bilir? Son günlerde yaşadıklarımızdan bir şey öğrendiysem, o da burbonun şeytanın içkisi olduğu. En iyisi bira içelim. Rodeo Rex bira içiyordu ve o iyi biri."

"Sanırım yeni arkadaşımız Dante de bira içiyordu."

"Tamam işte. Bira olsun. Ben gidip biraları alırım Peto. Sen masada kal ve iskemlemi tut."

"Tamam."

Peto çok heyecanlıydı. Şimdiye kadar pek çok kişinin içki içtiğini ve içtikçe neşelendiğini görmüşlerdi. Bu deneyimin tadına bakmak için sabırsızlanıyordu. Elbette o sırada, birkaç dakika sonra gerçekten sert bir içkiye ihtiyaç duyacağından habersizdi. Peto, henüz bilmese de sonraki beş dakika içerisinde hayatının en önemli derslerinden birini alacaktı.

Nightjar'ın karanlık tiplerinin, içki içerken saklanıp diğer insanları izleyebilecekleri pek çok kuytu köşeleri vardı. Herkesin nefret ettiği yabancılar dışında, Kyle ve Peto gibi kısa süredir kasabada olan kişiler de ister istemez dikkatleri üzerlerine çekerdi. Rodeo Rex onları bu konuda uyarmıştı ama iki keşiş, bu uyarıyı ne kadar ciddiye almaları gerektiğini fark etmemişlerdi.

Kyle içkileri almaya gider gitmez, bu ürkütücü tiplerden bazıları, masada tek başına kalan saf görünüşlü genç adamı süzmeye başladı. Avlarına saldırmaya hazır bekleyen bu izleyicilerden ikisi, kalabalığın arasından sıyrılıp keşişin masasına doğru ilerledi. Tek kelime etmeden birer iskemle çekip Peto'nun iki yanına oturdular. İkisi de yakaları ters çevrilmiş uzun siyah paltolar giymişti. Ayrıca ikisinin de boynunda, bir zamanlar vahşi canavarlara aitmiş gibi görünen dişlerin dizildiği sıra dışı kolyeler vardı. İki adamdan yağlı saçlı, kirli sakallı bir serseri olan ilki, Peto'yla konuşmak için yana doğru eğildi. Keskin yeşil gözlerini genç keşişin hiç de keskin olmayan kahverengi gözlerine dikti.

"Bak bak bak..." dedi. "Görüyor musun, kimi bulduk Milo? Yanılmıyorsam bu, genç Peto."

Arkadaşı, emin olmak için Peto'nun yüzüne yakından bakmak istiyormuş gibi hafifçe öne eğildi. "Öyle mi Hezekiah?" diye karşılık verdi alaycı bir ses tonuyla.

Milo da arkadaşı kadar pisti. Saçları Hezekiah'ınki gibi yağlıydı ve o da iriyarıydı. İkisini birbirinden ayıran özellik, Milo'nun gözlerinin rahatsız edici bir kırmızı olmasıydı. Öne eğilip Peto'ya sırıttığında, genç keşiş, adamın keskin sarı dişlerini gördü ve nefesinin iğrenç kokusunu aldı. Peto, belli ki iki adamın yüzlerindeki pis ifadelerin anlamını çözememişti. Belki sokakta yaşıyorlardır, diye düşünüyordu. Akıl almaz ölçüde kirliydiler, giysileri de kendileri kadar pisti ve iğrenç kokuyorlardı. Tanımadığı insanları yargılamaması gerektiğini bilen Peto elbette sesini çıkarmadı. Zaten kendisini tanıyormuş gibi görünüyorlardı, yani arkadaş canlısı davranmamak için herhangi bir neden yoktu. Yoksa var mıydı?

"Beni nereden tanıyorsunuz?" diye sordu Peto, kendisine adıyla hitap eden yeşil gözlü adama dönüp.

"Bizi hatırlamıyorsun değil mi?" diye karşılık verdi Hezekiah, yüzünde pis bir gülümsemeyle.

"Hayır, özür dilerim ama hatırlamıyorum."

"Endişelenme evlat. Arkadaşın Kyle beni hatırlayacaktır."

"Ah, güzel. Demek onun arkadaşısınız?"

"Evet. Doğru değil mi Milo? Kyle'ın arkadaşı değil miyiz?"

"Evet Hezekiah. Kyle'ın arkadaşlarıyız. Hem de yakın arkadaşları."

Bu isimleri nereden hatırladığı ancak o zaman Peto'nun kafasına dank etti.

"Bir saniye," dedi heyecan içinde. "Siz Milo ve Hezekiah mısınız?" Gözlerine inanamıyordu.

Bir dakika sonra Kyle elinde iki şişe birayla dönüp masadaki yerini aldığında, Peto'nun yanındakilerin kim olduğuna dair en ufak bir fikri yoktu. Ama bulmacayı çözmek fazla zamanını almadı. Hezekiah'ın sesini duyar duymaz onu tanıdı. Hubal'dan ayrılmadan önce, Hezekiah'la çok yakın arkadaştılar. Gerçi Kyle'ın şimdi karşısında gördüğü kişi, beş yıl önde Hubal'dan ayrılan temiz yüzlü genç keşişten çok farklıydı.

"Aman Tanrım, Hezekiah!" diye bağırdı Kyle. "Hayattasın! O da Milo mu? Gözlerime inanamıyorum! Saçların uzamış! Ne kadar uzun zaman oldu. Değişmiş görünüyorsun. Bunca zamandır neler yapıyorsun?"

Hezekiah, Kyle'ın masaya bıraktığı bira şişesini önüne çekip koca bir yudum aldıktan sonra masaya geri koydu. Yanıt vermeden önce uzun uzun sırıttı.

"İçiyorum, sevişiyorum, çalıyorum, öldürüyorum... Peder Taos'un yapmamamızı öğrettiği her şeyi yapıyorum."

Kyle, arkadaşının sesindeki alaycılığı fark ettiyse de buna ne anlam vereceğini bilemedi. Bu, birlikte büyüdüğü Hezekiah değildi. İkisi de genç birer keşişken hayatı birlikte keşfetmişlerdi. Hezekiah, Kyle'dan bir yaş büyük olduğu için hep bir adım önden gitmişti. Geçmişte bu nedenle Kyle'ın onu kıskandığı olmuştu. Yine de arkadaşına saygı duymayı ihmal etmezdi. Çömezlik dönemlerinde, Hezekiah'ı gelişimini kıyaslayabileceği bir örnek olarak görürdü. Şimdiyse, eski arkadaşını karşısında gördüğüne sevinmesi gerektiğini bilse de tedirgindi. Hezekiah'ın Santa Mondega'dakilere benzemesi, kafasını karıştırmıştı. Kyle'nın içgüdüleri onu, Hezekiah'ın güvenilmez ve ne yapacağı önceden kestirilemez biri olduğu konusunda uyarıyordu. Kyle'ın nefret ettiği iki özellik. Yine de Hezekiah, eski bir dosttu ve Kyle sadece görünüşüne bakarak bir insanı yargılamamak gerektiğine inanırdı. Özellikle de o kişi, çocukluğunuzdan beri tanıdığı biriyse.

"Neden Hubal'a dönmedin?" diye sordu. "Herkes öldüğünü sanıyor."

Hezekiah'ın yüzünde, iğrenç dişlerini ortaya çıkaran bir sırıtış belirdi.

"Ben her açıdan ölüyüm. Milo da öyle. Yaşlı peder bizi hakladı. Yoksa Peder Taos, olanları anlatmadı mı?"

"Şeyy... hayır. Bundan bahsetmedi."

"Şaşırdım desem yalan olur," diye mırıldandı Milo. Ama masadaki herkes bu sözleri açıkça duymuştu. Kyle ve Peto aynı anda Rodeo Rex'in anlattıklarını hatırladılar. Acaba kelle avcısı doğru mu söylüyordu? Peder Taos gerçeğin bir kısmını onlardan saklamış olabilir miydi? Aslında işin belkisi falan kalmamıştı. Baş keşiş, beş yıl önce Hubal'dan yolladığı iki keşişin öldüğünü söylemişti. Oysa o iki keşiş şimdi karşılarında oturuyordu. Yani Taos yalan söylemişti. Ama Hezekiah'ın, Kyle ve Peto'nun, parçaları kendi başlarına birleştirmelerini beklemeye niyeti yoktu.

"Beni iyi dinleyin," dedi Hezekiah, uzun pis tırnaklarını hafifçe Kyle'nin sağ omzuna batırarak. "Bu kasabada hoş karşılanmıyorsunuz. Gidin. Hem de hemen şimdi. Neden burada olduğunuzu biliyoruz ama unutun gitsin. Göz'e ulaşamazsınız. Ulaşabilseniz bile, onu almayı başaramadan ölürsünüz."

Peto, Kyle'ın kendisinden kıdemli olmasına minnettardı. Böylece kendisi sessizliğini koruyup Kyle'ın soru sormasını bekleyebilecekti. Öyle de yaptı. Keşiş kardeşi olanları değerlendirirken, arkasına yaslanıp sessizliğini koruyarak konuşulanları dinledi.

"Ne demek istiyorsun?" diye sordu Kyle, biraz düşündükten sonra. "Hezekiah, sana ne oldu böyle?"

"Milo ve ben karanlık tarafa geçtik Kyle. Bizim için dönüş yok. Ama senin bir şansın var. Bu gece Santa Mondega'dan git ve bir daha geri gelme. Yarın, Karanlıklar Lordu gelip şehre ölümsüzler adına el koyacak. Hâlâ burada olursanız, siz de onlardan birine dönüşeceksiniz. İnan bana bunu istemezsin."

"Ama Hezekiah," diye karşılık verdi Kyle. "Yanımızda sen ve Milo varken herkesi alt edebiliriz. Bizimle ve Göz'le birlikte Hubal'a dönebilirsiniz. Herkes çok şaşıracaktır."

Hezekiah başını iki yana salladı ve elini keşişin omzundan çekip Kyle'a saldırmasından korkuyormuş gibi Milo'nun omzuna koydu. Keskin yeşil gözlerini bir kere daha eski arkadaşının gözlerine dikti.

"Dinle beni Kyle. Bu işi daha da güçleştirme. Hubal'a asla dönemeyiz. Peder Taos bunu garantiledi. Onun da karanlık tarafları var, biliyorsun. Milo ve ben sırrını keşfettiğimizde, bizi parçalara ayırıp cesetlerimizi akbabalara bıraktı. Sözlerimden şüphe etme Kyle. Bizi oyuna getirip Ay'ın Gözü'nü Hubal'a kendi götürdü. Oysa Göz'ü bulan bizdik. Zaferle eve dönen biz olmalıydık. Ama onun başka planları vardı. Sana da aynısını yapacaktır Kyle... Ve sana da Peto. İşinizi bitirecek. Hubal'dan ayrılanlar için geri dönüş yoktur."

Duraksayıp konuşmasına devam etti. "Hubal'dan ayrılıp da geri dönebilen kaç keşiş tanıyorsunuz?"

Kyle'ın adada yaşadığı süre boyunca tek bir kişi Hubal'ın güvenli kollarından kopup bir günden uzun süre dış dünyada kaldığı halde sağ salim geri dönmüştü.

"Bir," diye yanıt verdi. "Peder Taos. Geri kalanlar, dış dünyadaki tehlikelerle baş etmeyi başaramadı. Geri dönmemeleri bu yüzden."

"Sence Milo ve ben bu yüzden mi geri dönemedik?"

"Şeyy, hayır... Demek istediğim... Bilmiyorum."

"Gerçeklerle yüzleş Kyle, hiçbir şey bilmiyorsun. Milo ve ben de Hubal'dan ayrıldığımızda hiçbir şey bilmiyorduk. Aynı sizin gibiydik. Derken, halk arasında Burbon Kid olarak tanınan adamla karşılaştık."

Burbon Kid'ten bahsettiği sırada Hezekiah'ın sesi kısılıp bir fısıltıya dönüşmüştü. Ölülere saygıdan, o iki kelime, Nightjar'da asla yüksek sesle söylenmezdi.

"Burbon Kid mi?" diye sordu Kyle yüksek sesle. Zavallı keşiş, kuralları bilmiyordu tabii. "Onun bunlarla ne ilgisi var?"

Bam!

Bardaki herkes, silah sesi yüzünden bir anlığına da olsa sağır oldu. Ardından panik başladı. Masalarında oturmuş kendi işlerine bakan ve sessiz sakin içkilerini içen müşteriler, hep birden ayağa fırladı. Ama ilk harekete geçen Hezekiah olmuştu. Ayağa fırlayıp Milo'nun göğsüne bir kurşun sıkan silahşorun karşısına dikildi.

Yediği yumruklardan sarhoşa dönen boksörleri andıran Milo, sallanarak ayağa kalktı. Bir yandan titriyor bir yandan da düşmemek için iskemlesinin arkasına tutunmaya çalışı-

yordu. İskemle yere devrildiğinde, az kalsın kendi de yıkıla-
caktı. Dengesini korumaya çalışırken, boştaki eliyle göğsün-
deki deliği örtmeye çalıştı. Şaşkınlıktan donakalan Kyle ve
Peto, gözlerini dört açmış olanları seyrediyordu.

Milo nefes almaya çalışıyordu. Göğsünden ve ağzından
akan kanlar, paltosunu ve yakınında oturacak kadar şans-
sız olan herkesi kanlar içinde bırakmıştı. En korkuncuysa
gözlerinin siyaha dönmüş olmasıydı. Yüzü de değişiyordu.
Milo, iki keşişin gözlerinin önünde gecenin yaratıklarından
birine, bir vampire dönüşüyordu. Ama ölmekte, çürümekte,
toza dönmekte olan bir vampire. Özetle, cehennemi boyla-
mak üzereydi.

Hezekiah, yavaş yavaş gerçek formuna bürünen arkada-
şının aksine, bir anda vampire dönüşmüştü. Şimdi, birkaç
saniye önce keşişlerin masasında oturduğu zamanki halin-
den çok daha korkunç bir görüntüsü vardı. Dik duruyordu,
omuzlarını geriye atmış, vampir dişlerini ortaya çıkarmıştı.
Gözlerini kısıp silahşora baktı. Karşısındaki adam, siyah deri
pantolon ve kolsuz siyah Cadılar Bayramı tişörtü giymiş bir
kas yığınıydı. Kyle ve Peto, Rodeo Rex'i bir bakışta tanıdı.

Nişan alan Rex, silahının namlusunu Hezekiah'ın göğsü-
ne doğrulttu. Vampirin tepkisi, başlangıçta kendisine silah
doğrultan kişiye bakıp öfkeyle hırlamaktan ibaretti. İkisinin
arasında iki metreden az mesafe vardı. Vampir, dövüşme-
den gitmeyecekti. Rodeo Rex'in kim olduğunu ve amacını
biliyordu. Olaylar çok çabuk gelişti. Rex tetiği çekip göğsü-
ne bir kurşun saplamaya fırsat bulamadan, Hezekiah tava-
na doğru sıçradı. Kyle'ın ve Peto'nun o güne dek gördüğü
tüm canlılardan daha hızlı hareket ediyordu. Yarım saniye
sonra vampir, uzun kemikli parmaklarını kendisine saldıran

adamın boynuna dolamak için Rex'in arkasına geçmişti. Tırnaklarının ucu artık kıvrıktı ve neredeyse parmakları kadar uzundular. Vampirin elleri, tırnaklar yüzünden uzun ince ağaç köklerine benzemişti. Avına saldırdığı anda vampirin ağzı açılmış ve normal boyutlarının iki katı büyüklüğe ulaşan dişleri ortaya çıkmıştı. Merhamet göstermeksizin, arkadaşını mıhlamış olan adamın tadına bakmaya hazırlanıyordu. Ama Rex kolay lokma değildi. Hayatını bu işten kazanan kelle avcısı, belli ki vampirlerin tüm numaralarını biliyordu. Hezekiah uzanıp boynunu tutmaya yeltendiği anda, iriyarı adam yere çömeldi, break dansçıları gibi sırtının üstünde dönüp ateş etti. Hezekiah'ın kan açlığı çeken dudaklarından, kulakları sağır eden bir çığlık döküldü. Vampir, başını yana eğip tavana uzandı. Kalbine isabet eden kurşunun açtığı delikten kanlar fışkırıyordu. Çığlık, on metre mesafedeki herkesin kulaklarını sağır edecek türdendi ve birkaç saniye içinde Nightjar'daki bütün müşteriler ayağa fırlayıp kapıya koşmaya başlamıştı. Gerçi acele etmelerine gerek yoktu. Dövüş bitmiş sayılırdı. Birkaç saniye süren çığlıkların ardından, bir zamanlar Hezekiah olan yaratık alev aldı ve arkadaşı Milo gibi küle dönüştü.

Kapıya koşan insanların yarattığı kargaşadan etkilenmemiş görünen Rodeo Rex, ayağa kalkıp Kyle ve Peto'nun masasına gitti. İskemlelerinde kımıldamadan oturuyor, konuşmuyor, bir dakika önce Hezekiah'ın durduğu noktaya bakıyorlardı. Gözleri, vampire dönüşen eski arkadaşlarının küllerindeydi.

"İkiniz, size söylediklerimin tek kelimesini bile duymadınız mı?" diye sordu Rodeo Rex.

İkisi de karşılık veremedi. Rex, öğrencilerini spor salonunun arkasında sigara içerken yakalamış bir öğretmen gibi uzanıp keşişleri giysilerinden yakaladı ve sürükleyerek ayağa kaldırdı.

"Defolup gidin buradan! Güneş doğana kadar, sizi bir daha gözüm görmesin! Yeterince açık konuştum mu?" Öyle tehditkâr bir havası vardı ki, iki keşiş onunla tartışmamayı tercih ettiler.

"Evet Rex, yeterince acık konuştun," dedi Kyle'dan önce kendini toplayan Peto. "Hadi Kyle, buradan gidelim." Bira şişelerini alıp kapının yolunu tuttular. Eski arkadaşı Hezekiah'ın alev alıp küle dönüştüğü noktadan gözlerini alamayan Kyle, Peto'nun birkaç adım gerisinden gidiyordu.

"Hey siz!" diye seslendi barmen. "O şişeleri yanınızda götüremezsiniz!"

Barmene keşişler yerine Rex karşılık verdi.

"Ne isterlerse yapabilirler," diye bağırdı. "Neden kendi işine bakmıyorsun lanet olasıca."

Bu sözler üzerine barmen ortadan kayboldu. Başını belaya sokmaya niyeti yoktu ve Rodeo Rex adlı efsanevi ölüm makinesinden uzak durmanın daha hayırlı olacağını bilecek kadar zekiydi.

Mekân artık tamamen boşalmış, içki servisi yapan kimsecikler kalmamıştı. Rex kendine barın arkasından bir şişe viski ve bir puro alıp taburelerden birine oturdu. Kafayı çekip her zamanki gibi günün bilançosunu çıkarmanın zamanı gelmişti.

Kırk Dört

Dedektif Miles Jensen'ın başı büyük beladaydı ve kendisi de bunu iyi biliyordu. Bilinci yerine geldiğinde, kafasının arkasındaki korkunç sızının farkına vardı. Bu sızı, ensesinin kanla kaplandığını hissettiği tatsız bir ıslaklıkla birleşti. Kan kurumuştu, demek ki akalı uzun süre olmuştu. Ne yazık ki elini uzatıp ensesindekinin gerçekten kan olup olmadığını kontrol edemedi, çünkü elleri bir bantla arkadan bağlanmıştı. Ağzına da bir bez tıkılmış ve bezin iki ucu, en can yakıcı şekilde, başının arkasına düğümlenmişti. Yan yatıyordu, dizlerini göğsüne çekmişti ve hangi nedenle bilinmez, kendini karanlıkta zıplayıp duruyormuş gibi hissediyordu. Derken jeton düştü. Bir arabanın bagajındaydı. Onu bir yere götürüyorlardı. Hiçbir şey görünmüyordu. Yavaş yavaş durumu kavradığında, zavallının birinin öldürülmek üzere bagaja tıkıldığı sayısız gangster filmini hatırladı. Böyle tatsız ve zamansız bir ölümün düşüncesi bile, ona kendini, kafasındaki yaranın ve arabanın sarsıntılarının verdiği rahatsızlıktan daha da kötü hissettirdi.

Tekerleklerin ve arabanın egzozunun gürültüsü yüzünden hiç ses duyamıyordu, yani arabada kaç kişi olduğunu bilmiyordu. Arkasındaki ağacın dalındaki gölgeyle karşılaşmasından sonrasını hatırlamıyordu. Gölge iriyarı bir adama aitti ama karanlıkta kim olduğunu görememişti. Adam, Jensen'ın herhangi bir tepki vermesine fırsat kalmadan ağaçtan üzerine atlamıştı. Ama sonra... *Bekle bir saniye...* Başının arkasına bir şeyle vurulmuştu. Yani orada biri daha olmalıydı. Evet, kulağa mantıklı geliyordu. Ağaçtan atlayan adama tam zamanında sırtını dönmüştü, demek ki ilk saldırıdan kurtulmuş olabilirdi. Ama sonra kafasına darbe almıştı, yani orada birinin daha olduğu kesindi. Hepsi yakında açıklık kazanacaktı elbette. Bu arada yapabileceği en akıllıca şey, Somers'a ulaşmayı denemekti. Tek umudu ortağıydı. Somers'ın verdiği çağrı cihazının böğrüne battığını hissediyordu ama durumunu haber vermek için ortağına çağrı atmayı başarabilecek miydi? Atsa bile, Somers aradığında cep telefonunu nasıl açacaktı?

Hiç şüphesiz önceliği ellerini bağlamakta kullanılan banttan kurtulmaya vermeliydi. Bunu yaparken sessiz olmalıydı, çünkü kendisini kaçıran kişilerin, ayıldığını fark etmelerini istemiyordu. O zaman oyalanmadan Jensen'ı öldürmeye karar verebilirlerdi. Buna çanak tutmanın gereği yoktu.

Ellerini sarmakta kullanılan bant, kalın koli bantlarındandı. Parmaklarını kımıldatamaması için bandı bileklerinin altından başparmaklarına kadar sıkı sıkı dolamışlardı. Ondan kurtulmak kolay olmayacaktı ama ne kadar zamanı olduğuna bağlı olarak her şey mümkündü.

Sonunda, on dakika gibi gelen ama tahminen daha kısa bir sürenin sonunda, Jensen sol elinin başparmağını kurtarmayı başardı. Ellerini kurtarmasına yetecek kadar büyük bir başarı değildi ama o parmağı kullanarak sol cebindeki çağrı cihazının düğmesine basabilirdi. Lanet olsun Somers, umarım uyanıksındır, diye geçirdi içinden.

Çağrı cihazının düğmesine bastıktan sonraki on dakikayı ellerini kurtarmaya çalışarak geçirdiyse de başarılı olamadı. Araba birkaç kez durmuş, bu duruşları, Jensen'ın dengesinin bozulmasına yol açan ani sağa veya sola dönüşler izlemişti. İkinci on dakikanın sonunda araba durduğunda, kontağı da kapadılar. Bir iki saniyelik sessizliği, arabanın iki kapısının açılıp kapanışı izledi. Jensen birilerinin konuştuğunu duydu ama sesler boğuktu. Derken bagajın kapağı açıldı ve Jensen kendisini yüzlerini göremediği iki siluete bakarken buldu. Haklı çıkmıştı. Kendisine saldıranlar iki kişiydi. İkisi de iriyarı adamlardı ama karanlıkta başka şey seçilmiyordu.

"Dedektif Miles Jensen," dedi aynı gecenin önceki saatlerinde ağaçtan kendisine seslenen kişi. "Hayatınıza veda etmeye hazır mısınız?"

Kırk Beş

Mistik Leydi oldum olası paranoyak biriydi. Bu tavırlar genel havasının bir parçasıydı, insanlar onu biraz da bu tür gariplikleri yüzünden ciddiye alırlardı. Bu, gizemine, güvenilirliğine ve bunların doğal bir sonucu olarak banka hesabına katkıda bulunan bir özellikti. Takip edilmediğinden emin olmak için, etrafı kontrol etmeden evinden uzaklaşmazdı. Mahalleli çocuklar, kadının deli olduğunu düşünüyordu. Gerçi yetişkinler de onlardan farklı değildi. Onu deli bir kocakarı olarak görmeyen yegâne insanlar, yirmili yaşlardaki gençlerdi. Çoğu yeni yeni uyuşturucu kullanmaya başlayan bu gençler, doğaüstü olaylar konusunda daha açık görüşlü oluyordu.

Kadın, vampirlerden, daha doğrusu genel olarak tüm ölümsüzlerden, hayaletlerden, zombilerden ve kurt adamlardan korktuğu için, asla hava karardıktan sonra dışarı çıkmazdı. Ay Festivali zamanıysa her zamankinden dikkatli davranırdı. Festivalle birlikte gelen şeytani yaratıkları düşünmek bile, normalde kadının stokladığı yiyeceklerle beraber eve kapanmasına yeterdi. Ama bu sefer merakı üstün gelmiş, Dante ve Kacy'nin ziyareti kadını harekete geçirmişti.

İki genç evden ayrıldığında hafızasını zorladı: Ay'ın Gözü adlı mavi taşla ilgili neler biliyordu? Fazla bir şey değil. Mücevherle ilgili hikâyelerin çoğu uydurmaydı. Yaşlı cadı, taşla ilgili efsanelere göz atmaya karar vererek, öğleden sonranın erken saatlerinde, bölgenin mitolojisi ve efsaneleriyle ilgili sağlam kaynaklara ev sahipliği yaptığını bildiği, kasabanın diğer ucundaki kütüphanenin yolunu tuttu. Belki onlara göz atarsa, işine yarayacak bir şeyler bulabilirdi.

Ay'ın Gözü'nden bahseden bir kitap bulmak, tahmin ettiğinden zor oldu. Sezgileri, altıncı hissi olmasa hiçbir şey bulamayabilirdi ama şansın da yardımıyla sonunda hedefine ulaştı: Anonim bir yazara ait adı olmayan bir kitap. Kütüphanenin uçsuz bucaksız raflarında o kitabı bulmak hiç kolay iş değildi. Yaşlı kadının kütüphanede, tahmin ettiğinden uzun süre kalması gerekti. Elinde kitapla eve döndüğünde, doğal olarak yorgun ve açtı.

Kendine hafif bir yemek hazırladıktan sonra kısa bir uyku çekti ve güneş batarken uyanıp kitabın kapağını açtı. Daha ilk sayfadan, gündüz yaptığı yolculuğa değdiğini düşündü. Belli ki kitap çok eskiydi. Sayfaları incelerken, kütüphanenin, bu kadar eski bir kitabı ödünç vermesine şaşırdı. Diğer taraftan, bırakın alıp eve götürmeyi, birilerinin bu kitabı bulması dahi mucizeydi.

Neyse ki kitap İngilizceydi. Metinlerin çoğu siyah mürekkeple ve düzgün harflerle yazılmıştı. Gerçi, kitabı tek bir kişinin kaleme almadığını gösteren ipuçları vardı, örneğin elyazısı, kitap ilerledikçe değişiyordu. İlk sayfaya, elyazısıyla yazılmış bir uyarı notu düşülmüştü. Sanki yazar, kendini

ANONİM

olası davalardan korumak için kitabın önüne bu notu düş-
müştü:

*Bu kitabın sayfalarını yalnızca kalbi saf olan okuyu-
cular karıştırabilir.*
*Çevirdiğiniz her sayfa, okuduğunuz her bölüm sizi
sona bir adım yaklaştıracak.*
*Herkes başaramayacak. Birbirinden farklı öykülere
ve yazı biçimlerine takılıp kalacaklar. Kafaları karışacak.*
*Tüm bunlar olup biter ve sen gerçeği ararken, gerçek
aslında hep burnunun dibinde olacak.*
Karanlık gelecek, hem de peşinde büyük bir kötülükle.
*Ve bu kitabı okuyanlardan bazıları, bir daha gün ışı-
ğını hiç göremeyecek.*

Ne yazık ki kitabın ön tarafında, içindekiler sayfası, baş-
lıkların listesi veya sonunda bir endeks ya da Göz'le ilgili bil-
gilerin nerede bulunacağını gösteren bir ipucu yoktu. Baş-
tan sonra elyazısıyla yazılmış olan metni okumak, kadının
yaklaşık üç gününü alırdı. Gereğinden uzun bir süre... Ay
Festivali bu kadar yaklaşmışken, o kadar zaman harcayamaz-
dı. Durumun bilincinde olan yaşlı kadın, Göz'den bahsedi-
len bölümleri bulmak umuduyla kitabın sayfalarını taramaya
başladı. Mücevherden bahsedilen ilk bölümü bulduğunda,
yaklaşık bir saat geçmiş, saat onu bulmuştu.

Mistik Leydi, Ay'ın Gözü'nden bahsedilen yerleri bul-
mak amacıyla kitabı üstünkörü gözden geçirdiği için, ilk
bölümleri yazan kişinin, arada bir, on iki havariden biri ol-
duğunu ima ettiğini çözdüyse de adı olmayan kitabın neden
bahsettiğine dair fazla bir şey öğrenemedi. Anlaşılan diğer

havariler sonradan, İncil'i oluşturacak metinleri yazarken, bu kişi, çarmıha gerilişten sonra yaşananları kaleme almakla yetinmişti. Yaşlı kadın bir süre sonra gözlerinin ve zihninin, elyazısına alıştığını fark etti. Neyse ki kitabın sayfaları sarımtırak kalın bir kâğıttandı ve adı olmayan kitap bu sayede parçalanmadan bugünlere gelebilmişti.

Bir noktada kitap –ya da günlük– onu İngilizceye çeviren birinin eline geçmişti. İlk notlardan sonrası hep İngilizceydi. Kitabın beşte birine gelindiğinde elyazısı değişiyor ve Kutsal Kâse'yi bulmak umuduyla Mısır'ı gezen Xavier adlı bir karakterin hikâyesi başlıyordu. Kitabın gidişatı düşünüldüğünde oldukça garip bir değişiklikti, çünkü ilk bölüm günlük şeklinde yazıldığı halde Xavier'in maceraları kötü bir Indiana Jones senaryosundan farksızdı. (Ama en azından bu bölümde, kadının araştırdığı konuya dair bir şeyler vardı.)

Hikâye, Xavier'in bir tapınakta kalırken Ay'ın Gözü olarak bilinen mavi mücevherin resmine rastlayışını anlatıyordu. Taşın yeri tapınağın keşişleri tarafından dünyadan saklanan bir sırdı ve hiçbiri bu sırrı gezginle paylaşmaya gönüllü değildi. Anonim yazar, hikâyenin bu bölümünde tutkulu bir dille Xavier'in taşı bulma ve sırlarını öğrenme arzusunu dile getirmişti. Anlaşılan, ettikleri yemin yüzünden keşişlerin mal sahibi olmaları yasaktı, en azından ekonomik değeri olan şeyleri ellerinde tutmuyorlardı; bu yüzden bu kadar değerli bir nesneyi ele geçirmiş olmaları ve daha da önemlisi onu bu kadar iyi saklamaları, Xavier'i büyülemişti. Resimle, keşişlerin başı olan Peder Gaius'u aradığı bir gün tesadüfen karşılaşmıştı. O gün Gaius, Xavier'e çok kızmış ve hatta resmin yok edilmesini emredecek kadar ileri gitmişti. Resim, yerinden sökülüp yakılmıştı.

Sonunda Xavier Kutsal Kâse'yi aramaya geri dönmüştü. Kitapta bir daha uzunca bir süre Göz'den bahsedilmiyordu. Mistik Leydi, kendini Xavier'in maceralarına o kadar kaptırmıştı ki kitabı elinden bırakamadı. Hikâyenin tamamını okumak için yanıp tutuşuyordu. Ne yazık ki buna vakti yoktu. Kitabı daha sonra da okuyabileceğini düşünerek ara verdi. Şimdi önceliği Göz'e vermeli, mücevherle ilgili araştırmalarına devam etmeliydi.

Yeniden Ay'ın Gözü'nden bahsedilen bir bölüme rastladığında, saat neredeyse on birdi. Hikâyenin kahramanı hâlâ Xavier'di, ama artık 1537 yılının kış aylarındaydılar. Güney Amerika'ya giden Xavier, Mısır tapınağındaki keşişlerden birine rastlamıştı. İlk karşılaştıklarında çömez olan keşiş artık bir yetişkindi, daha da önemlisi, Xavier'in anlattıklarına göre İsmail adlı bu keşiş, Peder Gaius'la ters düştüğü için tapınaktan sürülmüştü. Kitapta ikilinin arasındaki sürtüşmenin nedenlerinden bahsedilmese de İsmail'in keşişlerin kutsal yeminlerinden birini bozduğu anlaşılıyordu. Bunu yaparak, başkalarının Ay'ın Gözü'nün yerini öğrenmesine neden olmuştu. Hikâyenin bundan sonrası, ağır aksak bir tona bürünüyordu. Xavier ve İsmail çok iyi dost oluyorlar ve Kutsal Kâse'yi aramaya birlikte devam ediyorlardı.

Mistik Leydi bir kere daha kendini hikâyeye kaptırdı. Xavier'in ve yeni arkadaşının maceralarını okumak için büyük bir arzu duyuyordu. İsa'nın Kupası da denilen nesneyi bulmaya çok yaklaşmışlardı. Derken, kupayı bulmalarına bir adım kala, kitabın yazarı yeniden değişti – hem de cümlenin tam ortasında! Hikâye bambaşka bir elyazısıyla devam ediyor ve artık Kutsal Kâse'den bahsedilmiyordu.

Yeni yazar adını vermemişti ama kötülüğün güçleriyle yapılan savaşı anlatışından, erkek olduğu anlaşılıyordu. Karanlıklar Lordu'ndan önce Ay'ın Gözü'nü bulmaktan bahsediyordu. O noktaya kadar Karanlıklar Lordu diye birinin bahsi geçmemiş, en azından yaşlı kadın öyle birinden bahsedildiğini görmemişti. Bu yazar, açık denizlerde ve çöllerde geçen heyecan verici maceralar anlattı. Hepsi iyi hoş kahramanlık hikâyeleriydi. Derken yazar âşık oldu. Hikâyeyi ele geçiren duygusal tondan sıkılan Mistik Leydi, bu bölümü atlamaya karar verdi. Yazar, Maria adlı bir kıza nasıl âşık olduğundan ve ona olan yasak aşkı yüzünden eve dönme hakkından nasıl feragat ettiğinden bahsedip duruyordu.

Aşk hikâyesi o kadar sıkıcıydı ki Mistik Leydi'nin uykusu geldi. Yaşlı kadın çareyi gece yarısına doğru kendisine kahve hazırlamakta buldu. Ama kafein bile beynini harekete geçirmeye yetmeyince, birkaç saat uyumanın sakıncası olmayacağına karar verdi. Masanın çekmecesinden deri kitap ayracını çıkarıp kitabın arasına yerleştirdi. Ama tam kapağı kapamaya hazırlandığı sırada, rasgele bir sayfa açıldı. Bir resim. Nesnelerin, binaların ve insanların resimleri sayfaların arasına serpiştirildiği için, Mistik Leydi, o ana dek pek çok haritaya ve çizime denk gelmişti. İlkinden sonuncusuna dek bütün yazarlar, gidilen yerlerin ve karşılaşılan şeylerin kaydını tutmakta ustaydı. Ama bu resim farklıydı. Mutlu bir çiftin resmiydi. Altına düzgün harflerle bir not düşülmüştü. Gözlerini güçlükle açık tutan Mistik Leydi, yazanları okuyabilmek için yüzünü kitaba yaklaştırdı:

"Karanlıklar Lordu Xavier."

Kapı çalındı. Daha doğrusu biri kapıyı yumrukladı. O saatte kimseyi beklemeyen Mistik Leydi, avcının yaklaştığını fark eden geyikler gibi irkildi. Kapıya baktı. Karar veremedi. İlkönce kalkıp kapıyı açmayı düşündü, böylece gecenin geç saatinde kapıyı yumruklayan geri zekâlıya ağzının payını verebilecekti. Normalde o saatlerde kapısını sadece sarhoş gençler veya fallarına bakılmasını isteyen turistler çalardı. Duraksadı. Kapıyı açmaktan vazgeçti. Ay Festivali zamanı, kim olduğunu bilmediği birine kapıyı açmadan önce temkinli davranmak daha akıllıcaydı.

"Kimsiniz?" diye seslendi.

Yanıt veren olmadı. Olağandışı bir durum değildi. Kimsiniz diye sorduğunda, yanıt vermeyen zibidiler çok çıkardı. Dar kafalı müşterilerinin oynamaktan hoşlandıkları yaratıcılıktan uzak bir oyundu. "Falcı değil misiniz, kim olduğumu bilmeniz gerekmez mi," derlerdi kadın kapıyı açtığında. "Bir falcı kapısını çalanın kim olduğunu nasıl bilmez?" Ve işte böyle şeyler – kadının binlerce kez duyduğu vasat espriler.

Büyük bir isteksizlik ve bastırılması güç bir can sıkıntısıyla masanın başından kalkıp kapıya gitti. Elden geldiğince temkinli ve sessiz davranarak kilidi açıp dışarıya göz attı. Kapının önünde bulacağı densize bağırıp çağırmaya hazırdı, ama beklemediği bir manzarayla karşılaştı.

Kapının önünde, gecenin ayazında, siyahlar içinde genç bir kadın duruyordu. Giysileri de gece kadar kara olduğu için, yüzü bembeyaz olmasa rahatlıkla onu gözden kaçırabilirdiniz. Mistik Leydi, öfkeli gözlerini ziyaretçisine dikti.

"Saatin kaç olduğunu biliyor musun?" diye bağırdı genç kadına öfkeyle.

"Çok özür dilerim. Gerçekten yardımınıza ihtiyacım var," diye karşılık verdi ziyaretçisi.

"Adın ne kızım?"

"Jessica."

"Dinle beni Jessica, yarın gündüz vakti gelmeni önerebilir miyim? Şu anda kapalıyız ve ben de yatmaya hazırlanıyordum."

"Lütfen hanımefendi, sadece beş dakikanızı istiyorum," diye yalvardı genç kadın.

Jessica çok üşümüş, yorgun ve çaresiz görünüyordu. Mistik Leydi, ona acıdı. Normalde buna rağmen genç kadını içeri almazdı ama diğer gece ziyaretçilerinin aksine ayık görünüyordu ve gözlerinde, insanın içine işleyen, yalvaran bir ifade vardı. Bu kadar güzel ve masum görünüşlü biri, herhalde eşek şakası yapmaya gelmemişti.

"Bana kim olduğumu söyleyebileceğinizi umuyordum," diye devam etti Jessica. "Beş yıldır komadaydım. Şimdi de hafıza kaybı yaşıyorum."

Hımm, dedi yaşlı kadın içinden, belki eşek şakası konusunda haklıydım. "Bu da nasıl bir saçmalık böyle? Gerçekten, bundan daha iyi bir hikâye bulamadın mı?" dedi öfkeyle.

"Lütfen hanımefendi, bana inanmalısınız. Sürekli hayaller görüyorum... Bilirsiniz işte... Geçmişi hatırlıyorum. Galiba Burbon Kid denilen adam, beni öldürmeye geliyor. Hepsinin, Ay'ın Gözü adlı taşla bir ilgisi var."

Ay'ın Gözü! Tesadüf olabilir miydi? Burbon Kid ve Ay'ın Gözü laflarını duyan Mistik Leydi, genç kadını içeri almaya karar verdi. İyi niyetinden değil, gecenin o saatinde birini eve almasının tek nedeni, merakına yenik düşmesiydi. Göz'le ilgili ne öğrenebilirse öğrenmek istiyordu ve bu yüzden genç kadını geri çevirip bir daha görememe riskine girmektense, onu içeri almayı seçti.

"Tamam," dedi genç kadına. "İçeri gel. Ama sadece beş dakikan var."

"Teşekkürler, çok naziksiniz."

Mistik Leydi, onu küçük odaya alıp masanın başındaki koltuklardan birine geçmesini işaret etti. Jessica söyleneni yaptı.

"Ne okuyorsunuz?" diye sordu yaşlı kadına.

"Önemli bir kitap değil." Falcı kaşlarını çattı. Mistik Leydi, taşı arayan kişilerle içli dışlı olmak istemiyordu. Jessica'nın sahtekârın teki olabileceğini bildiğinden, Ay'ın Gözü'yle ilgilendiğini ona belli etmemeye kararlıydı. Masanın etrafından dolaşıp her zamanki koltuğuna geçtikten sonra, kitabı kapayıp masanın altına kaldırdı.

"Anlat bakalım Jessica. Kendinle ilgili neler biliyorsun?"

"Fazla bir şey değil. Üstelik birilerinin durumumdan yararlanmasından korktuğum için, kimselere de soramıyorum. İnsanlar bana baktıklarında genç bir kadın görüyorlar ve onun kimseyi, kimsenin de onu tanımadığını öğrendiklerinde, akıllarına kötü fikirler geliyor. Bilmem anlatabiliyor muyum?"

"Seni gayet iyi anlıyorum," dedi Mistik Leydi. "Demek hiçbir şey hatırlamıyorsun?"

"Hayır, hatırladığım detaylar var. Beş yıl önce Burbon Kid denen adam beni öldürmeye çalıştı ve bu yüzden komaya girdim. Nedenini bilmesem de şimdi yeniden peşimde olmasından korkuyorum. Onu kızdıracak ne yaptığımı bilmiyorum. Bana yardım edebilir misiniz? Arkadaşım Jefe, size başvurmamı önermişti."

"Jefe mi dedin?" diye sordu Mistik Leydi. Herkesin kork-
tuğu kelle avcısının adını hemen hatırlamıştı.

"Evet. Galiba tanışıyormuşsunuz."

"Eh, öyle sayılır. Bir iki kere bana gelmişti."

"Eee, haklı mı? Bana yardım edebilir misiniz?"

"Belki. Bakalım kristal kürede neler göreceğiz."

Mistik Leydi öne eğildi, masasındaki kristal küreyi örten
siyah ipek örtüyü kaldırdı ve ayaklarının dibindeki kitabın
üstüne bıraktı. Ardından, ısıtmaya çalışıyormuş gibi ellerini
yavaşça kürenin üzerinde dolaştırdı. Gizemli bir sis kürenin
içine doluştu. Derken, camın ortasında bir adamın silueti
belirdi.

"Hımm... Başlıklı adamı görüyorum... Burbon Kid'i,"
dedi yaşlı kadın. "Sanırım haklısın. Sanırım senin peşinde."
Bakışlarını küreden uzaklaştırıp ne tepki vereceğini görmek
için Jessica'nın gözlerine baktı. "Bu adam kötü haber. Hem
de çok kötü haber. Beş yıl önce kasabada pek çok kişiyi öl-
dürdü. Eğer senin peşindeyse, o zaman tavsiyem pılını pırtı-
nı toplayıp Santa Mondega'dan uzaklaşman."

Jessica hem dehşete düşmüş hem de endişelenmiş görü-
nüyordu. Numara yapıyor olmasına imkân yoktu. Yaşlı falcı,
demek sahtekâr değilmiş, diye düşünürken, genç kadın ko-
nuştu.

"Beni neden öldürmek istediğini biliyor musunuz? Kü-
reniz ne diyor? Benim hakkımda herhangi bir şey söylüyor
mu? Nereden geliyorum? Geçen sefer nasıl sağ kalmışım?"

"Lütfen tatlım, sorularını birer birer sor," dedi yanıtla-
rı görmek umuduyla küresine bakan Mistik Leydi. "Burbon
Kid denilen adamın seninle bitmemiş bir işi var," dedi ya-
vaşça, küredeki görüntülere konsantre olarak. "Seni öldür-

me arzusu çok güçlü. Hiçbir şey onu durduramaz. Yıllardır, senin dönüşüne hazırlanıyormuş. Tanrım, niyeti gerçekten kötü ama her nedense, seni neden öldürmek istediğini göremiyorum... Hayır, bekle bir saniye... Bir şey geliyor."

Aniden gördüğü şeye çok şaşırmış gibi ayağa fırladı.

"Ne oldu? Ne gördünüz?" diye bağırdı Jessica.

Yaşlı kadın dehşet içindeydi. Yüzü bembeyaz olmuştu ve hafifçe titriyordu. Konuştuğunda sesi de titrekti. "Kim olduğunu gerçekten bilmiyor musun?" diye sordu Jessica'ya.

"Evet. Neden? Ne gördünüz? Kimim ben?"

"Ben... Bilmiyorum... Özür dilerim. Gitmelisin." Falcı, genç kadından bir an evvel kurtulmak istermiş gibi hareket ediyordu.

"Neden? Ne gördünüz?"

"Sana dediğim gibi hiçbir şey görmedim, hem de hiçbir şey. Artık git."

Jessica, Mistik Leydi'nin yalan söylediğini biliyordu. Mistik Leydi de Jessica'nın bunu bildiğini anlamıştı. Normalde bütün falcılar gibi, o da yalanlarını örtmekte ustaydı. Ama bu sefer çuvallamıştı. Tepkisi, bir şeyler bildiğini elevermişti ve genç kadın, ne olduğunu öğrenmeden onu rahat bırakmayacaktı.

"Yalan söylüyorsun! Bir şey gördün. Ne gördüğünü bana söylemelisin. Ben de kötü birine dönüşebilirim. Anlıyor musun? Kürede ne gördün?"

Jessica, bağırarak son sözleri söylediğinde, Mistik Leydi ayağa fırladı. Kalbi, göğüskafesini parçalayıp çıkmak istercesine deliler gibi çarpıyordu.

"Ben... Burbon Kid'i gördüm. Buraya geliyor. Tam şimdi buraya varmak üzere. Gitmelisin. Her an bizi bulabilir."

"Gerçekten mi?" Jessica şaşkındı. "Doğruyu mu söylüyorsun?" Yalan söyleyip söylemediğini anlamak istercesine Mistik Leydi'nin yüzünü inceledi.

"Evet. Yemin ederim, gördüğüm buydu. Dinle, onun buraya gelmesini istemiyorum. Lütfen git."

"İyi ama neden beni öldürmek istiyor?"

"Bilmiyorum. Şimdi kendi iyiliğin için git buradan!"

Jessica koltuğundan kalktı. Deli Çingene'nin kendisinden kurtulmak için her şeyi yapacağını bilse de son bir soruyla şansını denedi. "Benimle ilgili başka bir şey görmediğine... başka bir şey bilmediğine emin misin?" dedi alçak sesle.

"Özür dilerim. Sana yardım edemem. Lütfen git." Kadının sesinden, konunun kapandığı anlaşılıyordu. Jessica'nın kapıya yöneldiğini görünce içi rahatladı. Genç kadın duyduklarından korkmuşa benzemiyordu, daha çok kafası karışmıştı.

"Güle güle Jessica," diye seslendi Mistik Leydi arkasından. "Umarım Ay Festivali'nin kalanının tadını çıkarırsın."

"Evet, teşekkürler. Hoşça kal... *Annabel*."

"Efendim? Bana ne dedin?"

"Annabel. Adın bu değil mi? Annabel de Frugyn."

Falcı, adını söylememek konusunda her zaman çok titiz davranırdı. Vergi müfettişlerinden kaçmak için aldığı önlemlerden biriydi bu; o yüzden de kendisini yakından tanımayan birinin adını bilmesi neredeyse imkânsızdı.

"Evet, adım bu, iyi ama sen nereden biliyorsun?"

Jessica, Mistik Leydi'ye kendisinin de canı isterse bildiklerini saklayabileceğini gösteren bir bakış fırlattıktan sonra, her şeye rağmen soruyu yanıtladı.

"Jefe söylemişti."

Jessica, son sözü söyleyen taraf olmaktan büyük zevk alarak boncuklu perdenin diğer tarafına geçti, ön kapıyı sonuna kadar açıp koşar adım dışarı fırladı. Falcı öfke içinde, kadının arkasından baktı, ondan kurtulduğuna sevinmişti ama kapıyı arkasından doğru düzgün kapamamasına da kızmıştı. Kapı kapanma noktasına gelmiş ama bir parmak aralık kalmıştı. Dışarıdan bakan bir yabancıya kapı kapanmış gibi gelebilirdi ama Annabel de Frugyn kapısını iyi tanırdı ve kapanmadığını biliyordu. Özellikle genç insanların, kapıları doğru düzgün kapamamak gibi bir huyları vardı. Oysa gecenin bir yarısı kapıyı açık bırakmak hiç güvenli değildi. Henüz içerisi soğumamıştı ama o da an meselesiydi. İşi gücü yokmuş gibi, yaşlı kadın şimdi bir de gidip kapıyı kilitlemek zorundaydı. Burbon Kid gerçekten geliyorsa, Jessica'nın kokusunu alıp eve uğramadan, doğrudan genç kadının peşinden gidebilirdi. Yine de kapıyı kilitlemeden bırakmak aptallıktı.

Normalde yaşlı kadın doğrudan ayağa kalkıp kapıyı kilitlerdi ama bu sefer, önce kitaptaki resme bir daha bakmak istedi. Masanın altına uzanıp ipek örtüyü kitabın üstünden kaldırdı, yeniden kristal kürenin üzerine koydu. Ardından, masanın altına uzanıp kitabı aldı. Sayfaları karıştırıp Xavier'in resminin olduğu yeri bulmaya çalıştı. Resimleri gözden geçirip aradığını bulmaya çalıştığı sırada, tam tahmin ettiği gibi buz gibi bir rüzgâr içeriye süzüldü ve sayfaları uçuşturdu. Yaşlı kadının buna ne zamanı ne de sabrı vardı, bu yüzden, artık tamamen açılmış olan kapıyı kapamaya gitti.

Eşiğe vardığında, Jessica'nın ortalıkta olup olmadığına bakmak için dışarıya bir adım attı. Genç kadını görseydi, öfkeli yumruğunu havada sallayarak, kapıyı kapamadığı için ona ağzının payını verecekti. Ama ortalıkta ziyaretçisinden eser yoktu. Neyse ki başkalarından da eser yoktu. Sokaklar göz alabildiğine boştu – açıkçası, falcıyı rahatlatan bir manzaraydı.

Rüzgâr çok sert estiği için, kapıyı kapamak kolay olmadı. Yaşlı kadın kapıyı kapadı ve paslı metal sürgüyü ittirip kilitledi. Şöyle bir esnedikten ve kollarını kaldırıp gerindikten sonra, kitabın başına geri dönmek üzere masasına doğru hareketlendi.

Ama kitaba bakmaya fırsatı olmadı. Evde yalnız olmadığını fark etmişti. Odanın ortasında, kitapla kendisinin arasında biri duruyordu. Onu gördüğünde, az kalsın korkudan küçükdilini yutacaktı. Sakinleşmek, birkaç saniyesini aldı.

"İçeri nasıl girdin?" diye sordu karşısındaki korkutucu tipe.

Gizlice içeri giren kişi bu soruya sözlü bir yanıt vermedi. Sonraki yirmi dakika boyunca Mistik Leydi'nin Evi'nde duyulan tek ses, kadının çığlıklarıydı, onlar da dışarıdaki rüzgârın uğultusunda kaybolup gitti.

Annabel de Frugyn'in çığlıkları, en nihayetinde kadının dilinin koparılmasıyla sona erdi.

Kırk Altı

Onu kaçıran kişiler, Jensen'ı ahırın samanla kaplı leş gibi zeminine fırlattı. İçinde bulunduğu yerle ilgili olarak, ahır olduğu gerçeği dışında, hiçbir şey bilmiyordu.

Yapı, şehir merkezindeki bir evin arka bahçesinde de olabilirdi, çölün ortasında da. Bir duvarının dibine saman balyaları dizilmiş çok büyük bir ahırdı. Elektrik yoktu ve bunun gibi bir ahşap yapıda mum kullanmak akıllıca olmayacağı için, içeriyi aydınlatan tek şey, kapının aralığından süzülen ay ışığıydı.

İki iriyarı adam, yerde yattığı sırada birkaç kere onu tekmelediler. Amaçları, acı çektirmekten çok huzursuz etmekti. Pek de sert olmayan tekmelerin ardından, Jensen'ı havaya kaldırıp balyaların üstüne fırlattılar ve sırtını bir balyaya yaslayıp oturur pozisyonda durmasını sağlamaya çalıştılar. Güçbela bu işi de becerdiklerinde, adamlardan biri dedektifin ağzına tıktıkları bezi çıkarıp acısını biraz olsun azalttı. En azından artık doğru düzgün nefes alabiliyordu.

Nispeten düzgün nefes alabilen Jensen, ay ışığının da yardımıyla, sonunda kendisini yakalayan iki kişiyi inceleme fırsatı buldu. Yüzleri gölgelerin arasında kalsa da onları çok gizli hükümet dosyalarında gördüğü fotoğraflardan tanıyordu. El Santino'nun adamları Carlito ve Miguel. Her ikisi de üniformaları buymuş gibi siyah takım elbise ve siyah gömlek giymişlerdi. Kasabalılar, iki adamın her zaman birlikte çalıştığını bilirlerdi ve kimi dedikodulara göre de birbirlerinden ayrılmaktan hoşlanmayan iki eşcinseldiler. Birbirlerine sadıktılar. Bu sadakat sadece patronları El Santino'ya olan bağlılıklarıyla boy ölçüşebilirdi. Hatta adamın, babaları olduğuyla ilgili söylendiler vardı. Bu ikili, Jensen'ın vampir olabilecek kişiler listesinde üst sıralarda yer alıyordu. Eğer El Santino baş vampirse, bu ikisi de onun pis işlerini yapan üst seviyeden rahiplerdi. Şimdiki piş iş de Miles Jensen'ı sorgulamak veya cesedinden kurtulmaktı. Belki ikisi birden.

"Tamam," dedi vücut dilinden ikili arasında sözü geçenin o olduğu anlaşılan Carlito. "El Santino'nun evinin önündeki çalıların arasında ne arıyordun?"

Jensen, onları kandırmaya çalışması gerektiğini biliyordu. Yalan söylediğini tahmin ederlerdi ama onları El Santino'nun evini gözetlemediğine inandırabilirse, belki ahırdan sağ çıkabilir, en azından Somers nerede olduğunu keşfedene dek onları oyalayabilirdi.

"Arabam bozuldu. Çalıların arasında oturmuş birinin gelmesini bekliyordum," dedi kendisini bile şaşırtan bir dinginlikle. "Ama gelen giden olmadı. Tek bir araba bile geçmedi. Çalıların arasında uyumaya hazırlanıyordum ki siz ortaya çıktınız."

İki kabadayı uzun saniyeler boyunca herhangi bir şey söylemedi. Uzun uzun Jensen'a baktılar, yüzünü inceleyip yalan söylediğini gösteren ipuçları aradılar. Jensen, elleri arkadan bağlı olduğu için, onu koydukları pozisyonda kalmakta güçlük çekiyordu. Jensen, bu fırsatı kullanıp yana devrildi ve böylece kısa süreliğine de olsa sorgulanmanın baskısından kurtuldu. Miguel öne çıkıp onu yeniden balyaların üstüne oturttu ve suratına okkalı bir tokat indirdi. Carlito da ona uydu, öne çıkıp eliyle Jensen'ın ağzını örttü ve parmaklarıyla yanaklarına bastırdı.

"Beni iyi dinle seni zenci pislik," dedi. "Kim olduğunu biliyoruz. Lanet olası bir polissin ve adın Miles Jensen." Jensen'ın yanaklarını bırakıp adamı arkaya ittirdi. Dedektifin kafası, arkasındaki samanlara çarptı.

"Tamam o zaman," dedi kan beynine sıçrayan Jensen. Zenci lafı onu kızdırmıştı. Irkçı hakaretlerden hoşlanmazdı, hele de bir çift ibneden geliyorsa... "Ben de sizin kim olduğunuzu biliyorum," diye onları uyardı.

"Öyle mi?"

"Evet. Sen kahrolası Carlito'sun ve o da becerdiğin arkadaşın Miguel. En azından dosyasında öyle yazıyordu."

Ne Carlito ne Miguel, Jensen'e beklediği şekilde karşılık verdi. Daha da sinir bozucu olan, Carlito'nun gülümsemesiydi. "Laflarına dikkat etmezsen, Miles Jensen'ı beceren Carlito ve Miguel olacağız," diye karşılık verdi kabadayı. "Şimdi söyle bakalım siyah çocuk, El Santino'nun evinin önünde ne arıyordun? Ne bulmayı umuyordun? Sakın bana yalan söylemeye kalkma, çünkü hemen anlarım. Yanıtlarını dikkatli seç, ne zaman yalan söylersen, kahrolası parmaklarından birini keseceğim."

Jensen'ın duymayı umduğu şeyler bunlar değildi. Geçmişte, uzuvlarının kesilmesi gibi fiziksel işkencelere maruz kalma şanssızlığını yaşamamıştı ve gelecekte de yaşamamayı umuyordu. Doğal olarak, sonraki kelimelerini büyük bir dikkatle seçti.

"Hiçbir şey aramıyordum. Bulduğum da bu oldu. Hiçbir şey. Şimdi gidebilir miyim?"

"Hayır." Carlito, Miguel'i Jensen'a doğru ittirdi. "Ceplerine bak. Fotoğraf makinesi veya dinleme cihazı var mı kontrol et."

Jensen, Miguel'in orasını burasını yoklamasına katlanmak zorunda kaldı. Kabadayı, cep telefonunu, rozetini ve çağrı cihazını buldu. Çağrı cihazını yere fırlattıktan sonra telefonu ve rozeti Carlito'ya verdi. "Ne diyorsun?" diye sordu ortağına.

"Yalnız çalışmıyorsun değil mi Dedektif Jensen?" diyen Carlito, elindeki telefona baktı. Kapağını açtı ve isim rehberini gözden geçirdi. Derken, dudaklarından memnun bir iç çekiş döküldü. "Demek ortağın, Dedektif Archibald Somers ha? İşte bu ilginç. Sana Burbon Kid teorisinden bahsetti mi?"

"Birkaç kere."

Carlito güldü. "Evet, yaşlı Somers ilginç bir tiptir. Her şeyi Burbon Kid'in üzerine yıkar. Biliyor musun, az kalsın beni bile inandırmayı başarıyordu. Tutkulu bir adam."

"Evet, öyle," dedi Jensen sakince. "Ayrıca işinde çok iyi. Burada olduğumu öğrenecektir. Polis her an etrafımızı sarabilir."

Jensen blöf yapıyordu. Bir şekilde, Carlito'nun da bunu anladığını hissetti.

"Elbette," diyen kabadayı gülümsedi. "Miguel, arkadaşımızla ilgilenir misin, ben gidip patronu arayacağım."

"Seve seve."

Carlito, Jensen'ın cep telefonunun düğmelerine basarak ahırdan çıktı. Dedektif, başında Miguel'le rahatsız birkaç dakika geçirdi. El Santino'nun fedaisi, hayatında ilk kez siyah birini görüyormuş gibi onu inceliyordu.

Carlito yaklaşık beş dakika sonra el arabasıyla ahıra geri döndü. El arabasında sivri şapkalı, siyah elbiseli bir korkuluk vardı. Kafası tamamen samandandı ve üzerine yüz çizilmemişti. Carlito, el arabasını Jensen'a yaklaştırdı. Aralarında üç metreden az mesafe kalınca arabayı durdurdu.

"Söylesene sevgili Dedektif Miles Jensen, Santa Mondega korkuluğunun lanetini duymuş muydun?" diye sordu.

Miguel, Carlito çok komik bir şey söylemiş gibi kıkırdadı.

"Hayır, duyduğumu söyleyemem," diye karşılık verdi Jensen. "Şimdi de duymaya çok hevesli değilim."

Carlito bir kere daha Miguel'i tutsaklarına doğru ittirdi. "Onu üstünde oturduğu balyaya sıkı sıkı bağla. Düğümler, yerinden kıpırdayamayacağı kadar sıkı olsun."

Miguel çabucak işe koyulup Jensen'ın sıkıca bağlı olan ellerini arkasındaki balyaya bağladı. Bunu yaparken, dedektife olabildiğince acı çektirmeye özen gösterdi. Jensen'ı hırpalamaktan özel bir zevk alıyordu.

Dedektifi bağlamayı bitirdiğinde, geri çekildi ve çıkardığı işi hayranlıkla izledi. "Ona korkuluklardan bahset," dedi Carlito'ya dönüp sırıtarak.

Carlito bir adım öne çıkıp daha iyi duyabilmesi için Jensen'a doğru eğildi. Konuştuğunda, dedektif adamın iğrenç nefesini kulağında hissetti.

"Dedektif Jensen, senin de bildiğin üzere, Santa Mondega'da ölümsüzlerle ilgili ufak bir sorunumuz var."

"Eee?"

"Eee'si şu: Vampirlerin peşinde koşmuyor muydun?"

Jensen yanıt vermemeyi seçti. Carlito da zaten farklı bir şey beklemediği için, konuşmaya devam etti.

"Santa Mondega'daki tek ölümsüzler, vampirler değil dostum. Gece yarısı, bir saatliğine korkuluklar da canlanır... Ve beslenmeleri gerekir. Üstelik zencilere bayılırlar. Bu yüzden Santa Mondega'da senin gibilere rastlanmaz. Çünkü korkuluklar onları *sever*, anladın mı?" Jensen'ın cep telefonunu suratının önünde sallandırdıktan sonra kucağına fırlattı. "Telefonunun saatini bire kurdum, yani cadı saati denilen zamanın sonuna. Eğer alarmı duyarsan ve hâlâ hayattaysan, şansın yaver gitmiş demektir. Duymazsan, çoktan ölmüşsündür." Gitmeye hazırlanırken ekledi. "Eğer uyanırsa, Bay Korkuluk'a bizden selam söyle."

Carlito ve Miguel, kahkahalar atarak ahırdan ayrıldı. Boynu bükük korkuluğun saman kafasına gözlerini diken Jensen, arabaya giden iki fedainin keyif içinde birbirlerini tebrik ettiklerini duydu.

Bunlar da kendilerini komik mi sanıyor, diye düşündü. Korkuluklar gece yarısı canlanıp insanları yiyormuş demek... Ne saçmalık ama!

Kırk Yedi

Jessica, Jefe'yle Nightjar'da buluşmak üzere sözleşmiş olsa da barın önüne geldiğinde, içeri girmeyi isteyip istemediğine kadar veremedi. Bar açık olmasına açıktı ama bir gariplik vardı. Öncelikle, içerideki ve dışarıdaki ışıklar açıksa da salon bomboştu. Ayrıca Jefe, kadına barın şafağa dek tıka basa dolu olacağını söylemişti ama hiç de öyle görünmüyordu. Nightjar'ın içi de dışı da ölüydü. Müzik çalmıyor, konuşmaların gürültüsü dışarı taşmıyordu. Sokakta yarı sarhoş serseriler yoktu. (Oysa böyle bir saatte, sokağın sarhoşlarla dolu olmasını beklerdiniz.) Jessica'nın zihninde aynı soru dönüp duruyordu: Neden? Gece geç saatte müdavimlerle dolu olması gerekirken, mekânın neden bu kadar sessiz olduğunu anlamalıydı.

Nightjar'ın pencerelerine karartılmış camlar takılmıştı. Genç kadın içeri bakmak için uzun ince camlardan birinin yanına gitti ve bir şeyler görebilmek umuduyla yüzünü yasladı. Karartılmış camdan görebildiği yegâne şey, koca barda tek bir kişinin olduğuydu: Adam, bar taburelerinden birine tünemiş, kafayı çekiyordu. Barmenden ve diğer müşterilerden eser yoktu. Daha da önemlisi, Jefe de ortalıkta görünmüyordu.

Jessica acele etmeyip seçeneklerini değerlendirdi. Aynı yolu takip edip Tapioca'ya gidebilir, Jefe'nin orada olup olmadığını kontrol edebilirdi. Ya da riske girer ve Nightjar'daki adama, kelle avcısını görüp görmediğini sorardı. Tam karar verecekken yerdeki kanları fark etti. Ayrıca, bardaki adamın dövmeli kollarında da kan lekeleri vardı.

Adam izlendiğini hissetmişçesine yavaşça pencereye döndü ve doğrudan ona baktı. Gülümsemedi, öfkeli bir bakış fırlatmadı, sadece baktı. Jessica pencereden uzaklaşması gerektiğine karar verdi ve adamın kendisini görememesi için bir iki adım geri çekilip gölgelerin arasına saklandı. Jefe'nin Tapioca'ya gittiğine karar verdi. Kasabada hâlâ açık olan ve içki servisi yapan bir tek orası vardı. Jefe'yi orada da bulamazsa, adamın artık ikisine ait olan otel odasına döndüğüne kanaat getirecekti.

Rodeo Rex, bir saattir tek başına içiyordu. Vampir katliamından sonra, kimse Nightjar'a dönmeye cesaret edememişti. Neler olduğunu bilmeyenler bile, pencereden bakıp manzarayı gördükleri anda yola devam edip Tapioca'ya gitmeye karar verecek kadar sağduyuluydular. Rex ona kaybolmasını söylediğinden beri, barmen de ortalıkta görünmemişti. Belki barın arkasındaki odasındaydı, belki de yatıp uyumuştu.

Barmenin yokluğu Rex'in canını sıkmadı, kendi işini kendi görebilirdi. Biraz önce, vampire dönüşmüş iki eski Hubal keşişini öldürmüş ve dahası, bunu bir bar dolusu insanın önünde yapmıştı. Gerçek şu ki Nightjar'ın müşterilerinin yarısından fazlası muhtemelen vampirdi ve Milo'yla Hezekiah'ı öldürmesi, diğer ölümsüzleri korkutmaya yetmişti. Bu durum tek bir şeyi garantiliyordu: Gece bitmeden, başka vampirler gelip onu öldürmeye çalışacaklardı. Ama toplanıp sayıları korkutucu rakamlara ulaşmadan saldırmazlardı.

Kesin olmayan (ama Rex'in umduğu) şey, ölümsüzlerin lordunun da aralarında olup olmayacağıydı. Rex, Karanlıklar Lordu'nu öldürürse, işi bir seferde bitirmiş olurdu. Ölümsüzlerin çoğu, defolup başka bir kasabaya giderlerdi. Hepsi korkak yaratıklardı. Rex'in, liderlerini öldürdüğünü duyarlarsa, uzun süre Santa Mondega'da oyalanmazlardı. Bir gecede, kasabanın nüfusu gözle görülür ölçüde azalırdı.

Rex ne kadar içerse içsin huzursuzluğu geçmiyordu. Burbon Kid olduğunu öğrendiği kişiyi günün önceki saatlerinde dövüş çadırındaki kahve tezgâhının önünde gördüğünden beri tedirginliği artmıştı. Zihni sürekli yıllar öncesine, Kid'le ilk karşılaştıkları zamana kayıyordu. O gün, bilek güreşinde meydan okuduğu kişinin aslında Burbon Kid olduğuna dair en ufak bir fikri yoktu. Adam, o zamanlar başka bir isim kullanıyordu. Neydi o kahrolasıca isim? Rex dakikalarca düşündü ama hatırlayamadı. Zaten bir önemi yoktu. Şimdi bir kere daha Kid'le aynı kasabadaydılar, yani intikam zamanı gelmişti.

Rex ve Kid, önceki karşılaşmalarında Teksas'ın Plainview kasabasının adı çıkmış mahallelerinden birindeki duman altı bir bardaydılar. Kid, kendisine meydan okuyanlarla bilek güreşi yapmakla meşguldü. Herkesi rahat rahat yendiği için, önünde azımsanmayacak bir para birikmişti. Rex büyük bir memnuniyetle ortaya birkaç kuruş fırlatıp ona meydan okumuştu. Çocukluğundan beri bütün kaba kuvvet testlerini kolayca geçip her mücadeleyi kazandığından dolayı bunu da kolayca kazanmayı umuyordu. Ama bir şeyler çok yanlış gitmişti. Rakibi (bugün keşfettiği üzere Santa Mondega'nın arananlar listesinde bir numara olan kişi) kırk dakika boyunca insanüstü bir güç sergiledi. (O bilek güreşi mücadelesi, sonradan bir şehir efsanesine dönüşmüştür. Devam ettiği sırada, etraflarına yüzlerce izleyici toplanmıştı.) Mücadele uzadıkça daha fazla seyirci gelmişti, daha fazla bahis oynanmıştı.

İki adam da ellerini bir milim bile kıpırdatmayı reddettiklerinden, mücadele bütün gece devam edecekmiş gibi görünüyordu. Ama sonunda canı sıkılan Burbon Kid bileğini serbest bırakmış ve Rex de rakibinin elini o güne kadar tatmadığı bir tatmin duygusuyla masaya yapıştırmıştı.

İşler o zaman çirkinleşti. Mücadele boyunca ağzını açıp tek kelime etmemiş olan bu adam, Rex'in elini bırakmayı reddetti. Bunun yerine eli daha da sıkı tutmaya başladı. Sıktı. Sıktı. Sıktı. Ve daha da sıktı. Rex, bütün vücuduna yayılan acıyı bugün bile hatırlıyordu. Kid, kelle avcısının elini öyle bir güçle sıkmıştı ki Rex'in elindeki bütün kemikler kırılmış, katlanılamaz acılara gömülmüştü. Rex'i tebrik etmeye veya mücadeleden sonra yaptığı şey için özür dilemeye gerek duymayan Kid, kalkıp bardan ayrıldı. Rex sağlam elini kullanıp kazandığı paraları topladı ve hastaneye gitti. Ne yazık ki onu, daha kötü haberler bekliyordu. Şiddetli itirazlarına karşın, kolunu kaybetmesine engel olabilmek için, ezilen elini kesmeleri gerekti. Kelle avcısı o gün, rakibini tekrar görecek olursa intikam almaya yemin etti.

Olayı takip eden aylarda yolları kesişecek olursa, bu sefer eli kırılacak kişinin Kid olmasını garantilemek için kendine demirden bir el yaptı. Normalde, birkaç tek atıp o günü düşündüğünde, anılar onu öfkeli ve tatsız bir adama dönüştürürdü ama bugün içki, hissettiği huzursuzluğu beslemekten başka bir işe yaramıyordu. Santa Mondega'da kötü şeyler

ANONİM

olmak üzereydi ve her ne olacaksa, yer yerinden oynayacaktı. Rex buna adı gibi emindi.

Birkaç vampir öldürmenin keyfini yerine getirmesi gerekirdi ama öyle olmamıştı. Öldürme işi her zamanki gibi sorunsuz geçmişti ama her nedense, bir şeyler yarım kalmış gibiydi. Altıncı hissi ona gecenin henüz sona ermediğini, başka cinayetler de olacağını söylüyordu. En kötüsüyse izlendiği hissiydi. Bir ara başını çevirdiğinde pencereden kendisini seyreden kadını gördü. Kadının yüzü bir süre sonra gecenin karanlığına karıştı ama onunla ilgili bir şeyler adamın hafızasını tetiklemişti. Kadında tanıdık bir yan vardı. Onu daha önce gördüğüne emindi, iyi ama nerede? Burbon Kid'i anında tanımıştı ama bu kadın... onu bir türlü yerine oturtamıyordu. Geçen yıllarda yüzlerce güzel kadınla karşılaşmış olan avcı, karartılmış pencerenin arkasında birkaç saniyeliğine gördüğü kadının, karşılaştığı en güzel kadınlardan biri olduğunu söyleyebilirdi. Ama ne yazık ki o kadar viski içmişti ki onu nereden tanıdığını çıkaramıyordu. Sabaha yanıtı bulacağından emindi – yanıtı bulamamayı, içmeyi bırakma zamanının geldiğinin işareti şeklinde yorumladı.

Nightjar'ın barmeni Berkley, Rodeo Rex'in kendisiyle konuşma şekline alınmıştı ama vampirleri bile kolayca öldüren acımasız bir devle tartışmayacak kadar akıllıydı. Rex ön tarafta bedava içmeyi sürdürürken, barmen arka tarafta iki saat boyunca televizyon izledi. Arada bir bağırışlar veya iskemlelerden birinin fırlatılışının gürültüsünü duyuyordu. Ya Rex bara gelen müşterileri korkutuyor ya da iyice sarhoş olduğu için, iş olsun diye içerinin altını üstüne getiriyordu.

Derken Rex bir vampire daha haddini bildirmiş gibi, diğerlerinden çok daha güçlü bir gürültü duyuldu. Sonra bar sessizleşti. Salonda dolaşan farelerin cıyaklamaları bile duyulmuyordu. Huzur dolu sessiz bir yarım saat, Rex'in o gecelik içmeyi bırakıp eve döndüğünü düşündürmeye yeterdi. Berkley, bu yüzden riske girip barı kontrol etmeye ve kelle avcısı gitmişse kapıları kilitleyip dükkânı kapamaya karar verdi.

Başını kapıdan uzatıp salona baktı. Barda yine tek bir adam oturuyordu ama bu adam, Rodeo Rex değildi. Başka biriydi, çok daha kötü biri.

Çok çok daha kötü biri.

Berkley'in ensesindeki tüyler diken diken oldu. Başlığını yüzünü örtecek şekilde öne indirmiş bir adam, bar taburesine tünemişti. Barmen onu hemen tanıdı. Bu adamı hayatında tek bir kez, beş yıl önce içeri girip kendisi dışında barda kim var kim yoksa öldürdüğü gece görmüştü. O günden sonra adamın öldürüldüğü dedikoduları yayılmıştı, ama anlaşılan hepsi yalandı, çünkü Nightjar'ın barında oturan kişinin, Burbon Kid olduğuna şüphe yoktu.

"Bu gece servis çok yavaş," dedi başlığını indirip yüzünü ortaya çıkaran Kid.

Berkley'in onu son gördüğünden bu yana biraz değişmiş olsa da –saçları biraz koyulaşmış, yüz çizgileri biraz derinleşmiş, derisi de güneşte çok zaman geçirmişçesine köseleye dönmüştü– Burbon Kid olduğuna şüphe yoktu ve barmen, bunun iyiye alamet olmadığının farkındaydı. Berkley'in, servisin yavaşlığıyla ilgili yoruma ne yanıt vereceğini bilememesinden kaynaklanan kısa bir sessizlik anı yaşandı. Beş yıl önce kendisini öldürmediği için, nezaketen adama teşekkür etmeyi düşündü ama bunu yapmanın, ne yapacağı kestirilemeyen birinin kafasına yanlış düşünceler sokmasından korkarak, ağzını açmaktan vazgeçti.

Gözlerini Kid'in arkasındaki mahvolmuş salonda dolaştırdı. Masalar ve iskemleler kırılmış, parçaları yerlere saçılmıştı. Her taraf kan içindeydi. Sabah bu pisliği temizlemek saatlerimi alacak, diye düşündü. Elbette sabaha sağ çıkacak kadar şanslıysa – Kid yani kasaba tarihindeki en meşhur katil tam karşısında otururken, ihtimallerin lehine olduğu söylenemezdi. "En iyisi adamı daha fazla bekletmemek," dedi kendi kendine.

"Gecikme için çok özür dilerim, ne alırdınız beyefendi? Bu gece bütün içkiler bizden."

"Güzel. Öyleyse burbon içeceğim. Kadehi ağzına kadar doldur."

Hay lanet! Geçen sefer de böyle başlamıştı. Berkley beş yıl önce Kid'in bara geldiği zamanı hatırladı. O gün hiç düşünmeden adama bir kadeh burbon vermişti. İyi de adamın içki sorunu olduğunu nereden bilecekti? Kid, burbonu bitirdiğinde kafayı sıyırmış ve katliamdan sonraki bir saat boyunca, kendisine içki servisi yapmasında ısrar ettiği Berkley dışında herkesi öldürmüştü. Kamyonlar dolusu silahlı polis geldiğinde bile Kid yerinden kıpırdamamış, ama onlarla ilgilenmek için içmeye ara vermişti. Berkley kaza kurşununa kurban gitmemek için gecenin çoğunu barın arkasında saklanarak geçirmişti. Saklandığı yerden, yalnızca Kid'in kadehini doldurmak için çıkmıştı.

Beş yıl önce neler yaşanmış olursa olsun, Berkley'in Burbon Kid'i bekletecek cesareti yoktu. Bu yüzden en iyi burbonundan bir kadeh doldurdu ve içine iki parça buz attı.

"Eee, görüşmeyeli neler yaptınız?" diye sordu Kid'in içmeye başlamasını geciktirmek umuduyla.

Barın tek müşterisi, kadehi eline alıp içindeki sıvıyı uzun uzun inceledi. Raflardaki en kaliteli burbondu, yani içkiden anlayan bir adam için, altın tozundan farksızdı.

"İçkiden uzak duruyordum," dedi adam.

"Ne güzel. Ne kadardır ayık dolaşıyorsunuz?"

"Beş yıl."

Lanet olsun, dedi içinden Berkley. Adam son geldiğinde, bir kadeh içkinin altından kalkamamıştı. Şimdi, beş yıldır ağzına bir damla içki koymadıysa, bu içki doğrudan beynine gidecekti. En iyisi, onu vazgeçirmeye çalışmaktı.

"Bekleyin bir saniye," diye söze başladı olabildiğince nazikçe. "Eğer ben beş yıldır ağzıma içki sürmemiş olsaydım, yeniden başlamazdım. Hatta bir daha asla içmezdim. İçkinin damlasına bile dokunmazdım. Burbon istediğinize emin misiniz? Belki biraz daha hafif bir şeyle başlamalısınız, ne bileyim, örneğin limonatayla?"

Kid içkisine bakmayı bırakıp bakışlarını Berkley'e çevirdi. Belli ki barmenin ilgisi canını sıkmıştı.

"Dinle beni dostum," dedi hırıltılı bir sesle. "Buraya sessiz sakin içkimi içmeye geldim. Boş sohbetlerin dikkatimi dağıtmasını istemiyorum. Bu, beş yıldır içtiğim ilk içki olacak. Barını boş olduğu için seçtim. Şurada güzel güzel oturuyorum, ama iki şey, benim için bu anın tadını kaçırıyor."

"Hangi iki şey?" diye sordu Berkley, ikisinin de kolayca düzeltilebilecek şeyler olmasını umarak.

"Beni kızdıran ilk şey yavaşlığın. Dünyanın hiçbir yerinde, içki ısmarlamak için bu kadar beklemem gerekmemişti. Bu sorunu çözmelisin."

"Bunun için çok özür dilerim, bir daha olmayacak."

"Tamam, bu da bir başlangıçtır. Beni rahatsız eden diğer şeyse şu damlama sesi. Bu konuda bir şeyler yapabilir misin?"

Berkley herhangi bir damlama sesi duymuyordu. Bütün dikkatini vererek dinledi. Yaklaşık beş saniye sonra hafif bir şıplama duydu. Ses, Burbon Kid'in arkasından geliyordu. Barın üstünden sarkıp yere baktığında, taburelerin altını kaplayan kan gölünü fark etti. Önce, Rex'in temizlediği iki vampirden birinden kaldığını sandı. Ama daha dikkatli baktığında, yeni bir kan damlasının yere düştüğünü gördü, tekrar şıp sesi duyuldu. *Damlalar nereden geliyor?* Berkley başını kaldırıp tavana baktığında, aradığı yanıtı buldu. Keşke bulmasaydı. Kan gölünün tam üstünde, tavan demirlerine takılmış bir vantilatör vardı. Santa Mondega'daki barların çoğunda rastlayacağınız türden, metalden yapılmış bir vantilatördü. Pervaneleri çok yavaş bir ritimle dönüyordu. Normalde de yavaş dönerdi ama Rex'in cesedinin ağırlığı üzerlerine binince, pervaneler iyice yavaşlamıştı. Yere damlayan onun kanıydı. Cesedin her tarafından kanlar akıyordu. Gözleri oyulmuş, dili kesilmişti. Ayrıca, kollarından ve bacaklarından et parçaları sarkıyordu. Göğsü paramparçaydı. Hoş bir manzara değildi ve kendisinin de aynı kaderi paylaşmak üzere olduğunu düşünen Berkley'in dizleri tutmaz oldu. Daha ne olduğunu anlamadan, dengesini kaybedip barın arkasına yığıldı. Düşerken, kafasını arkadaki ahşap raflardan birine çarpmıştı. Koşullar düşünüldüğünde, hiç de serinkanlı bir hamle değildi. Kendine gelmek, birkaç saniyesini aldı. Ayağa kalkmadan önce soluklarını kontrol altına almaya çalıştı.

Yeniden ayakları üzerinde durmayı başardığında, bir daha tavandaki cesede bakmamaya karar verdi. Ama başını çevirdiğinde gördüğü, Burbon Kid'in içkisini devirip boş kadehi masaya vuruşuydu.

"Şey, bir içki daha ister misiniz?" diye sordu Berkley.

Burbon Kid, başını iki yana salladıktan sonra elini paltosunun içine sokup silahını çıkardı. Lanet olasıca, devasa bir silah. Berkley daha büyük silahlar görmüştü ama hiçbiri bunun kadar canlı ve tehlikeli değildi. Kid, silahı şanssız barmenin kafasına doğrulttu. Berkley'in vücudundaki bütün kaslar titremeye başladı. Merhamet dilenmeye çalıştıysa da o kadar korkuyordu ki ağzından sadece farelerinki gibi cıyaklamalar döküldü.

Dehşetten donakalan barmen silahın namlusuna baktı ve Kid'in nişan alıp tetiği çekişini seyretti.

Bam!

O kurşun sesinin gürültüsü, yıllarca, kilometrelerce öteden bile duyuldu. Burbon Kid geri dönmüştü. Ve canı fena halde içmek istiyordu.

337

Kırk Sekiz

Tapioca'daki herkes son bir iki saattir diken üstündeydi. Jefe içeri girip tek başına içmeye başladığından beri. Sanchez tatsız bir şeyler döndüğünü hissetmişti. Kelle avcısı birasından ilk yudumu almadan önce de kötü bir ruh hali içindeydi ama aldığı her yudumla, içindeki öfke daha da arttı. Sanchez, Jefe'nin hâlâ Ay'ın Gözü'nü bulamadığını tahmin etti. El Santino'ya taşı bulamadığını haber vermenin fikrinin bile, adamın içini karartması doğaldı. Ne yaparsınız ki başka bir seçeneği yoktu. Çabucak kasabadan tüymeyi deneyebilirdi ama El Santino'nun adamları onu bulurlardı. Bu yüzden barın bir ucuna oturmuş bira üstüne bira içiyor ve yanına yaklaşan herkese küfrediyordu. Ayrıca eline geçen bütün sigaraları ve puroları üst üste içerek kendini bir duman bulutuna hapsetmeyi başarmıştı.

Tapioca'nın barının uzunluğu rahat rahat otuz metreyi buluyordu ve artık bunun soldaki on beş metrelik kısmı Jefe'ye kalmıştı. Barın diğer ucunda, altı kaba saba adam oturuyordu: Cehennem Melekleri çetesinin saçı sakalı birbirine karışmış üyeleri. Dövüşleri izlemek ve kahramanları Rodeo Rex'e tezahürat etmek için gelmişlerdi. Bu adamlar dövüşmekten korkmaz, karşılarına çıkmaya cesaret eden çoğu insanı rahat rahat haklardı ama onlar bile, Jefe'nin oturduğu tarafa yanaşmak gibi bir aptallık yapmıyorlardı. Adamın üzerindeki gerilim sigara dumanları gibi dalga dalga etrafa yayılıyor ve bardaki herkes bu elektriği hissediyordu. İçki sipariş etmeye gelen bütün müşteriler, Jefe'ye saygısızlık etmemek için gidip Cehennem Melekleri'nin oturduğu taraftan içkilerini alıyorlardı.

Bela, siyah takım elbiseli iriyarı iki adam kılığında içeri girdiğinde, kelle avcısı iki saattir acılarını içki şişesinde boğmakla meşguldü. Sanchez, Carlito'yla Miguel'i hemen tanıdı. Barda yarı kambur oturan Jefe'yi gören Carlito, doğrudan kelle avcısının yanına gitti. Miguel her zamanki gibi birkaç adım geriden onu takip ediyordu. Jefe'nin iki tarafındaki taburelere oturdular.

"Seni görmek ne güzel Jefe," dedi Carlito.

"Defol git."

"Sence de fazlasıyla düşmanca bir laf olmadı mı Miguel?"

"Evet, galiba dostumuz Jefe bizi gördüğüne sevinmedi. Neden acaba?"

"Bilmiyorum Miguel. Belki taş artık onda olmadığındandır. Belki taşı kaybetmiştir."

"Ya da belki Sansar Marcus diye biri ondan çalmıştır." İki kabadayının dudaklarından, hoş olmayan kahkahalar yükseldi.

Jefe ellerini barın kenarına yaslayıp kollarından güç alarak sırtını dikleştirdi.

"Marcus'u nereden duydunuz?" diye böğürdü.

"Kulağımız deliktir," dedi Carlito. "Kaybettiğin mücevheri geri almak yerine, genç bir hatunu becermekle vakit kaybettiğini de duyduk."

Jefe, sarhoşluğunu kontrol edebilen tiplerdendi. İki saniye önce dili dolaşan bir ayyaşken, ilk tehlike belirtisinde vücudu adrenalin salgılamış ve bu sayede bütün duyuları bir anda açılıvermişti.

"Hey, dinleyin beni sizi pislikler. Ay'ın Gözü'nü arıyorum. Kız bana yardım ediyor. Çok becerikli biri. Örneğin, ikinizi de pataklayabilir."

Carlito elinde olmadan sırıttı. Neredeyse hiç çaba harcamadan Jefe'yi kışkırtmayı becermişti.

"Biliyor musun Miguel?" diye dalga geçmeyi sürdürdü. "Bence Jefe âşık. Ne tatlı."

"Haklısın Carlito. Ama uzun sürmeyecek. Kalbi olmayan biri âşık olamaz. El Santino'nun, ciğerleriyle beraber onu da sökeceğinden eminim."

"Dinle seni bilmiş, taşı geri alacağım," dedi Sanchez'e bardağına bira doldurmasını işaret eden Jefe. "Birkaç güne ihtiyacım var."

Carlito başını iki yana salladı. "Birkaç gün. İki tam gün. Olmaz Jefe. Yaklaşık on saatin var. El Santino taşı yarınki güneş tutulmasından önce istiyor. Kafan basıyor mu? Güneş tutulması yarın öğlen. Gecikirsen işin biter."

"Bu acele neden?"

Miguel, Jefe'yi saçlarından yakalayıp kafasını hafifçe geriye çekti. "Seni ilgilendirmez," dedi düşmanca bir sesle. "Üstüne düşeni yap, yoksa yarın öğlen tarih olursun." Sonra saçlarını bırakıp iğrenerek eline baktı.

"Tarih olmak mı? Defol git."

Jefe, kabadayıya saldırmaya hazırdı. Kavga çıkarmak istiyordu. Başkalarının gözü önünde kimse tarafından küçük düşürülmeye katlanacak değildi – küçük düşürenler Carlito ve Miguel bile olsa. Çok içmiş olmasına karşın refleksleri hâlâ keskindi. Miguel'in elini yakalayıp öyle bir sıktı ki adam acıyla iki büklüm oldu. Ama bu yenilgi uzun sürmedi. Miguel doğrulup kendisinden biraz daha uzun olan işkencecisine baktı.

"Sen defol git," dedi elinin acısı her saniye artsa da.

"Hayır, sen defol git," diye hırladı Jefe. Adamın elini bırakıp yüzünü yüzüne yaklaştırdı. O kadar yakındılar ki neredeyse sakalları birbirine değecekti.

"İkiniz de kesin sesinizi," diye araya girdi Carlito. İkilinin beyni oydu ve ne kadar ileri gidileceğine o karar verirdi. "Hadi Miguel, sanırım derdimizi anlattık. Jefe ya yarın öğlen elinde mücevherle burada olacak ya da bu dünyadan göçecek."

Carlito ve Miguel, kelle avcısına gözdağı verme işini tamamladıklarında sakince ön kapıdan dışarı çıktılar. Sanchez'in minnettar olduğu bir hareket. Bardaki kimse bir süre konuşmadı. Herkes, birkaç saniye önce aşağılanan Jefe gibi sert bir adamın dikkatini üzerine çekmeyi istemeyecek kadar sağduyuluydu. Sanchez kelle avcısının oturduğu yöne bakmamaya çalıştı. Carlito ve Miguel'in aşağılamalarının ardından, Jefe'nin öfkesini birinden çıkarmak isteyeceği kesindi. Kimsenin adamın eline bahane vermeye niyeti yoktu. Jessica, iki fedai gittikten beş dakika sonra içeri girdiğinde, Sanchez'in içinin ne kadar rahatladığını anlatmaya kelimeler yetmez.

"Selam koca adam," dedi kadın, Jefe'nin sırtına dokunarak. "Nightjar'da neler oldu? Oraya vardığımda barda kimse yoktu. Daha doğrusu, ürkütücü görünüşlü tek bir adam vardı. Bir sürü de kan."

"Barda olay çıkmış tatlım," dedi Jefe, öncekinden çok daha müşfik bir sesle. "Rodeo Rex kasabada. Anlaşılan birkaç vampiri temizlemiş."

"Ne?"

"Nightjar'da birkaç vampir öldürmüş. Mekân hemen boşalmış tabii."

Sanchez, rakibi olan bardan olumsuz sözlerle bahsedildiğini duyunca, sohbete katılmaktan kendini alamadı.

"Her zaman Nightjar'ın kötü bir yer olduğunu söylemişimdir. O pislik yuvası, yıllardır vampirlerle dolup taşıyor. Barın sahibi de herhalde onlardan biri. Ben barımda vampire izin vermem. Kan emici serseriler. Üstelik acımasızlar."

"Siz benimle dalga mı geçiyorsunuz?" diye sordu kulaklarına inanamayan Jessica.

"Hayır tatlım, çok ciddiyiz," dedi Jefe. "Nightjar gerçekten rezil bir yerdir."

"Boş ver Nightjar'ı," dedi Jessica. "Vampirleri kastediyorum. Kasabada gerçekten vampirler mi var?"

"Tabii," dedi Sanchez. "Kasabanın ben bildim bileli bir vampir problemi var. Kime sorsan söyler. Bu yüzden Rex'in kasabada olduğunu bilmek güzel. O, gelmiş geçmiş en büyük vampir avcısıdır. Buffy'den bile meşhurdur."

"Buffy de kim?"

Sanchez ve Jefe birbirleriyle bakıştılar. Ardından, Jessica'nın bu kadar cahil olabileceğine inanamayarak başlarını iki yana salladılar.

"Lanet olsun be kadın, sen hiçbir şey bilmez misin?" diye sordu Sanchez.

"Belli ki bilmiyorum. Nasıl oldu da daha önce kimse bana vampirlerden bahsetmedi?"

"Özür dilerim tatlım," dedi Jefe. "Sanırım hiç konusu açılmadığı için bahsetmedim. Dürüst olmak gerekirse, şimdi de bahsetmek istemiyorum. Otele dönelim mi?"

"Önce bir içki daha içmek istemez misin? Daha yeni geldim."

"Hayır, içebileceğim kadar bira içtim. Artık tek istediğim sensin Jess. Ne diyorsun? Otele dönelim mi?" Bu önerinin ardından kadına göz kırptı.

Jessica yüzsüzce gülümseyip aynı şekilde göz kırparak karşılık verdi. "Elbette hayatım," dedi. "Sanchez, bir şişe votka alabilir miyim lütfen?"

Jessica'nın Jefe'ye gösterdiği ilgiyi kıskandığını söylemek, Sanchez'in hislerini hafife almak olur. İkili, gerçek bir çift gibi davranmaya başlamıştı. Keşke ilk hamleyi yapacak cesaretim olsaydı, diye geçirdi barmen içinden. *Kahrolası Jefe. Pislik.* Yine de Jessica'ya votkayı uzattı ve alttan almaya özen gösterdiği için parasını istemedi. Kadından hoşlandığını Jefe'nin anlamasını istemiyordu. Hayır, öylesi hiç akıllıca olmazdı. Kıskanç gözlerle bardan ayrılışlarını seyretti. Yarı sarhoş olan Jefe, Jessica'nın omzuna yaslanarak yürüyordu. Belli ki vücudundaki adrenalin tükenmiş, yerini sarhoşluğa bırakmıştı. Jessica'nın desteği olmasa kesin yere düşerdi.

Kapıya ulaştıklarında, Sanchez arkalarından seslendi. "Yarın görüşürüz. Kostüm giymeyi unutmayın!"

Jessica başını çevirip Sanchez'e göz kırptı. "Endişelenme Sanchez, senin için süslenip püsleneceğim. Kıyafetimi beğeneceğini sanıyorum."

Kırk Dokuz

Carlito ve Miguel ahırdan ayrıldığından beri, Miles Jensen zifiri karanlıkta oturuyordu. İkili çıkarken ahırın kapılarını kapamış, böylece ay ışığının içeriyi aydınlatmasını engellemişlerdi. Dedektif, önündeki el arabasında duran korkuluğun hatlarını belli belirsiz seçebiliyordu. Yanılmıyorsa, saat neredeyse bir olmuştu, yani telefonunun alarmının çalmasına bir şey kalmamıştı.

Korkuluk kıpırdamadı. Jensen için şaşırtıcı olmayan bir gelişme. Yine de zamanın dolmasını sabırsızlıkla bekliyordu. Carlito'nun, korkulukların canlanışıyla ilgili hikâyesi saçmaydı, ama Jensen dakikalar ilerledikçe gerildiğini fark etmişti. İçerisi hâlâ kucağında olan telefonunun saatini göremeyeceği kadar karanlıktı. Beklemek insanın sinirlerini bozuyordu. Jensen, fedainin alarmı kurmadığından şüphelendi. Bire kurduğunu söyleyip aslında alarmı kurmamak, Carlito'nun Jensen'ın acısını uzatma yöntemlerinden biri olabilirdi.

Kafasına yediği darbe yüzünden Jensen'ın beyni zonkluyordu. Çektiği acı, dikkatini toplamasını güçleştiriyordu. Gözlerini dinlendirmek ve birkaç saatliğine uyumak istiyordu. Aslında ahırın önünden gelen gıcırtıyı duyduğunda sızmak üzereydi. İrkilip başını kaldırdı, içgüdüsel olarak burnundan derin bir nefes alıp dışarı vermeden tuttu. Böylece, bir süre çıt çıkarmadan durabilecekti. Gürültüyü yapanın ne olduğunu görebilmek umuduyla çaresizce gözlerini zorladı.

Ses, ahırın kapısından geliyordu, kapı yavaşça, hem de çok yavaşça açılıyordu. Jensen karanlıkta bir şey göremese de ay ışığının içeri süzülmesi, kapının hareketini elevermişti. Korkuluğun kafasının yarısı aydınlanmıştı. Eskiden yüzü olmayan korkuluk, şimdi adama bakıyormuş gibi görünüyordu. Ama Jensen'ı endişelendiren, korkuluk değildi. Kapının önünde duran ve ay ışığının parıltısında ancak dış hatlarını seçebildiği adamdı. Takım elbise giymiş, kafasındaki panama şapkayı hafif yana yatırmış biriydi. Uzun boyluydu. Sağ elinde, namlusunu yere doğrulttuğu bir silah vardı.

"Somers? Sen misin?" diye seslendi Jensen.

Adam karşılık vermek yerine ahıra girip kapıyı arkasından kapadı. Ama kapı tam kapanmadığı için, incecik bir ay ışığı huzmesi hâlâ içeriye süzülüyordu. Adam ağır adımlarla Jensen'a doğru yürüyordu. Ayrıca silahını havaya kaldırmış ve içinde korkuluğun durduğu el arabasına doğrultmuştu. Jensen'ın yanına ulaşmasına üç metre kala, durup korkuluğun kafasına nişan aldı.

Tam o anda yaşananlar, az kalsın Jensen'ın hayatına mal olacaktı. Cep telefonunun alarmı çaldı. Melodi *Süpermen* filminin müziğiydi ve telefonun sesi sonuna kadar açılmıştı. Sesi Carlito'nun mu sonuna kadar açtığını, yoksa içerisi sinir bozucu ölçüde sessiz olduğu için mi o kadar yüksek geldiğini kestirmek güçtü.

Ani gürültü, panama şapkalı adamı korkuttu. Etrafı kolaçan eden adam, silahını Jensen'a doğrulttu. Tetik parmağı titriyordu. Adamın ödü patlamıştı.

"Jensen, yalnız mısın?" diye fısıldadı.

"Tanrı aşkına, sen misin Scraggs?"

"Evet. Yalnız mısın değil misin?"

"Evet, lanet korkuluğu saymazsan yalnızım." Jensen, Teğmen Paolo Scragss'ın sesini duymanın, bir gün onu bu kadar rahatlatacağını hiç tahmin etmezdi.

"Korkuluk mu? El arabasındaki bir korkuluk mu?" diye sordu şaşıran Scragss.

"Evet. Saman Adam'ın ta kendisi. Şimdi beni çözebilir misin lütfen?"

"Elbette." Scragss öne çıkıp Jensen'ın üstüne oturduğu balyanın arkasına geçti. Elleriyle yoklayarak Jensen'ın ellerini bağlayan bandı buldu. Başlangıçta bandı kesmek veya ipleri çözmek için herhangi bir girişimde bulunmadı, belli ki bunun, dedektifi sorgulamak için iyi bir fırsat olduğunu düşünüyordu.

"O iki adam seni neden buraya getirdi Jensen? Seni neden öldürmediler?" diye sordu.

"İplerimi çözebilir misin lütfen?" diye homurdandı Jensen. Bir meslektaşı tarafından sorguya çekilmek için fazlasıyla yorgundu. Bu gecelik, zaten gereğinden fazlasına katlanmıştı.

"Hadi Jensen. Az önce başını beladan kurtardım. Neler döndüğünü bilmeyi hak ediyorum. En azından bu kadarını yapabilirsin. Yoksa seni burada bırakıp giderim."

Scragss son derece can sıkıcı bir tipti. Jensen, Somers'ın neden bu adama katlanamadığını şimdi daha iyi anlıyordu.

"Dinle Scragss, beni burada ölüme terk ettiler. Korkuluğun canlanıp beni öldüreceğinden bahsettiler. Benden ne istediklerinin bahsi açılmadı."

"Daha iyi bir yalan uydurman gerekecek Jensen," dedi korkuluğa bakan Scraggs. "Gerçekten seni buraya sürükle- melerinin bir nedeni olmadığına inanmamı mı bekliyorsun? Bir şey bulmuş olmalısın ve bence bulduklarını geri kalanla- rımızla paylaşmanın zamanı geldi. Burada ölseydin, o iki ser- seri seni öldürseydi, o zaman seri katil hakkında öğrendiğin her şey kaybolup giderdi. Şimdi, ben öfkelenmeye başlama- dan neden ne bulduğunu anlatmıyorsun?"

Diğer polisin gözdağı verme çabaları Jensen'ın umurun- da olmadı. Başka bir şey görmüştü, teğmenin çaresiz bilgi edinme çabalarından çok daha korkutucu şeyler oluyordu.

"Scragss..."

"Ne var Jensen?"

"Dikkat et!"

"Ne? Ayyy!"

Scragss, Jensen'ın uyarısına yeterince hızlı tepki vere- medi. Korkuluk, göz açıp kapayıncaya teğmene yapıştı. Bir- den el arabasından uçup adamın üstüne konmuştu. Teğmen, kollarını vücuduna dolayan korkulukla beraber yere yuvar- landı. Hâlâ balyaya bağlı olan Jensen, neler olduğunu tam göremese de gürültülerden yerde yuvarlandıklarını anladı. Korkuluk, ucuz takım elbise misali, onun üstüne yapışmıştı. Scragss çığlıklar atarak kendini savunmaya ve saldırgandan kurtulmaya çalıştı. Yaratığın yüzü, teğmenin boynuna gö- mülmüştü.

Dehşet içindeki teğmen, boğuşma esnasında silahını yere düşürdü. Bunu birkaç çığlık izledi. Şeytani görünüşlü korkuluğun kendisini ısırmasını veya tırmalamasını engelle- mek için deliler gibi yerlerde yuvarlanan Scragss, sonunda yaratığı kenara ittirip sağa yuvarlanmayı başardı. Ama ayak- ları balyalara çarptı ve boşta olan samanlar üzerine devrildi.

Bu balyalardan biri kafasına çarpınca, teğmen, alnını sertçe yere vurdu. Derken, en acı verici an geldi. Bir delinin kahkahaları. Scragss, sesi hemen tanıdı. *Somers!* Adamın kahkahaları sinir bozucuydu ve artık ciğerleri yettiğince gülüyordu. Scragss balyayı üstünden ittirip ayağa kalktı. Korkuluk, mücadele sırasında onu fırlattığı yerdeydi. Jensen da önceden neredeyse oradaydı, elleri bağlanmış olarak saman balyasında oturuyordu. Tam karşılarındaysa, artık açık olan kapıdan süzülen ay ışığının hatlarını aydınlattığı Dedektif Archibald Somers duruyordu.

"Scragss, sen gerçekten pislik herifin tekisin," dedi Somers, kahkahalar arasında. "Ortağımı bağlayıp ölüme terk etmişler ve sen, seni pislik, bu haldeyken onu sorgulamaya kalkıyorsun. Sende beyin yerine lahana var."

"Seni lanet olası Somers," dedi ayağa kalkan Scragss. Küçük düştüğü için öfke içindeydi. Belli ki Somers, arkasından yaklaşıp hazırlıksız olduğu bir anda korkuluğu üzerine fırlatmıştı. Adi herif!

"Lanet herifin tekisin Scragss," dedi Somers, yukarıdan bakan bir tavırla. "Benim sana yaptığım, senin Jensen'a yaptığından kötü değil. Şimdi, *Oz Büyücüsü*'nden gelen göçmenimizi yeniden üzerine salmamı istemiyorsan, çöz ortağımı."

Balonu sönen ve kendinden utanan Teğmen Paolo Scragss, kendisine söyleneni isteksizce yaptı. Acele etmedi ve yapışkan bandı çekerken, dedektifin çektiği acının tadını çıkardı.

"Teşekkürler Somers," dedi kurtulduğuna sevinen Jensen. "Nerede olduğumu nasıl bildin?" Bileklerini ovuşturup parmaklarındaki acıyı geçirmek için birkaç kere avuçlarını açıp kapadı.

"İtiraf etmeliyim ki ortak, nerede olduğunu bulmakta güçlük çekiyordum. Derken bu palyaço..." Scragss'ı işaret etti. "Bu serseri, polis frekansından şefi arayıp ahırın önünde olduğunu ve içeri girip seni alacağını haber verdi."

"Demek öyle?" diyen Jensen, Scragss'a döndü. "İçeri girecek cesareti toplayana kadar dışarıda ne kadar bekledin, seni lanet olası moron? Ya beni öldürselerdi?"

Scragss bir adım geri çekilip silahını görebilmek umuduyla yere bakındı.

"Hey, sadece emirlere uyuyordum tamam mı?" dedi bilmiş bilmiş. "Başının belada olduğundan haberim yoktu."

"Sen de ne dedektifmişsin," diye mırıldandı Somers. "Hadi Jensen, buradan gidelim. İkimizin de uykuya ihtiyacı var. Yarın büyük gün ve duyduğuma göre, Burbon Kid, Nightjar adlı barda görülmüş."

"Öyle mi? Kimseyi öldürmüş mü?"

"Birkaç kişiyi. Sana yolda anlatırım."

"Ya Annabel de Frugyn?" diye sordu acıyan bileklerini ovalamayı sürdüren Jensen.

"Bunu sorman ilginç. Ben de korkunç bir gece geçirdim ama bir iyi haberim var, kadının hangi adı kullandığını öğrendim. Kasabada, Mistik Leydi olarak tanınıyormuş."

"Mistik Leydi mi? Ne yani, kadın falcı mı?"

"Evet."

"İyi mi bari?"

"Hayır berbat. Noel Baba'yı görse Noel'in geldiğini anlayamayacak türden."

Elli

Uyuyup uyanarak ve kendilerini bekleyen günü düşünüp endişelenerek geçen huzursuz bir gecenin ardından, Dante ne yapmak istediğine karar verdi. Keşişlerle görüşmeye Kacy'yi götürmeyecek, kadınla sonra buluşacaktı. Keşişlerin kendisine kazık atmasını beklemiyordu ama riske girmeye niyeti yoktu.

Ay Festivali kostümünü, görüşmeyi düşünerek seçmişti. Daha sert biri gibi görünmek için, Terminatör kıyafetinde karar kılmıştı. Kostüm dükkânındaki adam gerçekten iyi pazarlamacıydı ve Dante'ye kostümün, Schwarzenegger'in ilk filminde giydiği kostümlerden olduğunu söylemişti. Dante, adamın yalan söylediğine emindi ama bunun gerçek olduğuna inanmak istediği için itiraz etmedi. İşe de yaradı. Bu sayede kendini daha havalı hissetti. Siyah deri kıyafet ve racon gözlüklerle sokakta yürürken, kendisini gerçekten de bir kabadayı gibi hissediyordu.

İşlerin kötü gitmesi ihtimaline karşı, ceketinin içine bir silah saklamıştı. Gereksiz risklere girmenin âlemi yoktu. İsim yapmak için Terminatör'le kapışmak isteyen bir zibidiye rastlarsa, silahını kullanmaktan çekinmeyecekti.

Kacy, onu motelde beklemeyi kabul etti ama festival için ne kılığına gireceğini söylemedi. Genç adamı şaşırtmak istiyordu. (Adamın tek arzusuysa kızın kostümünün seksi olmasıydı.)

Dante, yeni sarı Cadillac'ıyla sokaklardan geçerken, güneş bütün gücüyle parlıyordu. O sabah gökyüzü bulutsuz ve masmaviydi, karanlığın yaklaştığını tahmin edemezdiniz. Arabanın radyosunu açtığında, The Knack grubundan "My Sharona" şarkısını duymak onu sevindirdi. En sevdiği şarkılardan biri çalarken harika bir arabayla sokaklarda dolaşmak keyfini yerine getirdi. Aynaya baktı – gerçekten yakışıklı görünüyordu! Hayatı boyunca kendini hiç bu kadar harika hissetmemişti. Üstelik herkesin gözü onun üstündeydi, ne de olsa her gün Terminatör'ün sarı Cadillac'la önünüzden geçtiğini göremezdiniz.

O sabah Dante'nin karşılaştığı herkes kostümlüydü. *Cadılar Bayramı* filmindeki katil, köşede durmuş para dilenerek insanları korkutuyordu. Yüz metre ötede rahibe kılığındaki iki adam, mavi dar kıyafetli, kırmızı şortlu ve kırmızı şapkalı başka bir adamı dövüyorlardı. Bu dünyaya neler oluyordu böyle! Şirin Baba bile, öfkeli rahibelerden dayak yemeden rahat rahat sokaklarda dolaşamayacak mıydı?

Saat daha sabahın on biriydi. Ama sokaklar sarhoşlarla doluydu. Festival, kesinlikle insanların en kötü yanlarını ortaya çıkarıyordu. Dante'ye, kasabadaki serserilerin, festivali tanınmayacakları kıyafetler giyerek suç işleme fırsatı olarak gördükleri defalarca söylenmişti. Dante, Ay'ın Gözü yanındayken soyulmak istemiyordu. Ayrıca çaldıkları yüz bin dolarla motelde bıraktığı Kacy'yi düşünüp endişeleniyordu.

Genç kız motel odasında yapayalnızdı. Kendini çok savunmasız hissediyor olmalıydı ve herhalde çok korkuyordu. Yavaşladı ve hiç araba olmayan bir dört yol ağzında kırmızı ışıkta durduğunda, sakinleşmek için derin derin nefes aldı. Yirmi dakika içinde bu iş bitecekti. Mavi taşın lanetinden kurtulacak, Kacy'yle birlikte özgürce harcamayı planladıkları yüz bin dolara, on bin dolar daha ekleyecekti. Dante, Avrupa'yı dolaşmak istiyordu. Kacy'nin bu fikre bayılacağından emindi, çünkü genç kadın yıllar önce, Dante'yle birlikte olabilmek için Avrupa'yı gezme fırsatını tepmişti. Dante, bu parayı kadının sadakatini ödüllendirme fırsatı olarak görüyordu. Elbette Santa Mondega'dan sağ çıkmayı başarabilirlerse...

Işığın yeşile dönmesini beklerken etrafa bakındı ve Marilyn Monroe kılığına girmiş parlak pembe elbiseli nefes kesici bir sarışının karşı köşede durduğunu gördü. Diğer taraftan gelen Cazcı Kardeşler kılığındaki iki adam da kadını fark etmişti. Diğer köşede, iriyarı bir Elvis taklitçisi vardı. Altmışların sonu ila yetmişlerin başındaki Elvis'ti. Parlak kırmızı bir gömlek ve iki tarafından kalın sarı çizgiler olan parlak kırmızı pantolon giyiyordu. Kral'ınki gibi güneş gözlükleri taktığı için, gözleri görünmüyordu. Başını sağa sola çevirişinden, sokağı kontrol ettiği veya kendisini başka bir yere götürecek birini beklediği sonucunu çıkartdınız.

Elvis, sarı Cadillac'taki Dante'yi gördüğünde, durup gözlerini genç adama dikti. Dante, başlangıçta adamın kıyafetinden etkilendiği için kendisine baktığını düşündü ve Schwarzenegger'in *Terminatör* filmlerinde yaptığı gibi gözlüklerinin arkasından buz gibi bir bakış fırlatmaya çalıştı. Derken, çalıntı bir arabada kıymetli bir mücevher taşımanın verdiği paranoya, genç adamı etkisi altına aldı. Ya Elvis ucubesi arabayı tanımışsa? Ya onun arabasıysa? Neden hızlı adımlarla Dante'ye doğru ilerliyordu? Lanet olsun! Kırmızı ışıkta geçme zamanı. Oyalanıp öfkeli görünüşlü Elvis'in başa bela olmasını beklemenin âlemi yoktu.

Gaza bastığı anda patinaj yapan Cadillac'ın arka tekerleklerinden çıkan korkunç cıyaklama tüm dikkatleri Dante'nin üstüne çekti. Kırmızı ışıkta geçen genç adam, az kalsın bok rengi bir arabayla çarpışacaktı. Dante'nin kazadan kurtulacak becerisi veya aklı yoktu. O iş karşıdan gelen arabanın şoförüne düştü. Diğer şoför (mumya kılığında bir adam) iki araba çarpışmasın diye direksiyonu kırıp yoldan çıkarken, yumruğunu öfkeyle havada salladı. Diğer şoförü ne kadar kızdırdığını öğrenmek için, Dante'nin başını çevirip bakmasına gerek yoktu. Canıma okumak isteyen kişiler listesine biri daha eklendi, diye düşündü gaza basarken.

Önceliği artık Nightjar'a ulaşıp bir an evvel keşişlerle buluşmaktı. Araba hırsızlığı tarihinin en dikkat çekici çalıntı arabasıyla kasabayı turlamak da bir yere kadardı.

Elli Bir

Jefe, taşın yerini öğrenmenin tek yolunun, Mistik Leydi'yi ziyaret etmek olduğuna karar verdi. Göz'ün nerede olduğuna dair elinde en ufak bir ipucu yoktu ve tutulmaya sadece bir saat kalmıştı. Yaşlı kadının bu sefer doğru düzgün bir şeyler söylemesine ihtiyacı vardı. Eğer kadın Ay'ın Gözü'nü bulmasına yardım ederse, taşı anlaştıkları gibi El Santino'ya satabilirdi. Böylece hayatının geri kalanını arkasını kollayarak ve Carlito veya Miguel tarafından sırtından vurulmayı bekleyerek geçirmek zorunda kalmazdı. Daha da önemlisi, altındaki yeni arabanın, sevgili Porsche'sinin taksitlerini aksatmadan ödeyebilirdi.

Jessica'yı motel odasında bırakıp dışarı çıkmıştı. Sevgilisinin, kiraladığı seksi Kedi Kadın kostümüne sığmaya çalışmasını izleyerek kaybedecek vakti yoktu. Jessica'nın kostümü, kendi üstündeki Freddy Krueger kostümünü tamamlamıyordu ama olsun. Kadın, dar tulum içinde çok seksi görünüyordu. Her şey yolunda giderse, akşam buluşup kostümlerinin tadını çıkarırlardı. Jefe'nin tek yapması gereken, o zamana dek sağ kalmayı başarmaktı. Şansının döneceğini umuyor, Mistik Leydi'nin kendisine yardım edeceğine inanıyordu.

Arabasını Mistik Leydi'nin Evi'nin önüne yanaştırdığında, kapının açık olduğunu görerek şaşırdı. İki hafta önce kadını ziyarete geldiğinde, yaşlı cadı, çıkarken kapıyı kapaması konusunda büyük gürültü koparmıştı. Falcı, kapının açık kalmasından hoşlanmıyordu, çünkü iddiasına göre, kapı açık kalırsa şeytani yaratıklar içeri girebilirdi.

Jefe, falcının gerçekten bir şeyler görme becerisine sahip olduğunu Jessica'ya ispatlamayı umuyordu. Genç kadın, önceki gece falcıya gittiğinde yaşadığı hayal kırıklığını adama anlatmıştı. Ama Jefe, Mistik Leydi'ye güveniyordu. Ölümsüzleri kendi gözleriyle gördüğü gün, doğaüstü olaylara inanmaya başlamıştı, kara büyü ve falcılık da buna dahildi. Hem Mistik Leydi'yi önceki ziyaretinde, kadının söylediği şeylerin çoğu tutmamış mıydı?

Ne yazık ki bu sefer, kadının fazla bir yararı olmayacaktı. Jefe içeri girer girmez bir şeylerin yanlış gittiğini anladı. Mesele, ortalığın altüst olması veya yere devrilmiş iskemleler değildi. Mesele, Mistik Leydi'nin görüntüsüydü. Öncelikle kafası yoktu. Ama kelle, keskin bir bıçakla uçurulmuş gibi görünmüyordu. Sanki korkunç güce sahip biri tarafından koparılmıştı. Bir de duvarları ve kadının masasındaki kitabın sayfalarını kaplayan kan vardı.

Jefe kapıyı kapatana dek kadının kafasını görmedi. Çünkü kafa, kapının arkasına asılmıştı. Gözler çıkarılmıştı ve görebildiği kadarıyla, kadının dili kesilmişti. Yüzün alt tarafı, ağzından akan kanlar yüzünden kahverengi lekelerle kaplıydı. Herhalde kan, bütün gece kadının çenesinden yere damlamıştı.

Jefe, otopsi yapmaya niyeti olmasa bile, kadının beynine kadar giren bir palto askısına asılmış olan kafaya yakından baktı. Freddy Krueger gibi giyinmiş olan Jefe, cesedin yakınlarında oyalanmanın iyi bir fikir olmadığını biliyordu. Yanında yirmi santimlik keskin bir bıçak, birkaç silah ve hükümet darbesi yapacak kadar cephane varken, polisler cinayeti ona yıkmakta saniye gecikmezdi.

Kadını ölü bulmayı, gününün kötü geçeceğinin işareti kabul ederek Mistik Leydi'nin evinden ayrıldı. Ama bir saniyede şansı değişti. Gümüş rengi Porsche'sine binmek üzereyken, eski sarı Cadillac'ının geçip gittiğini gördü. Şoför, Terminatör kılığına girmiş bir gençti ve anlaşılan acelesi vardı. Saniyeler önce Jefe'nin elinde hiç ipucu yoktu ama Cadillac'ı görünce işler değişmişti. Kelle avcısı, Tapioca'da anlatılanları hatırlıyordu. Sanchez, sarı Cadillac'lı birinin kardeşi Thomas'ı temizlediğinden ve Elvis'in ölümüyle ilgisi olduğundan bahsetmişti. Jefe, Cadillac'ın peşinden gitmeye değeceğini hissediyordu. Zaten çaresiz durumdaydı. Porsche'sine atlayıp kontağı çalıştırdı ve dikkat çekmemek için elinden geleni yaparak sarı arabanın peşine düştü.

Kalbi, Porsche'nin motorundan gelen gürültüleri bastıracak kadar hızlı çarpıyordu. Tek şansı buydu, ya hep ya hiç. Sarı Cadillac'ı gözden kaybetme Jefe, diyordu kendi kendine. *Ne olursa olsun onu gözden kaybetme.*

Bir mil kadar arabayı takip etti. Sonunda şoför, başka yer yokmuş gibi aracı Nightjar'ın önüne yanaştırdı. Jefe arabasını park etti. Ağzı kurumuştu ve kalbi her zamankinden hızlı çarpıyordu. Yok denecek kadar düşük ihtimal olsa da belki bu adamdan bir şeyler öğrenebilirdi. Hiçbir şey çıkmaması ihtimalini düşünmek bile istemiyordu.

Terminatör, arabadan inip barın kapısına doğru ilerlediğinde, Jefe bir saniye bile tereddüt etmeden Porsche'sinden çıkıp adamın peşinde düştü.

"İçeri giremezsin dostum," diye seslendi Jefe, elinden geldiğince sakin bir ses tonuyla. "Barı kapadılar. Dün gece bir çift keşiş vampire dönüşmüş ve Rodeo Rex tarafından öldürülmüş."

"Ne?" Terminatör, yanlış duymadığına emin olmak için soru sorarcasına adama baktı. İnsanların çoğunun vampirlere inanmadığı düşünülürse, duyduklarının genç adam için sürpriz olması şaşırtıcı değildi.

"Ne duyduysam onu söylüyorum dostum, belki de yalandır," dedi Jefe, siyah deri kıyafetler içindeki şaşkın gencin yanına yürürken. Uzaktan bakanların neler olup bittiğini anlayamayacakları kadar yaklaştığında da pantolonunun beline taktığı silahı çekip genç adamın kaburgalarına yasladı.

"Adın ne evlat?" diye fısıldadı.

"Dante."

"Birkaç saniye daha yaşamak istiyor musun Dante?"

Genç adam, Jefe'nin silahına baktı. Hayatında ilk kez Freddy Krueger kılığındaki biri tarafından tehdit ediliyordu, sıra dışı bir durumdu bu. Ama o gün de sıra dışıydı sonuçta.

"Ne istiyorsun?" diye sordu kelle avcısına.

"Eski Cadillac'ımla şehirde dolaşarak ne yaptığını sanıyorsun?" diye sordu Jefe.

"O mu? Şey... Arabayı bu sabah adamın tekinden satın aldım." Sesi, paniğe kapıldığını ve dolayısıyla yalan söylediğini eleverdi.

"Yalan söylüyorsun. Arabaya bin, ufak bir seyahate çıkıyoruz. Seninle tanışmak isteyen birkaç kişi var."

Dante arabasına doğru bir adım attı ama Jefe, bir kere daha silahını kaburgalarına yaslayarak onu durdurdu.

"Bekle bir saniye. Bana dön. Ellerini başının üstüne kaldır."

Dante kendisine söyleneni yaptı. Jefe, onu Nightjar'ın kapısına yapıştırıp üstünü aramaya başladı. İlk olarak silahı buldu. Ama sonra, Jessica da dahil olmak üzere, dünyadaki her şeyden çok istediği şeyle karşılaştı: Ay'ın Gözü. Taşı, Dante'nin deri ceketinin cebinden alıp avucunda sıkı sıkı tuttu. Yeni doğan bebeğini inceleyen bir anne gibi onu inceledi.

"Tanrım! Piyango bana vurdu desene!" dedi şaşkınlık içinde. "Uzun açıklamalar yapman gerekecek Terminatör evlat." Kendi esprisine kendi güldükten sonra ekledi. "Az önce günümü kurtardın."

Elli İki

Sanchez, kostüm seçimiyle gurur duyuyordu. Seçtiği kıyafet çok havalıydı ya da en azından kendisi öyle düşünüyordu. Rodeo Rex'ten sonraki en büyük kahramanının kılığına girmişti: Batman. Ayrıca Mukka'yı da Robin kılığına sokmuştu. Böylece, barın arkasında Dinamik İkili taklidi yapabileceklerdi.

Mukka'nın, durumu pek eğlenceli bulmadığını biliyordu, bunun başlıca nedeni de kostümdü. (Yardımcısı, Sanchez'den en az yirmi santim uzun olduğu için, yan yana durduklarında komik görünüyorlardı.) Sanchez'in Batman kostümü Michael Keaton'ın Tim Burton filminde giydiği kıyafete benziyordu, aşçı ise altmışlardaki televizyon dizisindeki taytlı Robin kıyafetine mahkûmdu. Müşteriler hiç durmadan onunla alay ediyordu. Herkesin söyleyecek bir sözü vardı, çoğu berbat esprilerdi ama esprinin kötü olduğunu bilmek bile müşterileri durdurmuyordu. Üstelik daha öğlen bile olmamıştı, yani aşçıyı uzun bir gün bekliyordu.

Tapioca şimdilik yarı yarıya doluydu ama yakın gelecekte müşterilerin sayısının artması muhtemeldi. Hoş karşılanmayan iki ziyaretçi içeri girdiğinde, Sanchez ve Mukka'nın endişelenmek için yeni bir nedenleri oldu. Carlito ve Miguel adındaki kabadayılar gelmişti. Kovboy kılığındaki iki serseri, mekânın sahibi kendileriymiş gibi, kasıla kasıla bara yürüdüler.

"Kimin kılığına girdiniz?" diye sordu Sanchez.

"Bizler Yalnız Kovboylar'ız," diye yanıtladı Carlito'ya fırsat tanımayan Miguel.

"Yalnız Kovboylar mı?" dedi Mukka dalga geçercesine. "Espri olsun diye mi yaptınız?"

"Hayır, neden?" diye sordu kafası karışan Miguel.

"Şey," dedi Mukka. "Yalnız Kovboy'un yalnız olması gerekmez mi? Tek başına. Dizide de öyle değil miydi? Bu yüzden adı Yalnız Kovboy."

Miguel, hâlâ aşçının neden bahsettiğini anlamamıştı. Carlito'ysa konuyla ilgileniyormuş gibi görünmüyordu.

"Buraya bak, seni pislik," dedi Miguel. "Televizyon dizisinde de kovboyun yanında Tonto vardı, yani tamamen yalnız sayılmazdı, haksız mıyım?"

"Ama Tonto kovboy değildi. Kızılderili'ydi," diye hatırlattı Mukka.

Kısa bir sessizlik.

"Evet," dedi sonunda Mukka'nın altını çizmeye çalıştığı detayı anlayan Miguel. "Sanırım haklısın."

Haklı çıkmak, aşçıyı cüretkârlaştırdı. "Elbette haklıyım," diyerek iyice küstahlaştı.

Miguel kendisiyle böyle konuşulmasına alışkın değildi. Özellikle de Mukka gibi adı sanı bilinmeyen kişiler söz konusuysa. Uzunca bir süre ne tepki vereceğini düşündü. Kıpırdamadı. Sadece gözleri hareket etti, sanki kafasındaki sesin söylediklerini dinliyor ve etrafta onun sahibini arıyordu.

Sanchez'in midesi altüst olmuştu. Miguel'in, Mukka'nın sözlerine kötü bir tepki vermesinden korkuyordu. Normalde bu tür kavgalar barı hareketlendirirdi ama barmen, Carlito ve Miguel'in iyice öfkelenip kıyafetleriyle dalga geçen herkesi öldürmelerinden korkuyordu. Her şey Jefe'nin Ay'ın Gözü'nü onlara verip vermemesine bağlıydı. Vermezse, bu herifler kalkıp herkesi öldürebilirlerdi ve işe başlamak için Batman ve Robin'den iyisi olmazdı.

Neyse ki Miguel bu seferlik bir şey yapmamaya karar verip içki ısmarladı. "İki bira lütfen Batman," diye seslendi bara yaslanarak. Sanchez'in ve Mukka'nın kostümlerini inceledi. "Hey Robin," diye ekledi nazikçe. "Pantolonun ne hoşmuş."

Robin'in taytının bahsi bile, bardaki müşterilerin alaycı yorumlarını tetiklemeye yetti. Herkes kahkahalar attı. Yorum komik olduğu için değil, Miguel son yarım saat içinde aynı yorumu yapan onuncu müşteri olduğu için.

"Söylesene Batman, arkadaşın Jefe gelmedi mi?" diye sordu Miguel, biraları dolduran Sanchez'e.

"Hayır. Dünden beri yüzünü görmedim."

"Lanet olsun. On ikiye on var. Nerede bu pislik?"

Sorgulama işini devralmaya karar veren Carlito, koluna dokunarak Miguel'i susturdu.

"Benim için şu soruyu yanıtlar mısın Batman," dedi Sanchez'e. "Jefe on dakika içinde gelmezse, burada neler olacak?"

"Bilmiyorum... Ne?" Sorunun gözdağı veren bir tonda sorulmuş olması, Sanchez'in canını sıkmıştı.

"Kıyamet kopacak. İşte o olacak. El Santino geldiğinde, suçlayacak birini arayacaktır. Yanılmıyorsam taşı bulman için sana büyük paralar önerdi ama sen bulamadın."

"Şey... Hayır bulamadım ama ben hiçbir zaman ona taşı bulacağıma söz vermemiştim. Etraftakilere soracağımı söyledim. Taşı bulacağım diye bir şey yoktu, ayrıca taşı arayan adamım Elvis öldürüldü."

"Eminim, El Santino açıklamalarınla çok ilgilenecektir." Carlito aynı gözdağı veren havayla Sanchez'e göz kırptı. Sonra biralarını alıp Miguel'le salonun ortasındaki bir masaya geçtiler. Girişi görebilmek için, ikisi de aynı tarafa oturdu.

Önce Jefe'nin mi yoksa El Santino'nun mu geleceğini görmek için öylece beklediler. Hangisi olursa olsun, çok beklemeleri gerekmeyecekti.

Elli Üç

Dante, korkudan altına yapmak üzereydi. Freddy Krueger, onu silah zoruyla yeni çaldığı sarı Cadillac'a bindirip Tapioca'ya getirmişti. Genç adam yalnızca kendi hayatı için korkmuyor, Kacy'ninki için de endişeleniyordu. Genç kadın moteldeydi ve Freddy Krueger delisi, cep telefonuna el koyduğu için, Dante'nin onunla iletişime geçmesi imkânsızdı.

Tapioca'ya ulaştıklarında, Dante barın önündeki sokakta arabayı park edecek bir sürü yer olduğunu görerek hayal kırıklığına uğradı. Çoğu insan o gün araba kullanmamayı tercih ediyordu – ki hiç şaşırtıcı değildi. Ay Festivali, herkes için kafayı çekmek demekti. Neden araba kullansınlar? Dante, Freddy emrettiği anda kontağı kapadı. "Arabadan in Terminatör. Gidip iki tek atacağız."

Dante, kendisine söyleneni yapıp peşinde, silahını mahkûmun sırtına dayamaya bile gerek duymayan Jefe'yle isteksizce kapıya ilerledi. Genç hırsız, kaçmaya kalkamayacak kadar korkmuştu ve Jefe de bunu biliyordu.

Ama Tapioca'daki gergin havayı fark etmeyecek kadar korkmamıştı. Barda birkaç kişi vardı ama kimse konuşmuyordu. Başlarını çevirip içeriye giren ikiliye baktılar. Dante'ye, herkes önemli birinin gelmesini bekliyormuş gibi geldi. Biri Terminatör diğeri Freddy Krueger kılığında oldukları için, başlangıçta kimse onları tanımadı. Ama bara gittiklerinde ve Jefe kim olduğunu belli ettiğinde, durum değişti.

"Hey barmen," diye seslendi Sanchez'e. "Bana bir bira ver. Sana iyi haberlerim var."

"Sen misin Jefe?" diye sordu Fredy Krueger maskesinin göz yerlerindeki deliklerden içeri bakan Sanchez.

"Evet benim. Bu tipi, sarı bir Cadillac'la Elm Sokağı'nda dolaşırken buldum."

"Demek öyle..." Sanchez'in tavırları, sarı Cadillac'ı duyar duymaz değişti.

Dante konuşulanların anlamını çözemese de iyiye işaret olmadığını görebiliyordu. Ortadaki masada oturan iki kovboyun kendilerine baktığını görünce durum daha da kötüleşti. Anlaşılan, Jefe'nin söylediklerini duymuş ve anlatılanlarla ilgilenmişlerdi. Bara yaklaştıklarında, silahlı oldukları Dante'nin dikkatinden kaçmadı. Silahlarını ona ve yanındaki adama doğrultmuşlardı.

"Söylesene Freddy Krueger, yanında bizim için bir şey var mı? Yoksa sana bir ders mi vermemiz gerekecek? " diye sordu kovboylardan biri, Jefe'ye.

Kelle avcısı, iki kovboya dğru döndü. Maskesi yüzünden suratı görünmese de vücut dilinden ne kadar sakin olduğu anlaşılıyordu. Özgüveni yerindeydi. Korkacak hiçbir şeyi olmayan bir adamdı.

"Göz bende. Bu Terminatör serserisi cebinde onunla kasabada dolanıyordu. Hep birlikte sohbet edebileceğimizi düşündüm, taşla ne yaptığını ona sorabiliriz. Tahminimce, Sanchez'in kardeşini de o öldürmüştür. Kız arkadaşım Jessica'yı da öldürmeye çalıştı."

"Deme ya?"

O anda bütün gözler Dante'ye döndü. Üstelik bunun nedeni, kıyafetine bayılmaları değildi.

"Söylesene sen de kimsin Terminatör? Değerli taşımızla ne yapıyorsun?" diye sordu ilk kovboy.

"Hiiiiç," diye karşılık verdi Dante, elinden geldiğince sakin davranarak. "Çalıştığım otelden bir müşteri onu bana verdi. Adı sanırım Jefe'ydi. Evet, Jefe."

Bu durumdan kurtulup kurtulamayacağını bilmiyordu ama boğazına kadar battığına göre, gerçeklerin bir kısmını dile getirmenin zararı olmazdı. Battı balık yan gider, şansı varsa belki paçayı sıyırırdı.

Belki de sıyıramazdı.

"Yalan söylüyorsun!" diye bağırdı Jefe. "Jefe benim ve taşı sana falan vermedim! Ötmeye başlasan iyi olur."

Dante'yi önceden iki kovboyun oturduğu masaya doğru sürüklediler. Jefe, onu sırtı girişe dönük iskemlelerden birine oturttu. Sanchez barın arkasından çıkarken, pelerini yerdeki bir bardağı devirdi. O da, Dante'nin yanındaki iskemleye geçti. İki Yalnız Kovboy ve Jefe, masanın öbür tarafına oturdular.

Sanchez, siyah eldivenli elini Dante'nin omzuna koyup sıktı ve oğlanı sorgulamaya başladı. Batman tarafından sorgulanmak, Dante için yeni ve şimdiden nefret ettiği bir deneyimdi.

"Neden kardeşimi ve karısını öldürdün? Jessica'dan ne istiyorsun?"

"Ne? Neden bahsettiğini bilmiyorum. Jessica diye birini tanımıyorum."

Yalnız Kovboylar'dan kıdemli olanı, yani Carlito, sigarasını yakıp gümüş çakmağını cebine koyduktan sonra sorgulamayı devraldı. Dumanını genç adamın suratına üfledi ve sigarayı ağzının kenarından çekmeye gerek duymadan konuşmaya başladı.

"Ay'ın Gözü'yle ne yapıyordun? Onu nereden buldun? Daha da önemlisi," dedi, genç adamı süzerek. "Taş nerede?"

"Taş bende," diye araya girdi Jefe.

"Versene o zaman."

"Vermem. El Santino gelene dek bende kalacak. Ona kendim vereceğim. Yaptığımız anlaşma buydu, bozmaya niyetim yok."

"Keyfin bilir. İti an çomağı hazırla," dedi Dante'nin omzunun üstünden girişe bakan Carlito. "İşte El Santino. Barmen, ikile. Bu konu seni ilgilendirmiyor."

Dante, boş bakışlarını kapıya çevirdi. Batman kılığındaki Sanchez, masadan kalkıp barın yolunu tuttu. İyi ama, geldiği söylenen El Santino da kimdi? Aslında kim olduğunu anlamak için dâhi olmaya gerek yoktu ya neyse. Zaten öyle olsa Dante'nin hiç şansı olmazdı.

Barın girişinde, yüzüne siyah beyaz makyaj yapmış bir adam duruyordu. El Santino. Kiss grubundan Gene Simmons gibi giyinmişti. El Santino için olağandışı bir kıyafet sayılmazdı, normalde de bundan farklı görünmüyordu. Ama her zamankinden fazla makyaj yapmıştı. Siyah saçlar, gerçek saçlarıydı, kaslar gerçek kaslarıydı. Ve gerçekten kaslı bir adamdı. Dante'nin o güne dek gördüğü en iri adamdı ve unutmayın ki son birkaç gün içerisinde Dante bir sürü iri adam görmüştü.

"Hey Batman. Bana bir bira ve en iyi viskinden bir şişe getir," diye bağırdı El Santino. Ardından, bakışlarını adamlarının oturduğu masaya çevirdi.

"Şimdi söyleyin, Göz'üm siz zavallı serserilerden hangisinde?" diye kükredi.

Elli Dört

Scraggs, Şef Rockwell'in telefonunu alır almaz harekete geçmişti. Rockwell'in talimatları kesindi ve kendisi de harfiyen onlara uymuştu. Adamın son sözleri, Scraggs'ın beynine kazınmıştı. *"Hemen oraya gidip durumu kontrol altına al. Benimle konuşmadan hiçbir koşulda hiçbir şeye dokunma. Hiçbir şeye."*

Devriye arabasıyla, bütün kırmızı ışıklarda geçerek yaptığı yirmi dakikalık yolculuğun ardından Mistik Leydi'nin evine varan teğmen, Rockwell'in emirlerine uymak istiyorsa, hemen harekete geçmesi gerektiğini anladı. Evin önünde şimdiden dört devriye aracı vardı ve on kadar polis, olay yeri şeridini germekle uğraşıyordu. Scraggs arabasından fırlayıp koşarak, en yakındaki polisin yanına gitti. Bu, devriye araçlarından birine yaslanmış şişmanca bir adamdı ve cep telefonuyla konuşuyordu. Scraggs tembel ve beceriksiz bir devriye olan Diesel Borthwick'i hemen tanıdı.

"Hey Diesel, bu olay yerinden artık ben sorumluyum," diye seslendi orta yaşlı polise. "Durum nedir, beni bilgilendirebilecek misin?"

Scraggs'ın gelişi, olay yerinin sorumluluğunu devraldığı için olmasa da sohbetini böldüğü için Borthwick'in çok canını sıktı. "Seni sonra ararım," diyerek cep telefonunu kapayan polis, dikkatini Scraggs'a verdi. "Bir ceset bulduk teğmenim," dedi. "Altmışlarında bir kadın. Kafası, kapının arkasındaki palto askısına geçirilmiş, vücudunun geri kalanıysa masanın arkasındaki koltuktaydı. Gözleri ve dili kayıp."

"Hiç ipucu var mı?"

Borthwick öne doğru bir adım attı.

"Evet," diye karşılık verdi, kısa bir tereddüdün ardından. "Freddy Krueger'ı evden çıkarken gördüğünü söyleyen bir şahit var. Anlaşılan gümüş renkli Porsche'ye atlayıp uzaklaşmış. Aracın plakası yokmuş."

"Freddy Krueger mı?" diye sordu Scraggs.

"Adamın üzerinde kostüm varmış efendim. Ay Festivali olduğunu unuttunuz mu?"

Evin ön tarafından birtakım gürültüler duyuldu. Scraggs sesin kaynağını görebilmek için o yöne döndü. Evin kapısı, rüzgâr yüzünden çarpıp duruyordu.

"Başka bir şey var mı?" diye sordu adama. Ama soruyu tamamlayamadan, kapının arkasında asılı olan kafayı görüp suratını buruşturdu.

"Evet efendim, duymak isterseniz bir teorim var."

Scragss şaşkınlıkla Diesel Borthwick'e baktı. Tembel polisin kafası hiç çalışmazdı, bu yüzden ondan ender olarak bir tahmin duyardınız.

"Gerçekten mi? Neymiş?" diye sordu Scraggs.

"İntihardan şüpheleniyorum," dedi Borthwick kendini beğenmiş bir tavırla.

"Seni lanet olası budala." Tepesi atan Scraggs eve doğru yürüdü. İki devriye polisi, basamakların dibinde nöbet tutuyordu. Scraggs aralarından geçmeye yeltendiğinde, yana çekilip adama yol vermeye zahmet etmediler. Adamlara omuz atarak içeri giren Scraggs, kapının arkasındaki kancaya asılmış kafaya gözucuyla baktı. Odayı inceledi. Her yer kan içinde, iskemleler devrilmiş, Mistik Leydi'nin gövdesi masanın arkasındaki iskemlede. Memur Adam Quaid, masanın üstündeki kitabın sayfalarını karıştırıyordu.

"Hey Quaid! Sen ne yaptığını sanıyorsun?" diye bağırdı Scraggs öfkeyle.

Scraggs'ın içeri girdiğini duymadığı için şaşıran Quaid, başını kaldırıp sesin nereden geldiğine baktı. Amirini görünce, refleks olarak hazır ola geçti; oysa buna gerek yoktu. Santa Mondega'da kimse hazır ola geçmezdi. Ve biri geçtiğinde, bunun yegâne nedeni kıdemli bir memur tarafından uygunsuz bir iş yaparken yakalanmaktı.

"Bu kitabı masada buldum teğmenim. Bence bir göz atmalısınız," diye mırıldandı Quaid.

"Kitabı bırak ve ben seni çağırana dek gidip dışarıda bekle," diye emretti Scragss. "Şef Rockwell buraya geliyor, delillerle oynadığınızı görürse çok sinirlenir. Hiçbir şeye dokunulmamasını emretti."

"Ama efendim," dedi Quaid, masadaki kitabı işaret ederek. "Bence gerçekten şu kitaba bir bakmalısınız."

"Sana dışarı çıkmanı söyledim!" diye bağırdı Scraggs. "Kahrolası kitabı bırak ve dışarıda bekle!"

"Tamam efendim," dedi polis.

Scraggs, Quaid'e korkutucu bir bakış fırlatmaya çalıştı. Aşırı kilolu, şeker sevdalısı polis, başını önüne eğip odadan çıktı. Quaid, yaramazlık yapmış öğrenciler gibi yere bakarak yürüdüğü için, Scraggs'ın üzerinde o kadar çalıştığı ürkütücü bakışlarını görmemişti. Scraggs başını sallayarak onu süzdü.

Demek bekleyeceğiz, diye düşündü Scraggs. *Şef yirmi dakika içerisinde burada olur. Ona, polislerden birinin masadaki kitaba göz attığını söylesem mi? Hımm, söylemesem daha iyi. Onu öfkelendirmekten başka bir işe yaramaz.*

Gözleri Mistik Leydi'nin kafası ile gövdesi arasında gidip gelen Scraggs, beş dakika sonra sabırsızlanmaya başladı. Bu kahrolası kitap da neymiş, diye geçirdi içinden. *Eminim ki açık olan sayfalara bakmanın bir sakıncası olmaz. Dokunmadığım sürece, kim nereden bilecek?*

Şef Rockwell'in gelip kendisini yakalamayacağından emin olmak için odanın kapısını gözetleyerek kaypak adımlarla masanın yanına gitti. Kalçası masaya değince, eğilip kitaba baktı. Ne yazık ki kitap tersti. Yine de açık olan sayfadaki bir şey gözüne ilişti. Daha iyi görebilmek için kitabı hafifçe kendine çevirdi. *Bu, mümkün olabilir mi? Elbette olamaz...* Bir parmağıyla kitabın kenarından ittirerek onu tamamen kendine çevirdi. Hayır, gözleri onu kandırmamıştı. Memur Quaid'in kendisi içeri girdiği sırada baktığı şeyi ancak şimdi görüyordu.

Lanet olsun!

Elli Beş

Peto insanların neden kostüm giydiklerini kesinlikle an-
lamasa da Kyle, onu kendilerinin de kutlamalara katılması
gerektiğine ikna etmişti. Önceki sabah, bir çift kostüm ki-
ralamışlardı. Kobra Kai'nin kim olduğunu bilmiyorlardı ama
kostümler, ikisinin de çok hoşuna gitmişti. Dükkânın sahibi,
onlara Kobra Kai'nin *Karate Kid* filmindeki dövüş sanatları
çetesi olduğunu açıkladı. Kostümler, kalın siyah kumaştan
yapılmıştı. Pantolonlar bol ve rahattı, kolsuz karate önlük-
lerinin arka taraflarındaysa sarı renkli şık kobra işlemeleri
vardı. Kyle ve Peto, hayatlarında ilk defa, havalı olmanın ne
demek olduğunu öğrendiler.

Dante'nin gelmeyeceğini kabullenene dek, yirmi dakika
Nightjar'ın önünde beklediler. Genç adama kanı kaynayan
ve onun Santa Mondega'da tanıştıkları en hoş insanlardan
biri olduğunu düşünen Peto, hayal kırıklığına uğramıştı. İki
ihtimal vardı. Ya Dante gelmemiş ve gelmeyi hiç düşünme-
mişti ya da erken gelip Nightjar'ın kapalı olduğunu görmüş
ve başka bir yere gitmişti. İkincisinin doğru olduğunu uman
Kyle ve Peto, şanslarını Tapioca'da denemeye karar verdiler.
Acele etmeleri gerekiyordu çünkü zamanları tükenmek üze-
reydi. Gökyüzüne baktıklarında, ay ve güneşin çok yakında
aynı hizaya geleceğini görebiliyorlardı.

Tapioca'ya giden sokakları koşarak geçerken, gerçekten aya karşı yarışıyorlardı. Ay, bir adım gerilerinden geliyor ama her saniye kararlı adımlarla Santa Mondega'nın üstünde parlayan güneşe yaklaşıyordu.

Sokaklara doluşan insanların arasından bin bir güçlükle geçerek Tapioca'ya ulaştılar ama çok az zamanları kalmıştı. Kapıya yöneldiklerinde, plan yapacak zamanları dahi olmadığını biliyorlardı. Bu yüzden hiç düşünmeden içeri daldılar. Peto, girer girmez masalardan birinde kavga çıkmak üzere olduğuna dikkat etti. Komik kıyafetli tipler, siyah deri ceketli, koyu renk camlı güneş gözlüğü takmış birini hırpalıyordu. Daha doğrusu, galiba ona işkence ediyorlardı ama Peto'nun emin olması zordu, çünkü gözlerini dikip bakmamaya çalışıyordu.

Bara geçtiler. Sanchez her zamanki gibi içki servisi yapıyordu ama bugün diğer günlerden farklı olarak garip dar bir kostüm giymiş, yüzünü kısmen örten bir maske takmıştı. Kostüm meselesi iki keşişin canını sıkıyordu, çünkü gördükleri kostümlerin bir kısmı çok gerçekçiydi ve hangisinin ne kostümü olduğunu bilmiyorlardı. Kafa karıştıran bir durumla karşılaştıklarında, Peto her zaman yaptığı üzere, akıllılık edip konuşmayı Kyle'a bıraktı.

"İki bardak su lütfen Sanchez," dedi Kyle.

"Hey Robin, iki keşişe birer bira ver... Bizden," diye emretti Sanchez, Mukka'ya. Ardından Kyle ve Peto'ya döndü. "Bu arada bilin diye söylüyorum, ben bugün Sanchez değilim. Batman'im. Bilirsin, Yarasa Adam."

"Yarasa Adam mı?" Kyle, yarasa ve adam kelimelerini bir araya getirerek sergilediği yaratıcılık için Sanchez'i takdir etti. "Ne harika bir isim. Kostümün de çok iyi," diye devam etti. "Bu insanlar ne kılığında?"

ANONİM

"Dinleyin," dedi Sanchez alçak sesle, onlara doğru eğildi ve dayak yiyen adamın oturduğu masayı işaret etti. "Kulaklarınızı dört açın, çünkü söyleyeceklerim önemli. Kovboy kılığındaki iki adamı görüyor musunuz? Onlar El Santino için çalışan iki acımasız fedai, Carlito ve Miguel. Kırmızı beyaz çizgili kazak giyip maske takmış olan, aradığınız kelle avcısı Jefe. Yüzü siyah beyaz boyanmış adam, Patron Santino'nun kendisi. Ama bence sizi en çok güneş gözlüklü, siyah deri ceketli adam ilgilendirecektir. Aradığınız mavi taş, Terminatör kılığındaki o gençteydi."

"Öyle miydi? Taş hâlâ onda mı?" diye sordu Kyle.

"Taş şimdi Jefe'de. Çizgili kazaklı çirkin maskeli adamda."

Peto, bekledikleri anın geldiğini anladı. İçki içmeye veya sohbete vakit yoktu. Orada olmalarının nedeni, her an, her saniye gerçekleşebilecek olan güneş tutulmasından önce Ay'ın Gözü'nü ele geçirmekti.

Çekinerek de olsa masaya yaklaştılar, her zamanki gibi Kyle önde, Peto da hemen arkasındaydı. El Santino olduğunu öğrendikleri, yüzünü siyah beyaz boyamış uzun saçlı iriyarı adam, Terminatör'ü sorguya çekiyordu. Miguel, Terminatör'ün yanında duruyordu, genç adam, iri adamın sorularına üstünkörü yanıtlar verecek olursa, yumruğunu suratına indirecekti.

"Hey Kyle," diye fısıldadı Peto. "Terminatör kılığındaki adam var ya? O, Dante olmasın?"

"Evet, sanırım haklısın. Demek bizi yarı yolda bırakmamış."

Dante, yüzünün haline bakılacak olursa sorulan soruların yanıtlarını bilmiyordu. Burnunun kanaması ve gözündeki şişlikler, fena dayak yediğinin deliliydi. Keşişler ya şimdi ya asla diye düşündüler. İlk harekete geçen Kyle oldu, onu

374

sorgulayanların dikkatini kendine çekmek için Dante'nin önüne geçti. Masadaki herkes neyle uğraşıyorsa bırakıp sorgulamayı bölen Kobra Kai çetesi üyesine şaşkınlıkla baktı.

"Özür dilerim," dedi Kyle nazikçe, bütün masaya hitap etse de Jefe'yi işaret ederek. "Yanlış anlamadıysam, bu beyefendide bize ait bir şey var. Onu geri istiyoruz lütfen." Ses tonu sakindi, kesinlikle bağırmıyordu ama içinde çelik gibi bir kararlılık vardı.

Masa sessizleşti, herkes, sanki bir deliymiş gibi Kyle'a baktı. Peto bile, arkadaşının akıllıca davrandığından şüpheliydi.

"Bu iki palyaço da kim?" diye sordu üzerinden kalktığı koltuğu bir tekmede salonun diğer tarafına uçuran El Santino.

"Galiba Kobra Kai çetesinin üyelerinin kılığına girmişler," diye yanıt verdi Carlito. Gözü patronundaydı.

"Vay be!" dedi Miguel, küçük bir çocuk gibi heyecanla. "*Karate Kid* değil mi?" Bir saniyeliğine de olsa Dante'yi dövmeyi bırakıp iki keşişi inceledi. Yüzünden, keşişlerin kostümünü ne kadar beğendiği anlaşılıyordu. Ama patronu, onun kadar esnek değildi. El Santino'nun yumruğunu indirdiği masa neredeyse ikiye bölünecekti. Adamın burun delikleri öfkeden kocaman açılmış, alnındaki damar her an patlayacakmış gibi belirginleşmişti.

"Bırakın şimdi Karate Kid'i ve Kobra Kai'yi," diye bağırdı. "İkisi de umurumda değil. Ay'ın Gözü'nü neden aradıklarını öğrenmek istiyorum."

"Onlara dikkatli bak El Santino," dedi soğukkanlılığını koruyan Jefe. "İçgüdülerimde haklıysam, bu adamlar Hubal keşişlerinden."

Elli Altı

Sanchez normal koşullar altında gözünü El Santino'nun masasından ayırmazdı. Kasabadaki en tehlikeli insanlardan bazılarının o masanın etrafına toplandığı (ve büyük ihtimalle kardeşi Thomas'ın katilinin de orada olduğu) düşünülecek olursa, gözünü kırpmadan olup bitenleri izliyor olmalıydı ama koşullar hiç de normal değildi ve Sanczhez'in dikkati başka yerdeydi.

Adamın birinin kapının önünde oyalandığını fark etmişti. Tapioca'nın kapısı sonuna kadar açıktı ve bu adam, barın önünde bir ileri bir geri dolanıyordu. Sanchez'in dikkat etmesinin nedeni, adamın iki tarafında sarı çizgiler olan kırmızı bir takım giymesiydi. Saçları da 1950'lerin modasına uygun olacak şekilde yapılmıştı. Bu da yetmiyormuş gibi adam, altın çerçeveli güneş gözlüğü takıyordu.

Sanchez adamı ilk gördüğünde, eski dostu Elvis'in ölümden döndüğünü sandı. Ama bu saçma bir fikirdi, değil mi? Adamı otuz saniye kadar inceledikten sonra, Elvis'in mezardan çıktığına ihtimal vermenin bile saçma olduğunu kavradı. O gün kasabada tahminen yüzlerce Elvis taklitçisi vardı ve her birini tek tek inceleyip birkaç gün önce ölen birine benzetmeye çalışmak zaman kaybı olurdu. Derken siyah tulum giymiş, maskeli seksi bir kadının bara girmesiyle, Sanchez'in düşünceleri yeniden dağıldı. Gelen, Batman'in biricik aşkı ve düşmanı Kedi Kadın mıydı yoksa?

Kadın, Tapioca'ya girerken Sanchez dikkatini yeniden El Santino'nun masasına çevirdi. Keşişlerden biri mavi taşı geri istediklerini dile getirmişti. Şimdi El Santino, iki Yalnız Kovboy Carlito'yla Miguel ve Freddy Krueger kılığındaki Jefe'yle karşı karşıyaydılar. Merhamet nedir bilmez bu tiplerin hepsi, silahlarını iki keşişe doğrultmuştu. İyiye işaret değildi bu. Hiçbiri tetiği çekmekte tereddüt etmezdi.

Sanchez, keşişlerin kendilerinden daha iriyarı, silahlı rakiplerle dövüştüklerini ve onları yendiklerini görmüştü. Ama El Santino'yla fedailerinin de pek çok kişiyi öldürdüklerine şahit olmuştu ve Hubal keşişlerinin bile onlara bulaşmamaları gerektiğini biliyordu. Jefe'nin nasıl bir katil olduğu namından belliydi. Masada oturanlar arasında hakkında hiçbir şey bilmediği tek kişi, Terminatör kılığındaki zavallıydı. Sanchez'in dikkati şimdi onun üzerindeydi. Keşişler, masadaki diğerlerinin dikkatlerini üzerlerine çektiklerinde, Terminatör kaçma fırsatı yakaladığını sanmıştı. Kimse kendisine bakmıyorken, yavaş yavaş ittirerek iskemlesini masadan uzaklaştırdı ve ayağa kalkmaya çalıştı. Hareketleri temkinli olduğu için, bir an başarabilirmiş gibi göründü. Ama iskemlenin ayağı yere sürtününce korkunç bir gıcırtı duyuldu ve iki kovboy, Carlito ve Miguel dönüp silahlarını genç adamın kafasına dayadılar.

"Otur yerine," dedi Miguel dişlerinin arasından.

Dante kendisine söyleneni yapıp yeniden iskemleye oturdu ama Sanchez, genç adamın iskemleyi yeniden masanın yanına çekmediğine dikkat etti. Dante, bardan canlı çıkamayacağını ancak şimdi anlamıştı. Kendi kendine verdiği sözlerden biri de bir korkak gibi ölmemekti. Hayatı tehlikedeyse sızlanarak değil, silahını çekerek gidecekti. Sorun şu ki çekecek bir silahı yoktu. O da yapıp yapabileceği tek şeyi yaptı, çenesini kapayıp somurttu. Eşek cennetini boylamadan önce, etrafındakileri kızdırmaya kararlı görünüyordu. Normalde Kacy, Dante'nin bu saldırgan ve aptal tarafının dizginleri ele geçirmesine engel olurdu ama genç kadın ortalıkta yoktu. Tahminen motelde oturmuş, Dante'nin dönmesini bekliyordu. Eh, genç kadın, kimseden Dante'nin bir korkak gibi öldüğünü duymayacaktı. Kahraman gibi gitti diyeceklerdi. Kacy, bir gün bir şekilde Dante'nin nasıl öldüğünü öğrenirse, bir erkek gibi, âşık olunmaya değecek biri gibi gittiğini bilecekti.

"Biliyor musunuz, hepiniz korkaksınız," dedi Dante, masadakilere hitaben. "Durmuş silahlarınızı sallıyorsunuz ama ateş etmeye cesaret eden yok. Keşişler geldiğinden beri ödünüz patlıyor, çünkü biriniz bile ateş edecek olursa kıyamet kopacağını biliyorsunuz. Hepiniz blöf yapıyorsunuz. Yani kimse ateş etmeyecekse, ben de kalkıp gidiyorum. Bir silah alıp geri geleceğim ve hepinizin beynini dağıtacağım."

Bu sözler, El Santino için bardağı taşıyan son damlaydı. Silahını Dante'nin kafasına doğrulttu. Yüzü boyalıydı ama serserinin teki tarafından korkaklıkla itham edilmenin onu ne kadar kızdırdığı rahatlıkla görülebiliyordu.

"Dinle evlat," diye hırladı. "Neden burada olduğuna emin değilim. Şimdiden, kafana bir kurşun sıkıp sıkmamayı düşünüyorum. Bir süre daha yaşamak istiyorsan, sağ kalmanın bir işe yarayacağına beni ikna etsen iyi olur, çünkü şimdi yedek tekerlek gibisin ve bizim yedeğe ihtiyacımız yok.

Üçe kadar sayacağım, hayatta kalmana değeceğine beni ikna edemezsen suratın paramparça olacak." Bir adım öne çıkıp masaya doğru eğildi ve silahın namlusunu Dante'nin yüzüne çevirdi. "Bir... İki..."

Dante, El Santino'yu durdurmak için sol elini havaya kaldırıp kahkahalar atmaya başladı. Bardaki herkes gerilmiş, ilk kurşunu bekliyordu.

"Seni çözdüm ben," dedi Dante, parmağıyla El Santino'yu işaret ederek. "Bu resme en uymayan kişi sensin. Karate kostümlü keşişleri görüyor musun? Giydikleri kıyafet onlara uyuyor, çok havalılar ve adam dövmekte ustalar. Kovboy kıyafetli adamların da rollerine uygun bir çift soyguncu gibi görünüyorlar, ki öyleler. Freddy Krueger kılığındaki herif de ürkütücü bir tipe benziyor ve tahminimce öyle biridir. Herhalde ne kadar çirkin olduğunu saklamak için maske takmış. Ama sen... Senin kıyafetin sana hiç uymamış. Üçe kadar sayıyorsun ama rock şarkıcısı gibi giyinmişsin. Dur da sana bir şey söyleyeyim, hiç de rock and roll değilsin. Üçe kadar sayarken bile korkutucu birine değil *Susam Sokağı*'ndaki kuklaya benziyorsun. Kont denilen kuklayı biliyorsundur, hani çocuklara sayıları öğretir? Aranızdaki tek fark, onun üçün üstüne çıkabilmesi ve çocukların ondan korkması. Özetle büyük patron, sen lanet bir kukladan başka bir şey değilsin."

"Ne?"

El Santino öfkeden küplere bindi. Yıllardır kimse onunla bu şekilde konuşmamıştı. Aslında hiçbir zaman, kimse onunla böyle konuşmamıştı. Artık Dante'yi suratından vurmak yetmezdi. Önce bu hakaretlere verecek bir yanıt bulmalı, genç adama aynı kalibrede hakaretler savurmalıydı.

Birkaç saniye düşündükten sonra, pes perdeden zehirli bir sesle alaycılık oklarını savurdu.

"Biliyor musun evlat, kıyafetin sana çok uymuş. Yanılmıyorsam Terminatör de her zaman yenilmez olduğuna inanırdı ama izlediğim bütün *Terminatör* filmlerinin sonunda öldürüldü. Sana bunun nasıl bir şey olduğunu göstereyim. Hasta la vista, pislik."

Dante'nin bir zamanlar kaçıp kurtulma şansı varsa bile, artık yoktu.

Sanchez hâlâ bardan olanları izliyordu. Kanların, beyin parçalarının ve kurşunların havada uçuşması ihtimaline karşı, barın arkasına saklanmaya hazırdı. Derken, gözucuyla başka bir şeyi fark etti.

Eğlenceye katılmak isteyen biri, oturduğu yerden kalkıp masanın arka tarafında kalan gölgelerin arasından çıktı. Siyah düğmeli bir beyaz takım giymiş, yüzünü beyaza boyamıştı. Göz makyajı siyahtı, sol gözünün altına bir damla gözyaşı çizilmişti. Yarısı siyah yarısı beyaz silindir şapka ve sivri uçlu terlikler kostümü tamamlıyordu. Her kimse, palyaço kılığındaydı. Sirk palyaçoları gibi değil, Avrupa sokaklarında gösteri yapan hüzünlü pantomim palyaçoları gibi giyinmişti. Derken, hüzünlü palyaçonun ellerinde kısa namlulu birer tüfek belirdi. İkisinin de namlusu, El Santino'nun kafasına doğrultulmuştu.

"Silahını erkek arkadaşımın kafasına doğrultmayı kesmezsen beynini patlatırım!" dedi Palyaço cırtlak sesle. Muhteşem Kacy. Sanchez, palyaço kılığındaki kadının kim olduğunu bilmese de Dante sesi hemen tanımıştı.

El Santino'nun masasının etrafında bir Meksika açmazı oluşmuştu ve Sanchez bu durumdan hiç memnun değildi.

Hem de hiç. Daha önce herkesin silahını birbirine doğrultmuş olduğu benzer açmazla karşılaştığı için, sonunun kan banyosu olacağını biliyordu. Birinin silahını bara çevirmesi ihtimaline karşı, gözlerini masadan ayırmamaya karar verdi. "Bir bloody mary lütfen barmen," dediğini duydu Sanchez, bir kadının. Otomatiğe bağladığı için, barın altından ince uzun bir bardak çıkarıp gözünü masadan ayırmaksızın bloody mary yapmakta kullanılan üç ayrı içeceği karıştırmayı, hatta içkiye buz ve limon atmayı başardı.

"Kostümüne bayıldım Sanchez," dedi adamın dikkatini çekmeye çalışan kadın.

Sanchez hâlâ masaya bakıyordu.

"Teşekkürler."

Ancak o zaman sesin sahibini tanıdı. Bakışlarını silahlı adamlardan ayırıp bara çevirdi. Karşısındaki Jessica'ydı. Kedi Kadın kılığında dolaşan oydu ve nefes kesiciydi!

"Jessica, harika görünüyorsun ama erkek arkadaşın Jefe'nin başı belada. Karşı masadaki Freddy Krueger'ı görüyor musun?"

Jessica, silahlarını birbirlerine doğrultmuş olan adamlara baktı. Bütün bar sessizleşmişti. Tapioca'da El Santino'nun masasındakiler dışında kırk kadar müşteri vardı ve kıpırdamadan olup bitenleri izliyorlardı. Ani hareketler yapmanın akıllıca olmadığını bildikleri için, kapıya gitmeye dahi yeltenmiyorlardı. Ama ilk silah sesi duyulur duyulmaz, masaların altına saklanmaya veya kaçmaya hazırdılar.

"Hay lanet," dedi Jessica yüksek sesle.

Sesi tanıyan Jefe bara baktı. Ama bunu yapar yapmaz hata olduğunu anladı. O bir profesyoneldi ve gözlerini diğerlerinden ayırmaması gerektiğini bilmeliydi. Jefe'nin dikkatinin dağılmasından yararlanan Kyle oldu. Hayatını dövüş sanatları eğitimine adamış olan keşişin refleksleri çok hızlıydı ve karşısında beliren fırsatı görmüştü. Bir saniyede sol elini uzatıp Jefe'nin elindeki silahı kaptı. Tereyağından kıl çekmek gibiydi. Silahı kaptığı anda namlusunu Jefe'ye çevirdi. Artık keşişler de silahlıydı.

"Ay'ın Gözü'nü bize verin ve bırakın gidelim," diye emretti Kyle.

Barın arkasındaki güvenli sığınağından manzarayı izleyen Sanchez, artık avantajın kimde olduğundan emin değildi. Carlito ve Miguel silahlarını hüzünlü palyaçoya doğrultmuşlardı. Palyaço'nun tüfeklerinin namluları, silahını Dante'nin kafasına dayamış olan El Santino'ya dönüktü. Kyle ise silahını Jefe'ye çevirmişti. Sanchez, o güne dek bir sürü garip düello görmüştü ama bu hepsinden beterdi. Üstelik daha da kötüleşecekti. Kedi Kadın kostümü içindeki Jessica, hiç şüphesiz Freddy Krueger kılığındaki Jefe'yi –ya da Jefe kılığındaki Freddy Krueger'ı– kurtarmak için yavaş yavaş o tarafa gidiyordu.

Kyle'ın, Jefe'nin silahını almasıyla her yanı kaplayan gerginlik, El Santino'nun gök gürültüsünü andıran sesinin içeride yankılanmasıyla zirveye ulaştı. Patronun tetik parmağı kaşınmaya başlamıştı.

"Jefe, taşı bana ver," diye emretti. "Tutulma başlıyor. Taşı hemen bana fırlat. Söz veriyorum, öğleden sonra yüz bin doları alacaksın."

"Sakın kıpırdama," dedi Kyle sakin bir sesle, silahın namlusunu Jefe'nin alnına yaslayarak. "Taşı bana verirsen yaşamana izin veririm. Ona verirsen şimdi ölürsün. Tekrar edeyim. Taşı ona verirsen... işini bitiririm."

"Saçmalık. Silahını indirmezsen önce sen öleceksin," dedi Kyle'ın arkasında duran biri. Bu, Jessica'ydı ve silahını keşişe doğrultmuştu. Namluyla keşişin kafası arasında, on santimden daha az bir mesafe vardı.

Sanchez, kırılma noktasına ulaşıldığını anladı. Birinin ateş etmesi kaçınılmazdı. Bardaki boş bardakları toplayıp barın altındaki rafa yerleştirmeye başladı. Gözlerini silahlardan ayırmıyordu. Kurşunlar uçuşmaya başladığında, ortalıkta ne kadar az bardak olursa o kadar iyiydi. İlk kim ateş edecekti? Sanchez, El Santino üzerine bahse girebilirdi. En korkusuzları oydu ve mavi taşı tutkuyla istiyordu. Hiçbir şeyden korkmazdı. Ona çarpan kurşunlar bile sekip giderdi. Dedikodulara göre, sayısız suikast girişimine uğramış, pek çok kez vurulmuş ama ölmemişti. Çivi kadar sağlamdı.

Elbette benzer şeyler Jefe için de söylenebilirdi. Anlatılanlar doğruysa, John Wayne'den bile çok düelloya katılmıştı. Bir de Carlito ve Miguel vardı. Onların ateş etmelerini kim engelleyecekti? Doğrusunu söylemek gerekirse, silahları olmayan Jefe, Terminatör ve Peto dışındaki herkes ilk kurşunu sıkabilirdi. Peto manzaradan etkilenmiş görünmüyordu ama Terminatör, masanın arkasına saklanmaya hazırdı.

Derken dışarıdan gelen bir ses, kaçınılmaz sonu daha da yaklaştırdı.

"Hey millet! Bakın! Güneş tutuluyor. Başladı!"

Bağıran kişi doğruyu söylüyordu. Sanchez, tutulmanın tadını çıkarabilmek için barın ışıklarını açmamıştı ve içerisi, her geçen saniye biraz daha kararıyordu. Taş zifiri karanlık çökmeden önce el değiştirecekse, o zaman birileri hemen harekete geçmeliydi. Yine de masadakilerden harekete geçen olmadı. Karanlık, barı kaplamaya başladığında, Sanchez bile büyülenmiş gibi donup kalmıştı. Gözucuyla, barda oturan birine Mukka'nın içki verdiğini gördü. Derken tutulma başlayıp Santa Mondega gündüz vakti gece karanlığına gömülürken, Sanchez, Mukka'nın önünde oturan müşterinin ölümsüz repliğini söylediğini duydu: "Kadehi doldur."

Bir kadeh burbon. Sanchez başlangıçta neler olduğunu fark etmemişti. Kafası fazlasıyla meşguldü. Ama asla unutamayacağı sesin, o iki kelimeyi söylediğini duyduğu anda, dünyası altüst oldu. O sesi unutması imkânsızdı. El Santino'nun masasında olup bitenlere o kadar gömülmüştü ki Mukka'nın bir kadeh burbon verdiği başlıklı tipe dikkat etmemişti. Durum önceden kötüyse bile, şimdi berbattı. Bardaki Burbon Kid'di ve içkisi hazırdı.

Elli Yedi

Herkesin beklediği kıvılcım, Tapioca'nın zifiri karanlığa gömülüşüydü. Gün ışığı yavaş yavaş barı terk ederken, yerini gergin bir bekleyişe bıraktı. Silahlı silahsız, oturan veya ayakta duran herkes, sessizce, zamanlarının dolduğunu bilerek gözlerinin karanlığa alışmasını bekledi. Sanchez ilk kimin ateş ettiğini göremediyse de patlayan bir silah sessizliği böldü. Onu yarım saniyelik bir duraksama takip etti. Ardından kıyamet koptu. Silah sesleri sağır ediciydi. Her yandan ateş ediliyor, kurşunlar dört bir yana uçuşuyordu. Sanchez, böyle zamanlarda hep yaptığı gibi, barın arkasına saklanmıştı. Karanlıkta tek duyabildiği, silah sesleri, çığlıklar, lanet okumalardı. Arada bir, vurulan kimselerin yere düştüğü duyuluyordu. Biri de hiç şüphesiz Mukka'ydı. Sanchez aşçının yere düştüğünü hissettiğinde, kaza kurşununa gittiğini anladı. Elemanı çığlık atmamış, imdat diye bağırmamıştı. Yalnızca olduğu yere yığılıvermişti. Kurşun, kafasına veya kalbine saplanmış olmalıydı. Zavallı serseri.

Tutulma iki dakikadan uzun süre devam etti, bu süre boyunca silah sesleri hiç kesilmedi. Sanchez, bütün bu zamanı barın arkasına saklanıp elleriyle kulaklarını örterek geçirdi. Ama vızıldayan kurşunların seslerini, kırılan bardakların gürültüsünü, çığlıkları ve küfürleri duymamak imkânsızdı. İnsanlar birer birer ölüyordu.

Sonunda ortalık duruldu ve tutulma sona erdi. Işık yavaş yavaş Tapioca'nın kapısından içeri süzüldü. Salonda hâlâ hayatta olan müşteriler vardı ama Sanchez, inlemelerden çoğunun ölmekte olduğu sonucunu çıkardı. Arada bir inlemelere bir öksürük veya çığlık karışıyor, hâlâ masalar devriliyor, bardaklar kırılıyor ve içkiler yerlere saçılıyordu.

Kimsenin ateş etmediği yirmi saniyelik sessizliğin ardından dışarısının güvenli olduğuna kanaat getiren Sanchez, saklandığı yerden çıkmaya karar verdi. Yaralanıp yaralanmadığını kontrol etti ve kurşun yemediğine emin olunca başını barın arkasından uzattı. İçerisi barut dumanı ve kokusuyla kaplıydı. Göz gözü görmüyordu. Duman o kadar kesifti ki insanın gözü acıyordu. Sanchez'in gözleri sulandı, bir gören olsa ağlayacağını sanırdı.

Açık kapıdan gelen esinti sayesinde duman biraz olsun dağıldığında, karşısındaki manzara Sanchez'e beş yıl öncesini, Burbon Kid'in bütün müşterilerini öldürdüğü zamanı hatırlattı. Tapioca, o gün nasılsa şimdi de öyleydi.

Hemen tanıdığı ilk ceset, Carlito'ya aitti. Fedainin gömleği kan içinde kalmıştı ve yaralarından dumanlar tütüyordu. Biraz ötesinde, ölümde de dostunun peşini bırakmayan Miguel'in cesedi vardı. Gerçi bu, kostümüne bakılarak yürütülmüş bir tahmindi, çünkü onu her kim temizlemişse işini fena bitirmişti. Kafası parçalanan adam, kollarına ve bacaklarına onlarca kurşun yemişti.

Sanchez bir sonraki cansız vücuda baktı. Keşişlerden birine aitti ama hangisi olduğunu söylemek zordu. Ceset yüzüstü yatıyordu ve Kyle ile Peto görünüş olarak birbirlerine benzedikleri için, kimin öldüğünü bir bakışta anlamak imkânsızdı. Keşiş, kafasının arkasına bir kurşun yemişti. Galiba ilk öldürülen oydu, çünkü cesette başka bir kurşun yarası yoktu. Çarpışmanın başlarında, kurşun yağmurundan önce yere düşmüş olmalıydı. Karate önlüğünün arkasındaki sarı kobra, kan gölünün içinde parıldıyordu.

Sanchez barı kaplayan cesetleri incelemeye devam etti. İlk tehlike belirtisinde, yeniden barın arkasına saklanmaya hazırdı. En merak ettiği şeylerden biri, Jessica'nın ve –kulağa saçma ve bencilce gelse de– Jefe'nin sağ kalıp kalmadıklarıydı. Jefe ölmüşse ve Jessica yaşıyorsa, belki Sanchez, kadını teselli etme görevini üstlenebilirdi.

Tesadüfe bakın ki Sanchez'in dualarından biri kabul oldu. Odanın ortasındaki masalardan birinin üzerinde, kendi kanına ve bağırsaklarına bulanmış Jefe yatıyordu. Yüzündeki Freddy Kruegger maskesi yere düşmüştü ama maskesiz halinin maskeli halinden daha yakışıklı olup olmadığı tartışılırdı. Yüzü öylesine parçalanmıştı ki birkaç dakika önce maskeyi takarken nasılsa öyleydi. İyi ama Jessica neredeydi? Kadından en ufak bir iz yoktu. Sanchez barına gelen insanların çok azını önemserdi ve beş yıl önce kurtardığı güzel kadının başına ne geldiğini öğrenmek istiyordu.

Tanıdığı bir sonraki ceset, asla ölmeyeceğini düşündüğü birine aitti. El Santino'ya. Gene Simmons taklitçisi, doğranmıştı. Biri derisini yüzmüştü – kafası ve yüzü ayrı taraflardaydı. Ayrıca bir kolu ve bacağı kesilmişti. Özetle, biri onu fena becermişti.

Jessica'nın kanlar içindeki cesedini gördüğünde, Sanchez'in suratı asıldı. Onu nasıl olmuş da daha önce görmemişti? Kadının cesedi, keşişinkinin altındaydı. Güçlükle nefes alıyordu ama hâlâ hayattaydı. Ölü keşiş tüm ağırlığıyla üzerine çökmüştü. Jessica cesedi ittirdiğinde, Sanchez cesedin Kyle'a ait olduğunu gördü. Diğer keşişten eser yoktu. Burbon Kid neredeydi? Daha soru aklından geçerken, biri, düşüncelerini okumuşçasına soruyu yanıtladı.

"Hâlâ buradayım. Kedi Kadın'a yardım etmeyi düşünme bile," dedi sol tarafındaki gölgelerin arasından gelen ses.

Burbon Kid, karanlığın ve dumanların içinden çıktı. İki elinde de dumanı tüten birer tabanca vardı. Cesetlerin üstünden atlayıp Kyle'ın cesedini ittirmeye çalışan Jessica'ya doğru ilerledi. Jessica çaresizce, kafasına bir kurşun yemeden olay yerinden kaçmaya çalışıyordu.

Sanchez daha cesur bir adam olmayı dilerdi ama kadının yardımına koşmanın, kendisini öldürtmekten başka bir işe yaramayacağını çözmüştü. Ayrıca kadının bir kurşunla ölmeyeceğini biliyordu. Beş yıl önce, bundan çok daha kötülerine katlanmıştı. Sanchez, Burbon Kid'in kadını öldürmeyi deneyişine ilk o zaman şahit olmamış mıydı? Jessica beş yıl önce sağ kalmıştı ve şimdi de sağ kalacak olursa, Sanchez ona güvende olacağı bir yer bulacak, onunla ilgilenecekti.

Jessica, Kyle'ın cesedinin altından çıkmayı başardığında, Kid'le aralarında dört beş metre vardı. Can düşmanı sağ kolunu havaya kaldırıp nişan alırken, o da ayakta durmaya çalışıyordu. Kid, göğsüne iki kurşun sıktığında, Jessica geriye savrulup ahşap masanın üstüne yığıldı. Ağzından kanlar akmaya başladı. Kendi kadında boğuluyormuşçasına öksürüyor, göğsünden hırıltılar dökülüyordu. Sanchez, bu korkunç manzarayı görmemek için başını çevirdi. Bu sefer hiç şüphe yoktu, Jessica'nın işi bitmek üzereydi.

"Seni pislik. Seni lanet olası pislik!" diye bağırdı Jessica, Kid'e, ağzından kanlar saçarak.

"Benim pisliğin teki olduğum doğru. Hem de acımasız bir pisliğim ve buraya seni öldürmeye geldim. Beş yıl önce başladığım işi bitirme zamanı. Şimdi mavi taşı bana ver, seni fahişe."

"Defol git. Taş bende değil," dedi öksürüklere boğulan kadın. "Ölenlerden birinde olmalı."

Jessica çaresizce zaman kazanmaya çalışıyordu. Burbon Kid'le düşmanca bir tonla konuşmanın yararı olmayacağını anlamış olacaktı ki aniden taktik değiştirdi. "Onu neden birlikte aramıyoruz?" diye sordu işveli bir ses tonuyla.

Sanchez, bu değişimin Kid'in umurunda olmadığını fark etti. Adam iki kere daha ateş etti – bu sefer sol elindeki silahla. Bir kurşun sol dizkapağına, bir kurşun diğerine. Resmen Jessica'nın acıya dayanıklılığı test ediliyordu. Jessica'nın ne kadar acı çektiğini bilen Sanchez'in midesi bulandı. Belki bir süre daha hayatta kalırsa Kid'in kurşunları tükenir ve polis de olay yerine gelip onu kurtarırdı.

"Birlikte hiçbir şey yapmayacağız," diye karşılık verdi karanlık tip, hırıltılı sesiyle. Carlito'nun cesedinin yanına gitti. "Taşın bu adamlardan birinde olmadığını gayet iyi biliyorsun. Söyle bana, taş nerede?"

"Yemin ederim, bilmiyorum."

"Bir sonraki kurşunu suratına sıkacağım. Nerede o?"

"Sana söylüyorum. Bu adamlardan birinde." En yakınındaki cesedi işaret etti. "Galiba en son Jefe'deydi."

Kid duraksayıp Jessica'nın işaret ettiği yöne baktı. Jefe'nin kim olduğunu bilip bilmediğini anlamaya imkân yoktu. Ama tek bir şey düşündüğü açıktı: Ay'ın Gözü'nün o adamlardan birinde olduğuna inanmıyordu.

"Taşın artık onda olmadığı sence de aşikâr değil mi?" dedi öfkeli bakışlarını Jessica'ya çeviren Kid. "Taş onda olsaydı ölmezdi. Taş onu hayatta tutardı. Yani gönül rahatlığıyla, taşın ölülerden birinde olmadığını söyleyebilirim. Hayatta olan sadece sen, ben ve barmen varız. Taş bende değil ve barmen de ona dokunacak kadar cesur olmadığına göre, sende demektir."

Büyük bir gümbürtü, Jessica'nın ve Kid'in aynı anda kafalarını barın uzak köşesine, arka kapıya çevirmelerine neden oldu. Varillerden biri yere devrilirken, üstü başı kanlar içinde olan Kobra Kai kostümlü Peto ortaya çıktı. Ay'ın Gözü sol elindeydi. Daha ilginciyse diğer elinde kısa namlulu bir tüfek tutmasıydı.

"Hayatta olan biri daha var," dedi onlara doğru yürürken. Keşişin sesindeki değişim, Sanchez'i etkiledi. Artık oldukça hırıltılıydı.

Katliamdan sağ kurtulan keşiş, sol baldırına saplanan kurşun yüzünden topallıyordu. Ağzının kenarından sızan kanlara bakılırsa, iyi durumda olmadığı belliydi. Ama ölümcül bir yara alıp almadığını kestirmek güçtü.

"Eminim Hubal keşişlerinin bu kadar dayanıklı olduklarını bilmiyordun," dedi hırıltılı sesiyle. "Şimdi o silahları bırakıp bu hoş hanımdan uzaklaş bayım, yoksa vücudunu o kadar çok kurşunla doldururum ki hayatının geri kalanını kurşun kusarak geçirirsin."

Bu manzara Burbon Kid'i eğlendirmişti. "Canın cehenneme," dedi keşişe.

Bundan bir hafta önce olsa, Peto bu sözlerden çok rahatsız olurdu. Ama Santa Mondega'da geçirdiği süre içinde öyle küfürler duymuştu ki Kid'inkiler vız gelip tırıs gitti.

"Silahları elinden atmak için üç saniyen var, yoksa kafanı uçuracağım," dedi. Sesi ikna ediciydi. Sanchez, Peto'nun üç saniye içinde Burbon Kid'e ateş edeceğine inandı. Aslında içinden, bunu yapsın diye dua ediyordu.

"Üç..." dedi Peto dişlerinin arasından.

"İki," diye karşılık verdi korkmuş görünmeyen Burbon Kid.

Sanchez gözlerini kapamak istiyordu ama buna zaman yoktu. Keşiş geri saymayı bitirmese bile, Kid bitirecekti. Ama Kid'in gözdağı verişinden etkilenmemiş görünen Peto, saymayı kendi bitirdi.

"Bir."

Güm!

Peto'nun solundaki tuvaletin kapısı savrulup sonuna kadar açıldı ve Terminatör giysileri içindeki Dante dışarı çıktı. Tüfeğinin namlusu Peto'ya dönüktü.

"Yapma Peto," dedi keşişe.

"Dante, bu işe karışma. Seni ilgilendirmez."

"Evet, ilgilendirir. Ay'ın Gözü'nü alıp buradan git. Bu adamla ben ilgilenirim."

"Ama o, Kyle'ı öldürdü."

"Peto, sen bir keşişsin. Keşişler hangi nedenle olursa olsun adam öldürmez. Asla. Şimdi git, kıymetli taşını al ve geldiğin yere geri dön. İkile. Arka kapıdan çık ve ortadan kaybol." Dante, başparmağıyla arka kapıyı işaret etti.

Ağzı bir karış açık kalan Sanchez, Peto'nun karar vermesini bekledi. Sonsuzluk gibi gelen bir bekleyişin ardından, keşiş silahını indirip birkaç adım geriledi. Genç adamın kafasından neler geçtiğini anlamak istercesine Dante'nin güneş gözlüğünün kara camlarına baktı. Ne yazık ki camlardan hiçbir şey görünmüyordu.

Peto'nun üzerindeyse ihanete uğramış birinin havası vardı. Dante'yi iyi tanımasa da Hubal'ın dışında tanıştığı insanlar arasında en çok ona güvenmişti. Keşiş, Kyle'ın ölümünün intikamını almak istiyordu. Yine de Dante haklıydı. Keşişler adam öldürmezdi. Boynunu büküp geri geri Dante'nin yanından geçti ve arka taraftaki yangın çıkışından dışarı çıktı. Gözlerini bir an bile Burbon Kid'den ve silahından ayırmamıştı. Böylece, Ay'ın Gözü'yle birlikte ortadan kayboldu.

Geride, namlusunu Jessica'ya doğrultmuş olan Burbon Kid ve Dante kaldı. Dante de namluyu kadına çevirdi. Barın arkasından olanları izleyen Sanchez'in kafası iyice karışmıştı. Neden bu beş dakika önce altına yapacakmış gibi görünen zavallı, Terminatör kılığındaki bu serseri, aniden gölgelerin arasından çıkıp Burbon Kid'i savunmaya kalkmıştı? Kimdi bu adam ve Sanchez'in bilmediği ne biliyordu?

Elli Sekiz

Tutulma başladığında ve ay, güneşin önüne gelip ışığını kestiğinde, Dante aradığı fırsatı yakaladı. Belli ki yukarılarda birileri ondan yanaydı –belki melekler onun tarafını tutuyorlardı– ve o kişi her kimse, genç adama bir can simidi fırlatmıştı. Kacy'yle birlikte Tapioca'dan canlı çıkabilmek için, ellerine bulunmaz bir fırsat geçmişti.

Gün ışığı kaybolurken, masanın etrafındaki insanları bir belirsizlik, hatta panik duygusu sardı. Kimse, kimin kime silah doğrulttuğunu bilmiyordu. Dante hariç. O, her şeyi görmüştü. Sol taraftaki Burbon Kid'in boş kadehini bara vurduğunu ve ellerinde iki tam otomatik silah belirdiğini gördü. Önündeyse Kacy, El Santino, Carlito, Miguel, Jefe, Jessica ve iki keşiş vardı. Işığın azalışıyla hepsi gerilmişti. Ellerinde silah olan herkes diken üstündeydi.

Dante'nin başına gelene, sadece şans gözüyle bakmak zordu, belki de ilahi bir müdahaleydi. Kostümcüden Terminatör kıyafetini kiraladığı için şansına şükretti, çünkü kostümün özel bir yanı vardı. Onu seçtiğinde satıcı, genç adama bu özellikten bahsetmemişti. Unuttuğu, ufak bir detay mıydı? Elbette hayır, çünkü bu özellik, ufak bir detayın çok ötesindeydi. Dante'nin o anki durumu düşünüldüğünde çok büyüktü. Hayatiydi. Kostümcü Domino'nun hayat kurtaran bir lütfuydu bu – üstelik, genç adamın ekstra bir ücret ödemesi gerekmemişti.

Filmlerde, Terminatör kızılötesi görüş yeteneğine sahipti. Şimdi, güneşin son ışıkları kaybolup giderken, Dante kostümle birlikte kiraladığı ucuz gözlüklerin de kızılötesi olduğunu keşfetti. Bu sayede, güneşin kaybolduğu andan Burbon Kid'in ateş ettiği ana dek, olup biten her şeyi gördü. Doğruya doğru, her şey kırmızıya boyanmıştı ama o kadarı da yeterliydi.

İki barmen dışındaki herkes silahlarına uzanmıştı. Ne yapması gerektiğini bilen Sanchez, hemen barın arkasına saklandı. Mukka yeterince hızlı hareket edemedi ve deneyimsizliğinin bedelini hayatıyla ödedi. Artık, elinde silah olan herkes ateş ediyordu. Çoğu, kime veya neye ateş ettiklerini bilmiyorlardı ama bir önemi yoktu. O koşullarda herkesin umursadığı tek şey hayatta kalmaktı. İçgüdüler ve refleksler devreye girmişti. Dante de diğerlerinden farklı değildi ama onun için, kendisini kurtarmak kadar Kacy'yi kurtarmak da önemliydi. Kacy onu kurtarmaya gelmişti. Şimdi onu kurtarma sırası Dante'deydi.

Palyaço kostümünün kumaşından tutarak sevgilisini yere çekti. Kacy, şaşkınlıktan silahlarından birini düşürdü. Dante'nin onu sakinleştirecek zamanı yoktu. Elinden tutup onu barın arkasındaki tuvalete sürükledi. Kulakları sağır eden silah sesleri yüzünden, Dante'nin olanları açıklaması imkânsızdı. Kacy, dokunuşundan onu tanımalıydı. Keşke daha sık el ele tutuşmuş olsalardı... Yine de Kacy, yanındakinin Dante olduğunu anlardı. Yoksa anlamaz mıydı? Kacy

ADI OLMAYAN KİTAP

böyle şeylere önem veren kadınlardandı; içgüdüleri, ona elini tutanın Dante olduğunu söylerdi.

Dante, kadınlar tuvaletine ulaştıklarında, omzuyla kapıyı ittirip Kacy'yi içeri soktu. Kurşunlar uçuşmaya devam ediyordu. Tuvaletin kapısı açıldığında, bir iki kurşun içeri girip fayansları parçaladı. Çığlık atmadığına göre, Kacy yaralanmamıştı herhalde. Kapının diğer tarafına geçtikleri anda, genç kadın yere yığıldı. Güçlükle nefes alıyordu. Solukları, panik atak geçiriyormuş gibi düzensizdi.

"Dante, sen misin?" diye seslendiğinde, kapının diğer tarafından gelen silah sesleri yüzünden söyledikleri güçlükle duyuldu. Tuvaletin ışıkları yanmıyordu. Dante kızılötesi gözlüğüyle Kacy'yi görebiliyordu ama aynısı sevgilisi için geçerli değildi. Dante sözle yanıt vermek yerine, Kacy'nin yanağını okşadı. Kacy sakinleşti, solukları neredeyse normale döndü. Ama Dante'nin riske girmeye niyeti yoktu. Tuvaletin kapısını aralayıp barda neler olduğuna baktı.

İlk devrilen Carlito'ydu. Burbon Kid'in silahından çıkan kurşunlar fedainin işini bitirdi. Burbon Kid, geri kalan herkesin toplamından daha çok kurşun sıkıyordu. Üstelik rasgele ateş etmiyordu, neredeyse her kurşunu hedefi tutturuyordu. Ve ilk on küsur kurşunun hedefi Carlito'ydu. Ardından Kyle ve sonra El Santino. Keşişi haklayan, aslında mafya babasıydı. Silahıyla rasgele her yöne ateş etmiş ve tesadüfen Kyle'ı tutturmuştu. Keşişlerin yaşça daha büyük olanı, kafasının yarısı parçalanmış olarak yere yığıldı. Onun cesedi yere düşerken, Dante nereye ateş ettiğini bilen Burbon Kid'in silahlarından birinin namlusunu Jefe'ye doğrulttuğunu gördü. Kelle avcısı da El Santino gibi hiçbir şey görmeden, rasgele ateş ediyordu.

Dante, karanlıkta görebilen tek kişinin kendisi olmadığı-
nan artık emindi. Kid de mükemmel görüyordu. Sol elindeki
silahla, Jefe'nin Freddy Kruegger maskesinin göz kısmına
nişan aldı. Kelle avcısı böylece eşek cennetini boyladı. İpleri
kopan maske yere uçtu. Jefe düşerken sağ elindeki silah da
diğer köşeye savruldu ve adamın zincirin ucundan çıkardığı
Ay'ın Gözü, avucundan kayıp yere yuvarlandı.

Taş, nereye gideceğini biliyormuşçasına cesetlerin ara-
sından yuvarlandıktan sonra, masalardan birinin altına
saklanan Peto'nun önünde durdu. Eline değer değmez taşı
tanıyan Peto, çabucak mücevheri alıp sakladı. İskemlelere
çarpa çarpa barın diğer tarafına gidip viski fıçılarının arka-
sına saklandı.

Barın her tarafında, insanlar sinekler gibi ölüyordu. Dan-
te, Miguel'in öldüğünü gördü, onu da Burbon Kid mıhlamış-
tı. Normalde Dante'nin dikkati, onca kişiyi haklayan adamda
olurdu ama bu sefer değil. Dante'nin dikkati, Miguel'in ölü-
münden hemen sonra Kedi Kadın'a kaymıştı.

Onun da karanlıkta görebildiği aşikârdı. Herhangi bir
kedinin hareket edebileceğinden çok daha hızlı hareket edi-
yor, kurşunlardan kaçıyor, ölenlerin ve ölmekte olanların
gövdeleri arasından geçip âşığı Jefe'nin cesedine ulaşmak
için elinden geleni yapıyordu. Kadın için oldukça külfetli bir
işti bu. Ne zaman kelle avcısının cesedine yaklaşsa, Burbon
Kid silahlarından birini ona çevirip kurşun yağmuruna tu-
tarak kadını geri çekilmeye zorluyordu. Dante, başlangıçta
kadının kurşunlardan kurtulmasının tesadüf olduğunu san-
dı ve kadının hayatta kalması için dua etti. Derken, fikrini
değiştirmesine neden olan bir şey gördü.

Kedi Kadın –ya da Jessica, ama Dante kadının adını bilmiyordu– kurşunlardan kaçmaktan sıkılmıştı. Aniden, az önce oturdukları büyük masaya sıçradı ve kayarak Jefe'nin kanlı cesedinin üstüne atladı. Kollarının ne kadar güçlü olduğu, iri kelle avcısını tüy kadar hafifmiş gibi kucağına almasından belliydi. Sonra daha garip bir şey oldu, kadının gözleri parlak kırmızıya döndü ve kontrolden çıkmışçasına, önüne çıkan her şeyi parçalamaya başladı. Adamın önce giysilerini soydu, sonra derisini yüzdü. Derken kadının ağzında, Bengal kaplanlarını bile kıskandıracak dişler belirdi, tırnakları uzadı ve elleri pençeye dönüştü. Kedi olmadığı kesin, diye düşündü Dante, ama insan da değil. Kadın, kendini işine öylesine kaptırmıştı ki Burbon Kid'e dikkat etmiyordu. Havada kurşunlar uçuşurken Tapioca'ya girecek kadar aptal olan tek adama da dikkat etmedi. Elvis. Barda ne işi vardı?

Burbon Kid, Elvis taklitçisinin içeri girdiğini fark etti ve bir anlığına da olsa, iriyarı adamın varlığı dikkatini dağıttı. Elvis kıyafetinin iki tarafındaki sarı çizgiler karanlıkta parlıyordu ama Kid'i alarma geçiren bu değildi. Elvis benzerinin, çifte namlulu tüfeğini üzerine doğrultmasıydı. Adamın silahı nereye doğrulttuğunu bilip bilmediğini söylemek imkânsızdı, namluyu tesadüfen, içeridekilerin çoğunu öldüren silahşora doğrultmuş olabilirdi.

Bu adam çıldırmış olmalı, diye düşündü Dante. Yoksa o karanlıkta içinden silah sesleri gelen bir bara neden dalsın? Burbon Kid, adamın deli olup olmadığını öğrenmek için oyalanmadı. Silahlarını yere fırlattı ama daha onlar yere düşmeden, ellerinde iki küçük silah belirdi. Bu silahlar, gömleğinin kolundan kayıp doğrudan avuçlarına oturmuştu. Tetiği çekmeye fırsat bulamayan Elvis, gözlerine yediği kurşunlarla geriye savrulup parkelerin üstüne yığıldı. Tuvalette-ki Dante bile, devrilen gövdenin yarattığı sarsıntıyı hissetti.

Dikkatini yeniden Jessica'ya çeviren Kid, kadına ateş et-meye başladı. Kadınsa Jefe'den kalanları parçalamakla meş-guldü ve etrafında olup bitenler umurunda değildi. Bu yüz-den kolay bir hedefti ve Burbon Kid de bu avantajı sonuna kadar kullandı, kadına kurşun üstüne kurşun sıktı.

Artık dünyayı kırmızılar içinde görmeye alışmış olan Dante, kimin kime ateş ettiğini seçebiliyordu. Bardaki her-kes ya ölmüştü ya da ölmek üzereydi, teoride Kid tarafın-dan kurşun yağmuruna tutulan Kedi Kadın da farklı olma-malıydı. Ama kadın, Dante'nin şaşkın gözleri önünde, geri kalan herkes gibi yere yığılacağına akıl almaz bir şey yaptı. Havaya sıçradı. İnanılmaz bir güç gösterisi eşliğinde Jefe'nin cansız vücudunu da yanında götürerek tavana doğru zıpladı. Adamın ağırlığı kadınınkinin en az iki katıydı ama Jessica onu taşımakta güçlük çekmiyordu. Ardından cesedi tavana çaktı ve altında uçmayı sürdürerek giysileriyle derisini par-çalamaya devam etti. Bir şeyi aradığı belliydi – aradığının Ay'ın Gözü olduğunu bilmek için dâhi olmak gerekmezdi. Ama Dante, Göz'ün Jefe'de olmadığını biliyordu. Mücevher, birkaç metre ötedeki varillerin arkasına saklanan Peto'daydı. (Kedi Kadın'ın keşişi görmesine imkân yoktu.)

Jessica sonunda mavi taşın Jefe'de olmadığını kavradı-ğında, pençeye dönüşen elini adamın göğüskafesine sokup kalbini söktü. Sanki taşı yutmadığına emin olmak için, ada-mın iç organlarını kontrol ediyordu. O kadar çaresiz durum-daydı. Jefe'nin gövdesinden kanlar damlıyor, bağırsakları havada sallanıyordu.

Korkulan bir adam için ne kadar onursuz bir ölüm, diye düşündü Dante.

Burbon Kid kadının ne yaptığını görmüş ve silahlarını yukarı çevirmişti. Artık ateş edecek kimse kalmadığı için, Jessica'ya konsantre olabiliyordu. Kadının vücuduna o kadar fazla kurşun saplandı ki sonunda yere yığılması sürpriz olmadı. Jessica çok önce silahını düşürdüğü için, tek yapabildiği, kurşunların isabet etmesini engellemek istercesine ellerini yüzüne siper etmekti. Burbon Kid yirmi saniye daha kadını kurşun yağmuruna tuttu, sonunda cephanesi bitti ve iki silahını yere fırlattı. Silahşor soluklanıp cephane ararken, Jessica yerdeki cesetlerden birinin altına saklandı.

Bunu takip eden sessizlikte, Kid ceplerini kontrol edip kurşun aradı ama tüm kurşunları bitmişti. Etrafı gözden geçirdi. Elvis taklitçisinin cesedini gördüğünde gözleri parladı. Yanına gidip elinden silahını aldı ve cephane var mı diye kostümünün ceplerini kontrol etti. Derken Kid, Elvis'in cesediyle oyalanırken tutulma sona erdi ve gün ışığı yavaş yavaş Tapioca'nın kapısından içeri süzüldü.

Dante hiçbir şey hakkında hiçbir şey bilmediğini kabul etse de Kedi Kadın'dan hoşlanmadığına karar vermişti. Öncelikle insan değildi. Daha kötüsü, kadın, bela demekti. Kaç kere vurulursa vurulsun ölmüyordu ve insanüstü güçleri vardı; örneğin uçabiliyordu. Ay'ın Gözü'nü almaya gelen Karanlıklar Lordu, olsa olsa bu kadın olabilirdi. Acımasız sürtüğün teki olduğu şüphe götürmezdi.

Tuvaletin kapısını kapayıp birkaç saniye dışarıda gördüklerini değerlendirdi. Dehşet içindeki Kacy, silahını Dante'ye uzattı. Artık dayanacak gücü kalmamıştı. Genç adamı kurtarmaya gelmekle büyük bir cesaret örneği göstermişti ama doğru olanı yapma ve sevdiği kadını koruma sırası artık Dante'deydi. Elektrik düğmesine bastığında içeriyi kaplayan ani aydınlık, ikisinin de gözlerini aldı. Dante son bir kez Kacy'nin güzel ve ürkmüş yüzüne baktı. Bunun, kadını son görüşü olabileceğini bildiği için, o anın tadını çıkardı. Ardından eğilip uzattığı silahı aldı. Şimdi, erkekliğini ispatlama zamanıydı. Hem kendine, hem Kacy'ye.

"Başka kurşunun var mı Kacy?" diye sordu alçak sesle.

"Dante, dışarı çıkma," diye yalvardı Kacy. "Burada kalıp polislerin gelmesini bekleyelim." Dante başını sallayıp gülümsedi ama ikna olmamıştı. Kacy'nin palyaço kıyafetinin cebine uzandı ve on ikilik şarjörü çıkardı.

Dante, Burbon Kid'e yardım etmesi gerektiğini biliyordu. Bunu söyleyen, sadece içgüdüleri değildi, aynı zamanda özgür dünyanın kaderinin Kid'in ellerinde olduğu hissiydi. Kedi Kadın kılığındaki sürtüğün işini bitirmeliydiler. Kadın kötü olduğuna göre, Kid'in iyi adam olması gerekmez miydi? Eh, belki öyleydi belki değildi ama en azından insandı. Dante, adamın son Ay Festivali'nde işlediği cinayetlerle ilgili hikâyeler duymuştu ama şimdi taraf seçecekse, seri katilin tarafını tutacaktı, Kedi Kadın kılıklı uçan canavarın değil. Zaten hemen bir şey yapmayacak olursa, kendisinin ve Kacy'nin öleceğinden emindi.

Zavallı Kacy'nin kafası karışmış görünüyordu. Yalvarırcasına Dante'ye bakıyor, içinden kendisiyle kalmasını diliyordu.

"Endişelenme tatlım, geri döneceğim," dedi Dante.

Silah sesleri gerçekten kesilmişti. Artık içeriden mırıltılar geliyordu. Dönüp banyonun kapısını bir tekmede açtı, kapı yan duvara yapıştı. Dante derin bir nefes alıp dışarı çıktı. Tam karşısında Peto duruyordu, silahının namlusunu Burbon Kid'e doğrultmuştu. Dante, Peto'nun kafasına nişan aldı.

"Yapma Peto," dedi.

"Dante bu işe karışma. Seni ilgilendirmez."

"Evet, ilgilendirir. Ay'ın Gözü'nü alıp buradan git. Bu adamla ben ilgilenirim."

"Ama o, Kyle'ı öldürdü."

"Peto, sen bir keşişsin. Keşişler hangi nedenle olursa olsun adam öldürmez. Asla. Şimdi git. Kıymetli taşını al ve geldiğin yere geri dön. İkile. Arka kapıdan çık ve ortadan kaybol." Dante, başparmağıyla arka kapıyı işaret etti.

Peto bir saniye kadar Dante'nin dediğini yapıp yapmamayı düşündü. Bir irade savaşına tutuştular. Ama sonra keşiş, başka ne yapacağını bilemiyormuş gibi başını öne eğdi. Gözlerini bir saniye bile Burbon Kid'den ayırmadan geri geri yürüyerek yangın çıkışına gitti. Oraya ulaştığında, sol ayağının topuğuyla ittirerek kapıyı açtı ve yine geri geri dışarı çıktı.

Geriye kaldı üç kişi. Jessica artık yerdeydi, yan devrilmiş masaya sırtını yaslamıştı. Kedi Kadın maskesinin altındaki yüz, normale dönmüştü. Dante silahını doğrultup ateş etti, kadını alnından vurdu. Beyin parçaları etrafa saçıldı. Burbon Kid, bu işareti bekliyormuşçasına Elvis taklitçisinden aldığı silahtaki kurşunları kadının üstüne boşalttı. Dante ve Kid, bir dakika boyunca hiç durmadan ateş ettiler, kadında kemik parçaları, kıkırdak ve kan dışında bir şey kalmayana dek durmadılar. Kurşunları bittiğinde ve silahlarını indirdiklerinde Dante, yerde yığılı duran pisliğe baktı. Kadının şeytani olduğunu ve fırsat bulsa kendisini ve Kacy'yi hiç düşünmeden öldüreceğini bilse de suçluluk duymaktan kendini alamadı. Arabasıyla, yanlışlıkla köpeği Hector'u çiğnediği zamanı hatırladı. Hiçbir zaman hatalı olduğunu düşünmemişti ama köpeğinin son nefesini verdiğini görmek, kendini içi parçalanıyormuş gibi hissetmesine yol açmıştı. Bilerek olsun olmasın, başka birinin hayatını almaktan kötüsü yoktu. Ne kadar süslerseniz süsleyin, iyi bir his değildi.

Burbon Kid, Dante'nin yaşadığı fırtınaları yaşamıyordu. Sol elindeki silahı fırlatıp içcebinden bir paket sigara çıkardı. İşaretparmağıyla paketin altına vurduğunda, ön taraftan bir sigaranın ucu göründü. Paketi ağzına götüren silahşor, dişleriyle sigarayı çekip ağzının sol tarafına yerleştirdi. Sigaranın ucu, paketten çıktığı anda kendi kendine yanmıştı. Belki içerisi barut dumanıyla kaplı olduğu için, en ufak bir sürtünme sigaranın yanmasına yetmişti. Sebebi ne olursa olsun çok havalı bir numaraydı. Kid sigarasından bir nefes alıp Dante'ye baktı.

"Teşekkürler ahbap. Sana borçlandım. Hadi eyvallah."

Bu sözün ardından, arkasını dönüp Tapioca'dan çıktı. Çıkarken cesetlerden bir ikisine bastıysa da, ne nereye bastığına baktı ne de arkasını kontrol etti. Burbon Kid gitmişti. Barın her yanı, öldürdüğü insanların paramparça olmuş cesetleriyle dolmuştu. Kanlı vücutlar, kopmuş uzuvlar, kurşun deliklerinden tüten dumanlar... Masalarla iskemlelerin üzerleri masumların ve serserilerin etleriyle, kanlarıyla kaplıydı. Ve bir de Dante vardı, kavgaya karışıp da hayatta kalan tek kişi, hepsinin ortasında duruyordu. Kadınlar tuvaletine döndü. Kacy, kabinlerden birine saklanmıştı. Başını kollarının arasına almış ağlıyordu. Son kurşun yağmuru genç kadını dehşete düşürmüştü ve erkek arkadaşının sağ kalıp kalmadığına bakmaya cesaret edemiyordu. Dante, sevgilisine gülümsedi.

"Hayatta kalmak istiyorsan benimle gel," dedi Schwarzenegger'i taklit ederek.

Kacy başını kaldırıp dünyadaki en mutlu kız kendisiymiş gibi gülümsedi.

"Seni seviyorum."

"Biliyorum."

Dante, genç kadına bakıp sırıttı.

Cesetlerin ve parçalanmış masa ve iskemlelerin üstünden atlayarak bardan çıktıkları sırada, Kacy aniden durup Dante'nin koluna dokundu.

"Hey, on bin dolarımız bu adamlardan birinde olabilir. Üzerlerini aramak ister misin?"

Dante gülümseyip başını iki yana salladı.

"Tatlım, bugün bir şey öğrendim. Paraya ihtiyacım yok. Sen yanımdasın ya bana yeter. İhtiyacım olan tek şey sensin."

"Emin misin hayatım?"

"Elbette eminim. Sen ve moteldeki yüz bin dolar. Para hâlâ duruyor değil mi?"

"Emin olabilirsin."

Dante ellerini Kacy'nin boynuna dolayıp onu kendine çekti ve dudaklarına ateşli bir öpücük kondurdu.

"Sen dünyadaki en muhteşem kız arkadaşsın Kacy," dedi güneş gözlüğünün arkasından göz kırparak. Kacy de göz kırparak karşılık verdi.

"Biliyorum."

Elli Dokuz

Sanchez'in bir içkiye ihtiyacı vardı. Barın arkasındaki şişelerden tek sağlam kalan, kaliteli burbonun durduğu şişeydi. Sidik şişesi bile parçalanmıştı ve Sanchez'in içinden bir his, şişedekilerin kendi üstüne sıçradığını söylüyordu. Hiç şüphesiz, Burbon Kid'in marifetiydi.

Artık barda kendisinden başka tek bir canlı bile yoktu. Kahrolası Kid yeniden bütün müşterilerini öldürmüştü, sonra Terminatör kılıklı herif gelip Jessica'yı öldürmesine yardım etmişti. Kadın artık, ne kadar ölü olunabilirse o kadar ölüydü. Sanchez, beş yıl öncesini de göz önünde bulundurarak durumu değerlendirdi. Uçarı kaçarı yoktu, sonraki aylarda barı eski haline getirebilmek için çok çalışması gerekecekti.

Tam burbon şişesini kafasına dikecekken barın kenarında duran viski kadehini gördü. Her nasılsa kurşun yağmurundan kurtulmayı başarmıştı. Herhalde Kid'in kadehiydi. Sanchez kadehi ağzına kadar burbonla doldururken kendi kendine gülümsedi. Belki Kid'in kadehinden içmek ona uğurlu gelirdi.

İçkiyi bir dikişte bitirdi ve kendine bir kadeh daha doldurdu. Barı temizleme zamanı. Kısa süre sonra polislerin gelip her zamanki soruları soracaklarını biliyordu. Bu yüzden polisler gelip kendisinden önce davranmadan, cesetlerin ceplerini kontrol etmeye karar verdi. Bulduğu paraları cebe indirebilirdi. Barı elden geçirmenin ne kadar pahalıya patlayacağı düşünülürse, böyle bir fırsatı kaçırmak aptallık olurdu. İkinci kadehi dipledikten sonra işe koyuldu.

Polis sirenleri duyulduğunda, cesetlerden yirmi bin dolara yakın para toplamıştı. Banknotları pantolon ceplerine doldurdu. Cesetler tanınamaz halde oldukları için, vicdanı daha da rahattı. Sıra Jessica'ya geldiğinde, önce kadının üstünü aramak istemedi. O, beş yıldır gizliden gizliye âşık olduğu kadındı. Komada olduğu süre boyunca, kadının bir gün uyanıp kendisine teşekkür etmesini ummuştu. Kim bilir, belki o da Sanchez'e âşık olurdu. Nabzına baktı. Artık sefer kesinlikle ölüydü. Yerdeki en az kana bulanmış bar havlusunu alıp kadının parçalanmış yüzünü örttü. Ne ziyan... Ne kadar yazık...

"Sağ kalan biri mi var?" diye sordu arkasından gelen bir ses.

Sanchez dönüp baktığında, bara yaslanmış gri paltolu adamı hemen tanıdı. Dedektif Archibald Somers'tı – hayatını Burbon Kid'i bulmaya adayan işi bitmiş polis. Ne kadar başarısız olduğu, Tapioca'nın halinden belliydi.

"Hayır, kadın ölmüş."

"Emin misin?"

"Nabzı atmıyor ve nefes almıyor. Tahminimce, yediği yüz elli üç kurşundan biri onu öldürmüştür."

Somers bardan uzaklaşıp cam kırıklarının üstüne basarak Sanchez'e doğru ilerledi.

"Alaycılığa gerek yok, tamam mı? İfadeni almamız gerekecek. Burbon Kid miydi?"

Sanchez, Dedektif Somers'ın, kabarık pantolon ceplerini görmemesine özen göstererek ayağa kalkıp barın arkasına geçti.

"Evet, yine oydu," dedi bezgin bir sesle. "Bu sefer ona yardım eden bir herif daha vardı. Terminatör kılığında biri. Bence, kardeşimi ve eşini de o ikisi öldürdü. Herhalde Elvis'i de onlar öldürmüştür."

"Şu adamı mı?" diye soran Somers, barın girişindeki Elvis taklitçisini işaret etti.

"Hayır, o adam yanlış zamanda yanlış bara giren bir salak."

"Zavallı serseri."

"Evet, o ve diğer yüz kişi. Hepsi şanssız serseriler. Söylesene, bir içki ister misin dedektif?"

"Elbette. Neyin var?"

"Burbon."

Somers derin bir iç çekti. Kid gitmişti ama burbon su gibi akıyordu.

"Lanet olsun. Doldur bakalım."

Yorgun dedektif, Sanchez'in biraz önce durduğu yere gidip Jessica'nın cesedine baktı.

Sol kolundan kalanlara dokunup nabzını aradı.

"Sana söyledim. Kadın ölü," diye seslendi Sanchez barın arkasından. Sağlam kalan tek kadehe (biraz önce kendisinin içtiği kadehe) burbon doldurdu.

O sırada, gri takım elbiseli ikinci polis Tapioca'ya girdi ve Elvis taklitçisinin ayağına takılıp sendeledi. Bu gelen Miles Jensen'dı. Sanchez onunla birkaç gün önce, Thomas ve Audrey'in ölümüyle ilgili anlamsız sorular sormak için bara uğradığında tanışmıştı. O zaman da adama bir şey söylememişti, şimdi de söylemeye niyeti yoktu. Polisleri sevmezdi.

"Tanrım, bu ne pislik," dedi dengesini toplayan Jensen. "Bir Elvis daha mı öldü? Kahretsin, kimsenin Kral'a saygısı kalmadı mı?"

"Sen de burbon ister misin?" diye homurdandı Sanchez.

"Başka neyin var?"

"Hiçbir şeyim."

"O zaman kalsın."

Jensen, Jessica'nın cesedinin başına çömelen Somers'ın yanına gitti. Önlerinden geçerken, cam kırıkları içinde yatan Carlito ve Miguel'i tanıdı. Bar kan gölüne dönmüştü. Önceki gece kendisine yaşattıklarından sonra, adamların öldüğünü bilmenin onu rahatlatması gerekirdi ama öyle olmadı. Zaten şimdi bunları düşünecek zaman değildi, çünkü masum insanlar ölmüştü. Onlardan biri de Somers'ın yüzünü kirli bar havlusuyla örttüğü genç kadındı.

"Sağ mı?" diye sordu Jensen.

"Hayır, ölmüş. Sanchez dışındakilerin hepsi ölü," dedi Somers ayağa kalkarken. "Olay yeri ekibini çağırsak iyi olur. Belki haber uçurup Burbon Kid'i uzaklaşmadan yakalayabiliriz. Sanchez'e göre, Terminatör kılığına girmiş bir suç ortağı var."

Jensen şimdi Somers'ın neden son beş yılı Burbon Kid'i yakalamaya çalışarak geçirdiğini anlıyordu. Bu adamlardan bazıları, sırf psikopatın teki içkiyi kaldıramıyor diye hayatını kaybetmişti. Kimsenin ailesi böyle bir acıyı tatmamalıydı.

"Gidip ambulans çağıracağım."

"Hayır, ben hallederim," dedi keşişin cesedine bakıp başını iki yana sallayan Somers. "Sen burada kalıp Sanchez'in ifadesini al."

Bara gidip Sanchez'in doldurduğu burbon kadehine baktı. Hemen ardından suratını buruşturdu.

"Yeniden düşününce, sanırım ben de içmeyeceğim," dedi. "Olaydan sonra uygunsuz kaçıyor. Aslında kimileri, bu içkiyi ikram etmenin bile uygunsuz olduğunu söyleyebilir. Ayrıca sidik kokuyorsun."

Somers cesetlere bakıp başını iki yana sallayarak dışarı çıktı. Bunca masum hayatın ziyan olması, onu gerçekten üzmüş görünüyordu.

Jensen, Tapioca'ya daha çabuk gelemedikleri için kendini kötü hissetti. Belki Sanchez'den işe yarar bir şeyler öğrenmeyi başaran ilk kişi olup kendini affettirmeyi ve Somers'ı şaşırtmayı başarabilirdi. Yere devrilen bar taburelerinden birini alıp bara götürdü ve tabureye oturdu.

"Söylesene Sanchez," diye söze başladı. "Burası sence de sidik kokmuyor mu?"

"Kokuyor." Sanchez omuz silkti. "İfademi hemen şimdi mi alman gerekiyor?"

"Hayır." Jensen gülümsedi. Belki şimdi şansını zorlamakla hata ediyordu. "Yarın karakola gelip ifade verebilirsin."

"Teşekkürler dostum."

"Boş ver gitsin."

Jensen, Somers'ın burbon kadehini önüne çekip bir yudum aldı. Ilıktı ve içinde talaş parçalarını andıran şeyler vardı. Sonuç, gerçekten berbattı.

"Tanrı aşkına! Ne berbat bir içki. Kid'in bunu içince delirmesine şaşmamalı." Laf ağzından çıkar çıkmaz suratını buruşturdu. Gerçekten bu kadar düşüncesiz bir laf mı etmişti? İnsanların kötü esprilere ve zevksiz yorumlara alışkın olduğu böyle bir mekân için bile aşırıydı. Sanchez'in yüzüne baktı. Ama o hiç de aldırmış görünmüyordu.

"Özür dilerim. Kötü espriydi."

"Boş ver."

Jensen, dudaklarından böyle zevksiz yorumlar dökülürken, sorgulama işini uzatmamaya karar verdi. Tabureden kalkıp ceketinin cebine uzandı. Sanchez bir adım geri çekildi.

"Her şey yolunda Sanchez, sadece cüzdanımı çıkarıyorum," diyen Jensen gülümsedi.

"Gerek yok. İçkiler benden," dedi Sanchez.

Jensen cüzdanını çıkarıp açtı. İçinden kırmızı bir kartvizit alıp uzattı.

"İşte kartım. Cep telefonum orada yazıyor. Burbon Kid'le ilgili önemli olduğunu düşündüğün bir şeyler hatırlarsan beni arayabilirsin." Kartviziti, yarısı içilmiş burbon kadehinin üzerine bıraktı. Sanchez kartı kadehin üzerinden alıp arka cebine soktu.

"Elbette. Teşekkürler dedektif. Bir şeyler hatırlarsam ararım."

"Kolay gelsin Sanchez."

Jensen kapıya doğru ilerledi, ayağı bir kez daha Elvis taklitçisine takıldı. Sanchez'in fark edip etmediğini görmek için bara doğru baktı. Fark etmiş olacak ki başını sallıyordu. Jensen dişlerini sıkarak gülümsedi. *Ne utanç verici.* Sanchez onun Müfettiş Clouseau'nun bir benzeri olduğunu düşünmüştü herhalde.

Gerçekse tam aksiydi. Dedektifin sakarlığı, Sanchez'in suçluluk duymasına ve bir zeytin dalı uzatmasına neden oldu.

"Hey dedektif, şimdi aklıma bir şey geldi," diye seslendi. "Terminatör kılığındaki adam, sarı bir Cadillac kullanıyor."

Miles Jensen olduğu yerde donup kaldı.

"Ciddi misin? Sarı bir Cadillac mı?"

"Evet."

"Ne komik, Somers bunu duyana kadar bekle," dedi bir kahkaha atan Jensen.

"Bu kadar komik olan ne?" diye sordu Sanchez.

"Hiiiç," dedi Jensen. "Somers'ın sarı Cadillac'ı dün gece çalındı da... Bütün gün öfke içindeydi. Halini görmeliydin."

Dedektif dışarı çıkıp arabasına giderken, barın arkasındaki Sanchez düşüncelere daldı. Sarı Cadillac'ın sahibi Somers mıydı? Bu ne anlama geliyordu? Thomas ve Audrey'i Somers mı öldürmüştü? Öyleyse, Elvis'i de mi o öldürmüştü? Ama bu konuyu uzun uzadıya düşünemeden, belirsiz bir hareket, dikkatini masaların arasına çekti. Sonra bir öksürük sesi duydu. Jessica'ydı. Barın arkasından çıkıp kadının yanına çömeldi ve havluyu yüzünden çekti. Yeniden nefes alıyordu. Hâlâ hayattaydı, ama güçlükle dayanıyordu. Kadının yüzünün bir kısmı, hücreleri yenileniyormuş gibi eski haline dönmüştü. Bu bir tür mucizeydi. Birkaç dakika önce Sanchez nabzını kontrol ettiğinde kadın ölüydü. Somers adlı yaşlı dedektif de nabzını kontrol edip ölü olduğunu doğrulamıştı. Ama şimdi, kadın yeniden hayattaydı! Nasıl olduğu Sanchez'in umurunda değildi. Tek bildiği, kadına bakmanın kendisine düştüğüydü. Bu, Tanrı'dan bir işaretti. Onlar, birlikte olmak için yaratılmışlardı. Bu sefer ona kendi bakacak, iyileşmesini sağlayacaktı.

Cesedi arka odaya taşırken, ambulansların seslerini duydu. Geçen seferki gibi, kadını saklaması gerekecekti. Kimseye güvenemezdi. Hayatta olduğu duyulursa, Burbon Kid geri gelebilirdi. Belki beş yıl daha sürerdi, belki daha çok, belki daha az, kim bilir... Ama Sanchez, kadının iyileşmesini sağlayacaktı.

Ve belki bu sefer, kadın da ona teşekkür ederdi.

Altmış

Şef Rockwell, Mistik Leydi'nin evine girdiğinde, Teğmen Scraggs'ı falcının gövdesinin durduğu koltuğun yanına bir koltuk çekmiş otururken buldu. Teğmen, masadaki kitabın sayfalarını karıştırıyordu. Şefinin içeri girdiğini görünce, neredeyse korkudan küçükdilini yutacaktı.

"Lanet olsun Scrubbs, sana hiçbir şeye dokunmamanı söylemedim mi?" diye bağırdı Rockwell öfke içinde.

"Evet, söylediniz şefim ama bunu görmelisiniz. Bu kitap her şeyi açıklıyor."

"Açıklasa iyi olur."

Scraggs birkaç sayfa geri gidip kitabı masaya yaklaşan Rockwell'e çevirdi. Emirlerine uyulmamasından hiç hoşlanmadığını açıkça belli eden polis şefi, buz gibi bakışlarını teğmenin suratına dikti.

"Ee, neye bakmamı istiyorsun?" diye sordu.

Scraggs soldaki sayfayı işaret etti. Kollarını birbirinin omzuna atmış iki adamın resmiydi. İkisi de yüzlerce yıl önce yaşadıkları izlenimi uyandıran uzun cüppeler giymişlerdi, kitabın sararmış sayfaları da bu izlenimi doğruluyordu. Cüppeli adamlardan birinin elinde içinde kırmızı bir sıvı olan altın bir kadeh vardı. İkisi de mutlu, hatta kendilerinden geçmiş görünüyorlardı.

"Efendim, resmin altını okuyun," dedi Scraggs.

Rockwell, Scraggs'ın kendisine emirler yağdırmasından hoşlanmasa da resmin altında yazanları okudu.

Armand Xavier ve İsmail Taos, 526 yılında Kutsal Kâse'yi bulup içindekinin tadına baktı.

"Hepsi bu mu?" diye sordu Rockwell. "Bu da ne böyle? Hiçbir şey anlamadım."

"Resimdeki adamlara bakın efendim. Birini tanımıyor musunuz?"

Şef Rockwell, bu sefer adamların yüzlerine konsantre olarak resme yakından baktı. Birkaç saniye sonra kaşlarını çatıp Scraggs'a döndü.

"Soldaki herif, Somers denilen pisliğe benziyor."

"O Armand Xavier."

"Kitapta başka resmi var mı?"

"Evet. Şuna bakın." Scraggs bir sürü sayfa çevirip başka bir resmi buldu. Bu seferkinde grup halindeydiler. "Bu fotoğraftakilerden bazılarını tanıyorsunuzdur şefim."

Rockwell dört adamın ve bir kadının yer aldığı resmi inceledi. Altında şöyle yazıyordu:

Karanlıklar Lordu Xavier ve ailesi – Yenidünya' daki şehirlerden Santa Mondega'da yaşadıkları sanılıyor.

"Karanlıklar Lordu Xavier," dedi Rockwell. Kafası karışmış gibi başını salladı. "Bu resimdeki, kesinlikle Somers. Diğer üçüne gelince – El Santino ve iki ibne fedaisi. Birileri bizimle dalga geçiyor olmalı."

Scraggs başını iki yana salladı. "Bir süredir kitabı okuyorum şefim. Daha doğrusu resimleri kontrol ediyorum. Anlayabildiğim kadarıyla, bu Armand Xavier denilen adam ve en iyi arkadaşı İsmail Taos, İsa'nın kanını içip ölümsüz olmuş."

"Saçmalık bu!"

"Ben de biliyorum. Ama şunu dinleyin, hikâyeye göre, bir kadın yüzünden araları açılmış. Sanırım resimdeki kadın o."

"Kimmiş bu kadın?"

"Galiba Jessica diye biri. Kitaba göre, Xavier ölümsüz olmaktan çok sıkılmış. Sonsuzluğu biriyle paylaşabilmek, asla kendisini bırakmayacak, asla ölmeyecek bir hayat arkadaşı istiyormuş. Derken, Jessica denilen kadınla tanışmış. Kadın, vampir ya da öyle bir şey. Böylece kadın onu ısırdığında, ölümsüzlüğün de ötesine geçmiş. Damarlarında hem İsa'nın hem de vampir kanı dolaştığı için, kan emicilerin liderine dönüşmüş. Karanlıklar Lordu adı da oradan geliyor."

Rockwell, kariyeri boyunca bu kadar zorlama bir hikâye duymamıştı. Yine de şöyle bir düşününce, bu hikâye sayesinde bazı detaylar anlam kazanıyordu. Derin bir nefes alıp yanaklarını şişirdi ve hafifçe iç çekti.

"Lanet olsun. Hiçbiri gerçek olamaz." Kafasını kaşıyıp kaşlarını çattı. "Ama bu söylediklerin, buraya neden doğaüstü olayları araştıran bir dedektif atadıklarını açıklıyor. Sence Jensen bunları biliyor mudur?"

"Onu aramaya çalıştım. Telefonu kapalıydı ama mesaj bıraktım."

"İyi iş çıkarmışsın Scrubbs. Ona ne kadarını anlattın?"

"Fazla bir şey değil. Somers'tan uzak durmasını ve fırsat bulursa bizi aramasını söyledim."

"İyi düşünmüşsün teğmen. Lanet kitapta başka ne buldun? Diğer adamla, Taos'la ilgili bir şey var mı?"

"Ben de tam ona geliyordum," dedi kitabı yeniden önüne çeken Scraggs. "Anlaşılan, Ay'ın Gözü'nü bulup Xavier'in ulaşamayacağı bir yere saklamış."

"Başka?"

"Şimdilik bulduklarım bu kadar efendim. Kitabı okumak birkaç günümü alır, şimdilik sadece şöyle bir göz attım."

"Burbon Kid'den bahsediliyor mu?"

"Hayır, bahsi geçmedi. En azından şimdilik."

Bam!

İki adam aynı anda havaya sıçradı. Kapıya dönüp silahlarını çektiler. Duydukları, silah sesiydi. Dışarıdan geliyordu. Sokaktan gelen çığlıklara bakılacak olursa, memur Quaid artık kapıda nöbet tutmuyordu.

"Kahretsin, gelen o. Ateş edin! Ateş edin!"

Aynı anda birçok silah patlamaya başladı. Seslere bakılırsa yedi sekiz silah. Çarpışma on saniyeden kısa sürdü. Sonrasında her yana sessizlik çöktü. Rockwell ve Scraggs, soru soran gözlerle birbirlerine baktılar.

"Sizi tanımak güzeldi şefim," dedi titreyen elinden silahı çaresizce düşürmemeye çalışan Scraggs. Polis eğitiminde insana terli ve titreyen ellerle nasıl baş edeceği öğretilmiyordu ne yazık ki.

"Henüz ölmedik Scrubbs. Kendine hâkim ol, bu kavgadan sağ çıkabiliriz."

"Hayır, kitaba baktık şefim. İşimiz bitti. Ve adım Scraggs efendim."

"Sus. Biri geliyor."

İki adam, kimin geldiğini görmeyi umarak silahlarını kapıya doğrulttu. Yaklaşan ayak sesleri duyuldu. Gerilim katlanılmazdı. Sesler kapıya yaklaştıkça, ikilinin tetik parmakları gerildi. Kapıda bir gölge belirdi ve bir saniye sonra, kanlar içindeki memur Quaid içeri girdi.

Bam!

Scraggs panik yüzünden yanlışlıkla Quaid'in göğsüne bir kurşun sıkmıştı. Üniformalı polisin çaresizlik içindeki kanlı yüzünde şaşkın bir ifade belirdi. Ardından yüzüstü yere yığıldı.

"Bunu neden yaptın?" diye bağırdı Scraggs'a dönen Rockwell. Teğmenin dumanı tüten silahı tutan eli tir tir titriyordu. "O, en iyi adamlarımdan biriydi."

"Özür dilerim efendim. Başkası sandım. Paniğe kapıldım."

"Seni salak! Git başka yerde paniğe kapıl, seni rezil herif!"

Scraggs'ın yüz ifadesi değişti. Bütün kasları gevşedi. Her şeyin bittiğini kabullendi. "Artık çok geç," dedi alçak sesle.

Şef Rockwell yeniden girişe baktı. Kapıda, başlığını yüzünü örtecek şekilde indirmiş bir adam duruyordu. Burbon Kid. İki elinde birer kısa namlulu tüfek vardı.

Biri şef RockWell'i, diğeri teğmeni öldürmek için.

Altmış Bir

Dante ve Kacy, Cadillac'ın gazına basıp alelacele County Motel'e döndüler. Yapılacak işler listesinin en başında, Santa Mondega'dan sağ çıkmak yer alıyordu. Kacy, polisler kasabanın yollarını kesmeden önce üstlerini değiştirip motelden ayrılmak için on dakikadan az zamanları olduğunu hesaplamıştı. Son fırsatlarını da kaybetmeden bu korkunç yerden kurtulmak ve medeni dünyaya dönmek için yanıp tutuşuyorlardı.

Sarı arabayı odalarının önüne park edip koşarak içeri girdiler. Dante, kapının zincirini taktıktan sonra, devriye arabalarının gelip gelmediğinden emin olmak için şöyle bir sokağı kontrol edip perdeleri kapadı. Başını çevirdiğinde, Kacy çoktan palyaço kıyafetinden kurtulmuştu. Ellerinin ve dizlerinin üstüne çökmüş yatağın altına bakıyordu. Sıkı kalçaları havadaydı ve parayla dolu çantayı yatağın altından çıkarmaya çalışırken poposu da sağa sola kıvrılıyordu. Üzerindeki yegâne giysiler, bir tanga ve özel günler için sakladığı siyah sutyendi.

Çantayı yatağın altından çıkarmayı başarıp sevgilisine doğru ittirdiğinde, Dante'nin ağzının suları akarak kendisine baktığını gördü.

"Tatlım, zamanımız yok," dedi. "Üstündekileri çıkarıp temiz bir şey giy lütfen."

Dante, Kacy'nin haklı olduğunu bilse de giysilerini çıkarırken oracıkta işi pişirecek kadar zamanları olduğuna genç kadını ikna etmek için elinden geleni yaptı.

Kacy çantanın içindeki paraları kontrol ettikten sonra fermuarını çekip çantayı kapadı. Ardından yatağa tırmanıp diğer taraftaki valizi aldı. Bütün gücünü kullanıp valizi yatağa çıkardı ve fermuarını açtı. Sahip oldukları tüm kıyafetler valizdeydi. Mavi kotu alıp giymesi için Dante'ye fırlattı.

"Al, bunu giy."

Dante kotu yakaladığında siyah şortla duruyordu. Pantolonu giyerse, sevişme fırsatı tamamen ortadan kalkacaktı.

"Kacy, bana temiz iç çamaşırı da fırlatsan iyi olacak," dedi ciddi bir sesle.

"Temiz iç çamaşırına ihtiyacın yok. Üstündekilerle idare et."

"Hayır Kacy, giydiğimiz bütün kıyafetlerden kurtulmalıyız. Polisler DNA arayabilir. Hiçbir risk almamalıyız."

Kacy valizi karıştırmayı bıraktı. "Ne? Birileri, senin iç çamaşırlarını kontrol etme ihtiyacını neden duysun ki?"

"Bilmiyorum ama riske girmek aptalca. Üzerimizdeki her şeyden kurtulmalı, hatta güvenli olsun diye ilk fırsatta onları yakmalıyız."

"Gerçekten mi?" Kacy ikna olmamıştı.

Dante başını salladı. İç çamaşırını çıkarıp yüzünde üzgün bir ifadeyle, yerdeki kanlı giysi yığının üstüne attı.

"En doğrusu bu Kacy. Yazık. En sevdiğim iç çamaşırımdı bu. Dur da sutyeninin kopçasını açayım. Onu da yakmalıyız."

Kacy tüm bunların gerekli olduğundan emin değildi ama Dante ciddi görünüyordu. Belli ki neden bahsettiğini biliyordu, daha doğrusu kadın, hiçbir şey bilmediği bir konuda onunla tartışacak değildi.

"Hadi Kacy, bütün gün seni bekleyemem!"

Dante'nin acelesi varmış gibi göründüğünden, Kacy onun sevişmek peşinde olmadığına ikna oldu. Sutyenini çıkarıp ona fırlattı. Memeleri, her zamanki kadar davetkârdı. Ardından sıra külotuna geldi. Onu da Dante'ye fırlatırken, baştan çıkarıcı bir tavır takınmamak elinde değildi. Yüzünde fettan bir gülümsemeyle sevgilisine göz kırptı. Belki de Dante'nin tahrik olduğunu gördüğü için, onunla oyun oynamak istemişti.

Nedeni ne olursa olsun, sonuç belliydi. Dante'nin gözleri, Kacy'nin çıplak vücudunun üzerinde dolaştı. Onu kaç kere çıplak gördüğünün bir önemi yoktu, Kacy'ye gün olduğu kadar hayrandı. Yanına doğru ilerlediğinde, Kacy genç adamı durdurdu.

"Dante, hayır! Bunu yapmamalıyız. Zamanımız yok," diye itiraz etti Kacy, ellerini kalçalarına yaslayarak.

Ama itirazlarının bir yararı olmadı.

Altmış İki

Polis telsizinin cızırtıları duyulduğunda, Somers ve Jensen, Somers'ın karakoldan aldığı devriye arabasıyla Santa Mondega sokaklarını turluyordu. Bekledikleri ipucu nihayet bulunmuştu.

"Peşinde olduğunuz sarı Cadillac, Gordon Sokağı'ndaki County Motel'in önünde görüldü," dedi telsizden gelen ses.

"Hemen gidiyoruz, teşekkürler," diye karşılık verdi telsizin mikrofonuna konuşan Somers. Bir eli direksiyonda, diğer eli telsizin mikrofonundaydı. Anlaşılan kimse ona, direksiyonu onu on geçe pozisyonunda tutması gerektiğini öğretmemişti.

"Sence Kid hâlâ orada mıdır?" diye sordu yan koltuktaki Jensen.

"Bilmiyorum. Ama Ay'ın Gözü'nün orada olması ihtimali yüksek ve onu bulamasak bile, en azından arabamı geri alırım. Belki onu çalan pisliği bile yakalarız."

Aniden direksiyonu sola kırdı, hem de arabayı hiç yavaşlatmadan. Anayoldan uzaklaşıp iki tarafına arabalar park edilmiş ara yollardan birine daldılar. Somers gaza bastı ve sağa sola bakmadan karşıdan karşıya geçecek kadar aptal insanlar olabileceğini düşünmeksizin, hızını kesmeden ilerledi.

County Motel'e varmaları on dakikadan biraz fazla zaman aldı. Sayısız arka sokaktan geçmiş, yol boyunca pek çok kaza tehlikesi atlatmışlardı.

County Motel, Santa Mondega'dan batıya giden otoyolun kenarına inşa edilmiş, hiçbir çekiciliği olmayan, harabeyi andıran otuz odalık bir işletmeydi. Kasabanın dışından gelen insanların, ilk gecelerini geçirmeleri için ideal bir yerdi. Ucuzdu ve otopark bedavaydı.

İki polis motele vardığında, otoparkın yarısı doluydu. Araçların çoğu, kamyonlar veya külüstür arabalardı. Ortalıkta Cadillac'tan eser yoktu. Somers devriye aracını, resepsiyonun sol tarafındaki üç arabalık boşluğa, üçünü birden kaplayacak şekilde park etti. Girişteki harap tabelada şöyle yazıyordu:

"C UNTY MOTEL'E HO GELD NİZ."

Tabelanın altında, kusmuk yeşili çerçeveli cam kapılar ve beton basamaklar vardı.

"Ben resepsiyona gidiyorum," dedi Somers arabadan inerken. "Burada bekle ve bir şey görürsen kornaya bas."

"Tamam ortak," diye karşılık veren Jensen, Somers arabadan indiğinde cep telefonunu çıkardı.

Somers hızlı adımlarla cam kapılara giderken, Jensen telefonunu açtı. Cep telefonu, Somers kendisini ahırdan –ve belki de korkuluktan– kurtardığından beri kapalıydı. Açılır açılmaz telefon bip'ledi. Ekranda bir yazı belirdi.

Bir yeni mesajınız var.

Dante ve Kacy, her ikisini de tüketen ve rahatlatan ateşli bir sevişmenin ardından, motelden ayrılmak üzere harekete geçtiler. Ama endişeleri yatışmıştı. Şimdi ikisi de neden o

kadar çaresizce ve bir an evvel kasabadan ayrılmak istedik-
lerini hatırlamıyordu. Elbette polisler onların peşinde olabi-
lirdi ama ortalıktaki ceset sayısı düşünülürse, genç âşıklara
gelene kadar, polisin elinde kontrol etmesi gereken yüzlerce
ipucu ve bir o kadar da şüpheli olmalıydı.

Kalan eşyalarını toplamış ve giysilerini değiştirmişler-
di. Eski gerilimlerinden eser kalmamıştı. Dante, Kacy'nin
ona fırlattığı mavi kotu giymişti, üzerine de kısa kollu bir
havai gömleği yakıştırmıştı. Kacy pastel mavi bir mini etek
ve mavi topuklu ayakkabıda karar kıldı. Üzerineyse Büyük
Kanyon'dan aşağı yuvarlanan 1966 model bir Thunderbird'ün
resminin yer aldığı beyaz bir tişört giydi.

Sarı Cadillac'ı arkadaki otoparka bırakıp motelin ön ta-
rafına yürüdüler. Dante kolunu Kacy'nin omzuna atmıştı.
Son günlerde atlattıkları onca olaydan sonra, kendini sev-
gilisinin korumak zorundaymış gibi hissediyordu. O, Dan-
te için dünyadaki her şeyden önemliydi. Bu yüzden, Santa
Mondega'dan ayrılana dek, onu yanından hiç ayırmayacaktı.

Hesabı kapamak için resepsiyona gittiklerinde, âşık
gençlerin keyfi yerindeydi. Dikkat çekmek istemedikle-
ri için, ikisi de yüzlerini gizleyecek güneş gözlükleri tak-
mıştı. Kacy, Dante'nin Terminatör gözlüğünü takıyordu,
Dante'deyse Tapioca'daki cesetlerden birinden aldığı pilot
gözlüğü vardı. Onu çaldığı için hiç suçluluk duymuyordu.
Gözlüğün sahibi nasıl olsa ölmüştü.

Motelin işletmecisi Carlos, resepsiyonun arkasında dur-
muş *Empire* dergisini okuyordu. Dante ve Kacy borçlarını
ödemeye, yani adama para vermeye gelmiş olsalar da okuma
keyfinin bölünmesinden hoşlanmadı. Orta yaşlı, kısa boylu,
İspanyol kökenli bir adamdı. Kulaklarından kıllar fışkırıyor-

du ama kafası keldi. Kelliğini, burun deliklerinden taşan kıllarla birleşen kapkara kalın bir bıyık bırakarak telafi etmeye çalışmıştı.

Lobide tatsız, pudramsı bir koku vardı. Leş gibi olan halıdan mı, çürüyen kahverengi duvar kâğıdından mı, Carlos'tan mı, yoksa üçünden birden mi geldiğini kestirmek güçtü. Motelin resepsiyonu büyük bir alan değildi, kiraladıkları odayla aynı ebatlardaydı. Tek bir penceresi vardı, o da resepsiyon masasının arkasında kalıyordu. Küçük, dar bir pencereydi ve kolunun kırık olmasına bakılırsa, kimsenin uzun zamandır onu açmadığı belliydi.

"Carlos, ahbap, hesabı kapamak istiyoruz," dedi Dante keyifli bir sesle. Anahtarları, resepsiyonun üzerinden motelin yöneticisine doğru kaydırdı. Anahtarlar, Carlos'un dergisine çarpıp yere düştü. Adam homurdanıp dergiyi bıraktıktan sonra eğilip anahtarları aldı.

"Bu da ne?" diye sordu şüphe içinde, anahtarları onlara sallayarak.

Biri motel odasının anahtarıydı ama anahtarlıkta adamın kime ait olduğunu bilmediği bir de araba anahtarı vardı. Carlos, yabancı anahtarı anahtarlıktan çıkardı.

"Motelde kalmamıza izin verdiğin için teşekkür etmek istedik," diye karşılık verdi Dante gülümseyerek.

"Ne demek bu şimdi?"

"Pencereden dışarı bak," diyen Dante, arka camı işaret etti.

Carlos yerinden kalktı. Dante'ye pis bir bakış fırlattıktan sonra Kacy'ye dönüp gülümsedi ve pencereye gidip dışarı baktı. Motelin arkasındaki işletmeye ait otoparkta, bir gece önce motelin ön tarafında gördüğü sarı Cadillac duruyordu. Park yerindeki tek araç oydu.

"Arabanı bana mı veriyorsun?"

"Evet."

"Bu işte nasıl bir bit yeniği var? Araç çalıntı mı?"

"Hayır, öyle bir şey değil," diye araya girdi Kacy gülümseyerek.

"Ama arabayı boyatmak isteyebilirsin," dedi Dante.

Carlos, birkaç saniye bu teklifi düşündü.

"Plakayı da değiştirmeli miyim?"

"İyi fikir," dedi Dante.

Carlos yeniden resepsiyonun arkasına geçip koltuğuna oturdu. Müşteri kayıtlarını inceledi ve Dante'yle Kacy'nin adlarına gelince durdu. Ne kadar borçları olduğunu hesapladı.

"Oda için yüz elli dolar," dedi, sert bakışlarını Dante'nin güneş gözlüklerine dikerek.

"Ne diyeceğim," dedi resepsiyona yaslanıp yüzünü Carlos'unkine yaklaştıran Dante. "Sana hediye ettiğim araba karşılığında, neden bu seferlik bize bir kıyak geçmiyorsun?"

Carlos defteri kapatıp dergisini eline aldı ve sayfaları karıştırıp önceden okuduğu yazıyı buldu.

"Elbette," dedi. "Otel kayıtlarını hatıra olarak almak ister misiniz?"

"Aslında evet, galiba bu iyi bir fikir," dedi Dante. "Teşekkürler."

"O zaman yüz elli dolar alayım."

Dante'nin sabrı tükenmek üzereydi.

"Şimdi buraya bak seni kahrolası pislik," dedi tükürürcesine. "Sana bir araba hediye ettim, şansını zorlama."

"Borcunuz yüz elli dolar. Hoşuna gitmediyse, ne yapacağını biliyorsun."

Kacy, Dante başlarını belaya sokmadan önce araya girme ihtiyacı duydu. Yüzünde kocaman bir gülümsemeyle resepsiyona yaklaştı ve ellerini masaya yaslayıp göğüs dekolte-si ortaya çıkacak şekilde öne eğildi. Yüz ifadesi adama şöyle diyordu: *Bunlar benim memelerim... Ama bir süreliğine senin de olabilirler...*

"Biliyor musun Carlos? Neden biz paranı sayarken, bir taksi çağırmıyorsun?"

"Elbette," dedi bakışlarını Kacy'nin dekoltesinden ayırma-yan Carlos. "Ama telefon için de beş dolar eklemeniz gerek."

"Defol git, seni lanet olasıca," diye hırladı Dante. "Kendi taksimi kendim çağırırım. Hadi Kacy, gidelim."

"Dante, lütfen ona parasını öde. İçimi rahatlatmak isti-yorsan, lütfen bu kadarını olsun yap."

Dante tam yanıt verecekken, gri paltolu, ağarmış saçlı bir adam içeri girdi. Geleni tanıyan Carlos, hemen adamı se-lamladı.

"Tünaydın Dedektif Somers," dedi onu gördüğüne çok memnun olmuş gibi. Keyfi yerine gelmişti.

"Merhaba Carlos," dedi Somers bütün ciddiyetiyle.

Dedektif, adamın masasının önüne kadar yürüyüp Kacy'nin yanında durdu. Genç kadına nazikçe gülümsedi. "İyi günler hanımefendi. İzin verirseniz sıranızı alabilir mi-yim? Bir polis meselesi var da." Rozetini çıkarıp gösterdi.

"Hayır, yani evet, önüme geçebilirsiniz," dedi korkudan ne diyeceğini şaşıran Kacy. Dante'nin çenesini kapalı tutma-sı için içinden dua ediyordu. Her şey için çok geç olabilirdi. Genç adam Carlos'u kızdırmıştı ve şimdi de yanı başlarında bir dedektif duruyordu.

"Carlos," diye söze başladı Somers yüzünde sahte bir gülümsemeyle. Otel yöneticisine yirmi dolarlık bir banknot uzattı. Adam bu parayı büyük bir mutlulukla cebe indirdi. "Sarı Cadillac'lı birinin motelinizde kaldığıyla ilgili dedikodular duydum. O Cadillac çalıntı ve sahibi olan kanun görevlisi –ki bu, ben oluyorum– arabasını geri istiyor. Ayrıca eğer biliyorsan, şoförün adını öğrenmek istiyoruz. Bana yardım edersen, bu iyiliğini unutmam."

Kacy, Carlos'un, içinden durumu değerlendirişini izledi. *Neden Dante çenesini tutamayıp adamı kızdırmıştı? Şimdi yine başları beladaydı.* Erkek arkadaşıyla göz göze gelmeyi umarak bir adım geri çekildi. Güneş gözlükleri yüzünden, Dante'nin nereye baktığını kestirmek güçtü. Kendisine bakıyorsa bile, ne düşündüğünü anlamak imkânsızdı. Hemen harekete geçmek gerekiyordu. Carlos onları eleverirse, hapse girerlerdi. Para dolu çanta, çalıntı araba ve Tapioca'da yaşananlar düşünülürse, uçarı kaçarı yoktu. Üstelik yine beş parasız kalacaklardı. Kacy, Santa Mondega'daki kimseye güvenmezdi, polislere bile. Hatta özellikle polislere güvenmezdi ama bu yaşlı adamın fena biri olmadığı hissine kapılmıştı.

Carlos çenesini ovuşturup Somers'ın sorusuna ne yanıt vereceğini düşündü. "Evet, motelde sarı Cadillac'lı biri kaldı. Arabayı kullanan adamı hatırlıyorum. Tam bir piç kurusuydu. Bakalım, adı kayıt defterinde var mı?" dedi. Dergiyi bir kenara bırakıp masada açık duran kayıt defterine baktı.

Dante resepsiyondan birkaç adım uzaklaştı. "Biliyor musun Carlos," dedi hoş bir sesle ve yorulmuş gibi kollarını iki yana açarak. "Biz sonra uğrarız."

"Gitmenize gerek yok," dedi Dante'yi kolundan yakalayan Somers. "Bir dakika bile sürmez. Eminim bu hoş bayan ve siz, bir dakikacık bekleyebilirsiniz."

"Eveeet," diyen Carlos, gözlerini kayıtlardan ayırmadan gülümsedi. "Bekleyin, bir dakika bile sürmez. Dedektife istediği bilgiyi verdikten sonra, hemen sizinle ilgileneceğim."

Defterin sayfalarını karıştırdı ve Dante ile Kacy'nin adlarının yazılı olduğu sayfaya gelince durdu. Parmağını listede dolaştırırken, gözucuyla Kacy'nin de birkaç adım gerilediğini ve resepsiyondan uzaklaştığını gördü. Arkasına yaslanıp başını defterden kaldırdı. Önce Somers'a sonra derin düşüncelere dalmış gibi Kacy'ye baktı. Parmakları, açık kitabın üzerinde ritim tutuyordu.

"Ne oldu?" diye sordu Somers.

"Bir şey hatırlamaya çalışıyorum," diyen Carlos, elini kaldırıp dedektife birkaç saniye sabretmesini işaret etti. Yüzünde dalgın bir ifade vardı, sanki bir şeyleri hatırlamak için bütün gücüyle hafızasını zorluyordu.

Aslında Kacy'ye bakıyordu. Somers ve Dante resepsiyona dönük oldukları için, onun gördüklerini göremezlerdi. Diğerlerinin birkaç adım gerisinde duran Kacy, sutyen giymediğini göstermek için tişörtünü sıyırmıştı. Carlos düşüncelere dalmış görünürken, aslında mutlu mesut kadının memelerini seyrediyordu. Sonunda, bu kadarının yeteceğine karar veren Kacy, tişörtünü indirdi ve Carlos da daldığı derin düşüncelerden uyandı.

"Şimdi hatırladım," diyerek bakışlarını Somers'a çevirdi. "Cadillac'ı kullanan adamın adı Pedro Valante'ydi." Kayıt defterindeki ismi işaret etti. "Yirmi dakika önce motelden ayrıldı. Kasabadan gideceğini söylemişti ama hâlâ ona yetişebilirsiniz."

"Elinde bir adres var mı?" diye sordu Somers.

"Korkarım ki yok. Belirli bir adresi olan tiplerden değildi, olsa da bana vereceğini sanmıyorum."

"Tamam," diyen Somers kapıya yöneldi. Çıkmadan önce son bir kez Kacy'ye baktı. "Adamı bulamazsam geri gelece-

ANONİM

ğim. Yardımların için teşekkürler Carlos. Ve sizi beklettiğim için özür dilerim hanımefendi."

Kacy'yi hayranlıkla süzdükten sonra -ne kadar güzel bir kız, diye geçirdi içinden- Dante'ye dönüp takdirini dile getirdi.

"Şanslı bir adamsın," dedi. "Bu kıza iyi bak."

"Emin olabilirsiniz."

"Güzel."

Somers, Kacy'nin yanından geçerken genç kadına göz kırptı ve Miles Jensen'ın kendisini beklediği devriye aracının yolunu tuttu.

Dante elini arka cebine sokup iki yüz doların üstünde bir para çıkardı ve Carlos'a uzattı.

"Teşekkürler ahbap, sana borçluyum."

Carlos başını iki yana salladı.

"Paran sende kalsın," dedi gülümseyerek. "Taksiyi de bedava çağıracağım. Polisin geri gelmesi ihtimaline karşı, kayıt defterinin sayfasını da alabilirsiniz. Az önce şaka yapıyordum."

"Teşekkürler dostum," diyen Dante, Kacy'ye döndü ve motel yöneticisinin tavırlarındaki değişimi anlamadığını göstermek istercesine omuz silkti.

Kacy de omuz silkerek karşılık verdi. Elbette o, Carlos'un ani cömertliğinin nedenini gayet iyi biliyordu ama bunu kendine sakladı. Dante, erkekliğini ispatlamak için fırsat kollayan gururlu biriydi. Kadını korumak için her an her şeyi yapmaya hazırdı. Ah bir de kadının onu kendinden korumak için neler yapmak zorunda kaldığını bilseydi...

Somers motele girip gözden kaybolduğunda, Jensen da telesekretere bırakılan mesajı dinlemek için cep telefonunu çıkardı. *Garip...* Mesaj Teğmen Paolo Scraggs'tandı.

"Merhaba Jensen, ben Teğmen Scraggs. Beni iyi dinle, aradığın kitabı buldum. Somers seninleyse hemen ondan kurtul. Sanırım peşinde olduğumuz katil o. Burbon Kid bir kandırmaca... Ya da öyle bir şey... Emin değilim. Beni veya şefi arayabilirsin ama Somers'a hiçbir şey söyleme. Kitapta onun da resmi var. Karanlıklar Lordu falan olduğu söyleniyor. Beni ara."

Jensen birkaç saniye kıpırdamadan durdu ve mesajı zihninde yeniden dinledi. Kaşlarını çattı. Somers mı? Katil mi? Olamaz... Olabilir mi? Scraggs neden yalan söylesin? Scraggs, Somers'ı sevmezdi ama Somers da Scraggs'ı sevmezdi. Bir saniye, Scraggs ahıra girdiğinde, Jensen'ı kurtarmaya gelen Somers'tı. Ama... Dur bir dakika... Somers, sarı Cadillac'ı çalındığı için geç kalmıştı. Ya Somers, aslında Scraggs'tan önce ona ulaşmışsa? Şöyle bir düşününce, Carlito, Jensen'ın telefonunu alıp dışarı çıkmamış mıydı? Ya telefonu birini aramak için kullanmışsa? Jensen telefon kayıtlarını gözden geçirdi. İşte oradaydı: YAPILAN ARAMA – DÜN – SOMERS – SAAT: 23.52 – SÜRE: 1,47

Jensen ahırda Miguel'leyken, Carlito da Jensen'ın telefonunu kullanıp Somers'ı aramış, onunla konuştuktan sonra, el arabasındaki korkulukla geri gelmişti. Somers, Carlito'nun kendisini aradığına dair hiçbir şey söylememişti. Kahretsin.

Telefonunun tuşları adamın gözüne her zamankinden küçük görünüyordu. Teğmen Scraggs'ı aramaya çalışırken, en az üç kere yanlış tuşlara bastı. Somers, motelde her ne yapıyorsa, geri dönmeden onunla konuşmak istiyordu.

Aradığınız telefon kapalıdır. Lütfen daha sonra tekrar deneyin.

Hiç komik değil, diye düşündü Jensen. *Scraggs eşek şakası mı yapıyor? Hayır. Olamaz. Carlito'nun, telefonum-*

dan Somers'ı aradığı gerçeği var ve... Somers demişken...
İşte geliyor.

Somers, devriye arabasının önünden geçip şoför mahallinin kapısına uzandığında biraz gergin görünüyordu. Jensen uzanıp kapıyı kilitlemeyi düşündü. *Gerek yok. Somers, katil olduğunu bildiğimden habersiz. Daha zamanım var. Kafanı çalıştır Jensen!*

Somers kapıyı açıp direksiyonun başına geçti. "İyi misin?" diye sordu ortağını şöyle bir süzdükten sonra. Jensen sakin görünmek için elinden geleni yapıyordu.

"Evet, iyiyim. Ya sen?"

"Her şey yolunda. Ama motelden fazla bir şey çıkmadı." Yeniden ortağını süzdü. "İyi olduğuna emin misin, betin benzin atmış?"

"Evet, evet," dedi Jensen, soruyu geçiştirmek için. "Çok öfkeliyim, hepsi bu. Bence şansımızı kaybettik. Gidip şefle konuşmalıyız. Belki o bir şeyler duymuştur."

Somers'ın bakışları, Jensen'ın telefonu sıkı sıkı tutan sağ eline kaydı. Ardından, ortağının gözlerinin içine baktı. Jensen ne kadar korktuğunu saklayamıyordu.

"Demek biliyorsun?" dedi Somers alçak sesle, dudakları neredeyse hiç kıpırdamamıştı.

"Neyi?"

Korkunç bir sessizlik. Jensen önceden emin değilse bile, o an Scraggs'ın haklı olduğunu anladı. Katil Somers'tı ve adam, artık onun bunu bildiğini biliyordu. Arkadaşlıklarının bir önemi yoktu. Zaman dolmuştu. Somers'ın yüzünde buruk bir gülümseme belirdi.

"Özür dilerim Jensen. Üzerine alınma, bunların seninle bir ilgisi yok. Ay'ın Gözü'ne ihtiyacım var."

"İyi ama tutulma sona erdi. Fırsatı kaçırdın."

"Biliyorum. Ama o taş, Ay'ı durdurmaktan çok daha fazlasını yapma gücüne sahip. Çocuklarımı ve karımı bana geri getirebilir. O taş, yok denecek kadar kısa sürede karımı eski haline döndürebilir. Eğer Burbon Kid denilen serseri onları vurmasaydı bunu yapmak zorunda kalmazdım. Çok üzgünüm."

Kılik! Merkezi kilit sistemi bütün kapıları kilitleyip Jensen'ı arabaya hapsetti. Gerçi zaten fazla bir kaçma şansı yoktu. Bir mucize olmadığı sürece...

Jensen, Somers'ın direksiyonu tutan parmaklarına baktı. Uzamaya başlamışlardı. Tırnakları da uzuyordu. Daha kalın, daha uzun ve daha keskindiler. Ortağının yüzünün de değiştiğini görünce iyice dehşete düştü. Boynunda beliren mavi damarlar, sarmaşıklar gibi yavaş yavaş yanaklarına tırmanıyordu. O damarların kanla dolmaya ihtiyacı vardı. Miles Jensen'ın kanıyla. Somers başını çevirip ortağına baktı. Ağzını açtığında, dev sarı dişleri ortaya çıktı. Jensen o dişlerle adamın önceden ağzını nasıl olup da kapalı tutabildiğini merak etti. Bıçak gibi keskindiler. Arabayı iğrenç bir koku doldurdu. Jensen silahına uzandı ama artık bir yararı yoktu.

"Gözlerini kapamak isteyebilirsin dostum," diye fısıldadı Somers, ta cehennemin derinliklerinden gelen bir sesle. "Çünkü çok canın yanacak..."

Altmış Üç

Polis telsizi cızırdadı. Hoparlörden, Amy Webster'ın sesi duyuldu.

"Dedektif Somers, yerinizde misiniz?"

"Dinliyorum," diyen Somers, mikrofonu sağ eline aldı.

"Hemen karakola dönmeniz bekleniyor."

"Şu anda meşgulüm."

"Buradaki şeyi görmek isteyebilirsiniz efendim."

Somers ayağını gaz pedalından çektiğinde, Miles Jensen'ın cesedi öne savrulup torpido gözüne çarptı. Somers ortağını öldürdüğünden beri –yani beş dakikadan kısa süredir– kasabadan batıya giden otoyolda ilerliyordu. Planı, sarı Cadillac'ın şoförünü yakalamaktı. Adamın, kafası çalışıyorsa bir an evvel Santa Mondega'dan ayrılmaya çalışacağını tahmin etmiş, o yolu kullanacağını varsaymıştı. Ama yol bomboştu, ne gelen vardı ne giden.

"Neymiş o Amy?" diye karşılık verdi Somers, karakoldaki santral görevlisine.

"Önümde kocaman, mavi bir mücevher duruyor. Biri onu az önce bize getirdi."

Somers aniden fren yaptığında, tekerlekler ciyak ciyak öttü. Dedektif, boş otoyolun ortasında ani bir U dönüşü yaptı.

"Mavi mücevheri nerede buldunuz?" diye bağırdı telsize.

"Az önce biri getirdi. Dedektif Jensen için olduğunu söyledi. Dedektif Jensen'a ulaşamayınca, ben de sizi aradım."

"İyi yaptın Amy. Bunun için terfi ettirilmeni sağlayacağım. Ben gelene kadar taşı sağlam bir yere sakla. Yirmi dakika sonra oradayım."

"Tamam efendim."

Somers, telsizin mikrofonunu yerine bırakmak için direksiyonun yanına uzandı. Tam mikrofonu yerine takacakken, aklına bir şey takıldı.

"Amy, taştan kimsenin haberi var mı?"

Sessizlik. Gereğinden uzun bir duraksama, diye düşündü Somers.

"Hayır efendim. Sadece size haber verdim."

"Güzel. Böyle kalsın."

"Evet efendim."

"Amy? Onu getiren adam, adını söyledi mi?"

Yine gereğinden uzun bir duraksama.

"Hayır efendim, adını söylemedi. Acelesi vardı."

"Anlıyorum." Somers'ın beyninde alarm çanları çalıyordu. Dürüst bir eleman olan (Santa Mondega polis kuvvetlerinde ender rastlanan bir özellik) Amy Webster'dan şüphelenmesi için bir neden yoktu, ama Somers, doğası gereği şüpheci biriydi.

"Taşı getiren adamı tarif eder misin?"

Yine kısa ve şüphe uyandırıcı bir duraksama.

"Şey... Bilmiyorum. Sıradan bir tipti. Kısa saçlar, mavi gözler. Onu daha önce görmemiştim."

"Tamam Amy. Hepsi bu. Birazdan görüşürüz."

Somers gaza bastı ve sirenleri çalıştırıp kasabanın yolunu tuttu. Yanından geçip giden taksiye dikkat etmedi bile.

Oysa o araç, Dante ve Kacy'yi Santa Mondega'dan, sonunda özlemini çektikleri mutluluğu bulacakları yere götüren taksiydi. Ama Karanlıklar Lordu'nun, taksi müşterilerini kontrol etmekten daha önemli işleri vardı. Jessica'yı geri getirmek istiyorsa, bir an önce Ay'ın Gözü'nü ele geçirmeliydi. Belki oğulları El Santino, Carlito ve Miguel'i bile diriltmeyi başarabilirdi.

Amy Webster, telsizin mikrofonunu yerine bıraktı. Elleri hâlâ titriyordu. Önünde duran ve başlığından yüzü görünmeyen adam, silahının namlusunu, polisin alnına doğrultmuştu. Dedektif Somers'ın sorduğu sorulara ne yanıt vereceğini de o söylemişti. Kadın, adamın söylediklerini kelimesi kelimesine tekrar ettiyse de adam tatmin olmuş görünmüyordu. Aslında her an, kadını öldürebilirmiş gibi bir hali vardı ve ününe bakılırsa, herhalde öldürecekti. Amy Webster'n tek şansı, ortalıkta burbon falan olmamasıydı.

"İyi bir iş çıkardın," dedi adam kadına.

"Teşekkürler," dedi Amy, korkudan titreyen sesiyle. "Ama ona yalan söylediğimi öğrenirse, Archibald Somers beni öldürür."

"Yerinde olsam, Somers'ı düşünüp endişelenmezdim. Onu bir daha görmeyeceksin."

"İyi ama şimdi buraya gelmiyor mu?"

"Evet, ama *sen* onu görmeyeceksin."

Amy gözlerini kapadı. Belki adam şaka yapıyordu. Belki geldiği gibi birdenbire ortadan kaybolurdu.

Bam!

Belki de kaybolmazdı.

Altmış Dört

Somers, karakolun girişindeki danışmaya doğru ilerledi. Oradan belki milyonlarca kez geçmişti ama karakolu ilk kez bu halde görüyordu. Her yer polislerin ve sekreterlerin kanlar içindeki cesetleriyle kaplıydı, kimileri masalarına yığılmış kimileri yere devrilmişti. Eli kelepçeli birkaç suçlu da katliamdan payını almıştı. Evet, bu bir katliamdı. Girişte en az kırk ceset vardı. Somers, Amy Webster'ın santraldaki kanlı cesedini fark etti. Kafası parçalanmıştı. Kimin işi olduğunu hemen anladı. Bu katliamı gerçekleştirebilecek tek bir kişi vardı. Asıl soru, şimdi bu tek bir kişinin nerede olduğuydu.

Zemin katın sonundaki üç asansörden ortada olanın kırmızı ışığının yandığını gören Somers, o yöne ilerledi. Aşağıyı gösteren ok yanıyordu, demek ki biri giriş katına geliyordu. Silahını çekip sivillerden birinin cesedinin üstünden atladı ve asansörlerin beş metre ötesinde siper alıp kapıdan kim çıkarsa karşılamaya hazırlandı.

Tın! Asansör zemin kata ulaştı. Kapısı yavaşça açıldı. Başlığı yüzünden suratı görülmeyen Burbon Kid orada, asansördeydi. Kolları vücudunun iki yanındaydı, elleri boştu. Ama görünüşte silahsız olması, bir şeyi değiştirmezdi. Somers'ın iyi bildiği üzere, görünüş yanıltıcı olabilirdi.

ANONİM

"Nereye gittiğini sanıyorsun?" diye sordu Somers. Bir yanıt alamayınca yavaşça asansöre doğru bir adım attı. Aradaki mesafeyi korumaya özen gösteriyordu ama bir adım bile, karşısındakinden hırıltılı bir yanıt almaya yetti.

"Ölmek için iyi bir yer arıyorum," dedi Kid.

"Öleceksen, her yer birbirinin aynıdır," diye karşılık verdi Somers. "Gümüş kurşunlarınla beni öldüremezsin. Onları kutsal suya da sarmısağa da bansan fark etmez. Kalbime haç saplamayı bile deneyebilirsin. Benim, okuduğun veya duyduğun her şeye bağışıklığım var. Aynalar, kazıklar, haçlar, gün ışığı, akarsu, hiçbiri bana zarar veremez. Dövüşürsek kimin kazanacağı baştan belli. İçimde İsa'nın kanı var ve damarlarımda vampir kanı akıyor. Hiç kimse bana dokunamaz, sen bile beni öldüremezsin."

"Biliyorum."

"Gerçekten mi? Gerçekten biliyor musun? Her nedense bundan şüpheliyim. Buradasın, kahraman olmak istiyorsun. Bana, benimle yüzleşecek kadar cesur olduğunu göstermek istiyorsun. Jessica'yı ve oğullarımı boş yere öldürmedin ya? Beni buraya getirmek için Amy Webster'ı kullandın. Eminim, tüm bu zahmete benimle kahve içmek için girmemişsindir."

Konuşmayı bırakıp bir süre, gücün vücuduna yayılışını hissetti, Jensen'ın taze kanı damarlarında dolaşıyordu. Ardından zehir saçmaya devam etti.

"Hayır. Beni yenebileceğini, beni öldürebileceğini sanıyorsun. Kafan basmıyor mu? Ben yenilmezim. Bana saldırırsan aynı şekilde karşılık veririm. Elinden geleni ardına koyma, garanti ederim ki işin bittiğinde seni paramparça edeceğim. Tek şansın, ben seni ele geçirmeden kendini öldürmek. En iyisi silahını kafana doğrultup beynini havaya uçur. İstersen önce bir kadeh burbon iç, bakarsın yeniden manşetlere çıkarsın. Ne de olsa istediğin bu, değil mi? Değil mi?"

Somers, adamın yanıt vermesini bekledi. Kid ise yanıt vermek yerine, asansörden çıkıp ona doğru yürüdü. Aralarında üç metreden az mesafe kaldığında, olduğu yerde durdu.

"Sana buraya ölmeye geldiğimi söyledim," dedi Kid.

"Öyle olsun. O zaman sakladığın silahlardan birini çekip kendini öldürmek için üç saniyen var, yoksa sana öyle işkenceler yapacağım ki neye uğradığını şaşıracaksın. Seni hiç acımadan öldüreceğim."

"Güzel. Ben de bunu yapmanı istiyorum. Bakalım beni öldürecek cesaretin var mı? El Santino ödleği gibi benden korkmadığını ispatla. İşe yaramazın tekiydi. İbne kardeşi gibi. Ya da karım dediğin o çirkin fahişe gibi."

Somers'ın gözleri öfkeden kırmızıya döndü.

"Tamam. Buraya kadar," diye hırladı. "Zor yoldan ölmek istiyorsan, seve seve sana yardım ederim."

"Güzel. Öyle bir ölümü hak ediyorum."

Karanlıklar Lordu'nun ısrara ihtiyacı yoktu. Kafasını geriye savurup şekil değiştirmeye başladı. Vampire dönüşüyordu. Tırnakları uzadı, dişleri çıktı ve yüzünün derisi inceldi, mavi damarlar yeniden göründü. Vücudu, hâlâ taze kanın açlığını çekiyordu.

"Haklısın. Ölmeyi hak ediyorsun ama seni öldürmeyeceğim. Seni, bizden birine dönüştüreceğim. Küçümsediğin ırkın bir parçası olarak, vampir olarak sonsuza kadar yaşayacaksın."

Burbon Kid, cüppesinin yeninde gizli olan silahları yere attı. Tabancalar parkeye çarpıp sekti. Ardından, karşısındaki kâbuslardan fırlama yaratığa yaklaştı ve başlığını indirip yüzünü gösterdi. Yüzü kanla kaplıydı, o gün doğradığı sayısız kurbanın kanlarıyla kızıla boyanmıştı.

"Elinden geleni ardına koyma," dedi vampire.

Somers başını geriye devirip ciğerlerinin yettiğince kükrediğinde, gırtlağından varoluşunun özünü oluşturan kötülük dolu hırıltılar döküldü. Uzun zamandır beklediği an gelmişti. Burbon Kid adlı tehditten kurtulacaktı. Pençelerini uzatıp yerden birkaç santim havalanarak düşmanına doğru uçtu. Rakibi, gözünü dahi kırpmadan onu bekliyordu. Havada süzülen Somers, iki eliyle kurbanını kafasından yakaladı ve vampir dişlerini adamın boynuna sapladı. Burbon Kid'in tepkisi, kollarını Somers'ın vücuduna dolamak ve uzun yıllar önce kaybettiği kardeşiymişçesine ona sarılmak oldu.

Somers, dişlerini Kid'in boynundan çekip onun gözlerinin içine baktı. Yukarıya doğru dumanlar yükseliyordu. Bir şey yanıyordu. Somers bakışlarını aşağı çevirdi ve göğsündeki yanma hissinin anlamını çözmeye çalıştı. Bir şey, Kid'le onun arasında alevler belirmesine neden olmuştu. Kid'i ittirip uzaklaştırmaya çalıştı ama adam o kadar güçlüydü ki bunu başaramadı. Yanma hissi artmış, acı katlanılamaz boyutlara ulaşmıştı. Gırtlağından, öfkeli bir uluma döküldü.

"Aaaah! Beni bırak, seni baş belası!"

Somers'ı şaşırtan, Burbon Kid'in gerçekten kendisini bırakmasıydı. Somers'a doladığı kollarını açtı. Ama dedektif, ne kadar çabalarsa çabalasın, ondan uzaklaşamıyordu. Kid onu tutmasa da güçlü bir yapışkan tarafından yapıştırılmış gibi birbirlerine bağlıydılar. Kid artık boşta olan ellerini kullanıp cüppesinin önünü sıyırdı.

Somers, o zaman durumun ciddiyetini anladı. Burbon Kid'in göğsüne bağlanmış olan nesneyi görmüştü: *Adı Olmayan Kitap*. Kitabın kapağı artık doğrudan Somers'ın tenine değiyor ve temas güçlendikçe yanma hissi de artıyordu. Vampirin derisi soyulup küle dönüyor, göğsünden dumanlar tütüyordu.

"Hani haçlar seni öldüremiyordu?" dedi Burbon Kid gülümseyerek. "Öyle söylemedin mi? Yanlış mı duydum?"

Somers gözlerine inanamıyordu. Vücudu alevler içindeydi, aynı alevler Kid'i de sarmıştı ama vampirin aksine o, alevlerden etkilenmiyordu.

"Aaahh seni piç! Seni kahrolası piç!" diye bağırdı Somers. Yalpalayarak geri çekildi ama kitap Kid'den koptu ve göğsüne lehimlenmişçesine onunla geldi.

"*Adı Olmayan Kitap*'ın kapağı ve sayfalar, İsa'nın çarmıha gerildiği haçtan yapılmıştır. Şimdi söyle bakalım, haçla öldürülemeyeceğinden emin misin?"

Somers'ın yüzündeki ifadeden, hapı yuttuğunu bildiği okunuyordu. O ifadede, korku, acı ve dehşet vardı. Dünya üzerinde kendisini öldürebilecek tek şeyle karşı karşıyaydı, baştan beri korumaya çalıştığı sır buydu. Kitabı okuyan herkesi öldürmüş ama kitaba dokunduğu anda öleceğini bildiği için, kitabın kendisini yok edememişti. Acıyla inledi. Öleceğini anlamıştı. Ama vampirler savaşmadan gitmez ve Somers'ın da şeytanın yanına tek başına gitmeye niyeti yoktu.

"Sen de benimle geliyorsun! Seni doğrudan cehenneme götüreceğim."

"Belki."

Burbon Kid, Somers'ın vücudunu saran alevlerden uzak durmak adına birkaç adım geriledi. On saniye daha öylece durup önündeki o adi yaratığın, dünya üzerindeki en güçlü varlık olan Karanlıklar Lordu'nun dumana ve küle dönüşü- şünü seyretti. Yaratık yok olup giderken, işkence gören ruh- lar gibi korkunç çığlıklar savuruyordu.

Derken her şey bitti. Alevler titreşip söndü, dumanlar kayboldu ve geriye hiçbir şey kalmadı.

Ya da belki kalmıştır.

Kid öylece durup etrafındaki vahşeti seyretti. Her yer cesetlerle kaplıydı. Kendisinin eseri. Yine de önemli olan, Dedektif Archibald Somers'ın yok edilmesiydi. Artık işi bit- mişti. Karanlıklar Lordu'nun geride bıraktığı tek şey, katili- nin boynundaki yaraydı. Kid, yaranın derin olup olmadığına bakmak için elini boynuna götürdü. Somers'ın dişlerinin aç- tığı deliklere dokundu. Kötü görünmüyordu.

Parmak uçlarına baktı. *Hımm, kan. Bu ileride sorun yaratabilir.*

Altmış Beş

Peto'nun solukları nihayet düzelmişti. Artık yeniden nefes alabiliyordu. Hubal'ın kutsal topraklarına adım atmak, cennete adım atmaktan farksızdı. Adadaki evinden uzakta geçirdiği hafta, hayatının en uzun haftası olmuştu. Gözlerini açan bir deneyimdi ama bir daha asla böyle bir şey yaşamak istemiyordu. En iyi arkadaşı Kyle'ı kaybetmişti, tanıştığı herkes ona yalan söylemiş, üstelik bir çanta paraları çalınmıştı. Peto birini öldürmüş, bir başkasını yaralamış ve eski keşişlerin vampire dönüştüğüne şahit olmuştu. Bunlar dışında da görüp yaptığı pek çok şey vardı ve hepsi, hayatta kalıp zaferle eve dönmenin mutluluğunu artırıyordu.

Yokluğunda Hubal, eski ihtişamına ve güzelliğine kavuşmuştu. Katliam hiç yaşanmamış gibiydi. Ama Jefe'nin adaya gelişinin insanların zihinlerinde açtığı yaraların iyileşmesi, binaların onarılmasından daha uzun sürecekti. Peto, ilk olarak Peder Taos'un yanına gitti. Yaşlı pederin yaraları iyileşmişti – en azından fiziksel olanlar. Diğer keşişler gibi onun da zihnindeki ve kalbindeki yaralar hâlâ acıyor olmalıydı ama öyleyse bile, Taos bunu iyi saklıyordu.

Keşişlerin başı, Peto'nun elinde Ay'ın Gözü'yle tapınağa girdiğini görünce sevinçten havalara uçtu. Peto'nun onu son gördüğü yerde, sunağın yanında duruyordu. Artık, öncekinden iyi görünüyordu. Ayağa kalkıp sıraların arasından geçti ve geri gelen kahramanı kucaklamak için kollarını iki yana açtı. O kucaklamanın açlığını çeken Peto, Peder Taos'a doğru koşup, ona sıkı sıkı sarıldı. Ama yaşlı adam, kısa süre önce karnından vurulduğu için temkinli davranmaya özen gösteriyordu.

"Peto, hayatta olmana çok sevindim. Seni görmek çok güzel. Kyle nerede?"

"Onu kaybettik peder."

"Çok yazık. En iyilerimizden biriydi."

"Evet peder, öyleydi. Hatta en iyimizdi."

İki keşiş kollarını aşağı indirip birer adım geri çekildi. Yakın arkadaşlarının ölümünden bahsederken kucaklaşıyor olmak, gözlerine uygunsuz görünmüştü.

"Ya sen? İyi misin evladım?"

"İyiyim peder." Sonraki kelimeler, bir ırmak gibi dudaklarından akarcasına döküldü. "Kyle ve ben akıl almaz bir macera yaşadık. Dövüşlere katılıp şampiyon oldum. Sonra Rodeo Rex diye biri beni yendi. Derken vampire dönüşmüş iki eski keşişle karşılaştık. Ardından Kyle, Burbon Kid diye bir cani tarafından öldürüldü, ben de Ay'ın Gözü'nü alıp kaçtım. Onu adaya geri getirdim."

"Çok etkileyici bir hikâyeye benziyor evladım. Sen biraz dinlen, akşam yemeğinde olanları bana anlatırsın."

"Evet peder." Peto, Ay'ın Gözü'nü uzattı. Taos memnuniyetle taşı alıp kahverengi cüppesinin cebine attı. Ardından, dönüp sunağa doğru yürüdü.

"Bilmem gereken bir şey var Peto," dedi Taos, iyice uzaklaşmadan önce. "Burbon Kid'e ne oldu?"

"Bilmiyorum peder. Kaçarken onu geride bıraktım. Bir sürü silahla insanları rasgele öldürüyordu."

"Demek öyle..."

"Neden sordunuz peder? O adamı tanıyor musunuz? Hezekiah Kardeş onu tanıdığınızı ima etmişti."

"Hezekiah Kardeş mi?"

"Evet peder."

Taos yeniden Peto'ya döndü. Artık yüzünde, genç arkadaşını gören birinin rahatlamış ifadesi yoktu. Endişeli, hatta öfkeli bir ifade vardı.

"Hezekiah Kardeş öldü," dedi alçak sesle.

"Hayır peder. Daha doğrusu artık ölü ama Kyle'la tanıştığımız, vampire dönüşmüş keşişlerden biriydi. Bize... ölmeden önce... pek çok yalan söyledi... Sanırım..."

"Peto, benim genç dostum, yaşlandıkça her şeyin illa siyah ya da beyaz olmadığını öğreneceksin. Hezekiah Kardeş'in anlattıkları tamamen yalan olmayabilir. Bir keşiş, Hubal Adası'ndan ayrılıp Santa Mondega gibi kötülük dolu bir yere gittiğinde, kalbinin saf kalması imkânsızdır. Bunu öğrenmişsindir zaten. Hezekiah Kardeş için de bu geçerliydi, eminim seninle zavallı Kyle için de geçerlidir ve lanet olsun, benim için de geçerli."

Peto şaşkına döndü. Her şey bir yana, yaşlı keşişin ağzından kötü bir söz çıktığını ilk kez duyuyordu. Kekeleyerek, Hezekiah'ın içlerine şüphe tohumları ektiğinden beri zihninde dönüp duran soruyu dile getirdi.

"İyi ama peder, o korkunç yerdeyken, eminim ki en azından siz Hubal'ın kutsal kanunlarını çiğnememişsinizdir?"

Taos uzaklaşıp sunağa çıkan basamaklara oturdu. Şimdi, bir hafta önce olduğu kadar yorgun görünüyordu. Genç keşiş ona doğru ilerledi.

"Korkarım ki çiğnedim Peto. Bir çocuğum oldu, damarlarında kanımın dolaştığı bir oğlan."

Peto, Peder Taos'un bu itirafıyla şaşkına döndü.

"Peder Taos, nasıl yapabildiniz? Demek istediğim, bu sırrı nasıl bu kadar uzun süre saklayabildiniz? Oğlunuza ne oldu? Annesi kimdi?"

İsmail Taos, günahlarını itiraf etmek için yıllardır fırsat kolluyordu ama kırk yıl düşünse bile, bu itirafı Peto'ya yapacağı aklından geçmezdi.

"Annesi bir sokak kadınıydı. Yani fahişeydi."

"Fahişe mi?" Peto'nun şok geçirdiğini söylemek, Burbon Kid birkaç kişiyi öldürdü demek gibi, durumu kesinlikle hafife alan bir ifade olacaktır. Genç keşişin içindeki Santa Mondegalı ortaya çıktı. "Hay lanet! Kadın hâlâ hayatta mı? Ve kahretsin, bir saniye... Yani ben de bir fahişeyle yatsam bile geri gelebilir miydim?"

"Hayır Peto, gelemezdin."

"Öyleyse olay nedir? Ne yani, ona âşık mıydınız?"

Taos başını iki yana salladı. "Bu başka bir hikâye Peto," dedi. Çömezin kullandığı üsluptan rahatsız olduysa bile, belli etmedi. "Uzun lafın kısası, ayrılmamızdan yıllar sonra kadın bir vampir tarafından ısırıldı."

Genç keşiş, hemen o anda söylediklerine pişman oldu. "Ah Tanrım, çok özür dilerim peder," dedi şefkatli bir sesle. "Beni ilgilendirmeyen işlere burnumu sokmamalıydım." Bir an yas tutarmışçasına başını öne eğdikten sonra, aniden başını kaldırıp pedere baktı. "Vampire mi dönüştü yani?"

Taos başını iki yana sallayıp derin bir nefes aldı. Geçmişi hatırlamak ve olanları anlatmak, beklediğinden de zordu.

"Hayır, korkarım ki hayır. Gerçi o da kimseye dileyeceğim bir kader değildir. Ama oğlu, oğlum, bunlara şahit olup delirdi. Annesi, şu dünyadaki tüm varlığıydı, çünkü ben daha bir çocukken onu terk etmiştim. O öfkeyle vampiri öldürdü ve sonra annesinin isteği üzerine, vampire dönüşmemesi için annesini de öldürdü."

Peto, çığlığını bastırmak için elini ağzına götürdü.

"Anlattıklarınız korkunç şeyler peder. Hiçbir çocuk bunu yaşamamalı."

"O sırada çocuk değildi Peto. On altı yaşındaydı."

"Özür dilerim ama peder, on altı yaşında biri annesini nasıl öldürür?"

Taos derin bir nefes alıp son korkunç gerçeği, kafası karışmış, sarsılmış çömeze anlatmaya hazırlandı.

"Başlangıçta yapamadı, bu yüzden bir şişe burbon içti. Bütün şişeyi bitirdi. Ardından, annesinin kalbinde bir delik açtı."

"Burbon mu?" Peder Taos'un oğlunun kim olduğunu anlayan Peto inledi.

"Evet evladım. Tahmin edebileceğin üzere, burbonun onda derin psikolojik etkileri oldu. Ama sanırım, bunu zaten biliyorsun."

"Tanrım! Şimdi her şeyi anlıyorum. Yine de... o kadar inanılmaz ki... Söyler misiniz, oğlunuzla görüşüyor musunuz?"

Taos yorulmaya başlamıştı. Hayatının o döneminden ve sonuçlarından bahsetmek, tüm enerjisini tüketiyordu.

"Uzun bir gün oldu Peto. Yarın konuşuruz. Senin de gidip dinlenmen gerekiyor. Sonra günah çıkarırız. Akşam yemeğinde sana katılmayacağım, bunun yerine sabah buluşuruz."

"Nasıl isterseniz peder."

Peto, Peder Taos'a hâlâ sonsuz bir saygı duyduğunu göstermek için başını öne eğerek baş keşişi selamladıktan sonra, tapınaktan çıkıp odasına çekildi. Taos, Ay'ın Gözü'nü alıp ait olduğu yere kaldırdı. Dünyanın yeniden olması gerektiği gibi olduğunu hissederek, odasına dönüp yatağına yattı. Onun için erken bir saatti ama dinlenmeye ihtiyacı vardı.

Peder Taos ilk üç saat derin ve huzurlu bir uyku çekti, derken aniden uyandı. Bir ses veya dokunuş yüzünden değil. Onu huzurlu uykusundan uyandıran, bir şeylerin yanlış gittiği hissiydi.

Yatak odası zifiri karanlıktı. Yatağın kenarındaki masaya uzanıp gece ışığa ihtiyacı olursa diye ufak bir kavanozda tuttuğu mumu aradı. Kavanozun yanında, kibrit kutusu ve tuğla duruyordu. Kibritlerden birini eline alıp taş gibi sert olan yatakta doğruldu. Kibritin doğru tarafından tuttuğuna emin olunca, tuğlaya sürtüp yaktı. Kibrit tıslayarak alev aldı. Peder, gözlerini kırpıştırarak alevlerin parıltısına alışmaya çalıştı. Ardından, kibriti mumun ucuna yaklaştırdı ve büyük bir tatminle fitilin alev alışını seyretti. Üfleyerek kibriti söndürüp çöpü tuğlanın üzerine bıraktı. Ardından mumun içinde durduğu kavanozu kaldırıp yatağın önüne tuttu.

"Aaaaa!" Taos'un neredeyse kalbi duracaktı. Yatağının ayakucunda cüppesinin başlığıyla yüzü seçilmeyen bir adam duruyordu. Anlaşılan, uyurken yaşlı keşişi seyretmişti.

"Merhaba peder."

Taos bağırmamak için boşta olan eliyle ağzını örttü. En sonunda, solukları biraz olsun sakinleştiğinde ve kendini toparlamayı başardığında, davetsiz misafirine ilk aklına gelen soruyu sordu.

"Burada ne arıyorsun? Burası benim odam. Burada olmamalıydın."

Karşısındaki adam bir adım öne çıktığında mumun ışığı yüzünü biraz aydınlattı, ama tanınacak kadar değil.

"Ölmek için iyi bir yer arıyordum. Buradan iyisi olamaz, sence de öyle değil mi?"

"Burada ölmek istemezsin evladım," diye karşılık verdi Taos, damdan atlamaya hazırlanan birini bundan vazgeçirmeye çalışan bir psikoloğun ses tonuyla.

Adam başlığını indirdiğinde, kurumuş kanlarla kaplı solgun yüzü ortaya çıktı.

"Ölecek kişinin ben olduğumu da kim söyledi peder?"

SON (belki...)